二見文庫

闇のなかで口づけを

レベッカ・ザネッティ／高橋佳奈子=訳

Hidden
by
Rebecca Zanetti

Published by arrangement with Kensington Books,
an imprint of Kensington Publishing Corp., New York
through Tuttle-Mori Agency, Inc., Tokyo

ビッグ・トーンへ。
好きです、愛してます。いつまでも。

この新しいシリーズが刊行されることになってとてもわくわくしています。読者の皆様に本書をお届けするにあたり、感謝したい人が大勢います。ここにあげ忘れた人がいたら、心からお詫《わ》びいたします。

とてもすばらしい子供でいてくれるゲイブとカーリナに感謝を。あなたのママであることはわたしの最大の喜びです。ふたりがどれほど成長したか信じられないぐらいです。次にあなたたちが何をしてくれるのかたのしみです。

働き者の編集者アリシア・コンドンに謝意を表します。

ケンジントン社のほかのみんなにも。アレクサンドラ・ニコラーセン、スティーヴン・ザカリウス、アダム・ザカリウス、ロス・プロトキン、リン・カリー、ヴィーダ・イングストランド、ジェーン・ナッター、ローレン・ヴァサーリョ、ローレン・ジャーニガン、キンバリー・リチャードスン、レベッカ・クレモネーゼに。

すばらしいエージェントのケイトリン・ブラスデルにも感謝します。リザ・ドーソンとわたしのためにとても骨を折ってくれたドーソンのチームにも。

最高にすばらしい仕事をしてくれ、驚くほどすばらしい友人でいてくれるジリアン・シュタインにも感謝します。

すばらしきプロモーション・チーム、レベッカズ・レベルズと創造性にあふれる働き者のリーダー、ミンガ・ポーティリョにも感謝を。

いつも応援してくれる友人たちにも感謝します——ゲイルとジムのイングリッシュ夫妻、デビーとトラヴィスのスミス夫妻、ステファニーとドンのウェスト夫妻、ジェシカとジョナーのナムソン夫妻、キャシーとハーブのザネッティ夫妻。

闇のなかで口づけを

登　場　人　物　紹　介

ピッパ・スミス	カルト教団の元信者
マルコム・ウェスト	元潜入捜査官
イサク・レオン	カルト教団の教祖
アンガス・フォース	マルコムの上司。国土防衛省のエージェント
トリクシー	ピッパとともにカルト教団から逃げた元信者
クラレンス・ウルフ	元少佐

1

　その男が隣家に引っ越してきた日は暗雲が空を覆い、激しい嵐が迫っているのはまちがいないように思えた。ピッパはキッチンのシンクの上にある窓から外を見ていた。色鮮やかな水玉模様のカーテンになかば身を隠すようにして。いかにも幸せな人が使っていそうな、真っ白な地に黄色い水玉のカーテン。

　男はふたつに仕切られたガレージを抜けて、たったひとりで箱を次々と運び入れていた。腕の筋肉がくっきりと盛り上がっている。

　顔は彫りが深く、影になっている部分が多かった。笑みを浮かべてはいない。顔をしかめているわけではないが、厳しい皺《しわ》が刻まれた顔だ。

　危険なほどハンサムなこんな男には手を貸してくれる友達がいてしかるべきなのに。

　しかし、友人の姿はなかった。男が箱を下ろすあいだ、ほこりまみれだがよく手入れされているように見える黒いトラックがドライブウェイにぽつんと停《と》まっていた。

ピッパは何度か唾を呑《の》みこんだ。怒らせていい相手でないことが直感でわかる。かつて他人の不興を買ったことのある人間とはいえ、今の自分はちがう。

しばらくは運びこまれる箱の数を数えてたのしもうとした。それからその重さを推測しようとし、最後にはただじっと男を眺めていた。年は三十代前半に見える。わたしよりほんの何歳か年上に。

ふさふさとした黒髪が襟足で跳ねていて、世話をしてくれる人間がそばにいないかのような無造作な印象を与えた。肩はこわばっていたが、身のこなしは流れるようだった。目の色はわからない。

それがわからないせいで、いまいましくも憶測をめぐらしてしまい、夜も眠れなくなりそうだった。

とはいえ、外へ出ていって荒れ狂う好奇心をなだめてやるなどあり得なかった。絶対に。

新たな隣人はゆうに百八十センチを超える長身で、広い肩をしていた。長い脚を穿《は》き古してぼろぼろになったジーンズに包んでいる。頭のてっぺんから爪先まで、動いているときですら硬い人間がいるとしたら、それはこの男だろう。

左目の上に半月型の傷痕があり、何かの紋章のようなタトゥーが筋肉の盛り上がった左の上腕を飾っていた。ピッパは首を傾《かし》げ、手を伸ばしてカーテンをもう少し押し開けた。

男は足を止め、大きすぎる箱を楽々と抱えたまま振り向いた。警戒している動物のように見える。緑の目。訝《いぶか》るように細めた目。警戒心をあらわにした危険な目がまっすぐピッパに向けられた。

ピッパは息を呑んだ。心臓が大きく鼓動する。カウンターの下の床に身を倒したが、横向きに倒れたのでも、しゃがみこんだのでもない。よく磨かれたタイルの上にあおむけに寝そべったのだ。心臓がどくどくと音を立てた。ピッパはすねを抱え、顎を膝に載せた。

唇を嚙《か》んで息を止め、目を閉じる。

何も起こらなかった。

音も聞こえなければ、人が近づいてくる気配もない。ドアをノックする音も。喉が締めつけられ、息ができなくなりそうだった。

十分ほども身動きひとつせずにいてから、ピッパは首をもたげた。さらに五分経《た》ってから足を放す。それから膝立ちになり、曲げた指をカウンターに伸ばした。

深呼吸してピッパは立ち上がり、カウンターの横から外をのぞき見た。

窓のところに立っている男と顔を突き合わせることになった。男の胸は窓枠全体をふさぐように見えた。

ピッパの心臓が爆発した。悲鳴をあげて振り返り、駆け出す。三歩でキッチンを出て居間を通る際に、引っ越してきた日から変わらぬ場所に置いてあるアンティークのテーブルにぶつかった。

足に痛みが走り、思わず倒れこんだ。パニックに駆られてうなるような声を発しながら這《は》ってソファーのそばを通り、寝室へ向かう。磨きこまれた木の床に両手をつき、すすり泣きながら寝室にたどりつくと、ドアをばたんと閉めた。

また足を胸に引き寄せ、背中をドアにつけると、上に手を伸ばして鍵をかけた。音を立てないように気をつけながら体を前後に揺らす。

ドアベルが鳴った。

胸が締めつけられ、目のまえがかすんだ。肩から腰へと震えが下ってまたのぼった。今はだめ。今はだめ。ああ、今はだめ。何度か大きく息を吸うと、ドクター・ヴァレンタインに教えられたとおりにパニックが襲ってくるのを受け入れた。パニックに襲われるままになることで逆にそれをやわらげることもできるのだ。

今はちがったが。

最大級のパニック発作のせいで全身に汗が浮かんだ。腕は震え、足は感覚がなくなっている。呼吸もあえぐようになり、視界はかすんだ。心臓は大きく鼓動しはじめた。

今度こそはほんとうに心臓発作を起こすのかもしれない。

いいえ。これはパニック発作にすぎない。

それでも、心臓発作の可能性もある。検査で医者が何かを見逃したのだ。もしくは脳卒中かもしれない。

助けを呼ぶために電話のところへ行くこともできなかった。

心臓が痛む。じっさいに胸は痛んだ。ピッパは金色の華奢《きゃしゃ》な鍵を見上げると、ドアから少しずつ離れ、四つん這いでベッドサイドのテーブルへと向かった。引き出しを開け、震える手を向精神薬《ザナックス》へと伸ばす。

吸収を速めようと舌の下に錠剤を入れる。粉っぽい苦さにむせたが、溶けるまで身動きせずに待った。

居間からドアを強く叩《たた》く音が聞こえてきた。

だめ、だめよ。ドアをノックしている。ドアには鍵がかかっている？　もちろん、かかっている。必ず鍵はかけるようにしていた。それでも、たとえどれほど頑丈な鍵だったとしても、ああいう男を遠ざけておくことができるだろうか？

絶対に無理。

のぞき見ていたことに気づかれてしまった。おそらく、見られることを好まない人なのだ。だからこそ、ひとりで荷物を運んでいた。なお悪いことに、わたしを見つけるために送りこまれた人間だとしたら？　とても怒っているようだった。怒っているの？

そうだとしたら、わたしはどうすればいい？

最近受けたインターネットの武術のレッスンが頭をよぎったが、動画を見ることで自己防衛術をほんとうに身につけられるものかどうか確信は持てなかった。この世のどんな自己防衛術をもってしても、あの男が相手では役に立たないような気もした。

ああ、どうしてミセス・マローニはフロリダへ移住してしまったの？　孫のそばに行きたいと老婦人が思うのは当然だが、住むならコテージ・グローヴのほうがずっといいはずだ。

彼女の家は一週間もしないうちに売れた。

木々の生い茂る広い裏庭で幼い子供たちが遊んだりはしゃいだりするのを眺めたかったのに、この男には家族がいないようだ。

もしかしたら、あとから連れてくるのかもしれないが、男にはどこか寒々とした孤独な雰囲気があった。もちろん、家を離れることはめったになかったので、家族持ちの男というのも昔とは変わったのかもしれないが。

でも、たぶんちがう。

またノック。今度はもっと強くしつこく叩く音。

ピッパは寝室のドアを開け、端から居間をのぞきこんだ。ソファーの向こうに玄関のドアが見える。

男はまたノックした。「こんにちは？」太く豊かな声がやすやすと家のなかに届いた。

ピッパは悲鳴をあげそうになった。

「なあ、その、あなたが倒れるのが見えたんで、大丈夫かどうかたしかめたいだけなんだ。ドアを開けてくれる必要はない」声を荒らげることもなく、どこまでも穏やかな口調だ。

ピッパは深く息を吸い、応えようとしたが、口からは空気しか出てこなかった。ああ、ばかなわたし。ドア枠に頭を軽くぶつけ、どうにか心をおちつかせようと悲しく試みる。

「その、大丈夫かい？」男は大きな玄関ドアの向こうから訊《き》いた。「助けを呼ぶこともできるが」

いいえ、だめよ。ピッパは何度か唾を呑みこんだ。「大丈夫よ」ようやく声が出た。「ほんとうに。なんでもないの。誰も呼ばないで」助けを呼ばれてその人たちを家のなかに入れなければ、警察にドアを破られてしまうのでは？　そういうわけにはいかない。

玄関ポーチからは沈黙が流れてきたが、足音は響かなかった。男はまだドアの向こうにいる。

心臓は肋骨《ろっこつ》に打ちつけつづけていた。ピッパは汗ばんだてのひらをヨガパンツでぬぐった。どうして行ってしまわないの？「いい？」と小声で言う。

「ほんとうに助けは必要ないかい？」豊かな太い声が呼びかけてくる。セクシーであるのはまちがいない。あのすばらしい体に似つかわしい男らしさに満ちた声。「困っている女性がいたら、ぼくはどんな力にもなる」

それって社交辞令？　わたしの気を惹《ひ》こうとしているの？　それとも安心させようと？　なんて言い返したらいい？　同じぐらい軽く返したら、安心して詮索しようとはしなくなる？　ぼうっとした頭には何も浮かばなかった。「大丈夫よ」もう帰って。お願い、帰ってもらわなくては。

「わかった」重々しいブーツの足音が玄関ポーチを横切り、やがて何も聞こえなくなった。

帰った。

数時間後、マルコム・ウェストは隣の家に住むきれいな女性のことを考えながら箱を家のなかに運び入れつづけていた。あれから何時間も経つが、窓辺に姿を現すことはなかった。

相手の声に恐怖の響きがあればマルコムにはそうとわかった。なじみになっていたからだ。誰かは知らないが、あの女性は窓からこちらを見てひどく怖がっていた。まったく。あんなふうに家に近づくなど、何を考えていたのだ？

両方の家の裏庭をひとつのフェンスが囲んでいた。それはなぜだろうと考える。ひとつの家族が二軒の家に分かれて暮らしていたのか？

マルコムはトラックから最後の箱を下ろし、家へと運んだ。おそらく失敗だったのだ。この小さな平屋を見学もせずに購入したのは、白い下見板の外壁と青い鎧戸《よろいど》、いまいましい町の名前――コテージ・グローヴ――が気に入ったからだ。平和な響きの名前。

自分には真の心の平和など二度と訪れるはずはなく、それは自分でもわかっていたが。

不動産業者がメールで写真を送ってきた家はどれもわびしく荒れはてていた……この家以外は。ほんの数日まえに売りに出されたばかりの家で、不動産業者によれば、すぐに買い手がつくだろうということだった。家と呼べる場所をひと月ものあいだ必死で探していたこともあって、すぐさまこの物件に飛びついたのだった。

あまりに都合よく現れた家だった。まるで運命のめぐり合わせのように。

運命を信じていればの話だが。マルコムは信じていなかった。

簡素な平屋のなかを進み、キッチンにもうひとつ箱を下ろすと、木のフェンスの向こうに広がる松林に目を向けた。九ヘクタールずつの区画に分けられた木々の生い茂る地域で、見渡すかぎりほかの家はないだろうと思っていたのだった。そのほうが都合がいい。

しかし、この家はもうひとつの家と並びになっていた。それぞれの裏庭がひとつのフェンスで囲われている。

ほかの家はどこにも見えなかった。

マルコムはため息をつき、居間へ向かおうとしたが、音がして注意を惹かれた。無意識に警戒態勢をとり、腰に隠してある拳銃《SIG》に手を伸ばす。見つかったのか？　玄関から誰かがはいってきた。

「ウェスト刑事かい？　撃たないでくれ。味方だ」太い男の声がした。

マルコムは銃を抜いた。手にしたその重さは自分の声よりもなじみ深いものだった。「味方は招かれもせずに訪ねてきたりはしない」逃げなければならない場合に備えて部屋のふたつの出口に目をやりながら穏やかに答えた。

男がキッチンにはいってきた。両手は脇に下ろしている。おそらく年は三十代。血走った目とくしゃくしゃの短い茶色の髪をしているが動きはなめらかだ。そのまなざしから多少地獄を見てきたことは明らかで、右腕がかすかに震えていた。悪癖を払おうとしているわけか？

マルコムは銃を男の頭に向けた。「二秒やる」

男は銃に気づいていないかのように部屋に置かれたいくつかの箱を見まわした。多少の震えがあっても、戦える男の身のこなしだ。「すわるところはないな」

「すぐに出ていってもらうからな」二キロほど離れた場所に隠してある車へは数分で

たどりつける。そうしてまたどこぞへ移ればいいだけのこと。きれいなコテージなど無用な夢だったということだ。書類にサインをした瞬間からそれはわかっていた。「ミントグリーンの壁紙を台無しにするのはいやだな」花模様の壁紙で、いずれにしてもとり換えようと思っていた。

「だったら、しなきゃいい」男は壁に寄りかかって腕を振った。「なんの禁断症状だ?」マルコムは声をひそめて訊いた。

男は顔をしかめた。「友から離れようとしているのさ」

「ジャック、ホセ、バドか?」すらすらと推測してみせる。

「おもにジャック・ダニエルだ」ようやく男の目が武器に向けられた。「それを下ろしてくれるかい?」

マルコムはひるまなかった。「あんたは誰だ?」

大げさなため息とともに広い肩が持ち上がった。「アンガス・フォースだ。きみに格好の案件があってここへ来た」

「そういうことか。新しいトースターは必要ないんだ」マルコムは銃を腰に戻した。

「帰ってくれ」

「ウェスト刑事——」

「ぼくはもう刑事じゃない。この家から出ていってくれ」派手な喧嘩《けんか》になってもかまわなかった。必要とあれば身を投げ出すつもりだった。

「なあ」アンガス・フォースは片手を上げた。「話を聞いてくれるだけでいい。今ぼくは国土防衛省づきの新しいチームにいる。チームではきみのような能力を持った人間を必要としている」

マルコムの胸に熱がこみ上げた。昨今の自分の能力といえば、くそ野郎どもに飛びかかっていかないように自分を抑えることだった。今はそれにも失敗しそうになっていたが。「興味ないね。さあ、とっとと出ていってくれ」

フォースは首を振った。「困難な任務の後遺症に悩まされているのはわかるが、きみは成功したんだ。悪党どもをつかまえた」

そうさ、でも、何人が命を落とした？　目のまえで。目の端から暗闇が広がり、視野が狭まった。「これ以上ここにいないほうがいい、フォース」

「心的外傷後ストレス障害《PTSD》にとりつかれているのは自分ひとりだとでも？　ばかだな」フォースは唾を吐くように言った。顔に貼りつけていたのんきな表情がはがれ落ちかけている。

「そうは思わないが、だからといって、そのことで仲間意識を持つつもりもない」マルコムの背中を汗が流れ落ちた。「なんにしても、どうやってぼくを見つけた？」

フォースは見るからに自分をおちつかせようとしていた。「きみがこの家を買ったのはまったくの偶然じゃないからさ。条件にぴったりはまる唯一の物件だった」彼は老婦人好みの明るいキッチンを見まわした。「少々かわいらしいが」

マルコムは指をにぎりしめた。「ぼくをはめたんだな」

「ああ、そうだ。きみにここに来てほしくて」フォースはまわりを身振りで示した。

マルコムは肺がつぶされる気がした。「どうしてだ？」

「きみがこれまで会ったなかで最高の覆面捜査官だからさ。われわれが今必要としているものだ。残念だが」フォースは震える手で髪を梳《す》いた。

「なんのために？」マルコムはすでに答えを恐れながら訊いた。

「隣の家に住む引きこもりのためだ。わが国にとって最大のテロ計画の鍵となる人物だ。それできみがここにいる」フォースの目が何かを暗示するようにきらりと光った。

ああ、ちくしょう。

2

心なぐさめる甘い香りがピッパのキッチンを満たしていた。焼き立てのバナナブレッドとチョコレートチップ・クッキーとアップルパイ。パイが冷めはじめるころには、鼓動も正常に戻っていた。ほとんど正常に。

数時間まえ、どれほどまぬけな姿をさらしてしまった？　気味の悪いストーカーさながらにキッチンの窓からのぞき見しないよう努めていたが、隣人を訪ねてきた人がいたのはわかった。つまり、あの男には友人がいるということ。

たくましく、どこかセクシーで、危険な見かけの友人たち。

まあ、訪ねてきたのはひとりだったが。敷地内の小道を大股で歩き、ノックもせずに家にはいっていった。隣人と同じように背の高い男だった。乱れた黒っぽい髪と着古したTシャツに包まれた筋肉質の腕。あの男たちは何者なの？

見たい気持ちに抗《あらが》うのをやめ、ピッパは手の粉をはたいてふつうの人のようにゆったりと歩いて居間を横切り、通りに面した広い窓のところへ行った。訪問者はきれいな黒いトラックに乗ってきていた。大きなトラック。

黒いトラック愛好家同士なのかもしれない。そう考えると、笑みを浮かべずにいられなかった。乗っている車からその人についてわかることは多い。

ピッパ自身もそうだった。五年まえに買った十五年もの頑丈なスバル。車はガレージに静かに停まっており、月に一度ほどしか使われることはなかった。そうしてただ年数を重ね、ほこりまみれになっていた。わたしと同じように。

トラックのなかで動くものを目がとらえた。

ピッパは窓ににじり寄った。トラックの運転席に誰かいる。外は早春らしく肌寒かったが、車の窓は開いていた。窓辺にはソファーがあったので、ソファーに膝をつき、目を凝らした。

毛むくじゃらの顔がこちらを向き、鋭い茶色の目と目が合った。犬。ピッパは息を呑んだ。どうしてわたしが見ていることが犬にわかったの？

犬は舌を垂らした。ピッパは忍び笑いをもらした。かわいい。大きな顔は目と鼻にかけて毛の色が濃くなっていて仮面をつけているように見える。ジャーマン・シェパードはテレビで見たことがあったが、とても危険そうに思えた。この犬は毛むくじゃらで退屈しているようだ。何かから仲間外れにされているという表情——おそらく、トラックにとり残されているからだろう。

ピッパはゆっくりと手を持ち上げて振った。ああ、こういうことからすっかり縁遠くなっている。そろそろまた現実の世界へ出ていくべきときなのだ。ショッピングモールへ行くとか。

犬の左耳がさらに高く持ち上がった。たくましい肩の筋肉が寄ったと思うと、犬は窓から飛び出し、アスファルトの上に優美に降り立った。

ピッパははっと身をそらした。

まるで任務に就いているかのように犬はふたつのドライブウェイのあいだにある、きれいに手入れされた生垣を飛び越え、近づいてきた。ふさふさとした茶色の毛の下で筋肉がなめらかに動いている。犬は家のまえの小道で足を止め、芽を出したばかりのチューリップの新芽のにおいを嗅いだ。

それから顔をそむけ、大きなくしゃみをした。

ピッパは笑った。

犬は首を上げ、玄関ポーチまで近づいてきた。それから吠《ほ》えた。一度。

ピッパはまばたきした。こんなのちょっとばかげている。息を止め、窓の外を見まわしたが、何もなかった。ふたつの家は森のなかを通る道の行き止まりにあった。一番近い家も車の往来のまばらな道を三十キロほど行ったところにある。

犬がまた吠えた。

いいわ。ふつうの人だったら、吠えているジャーマン・シェパードにドアを開けてやったりはしないだろう。ピッパはすわり心地のいいデニムのソファーから身を起こし、玄関に向かった。いつからあなたはふつうになったの？

いくつもある鍵を外すのに何秒かかかった。ドアを開けると、すぐさま閉めなければならなくなった場合に備えて端を強くつかんだ。「あの、こんにちは」

犬はすわったまま首を傾げた。

しゃがんで顔を犬の歯に近づけたりしないほうがいいことはわかっていた。そこで手を差し出した。

犬は近寄ってきて差し出された手のにおいを嗅ぎ、思いきりひとなめした。かすかに甘えるような声が喉からもれた。犬はさらに近くへ来てピッパの指から手首までをなめようとした。

ピッパは笑って犬を押し戻した。どうやらパイの砂糖を手からぬぐい切れていなかったようだ。

「ラスコー！」隣の家のポーチから鋭い声が飛んできた。

ピッパは悲鳴をあげ、犬はすぐさま反応した。犬の肩が彼女の膝にあたった。犬は振り返ってトラックのほうへ走っていき、開いた窓からするりとなかへはいった。ピッパはよろめいて尻もちをついた。その日二度目の尻もち。

隣人もその客人も遠目にも青ざめていた。

「くそっ」新たな隣人はひとっ跳びで茂みを越えると、顎を引きしめて歩み寄ってきた。この人たち、いつ外に出ていたの？「あの、すまない」隣人はすぐに近くまで来ると、大きな手を差し出した。ピッパの首全体をつかめるほどの手。この人はあまりに……大きい。

ピッパは息ができなくなった。両手はポーチについたまま固まっていた。

男は鮮やかな緑の目でまじまじと彼女を見つめ、やがてしゃがみこんで目の高さを合わせた。「大丈夫そうだね」暗く、太く、重々しい声だったが、なぜか心をおちつかせてくれた。それに、とても……いいにおい。樹木のような男らしいにおい。「犬が怖がらせたかな？」男は首をめぐらして肩越しに友人に目を向けた。友人はトラックの運転席のそばに立ってふたりを見つめている。

「いいえ」ピッパは震える声で答えた。

隣人は顔を戻し、また彼女をじっと見つめた。「それともぼくが?」

ピッパは唾を呑んだ。震えていることを考えれば、嘘《うそ》をついてもさらにまぬけに見えるだけだろう。「いいえ」まったく。やっぱり嘘をついてしまった。

男は口の端を持ち上げ、にやりとしそうになった。そのかすかな動きで目が明るくなり、いっそう魅力的に見えた。

トラックのところにいた男がドアを開け、犬を助手席に押しのけて運転席に飛び乗った。「また連絡するよ、ウェスト」そう呼びかけるとエンジンをかけ、車をUターンさせた。男はピッパの家のドライブウェイの端に達すると、犬側の窓を開けた。犬はなぜかほほ笑んでいるように見えた。「ぼくの言ったことを忘れないでくれ」

ウェストと呼ばれた隣人は今度はもうひとりの男に目もくれなかった。「断ったはずだ」相手にようやく聞こえるだけの声。「もう来ないでくれ」その暗い声にははっきりと脅しの響きがあった。

ピッパは目をみはった。つまり……友達ではなかったのね。何を言おうとしていたにせよ、ことばは喉で干からびていた。

トラックは走り去った。

ウェストはしばらくピッパを見つめていたが、やがて何かを決心したようだった。

ポーチに尻をつけると、顔をしかめながらジーンズを穿いた足であぐらをかいた。

「きみが怖がっているようだから、目のまえにそびえたつまいとしているんだが、きみは小柄なんだね？」

男はすわっていてもそびえたつようだった。それでもそうしてくれることは親切で、ピッパの肩からゆっくりと力が抜けた。「痛むの？」また声が出るようになった。

男は黒っぽい眉を上げた。「左腿がね。けがの治りかけだ」

そう。こんな弱虫な真似《まね》はやめないと。この人が玄関ポーチの硬い板の上にすわってふつうに振る舞えるのなら、わたしにだってできるはず。ピッパは手を差し出した。

「ピッパ・スミスよ」

男は怖がらせまいとするようにゆっくりと腕を持ち上げた。「マルコム・ウェストだ」

手に手を包まれた瞬間、あたたかさと緊張が腕を駆けのぼった。また息が奪われる。今度は恐怖とはまったく別のものだった。はじめて男性に会ったヴィクトリア朝時代の乙女のような振る舞いだ。「わたしだって経験がないってわけじゃないわ」思わずことばがこぼれた。

ああ、なんてこと。顔に熱がのぼる。そんなことを口に出して言ったわけ？

男は顎をわずかに下げ、捕食動物を思わせる顔になったが、目にはおもしろがるような光があった。「それは誘っているのかい？」

高い頬骨が真っ赤に染まり、彼女はさらに繊細に見えた。肩までの長さの茶色の髪と濃いオーシャンブルーの目。恐怖につきまとわれているような様子で、たとえそうでなかったとしても、どこかもろさがあり、マルコムはそれを意識せずにいられなかった。まったくもって不要なことだったが。「どうしてぼくが怖いんだい？」いまいましい口が動くのを止めるまえに質問を発していた。

彼女はやわらかい手を引っこめた。「あなたが怖いなんて言ってないわ」

それに対して反応できないのは明らかだったため、マルコムは視線をほっそりした首に落とした。血管が脈打っている。

彼女の頭のなかにはいっていって秘密を探りたいという欲望に駆られる。ひどくなじみのある感覚だった。自分がかつて警官だったのには理由があるのだ。しかし、その理由は失われてしまった。「ぼくだけが怖いのか？　それとも男全体が？」どうしてまだ質問を続けているのだ？

遠くで雷鳴がした。彼女は首をそらして暗雲が空を覆うのを見ようとした。「どうして二度と来ないでくれと言うような相手が自宅を訪ねてくるの?」

なるほど。他人の秘密を知りたがる人間はぼくだけではないようだ。「ぼくは警官だったんだが、うまくいかないことがあってね。あの男はぼくにまた警官に戻ってほしいと言いに来たんだ」

空を見ていた目がはっと戻された。驚いた小鳥のような仕草だ。口が小さな丸の形に開いた。

ああ、まったく。「警官が気に入らない理由でも?」震えているこの女性が誰かに害をおよぼすなどあり得ない。アンガス・フォースの言うことは嘘ばかりだ。それには疑問の余地がない。「ピッパ?」粋な名前だった。かわいらしい。しかし、本人はそれ以上の何かを感じさせた。すでにそのぐらいはわかった。

ピッパはゆっくりと首を振った。「いいえ。警察官は怖くないわ」

嘘だ。驚いたことに、彼女は嘘をつくのが下手ではなかった。ただ、あまりうまいとも言えない。今自分がこうして息をしているのは、役を演じ、嘘を見抜く能力があったからだ。マルコムは彼女に合わせることにした。「だったら、男か」

ピッパは興味をそそられる首の傾げ方をした。ため息をつく。「いいえ、怖いのは人よ」そう言って顔をくしゃくしゃにした。おそらく年は二十代後半だろうが、そうするともっと若く見えた。

そうか。「広場恐怖症なんだな」もうすぐ雨が降り出しそうだというのに、玄関ポーチでこんな会話を交わしているとは奇妙なことだ。それでも、動きたくない気もした。動けば彼女は家のなかに戻ってしまう。自分は謎があればどうしても解きたくなってしまう人間だった。

何があっても変わらないものもあるのだ。

彼女は首を振った。長く豊かな髪が揺れた。「いいえ。広場恐怖症じゃないわ」まためた息。「でも、近いかも。長いあいだ何かをしないでいたら、それを再開するのは大変なものよ。そうでしょう?」

そうでもない。しかし、少なくとも彼女は話しつづけている。

マルコムは口を開こうとしたが、そこで甘いにおいに気がついた。わずかに開いたドアのほうに顔を向ける。「いったいこのにおいは?」そう言って鼻を持ち上げてにおいを嗅いだ。何年も嗅いだことがないほどすばらしいにおいだった。

ピッパは現実世界に引き戻されたかのように身を固くした。それからドアを支えにしてよろよろと立ち上がった。「その、たまにお菓子を焼くの」彼女はさほど高くない背を伸ばし、まだすわっている彼を見下ろしたが、顔の赤みが増した。「たまにじゃないわ。よく焼くの」

天国はこんなにおいだろうと思うようなにおいだった。おそらく知ることはない天国のにおい。食べさせてほしいと頼むのは失礼だろうか？　たぶん。これほどいいにおいのものがなんであれ、買いたいと言えば売ってくれるだろうか？　隣人になったばかりの人間に対し、手作りの菓子に金を払うと言うのもおそらく無作法だろう。行儀に関してはあまり学んでこなかった。人心操作なら学んだが。しかし、何かのせいで――なんであるかたしかめたいとは思わない何かのせいで――彼女の心をあやつることはためらわれた。「ぼくだって電子レンジは使える」彼は言った。「麺料理もできる」

「そう」ピッパはドアを開け、少しずつなかにはいろうとした。顔にためらいがよぎった。苦痛を感じているかのような顔だ。おそらく行儀がよすぎて、それに必死で抗っているのだろう。

マルコムは立ち上がってしびれた左足を振った。腿は絶えず痛んだが、少なくともあたった銃弾は動脈をそれていた。足が動くようになると、何歩か下がって彼女とのあいだに隙間を空けた。

雨が降りはじめた。

「その、よかったら、何枚かクッキーを差し上げるわ」ドアをつかんでいる指の節が白くなっていた。

ああ、そのクッキーが食べたくてたまらない。しかし、彼女の仕草を見れば、たとえその筋の専門家でなかったとしても、なかにはいってほしくないと思っているのはありありとわかった。それどころか、入口をふさごうとしている。「ブーツが汚れているから」嘘はやすやすと口からこぼれた。「クッキーはぜひほしいが、このまま玄関ポーチにいてもいいかな？　靴下に穴も開いているので、ブーツを脱ぎたくもないんだ。そう、勝手ばかり言っているが」

彼女は目をぱちくりさせた。そのすばらしい目には自嘲と安堵《あんど》が入り交じっていた。モンタナの七月の空よりも澄んだ目。三年まえに任務に就いていたモンタナの。「いいわ。すぐに戻ります」そう言って彼女は姿を消した。

マルコムは動かなかった。一ミリも。あんなに敏感になっていたら、ポーチの床板がきしむ音にもまた怯《おび》えることだろう。呼吸もほとんどしなかった。食べた瞬間に口のなかでとろけてしまいそうなにおいの手作りクッキーを手に入れるためなら、どんなことでもする。

ピッパは両手で大きなバスケットを持って戻ってきた。「どうぞ」そう言ってバスケットを差し出した。

マルコムはバスケットを受けとって見下ろした。そのにおいにひざまずきたくなる。

「何がはいっているんだい？」

ピッパはぎごちなく答えた。「クッキーに、バナナブレッドに、アップルパイよ」

そう言ってほっそりした肩をすくめた。「ひとりでは食べきれないから」

「ぼくも全部はもらえない」そう言いながら、彼女の気が変わらないうちにすでにあとずさりはじめていた。

ピッパはにっこりした。「もらってくれていいのよ。ご近所になったよしみで」そう言ってあたりを見まわした。あたりには何もなかった。「まあ、世界の果てみたいなところだけど」それから彼の目のまえでドアを閉めた。

マルコムは鼻を下げて深々とにおいを嗅いだ。パイだ。パイから食べるのは決まりだ。心を浮き立たせながら雨のなかを自分の家まで軽い足取りで歩く。玄関のドアに達したときにはすでに携帯電話に番号を打ちこみ、耳にあてていた。

「もうぼくが恋しくなったかい？」挨拶代わりにアンガス・フォースは言った。まわりで多少車の音がしている。

マルコムは蹴ってドアを閉めた。「彼女についての記録がほしい。あんたに協力すると言っているわけじゃないが、彼女のファイルがほしい」そう言ってフォースが腹立たしいことを言うまえに電話を切った。

それから菓子のはいったバスケットを持ったままドアに背をあずけた。頭は好奇心で一杯だった。また荷物をまとめて出ていくべきだ。ここから逃げ出すのだ。

しかし、彼女はパイをくれた。

3

ピッパははっと息を呑んで目覚め、ベッドの上で飛び起きた。鼓動は激しく、胃は締めつけられるようだった。「ただの夢よ」と暗闇にささやく。ただの夢。現実じゃない。これが現実。それをたしかめるように腕をつねる。

痛い。

大丈夫。ドアのそばの終夜灯によって部屋は照らされていたが、より明るい光を求めてアンティークのベッドサイドテーブルに手を伸ばした。習慣に従って何度か深呼吸し、きれいな部屋を見まわす。テーブルとドレッサーはとても鮮やかな緑色に塗っていた。ベッドカバーは派手な黄色で、ラグは心なごませるその二色の組み合わせだった。控えめで慎《つつ》ましい色とは真逆の色。

ピッパはベッドサイドに置いてある水のグラスに手を伸ばし、水がはいっていないことに気がついた。喉が痛んだ。

ベッドから出るとスリッパに足を入れ、寝室のドアへ向かった。三つの鍵を外すのに時間がかかった。

習慣から足を止め、目を閉じて耳を澄ます。家は心安らぐ静けさに包まれていた。なんにしても変わった気配はなかった。そこで廊下を通ってキッチンへ行き、シンクでグラスに水を注《つ》いだ。

雨が窓に叩きつけ、風が強まって低いうなり声をあげていた。不気味な音だった。それでも、雲のあいまから月光が射《さ》し、裏庭の芝生の向こうに揺れる木々が見えた。芽吹いたばかりの松の葉が風に飛ばされている。

そして、そこに彼がいた。

マルコム・ウェストがこちらに背を向けて裏庭の真ん中に立っていた。ボクサーショーツだけを身につけ、顔をあおむけて体を震わせている。全身を雨に洗われ、硬く盛り上がった筋肉がはっきりわかる。その筋肉が獰猛《どうもう》と言ってもいいほど激しく震えている。

腕の毛が総毛立った。ピッパは音を立てずに横開きのガラス戸に近づき、鼻をガラスに押しつけるようにした。

明かりが乏しく、どうにか彼の姿は見分けられたものの、外は何もかもかすんでいるように見えた。彼は拳をにぎりしめている。腕と背中の筋肉が盛り上がっている——あり得ないほどに。胸が大きく上下し、上半身全体が動いている。

ああ。あれがパニック発作でなければ、なんだというの。心のどこかでは——善良で正義感にあふれた部分では——駆け寄って手助けを申し出るべきだとわかっていた。気持ちを楽にさせてやるのだ。

しかし、それよりも強い思いのせいでピッパはぎごちなくその場に留《とど》まった。動けなかったのだ。

彼が何かを叫んだ。痛ましいその声は風にかき消された。そこには怒りもあった。目に見えるほどの。

ピッパはあとずさってガラスから離れた。

稲妻が光り、ピッパは飛び上がった。一瞬、裏庭全体が明るくなった。彼は力みなぎる男らしさの塊だった。嵐のただなかで獣じみてすらいた。濡《ぬ》れた髪は縮れて肩に落ち、そのすばらしい体にもそれを損なうような痕があった。右の肩甲骨の近くに治った銃創が三つ。左の肋骨の下にナイフの傷痕のようなもの。

ピッパの呼吸が速まった。手をガラスに押しつける。どうしてあんな危険なものに、あんな危険な人に惹きつけられるなんてことがあるの？　かつて邪悪な魂の持ち主と非難されたことがあるが、ほんとうにそうなのかもしれない。

傷ついていて、危険な人。みずからの魂と同じであるがゆえにそれはわかった。そばに行き、たくましい体に触れたいという熱望が心の奥底に湧いたのはショックだった。それでも、手は扉の鍵のひとつを外していた。

また大きな音がして、何かがまわりながら落ちてきた。切り落とそうと思っていた木の枝だ。彼は直感からかなかば振り向いたが、そこで落ちてきた枝が頭にあたった。マルコムは勢いよく倒れ、地面に体を打ちつけた。

ピッパは息を呑んだ。起きて、起きて、起きて。

動かなかった。濡れた芝生に顔を押しつけ、むき出しの背中にすでに松葉が降り積もるなか、身動きせずにいる。ぴくりとも。

ピッパは唾を呑みこんだ。鼓動が速まるあまり、扉の鍵をすべて外し終えたときには呼吸困難におちいっていた。これがずっと恐れていた心臓発作？　重い扉を動かすには全体重をかけなければならなかったが、どうにか多少開けることはできた。

雨風に即座に襲われる。

死んでしまっていたらどうする？　頭を打って死ぬ人はいる。そんなことはみんなわかっている。

ピッパは目をしばたたき、枝が落ちてきた方角に目を向けた。木はぱきぱきと音を立て、狂ったように揺れていた。業者に頼んで切ってもらおうと思っていたのだった。このままではきっと倒れる。

元警官の上に。

わたしのせいだ。誰とも話したくなかったせいで伐採業者に電話をかけなかったから。わたしの弱さが危険を生んでしまった。

選択肢はない。あの人を助けなければ。

ピッパは思いきり息を吐くと、恐怖を無視して行動に移った。レンガのパティオを走って横切り、芝生に降りる。耳のあいだで鳴り響く警報は荒々しい風の音と争うほどだった。ピンクのタンクトップとショートパンツに雨が打ちつけ、やわらかい生地が体に貼りついた。風に乱された髪はずぶ濡れになっている。ピッパは目を凝らさなければならず、髪を目から払いのけた。

裸足《はだし》で濡れた芝生を踏んでそばへ行くと、マルコムは四つん這いになろうとしていた。

ピッパは足を止めた。恐怖に呑みこまれそうになる。大丈夫だったの？　そうであれば家に戻れる。

彼は首を垂れていた。濡れた髪のせいで顔が見えない。これだけ近づいてみると、体に受けた暴力の痕がよりはっきりわかった。左腿に大きな手術の痕があり、左の腰にはナイフによる傷痕があった。

「マルコム?」とささやいたが、その声は嵐にかき消された。ピッパは手を伸ばして彼の肩に触れた。

マルコムが急に飛び上がったため、ピッパは悲鳴をあげた。彼はくるりと振り向いた。足を踏ん張り、手をにぎりしめている。緑の目には炎が激しく燃えていた。恐怖と怒りが険しい顔の彫りをより深くしている。右のこめかみでは血が雨と混じっていた。

ピッパの足はその場に釘《くぎ》づけになり、震え出した。身動きできなかった。これまで会った誰よりも背が高く、大きい人だ。襲われたら、勝てるはずがない。

けれど、逃げ出すこともできなかった。

緑の目にゆっくりと意識が戻ってきて、獣ではなく、より人間らしい顔になった。

「ピッパ」たくましい胸が上下する。彼が片膝をつくと、水しぶきが上がった。

ピッパは彼の腕をつかんだ。雨のせいですべって肌はつかみにくかったが、熱くなっているのはわかった。「もう気を失わないで。わたしひとりであなたをなかに運び入れるのは無理だから」無意識に恐怖を呑みこみ、ピッパは彼の腕の下に自分の体を押しこんだ。「筋肉って脂肪より重いのよ」意味のないことをつぶやきながら立ち上がり、彼が立つのに力を貸した。「あなたって全然脂肪がないのね」一キロも。今見てわかったのだが、腹筋も割れていた。「だから重いのよ。なかに引きずっていくこともできないわ」マルコムのほうが少なくとも四十五キロは体重がありそうだった。おそらくはもっと。

「大丈夫だ」寄り添われてよろよろとパティオへ向かいながら、彼は不明瞭な声を出した。

「ええ」ピッパは横開きのガラス戸のところまで足を止めなかった。彼のそばにいると自分が小さくて無防備に思える。

空いているほうの手でマルコムは重いガラス戸をぞんざいに端まで開けた。やすやすと扉を全開にした力強さにピッパの腹に緊張が広がった。警戒心とともに別の何かが湧き起こる。あとになれば心配になるような熱い欲望に似た何か。

まもなくふたりは明るい黄色で統一されたピッパのキッチンのなかに足を踏み入れた。ピッパはマルコムが古風な円いテーブルにつくのに手を貸した。アンティークの木製の椅子が彼の重みにきしんだ。

ピッパは一歩下がった。

その椅子には大きすぎる人だった。濡れた髪とこめかみの血が原始的で危険な印象を与えている。

そんな人を安全な隠れ家に連れこんでしまった。

胸が痛んだ。おそらく不健康な形で心臓が肋骨に打ちつけたからだろう。不必要な形であることはまちがいない。パニック発作に襲われて真夜中に目が覚めることはよくあり、新鮮な空気がつねに効くように思われたため、いつも野生動物のように外へ走って出るのだった。

今回のように頭に一撃をくらうとは考えたこともなかった。

どこもかしこもが痛んだ。頭も、顔も、腰も、いまいましい脚も。それでも、あたたかさとあたりに漂う焼き立てのクッキーの甘い香りのおかげで気持ちをおちつかせることができた。

まばたきで目から水を払い、焦点を合わせる。

開いたままの横開きのガラス戸のそばにピッパがいた。髪はびしょ濡れの塊となって頭をとりまき、彫りの深い顔は雨にまみれている。小さなタンクトップとショートパンツはぐっしょり濡れ、驚くほどめりはりのある体に貼りついていた。胸の頂きが薄いコットン越しにダイヤモンドほども硬くなっているのがわかる。背は高くないが、体のわりにむき出しの脚はかなり長かった。すばやくそれを見てとると、興奮の証《あかし》が全身の痛みの不協和音に加わった。欲望に硬くなって。

彼女の目がみはられた。

マルコムは華奢な椅子に身をあずけており、目を下には向けなかった。ボクサーショーツ――ずぶ濡れの――しか身につけていないため、自分の心の動きは見え見えにちがいない。「きみに害をおよぼしたりはしないよ、ピッパ」その名前には違和感があった。なぜだ?

彼女は唾を呑みこんだ。そのせいで喉が動く。「頭のこと、ごめんなさい。わたしのせいなの」

外に出てきてバットでなぐったわけでもないのに、どうして彼女のせいになるのかわからなかった。「共用の裏庭にある木の枝が落ちたんだ。きみのせいだとしたら、ぼくのせいでもある」マルコムはこめかみの血をぬぐおうとした。「責めるなら、母なる自然を責めよう。昔からぼくにはひどく意地悪なんだ」

ピッパは張りつめた笑い声をもらした。

部屋がまだ少しばかりまわっているような感じがなければ、立ち上がって出ていくのだが。「まともに歩けるようになるまでちょっと待ってくれ。そうすれば、邪魔はしないから」彼女は死ぬほど怖がっていたにもかかわらず、マルコムがけがをしたのを見て、嵐のなか、駆けつけてくれたのだ。そして家のなかに招き入れてくれた。ほかに誰も家に入れたことがないのは全財産を賭けてもよかった。この女性はやさしい心の持ち主なのだ。「いいかい？」

約束のことばを聞いてピッパは気をふるい立たせたようだった。キッチンヘタオルをとりに行き、そばに来て頭にそれをあてがってくれた。「お医者様に見せたほうがいいかもしれない」

マルコムは彼女の手に手を重ねた。そうすることで頭はさらに痛んだが。「もっとひどいけがを負ったこともある」手で触れた彼女の手は濡れていてなめらかだった。小さくて華奢な手――今にも壊れそうなほどに。

そうして近くにいることで、甘いクッキーの香りと混じる独特の彼女のにおいと、彼女の存在と、驚くほど熱いもので頭が一杯になった。何センチか首をまわすだけで、あの魅力的な胸のそばに口を寄せることもできる。思わずもれたうめき声はこめかみの傷とは関係なかった。

ピッパは傷を押さえる手をゆるめた。「アスピリンがあるわ」

あの部分はまるで十八歳の青二才のように硬くなっていた。家に帰ればグレンリビット（スコッチ・ウィスキーの一種）もある。一杯か五杯もやれば効くだろう。

裏庭に出るガラス戸が開いていても、小さな部屋は親密さに満ちていた。脳は絶対にだめだと命令を下していたが、体はそれを探求したがっていた。マルコムは彼女の胸を気にしないようにしながら顔を上げ、目を合わせた。

ああ。

意識、警戒、恐怖、好奇、欲望。おそらくは夜のせいもあり、外が嵐のせいもあるだろうが、この女性の表情はまったくの無防備だった。この部屋のなかで体と脳がせめぎ合っている人間は自分だけではないのだ。

ピッパのサファイア色の目が彼のむき出しの胸に落ちた。そこからもっと下へと。それに応えるように興奮の証がぴくりと動いた。勝手に彼女と会話しようとするかのように。

すばらしい――なんともすばらしい――赤味が彼女の胸から首へ、まだ濡れている顔へと広がった。「あの」きれいなピンク色の唇がかすかに動いた。

マルコムは息を呑んだ。誘ってくるだろうか？　そうしたら、完全に降伏だ。たとえそれがとんでもないまちがいだとしても、一瞬で彼女のショートパンツを脱がせてしまうことだろう。しかし、行動を起こすのは彼女でなければならない。体の大きな自分のような男のほうから行動を起こすことはできない。そのつもりもない。それでも、差し出されたなら、幸せに昇天することができるだろう。少なくとも満足することはできる。感謝するのはもちろん。

ピッパは手を離し、何歩か下がった。目はマルコムの左の肩越しの一点を見つめている。

失望がハンマーのようにみぞおちを打った。

ピッパは咳払《せきばら》いをした。「人と接するのは苦手なの。人といっしょにいるのは」

帰れと言われているのか？「わかるよ」今なら立ち上がっても膝が崩れることはないかもしれない。

「あなたのまえにはミセス・マローニがあの家で暮らしていて親しくしていたの。おしゃべりしたりしていっしょに時間を過ごしたわ」ピッパは小声で言った。「いいお隣さんだった」

親しくしてほしいと頼んでいるのか？「ぼくに親しい人はいない」マルコムは正

直に言った。息ができるほどには頭痛もおさまっていた。「少なくとも、ここしばらくは」

ピッパの目とまた目が合う。「どうして？」

これ以上、濡れた下着姿ですっかり硬くなったままそこにすわり、親しげに振る舞うことはできなかった。何より、生地が薄く、肌に貼りついた服のせいで彼女の体のなめらかな曲線がはっきりわかり、それを隅々まで探索したいという欲望で口のなかには唾が湧いていた。そこでマルコムは手をテーブルにつき、どうにかして立ち上がった。「ピッパ？　お隣さんになれて光栄だよ。友達になれるよう努力もできる。でも、それは明日からにしたほうがよさそうだ。もう今日かもしれないが。お互いちゃんと服を着ているときにね」

彼女の唇にかすかな笑みが躍った。「これってなんだかおかしいわよね」

自分だったらおかしいということばは使わないと思いながら、マルコムは笑みを返した。誰かに率直な態度で接したのは久しぶりだったので、どうしていいかよくわからなかった。「寝室に招かれたら、誘いに乗っていただろうな」

ピッパは首を傾げた。「そうね」そう言って彼が外へ戻れるように道を空けた。「友達になるって本気で言ったの？」

「もちろんさ。どうしていけない？」今や自分がコテージ・グローヴを離れることはないと身にしみてわかっていた。どうして離れられる？

「いいわ」ピッパの声はためらうようだった。「明日、夕方に。わたしが一日の仕事を終えたあとで。敷地内を散歩してお近づきになりましょう。そうして恐れるべきことがあるかどうかたしかめればいいわ」

ほんとうに妙なことばを使う女性だ。枝の折れた木とか、家まわりの問題とかではなく、恐れるべきこと。「わかった。明日はほぼずっと用事に追われる予定だが、午後になったら、ここへ来ると覚えておくよ」マルコムはタオルを借りたままパティオに出ると、嵐のなかへ足を踏み出した。

これまでの人生で何か学んだことがあるとすれば、これから何かが起こるのはまちがいない。

4

駐車スペースの半分ほどが埋まっている駐車場にトラックを停めると、マルコムはべたべたするメモ用紙に書きなぐった住所を再度たしかめた。「妙だな」とまわりを見まわしながらつぶやく。目のまえの建物が七〇年代に建てられたものであるのはまちがいない。四角い三階建てのベージュ色の建物。

ヴァージニア州のコテージ・グローヴからこのワシントンDC郊外の妙な場所までは車で一時間以上もかかり、道々ばかなことをしているのではないかと自問せずにいられなかった。

左手には古びたピクニックテーブルの置かれた人気《ひとけ》のないくさむらが広がり、右手には似たような建物の並びが続いていた。背後に州間道路《インターステート》がある。あたりは静まり返っていた――不気味なほどに。

SIGをグローブボックスに置いていくのはためらわれたが、許可証なしに武器を持って政府の建物に足を踏み入れるわけにはいかない。これが政府の建物だとしたら。場所が足りなくて使っているサテライトオフィスのひとつか、それに近いものだろう。

車から勢いよく降りるとブーツが湿った歩道にあたった。雨はほとんどわからないほどの小降りになっていたが、停めた車をまわりこんで入口のガラス扉まで行くあいだに髪が湿り気を帯びた。

建物のなかも改装された様子はなかった。古びた黄色のタイル、統一性のない文字で書かれた壁の案内板、くすんだ白いペンキ。セキュリティ・システムもなく、静まり返っている。ふたつの木目模様のエレベーターのあるエレベーターホールが右手にあった。案内板のそばに寄ったが、国土防衛省《HDD》がそこに載っていないことには驚かなかった。住所をまちがって書き留めたのだろうか？

古びたエレベーターの扉が開き、アンガス・フォースが降りてきた。ぱりっとしたスーツを着て昔の連邦捜査官のように見える。以前より短くしていたが、髪はやはり乱れていた。その髪をジェルか何かで後ろに撫《な》でつけ、ネクタイをきっちりと結んでいる。「ウェスト」

マルコムは静まり返ったフロアを見まわした。どのオフィスのドアも閉まっている。

「悪くない場所にオフィスをかまえたな」

「建物の一階の端にジムもある」フォースは即座ににやりとした。「これを悪くないと思うのか？　自分のオフィスを見るまで待つんだな」そう言ってエレベーターのなかへ戻った。

マルコムは首を振ってあとに従った。彼が乗りこむとエレベーターはがたがたと動き出した。「あんたのチームに加わるつもりはない」こんな薄汚い場所ではとくに。

「ここへ来れば、あんたが持っているというピッパの記録を渡すと言われたからだ」

「へえ、ピッパと呼んでいるわけだ？」フォースは小声で言い、一番左にあるボタンを押した。「もうファーストネームで呼び合う仲なのか？　やるな」

マルコムは挑発には乗らなかった。エレベーターは下がりはじめた。「下へ行くのか？」

「そうだ。何事も見逃さないんだな、ウェスト刑事」フォースは明るく言い、ネクタイを引っ張った。

「こんな場所でＨＤＤのチームが何をしている？」好奇心には手を焼く。

エレベーターは二階分下がった。扉が開くと、そこは明滅する照明に照らされた小さなエレベーターホールとなっていた。右にある古びたドアはクローゼットのドアに見える。左のより小さなドアの上のトイレと書かれた古びた表示は傾いていた。「うちのチーム自体が誰も近寄りたいと思わない薄汚い秘密みたいなもんだからな」

フォースはホールを横切りながら言った。「それに、ぼくは嘘をついた」

あとをついていくと、傷だらけの机がいくつか乱雑に置かれた大部屋のような場所が現れた。ほこりだらけの箱が積み上がった机もあった。ゴミや、誰も使っていないコンピューターが一方の壁際に並んでいる。「何について?」

「きみにオフィスはない」フォースは広い部屋の奥にある四つの開いた扉を指し示した。「左から右へ、ぼくのオフィス、会議室一、会議室二、コンピューター・ルームだ」そう言って部屋全体を身振りで示した。「どれでも好きな机を使ってくれてかまわない。机を車座に置くか、座禅を組むときのように並べるか、考えていたところだ。きみはどう思う?」

マルコムは鋭い目をくれた。「あんたがこの部屋をどう模様替えしようがどうでもいい」壁のペンキははがれかけ、天井の黄色っぽい照明は音を立てていた。床は汚いコンクリートだ。「ファイルをくれればいい」

エレベーターが音を立てて止まり、扉が開いた。

マルコムはわずかに体をまわしてエレベーターのほうに顔を向けた。降りてきた男はスーパーヒーロー物の映画に出てきそうな外見だった。

悪役として。

体が大きく、恐ろしげで、いかれた悪役。

フォースは笑みを浮かべた。「時間どおりだな。クラレンス・ウルフ少佐。こちら、マルコム・ウェスト刑事だ」

「ぼくはもう刑事じゃない」マルコムがそう言うと同時にウルフもつぶやいた。

「おれは少佐じゃない」

「そうだった」フォースは振り返って部屋の奥へと向かいながら言った。「忘れっぽいものでね。じっさい、きみたちのことはHDDの捜査官に任命したいと思っている」

ウルフは部屋を見まわしてため息をついた。穴の開いたジーンズとすり切れたTシャツ、着古した革のジャケットといういでたちだ。髪は短くカットし、目は茶色で、岩のように頑丈そうな顎をしている。左のこめかみから喉にかけて傷痕がある。少なくとも身長は百九十五センチくらいか、もっとあるかもしれない。「昨日思った以上に最悪の場所だな」

どうなっているんだ? マルコムは会議室に目をさまよわせた。「新しいチームを組むと言ったのは誇張じゃなかったんだな」

「ああ」フォースは机のあいだを縫うように進んで会議室二にはいった。

マルコムがウルフに横目をくれると、ウルフも見返してきた。

「どうしてもう刑事じゃないんだい？」とウルフが訊いた。低くかすれた声だ。

「あんたはどうして少佐じゃない？」とマルコムは返した。

「噂《うわさ》によると、おれは正気じゃないそうだ」ウルフは振り返ってフォースのあとから会議室にはいった。大男のわりに身のこなしは妙に上品だった。

たしかに正気じゃない外見だ。噂が真実であることも多い。マルコムはまた部屋を見まわし、机のあいだを抜けてドアのところまで行ってなかをのぞきこんだ。長い会議用のテーブルがあり、そのまえに殺人事件の捜査で使われるような大きなホワイトボードが置かれている。そこに貼られたピッパの写真に即座に目を惹かれた。その右には何人かのほかの女性たちの写真があった。ボードのてっぺんには〝アン・チャイラフ〟と書かれていた。

フォースはマルコムの視線をとらえた。「ゲール語で家族という意味だ」

ウルフは椅子を引いて筋肉質の大きな体を椅子にあずけた。「これが例の案件かい？　これでチームに戻れるのか？」

「いや、この件についてはウェストが担当する」フォースはそう言ってマルコムにすわるように身振りで示した。「彼がチームに加わればの話だが」

マルコムは胸に重いものを感じつつゆっくりと椅子を引き出した。「どういうことか二分で説明してくれ。そうしたら、ぼくはここをあとにする」どうしてこの件に覆面捜査官が必要なんだ？

昨日もいた巨大な犬が部屋のなかにはいってきてあたりを見まわし、隅へ行ってどさりと体を下ろした。

「あれはラスコーだ」フォースが何気なく言った。「いい犬なんだが、ちょっと変な癖があってね」

癖？　四十五キロもあるジャーマン・シェパードに変な癖があるだって？　なんともすばらしい。マルコムは目をボードに戻した。左端にはっきりと名前を記された男の写真が貼ってあった。鋭い茶色の目、角ばった顔立ち、長めの茶色の髪。アイライナーを入れるようになるまえの若き日のジョニー・デップといった顔。「イサク・レオンとは何者だ？　それにどうしてギリシア語のアルファとオメガの記号が名前の下につけられている？」

フォースは左側の壁に身をあずけた。「レオンはカルト集団の指導者で、自分がアルファでオメガだと主張している。カルトのメンバーたちはやつを選ばれし人と呼んでいる」

「アルファでオメガなのはキリストだけだ（新約聖書ヨハネの黙示録二一・六より）」ウルフは小声で言い、隅にいる犬に目をくれた。「あんたの子犬は腹が減っているようだが」

「嚙まないでくれたら、向こうもきみを嚙んだりしない」フォースは気楽な調子で言った。

つまり、このがたいのいい元兵士も多少は聖書を知っているというわけだ。マルコムは四人の女性の写真を顎で示した。「彼女たちはそのささやかなカルト集団の一員というわけかい？」四人とも美しかったが、ピッパにはどこか特別なものがあった。あの目のせいだ。

フォースはうなずいた。「ああ。これまでに特定できた女性たちだ。みなこのカルト集団を離れ、身を隠して暮らしている。われわれが見つけたのはピッパとトリクシーと名乗っている女性だけだ」

「なんの罪もないかもしれない」マルコムはピッパの写真に目を向けてつぶやいた。少なくとも五年かもっとまえに撮られたものだ。髪が今よりも長く、顔もふっくらしている。

「たしかに」フォースは部屋じゅうに無造作に置かれたたくさんの箱のひとつに手を

入れて一枚の写真をとり出し、ピッパの写真の下にテープで貼った。「まだ整理の途中でね。これは母親のジャニス。今もカルト集団に残っているはずだ」

「どうしてだ？」マルコムは写真をじっと見つめながら訊いた。娘とちがい、その女性はブロンドだったが、目は同じだった。

「写真はこれだけじゃない」とフォースは言った。

マルコムは息を吐いた。「わかった。この国には山ほどカルト集団がある。どうしてこの集団に目をつけた？」

フォースは鉛筆でテーブルを叩いた。「まず、カルト集団の拠点と家出人の割合と死者の数を分析してみた。深い相関関係があった」

「まあ、カルト集団にはよくあることだ」マルコムは言った。「家出人と死者については州や地元警察にまかせておけばいい。ほかには？」

「次に、言語解析を行った。まあ、友人に頼んでやってもらったんだが。その結果、過激な行動に走る可能性のあることが明らかになった。このカルト集団が長年にわたってテロ攻撃の計画を練っているという情報も手にはいった。これらの女性たちを各所に配置したのも計画の一部だと思われる。残念ながら、写真は何年もまえのもので、これまでのところ、ピッパは見つけたふたりの女性のうちのひとりだ。ところで、彼女の本名はメアリーだと思う」

　道理で名前がしっくりこなかったはずだ。マルコムは無表情を保った。「まだ見つけていないのなら、どうやって残りの女性たちについて知るつもりだ？」

「次の手として、内部の人間と接触した。それで写真を手に入れた」フォースは首を振って言った。「ただし、その人間は女性で、カルト集団のヒエラルキーから言って上層部にはいりこむことはできない。優秀な女性だが、誰であってもそこまで優秀ではないというわけだ」

　マルコムは椅子に背をあずけた。「つまり、ぼくにピッパと親しくなって情報をくみ上げろというわけか」別の意味で親しくなる情景で頭が一杯になり、その情景を心から払いのけなければならなかった。

「とっかかりとしては」フォースは認めた。

「いったいどんな問題が起こるというんだ？」とウルフが訊いた。目は犬から離さずにいる。

　ラスコーのほうも揺るがない目をクラレンス・ウルフに向けていた。

　妙なにらめっこでもしてるつもりか？

　フォースは咳払いをした。「犬はまばたきしないぞ」

「おれもさ」ウルフは身動きせずにつぶやいた。

まったく、いかれてる。マルコムはアンガス・フォースをじっと見つめた。「彼の質問に答えていないが」

フォースが見返してきた。「われわれの情報源によると、自爆による大がかりなテロ攻撃を計画しているふしがあるそうだ。場所はわからないが、近々起こるのではないかということだ。このカルト集団はウェスト・ヴァージニアに拠点を移した……じっさい、ここからかなり近い場所だ。だから、攻撃はＤＣで起こるのではないかと踏んでいる。ただ……」

「ニューヨークも近い。ほかにもいくつか都市はある」とマルコムは言った。あまり現実とは思えない話だったが、腕の毛が総毛立つ感じは気に入らなかった。「テロ攻撃が差し迫っているとしたら、どうして今こんな地下のくそだめみたいなオフィスにいるんだ？　このチームとはなんだ？　あんたは何者なんだ？」

フォースはにやりとした。ふいに妙に見覚えのある顔になった。「今のところ、そのカルト集団がテロ攻撃を計画していると考えているのはぼくだけなので、状況をはっきりさせるために会議室二を作ったんだ」

マルコムは訝るように目を細め、きれいにひげを剃《そ》り、ＦＢＩ捜査官らしい髪型のフォースを想像してみた。記憶が蘇《よみがえ》り、急所を蹴られた気分になった。「あんたが誰かわかったよ。〝外科医〟を倒したFBIの特別捜査官だ。メディアはあんたの写真を数枚しか撮れず、名前も公表されなかった。でも、どこかで見た顔だと思ったんだ」

フォースは顔をしかめた。「いまいましい写真さ。ジャーナリストどもめ。最悪のやつらだ」

マルコムはゆっくりと首を振った。「FBIのプロファイラーが――FBI随一のプロファイラーが――地下でHDDのチームを作って何をしようというんだ？　いったいこれはなんなんだ？」そして、どうしてこの男はアルコールの禁断症状のせいでぶるぶると震えているのだ？

フォースは顎から首筋にかけてこすった。「ラシターの件についてはどの程度知っている？」

マルコムは椅子に背をあずけた。当時は覆面捜査官としてギャングのなかに深く潜入していたが、ニュースを見て多少のことは知っていた。「ヘンリー・ウェイン・ラシターは女性に胸くそ悪いことをする連続殺人鬼だった。誘拐されて殺された女性は少なくとも、たしか、十人か？」

「わかっているだけで十二人」フォースが暗い目をして言った。

そうだ。「あんたがやつを見つけ出し、排除した」マルコムは首を傾げた。「殺し方と死体の扱い方から、やつは〝外科医〟と呼ばれていた。それで、ここが興味深いところだが、やつはHDDの下級分析官だった」たとえ単なる事務方の下っ端だったとしても、組織の人間が連続殺人鬼だと世間に知られたときには、HDDは大打撃を受けた。「逮捕の際に銃撃戦になり、やつはあんたに殺された」

フォースは腕を組んだ。「そういう話になっている」

マルコムはぽかんと口を開けた。「そう……じゃないのか？」

「ああ。撃ったのはたしかだが、その場で死んだわけではない」フォースは声を低くして言った。「みんなにおかしいと言われるんだが、ぼくにはやつが死んだとは思えないんだ。HDDはぼくに大きな恩があるというわけで、捜査のためにこの汚らしい小さなオフィスを用意してくれたのさ。ぼくが報道にさらされるのも防いでくれた」

マルコムの奥歯が痛み出した。「ラシターが生きているという証拠はあるのか、ないのか？」

「証拠はない」フォースの声にはなんの抑揚もなかった。「あの事件のあと、ぼくはFBIを辞めた。あの世界に戻らずに済むのはありがたいことだったが、HDDでぼくが使っていた情報提供者が電話にいくつかメッセージを残したんだ。この件はまだ終わっていないというような意味不明なメッセージを。そのうちメッセージは消え、情報提供者も姿を消した」

「まあ、それほど意味不明でもないな」マルコムはつぶやいた。警官が事件を終わりにできないことはたまにある。それがフォースの問題なのか？「それでこれは？」

マルコムは手でボードを示した。

「HDDとのあいだの取り決めさ」フォースはボードに貼った男の写真に目を向けて言った。「ラシターについて口をつぐんでいるなら、いくつか案件を与えてくれるってわけだ。そのなかでメリットのありそうな案件を選んだ。この件がそうだ。直感から来るもので、裏づけはまったくないが」

しかし、すでにカルト集団に内通者がいるわけだ。「それで、情報提供者か。その女性を味方につけた」どんな方法にしろ。

フォースはうなずいた。「ああ。この集団では何かが起こっている」

そう聞いてもまったく不気味とは思わなかった。脚が痛み、マルコムは顔をしかめた。そっと太腿の横をさする。「あんたがここにいる理由はわかったよ」フォースの直感が正しいか、もしくは彼がほんのわずかな可能性に人生を支配されているか、どちらかだ。「あんたがここにいる理由もわかった気がする」マルコムはまだ犬をじっと見つめている元兵士に向かって言った。さっきチームに戻るというようなことを言っていた。この仕事で成功したら、力になるとフォースが約束したにちがいない。

「ぼくはどうしてここに？」

「まえにも言ったが」フォースが何気なく言った。「これまで会ったなかで最高の覆面捜査官だからさ」

マルコムは息を吐いた。妙に熱い息を。「お褒めにあずかって光栄だが、孤独な女性に——たとえあんたが言うように彼女がソシオパスだとしても——近づくのに覆面捜査官の技術は必要ないはずだ」

「それはわかっている」フォースはマルコムのほうに向き直った。「きみの任務は単にピッパ・スミスに近づくことだけじゃない」

「彼女を誘惑してほしいのか」マルコムはつぶやいた。頭がずきずきと痛み出した。

フォースは鼻を鳴らした。「そのとおり。なあ。どうしてあそこへ引っ越した？」

マルコムは目をしばたたいた。もちろん、引っ越したかったからだ。「説明してくれ」

ほんのつかのまフォースの目におもしろがるような光が宿った。「まあ、その部分は好きなようにやってくれていいんだ。女に打ち明け話をさせられればいい。そのために何度も気持ちいい思いをさせてやらなきゃならないとしても、それはきっときみの得意とするところだろう」

怒りがこみ上げてきてマルコムは顎を引いた。ピッパのことをそんなふうに言うなとフォースに言ったら、相手の思うつぼだ。「あんたが一度に三回女をいかせられないとしても、だからなんだっていうんだい？」とゆったりと言う。「ぼくの任務とやらはそれだけか？」

フォースの顔からおもしろがるような表情が消えた。「もちろん、きみにはカルト集団に潜入してもらいたい」

マルコムは身をこわばらせた。「え？」

「ああ、きみ自身がだ」フォースは元兵士と犬とのあいだの沈黙のにらめっこにちらりと目を向け、その目をまたマルコムに戻した。「夜は悪夢と闘い、昼は飲んでそれを追い払おうとする元警察官の酔っ払い。カルトの一員になるには完璧だ。しかもテロリストの気があるカルト集団ならなおのこと」

マルコムは肺が締めつけられる気がしたが、表情は穏やかに保った。「カルト集団に加わり、その元メンバーと近づきになってなお、そのふたつの世界がぶつからないようにしろっていうのか？」

フォースはうなずいた。「まえにも言ったが、きみは最高の覆面捜査官だ。それができる人間はきみしかいない」

マルコムはもはや興味を感じることもなく相手を凝視した。何についても。最後の任務ではあやうく命を失いかけた。今度の任務には持てるすべてを奪われることだろう。「そこまで優秀な人間などいない」

「まあ、それでもいい。たぶん、これからわかるだろうからな」フォースは言った。

「そうだろう？」

5

ピッパは何度となく髪を撫でつけてから、裏口の扉のそばで待った。待つなんて。がつがつしすぎている。彼女はぴかぴかに磨き上げたキッチンをじっと見つめた。何もすることがなかった。外へ行ってマルコムを出迎えるべき？　それとも、彼がノックするのを待つべき？

まったく。これはデートじゃないのよ。

たしかにリップグロスを塗って明るい紫色のセーターを着てはいたが、だからといって別に意味はない。とてもハンサムな隣人がまもなく現れ、いっしょに敷地内を歩くというだけのこと。またあれこれ質問されたらどうする？

彼はもう警官ではないが、きっと嘘を見抜くことはできるだろう。わたしも嘘をつくのはかなりうまくなったが、得意とまでは言えない。

裏口の扉を強くノックする音がして、ピッパは飛び上がった。重い横開きのガラス戸のところへ行き、扉を開ける。「こんにちは」

「やあ」彼は笑みを浮かべたが、濃い緑の目はほほ笑んでいなかった。まえの晩、こめかみに負った紫のあざのまわりには小さな切り傷があった。今日の彼は白いシャツの上に色あせた黒い革のジャケットをはおり、すり切れたジーンズを穿いている。

「上着が要るかもな」

ピッパは首を振り、彼のそばに寄った。「このセーター、あたたかいの」セーターには黒っぽいジーンズを合わせ、レインブーツを履いていた。「大丈夫よ」寒いかどうかを誰かに心配してもらうのは悪くなかったが。どうしてあんな昔にデートするのをやめてしまったのだろう？

ああ、まったく。

でも、これはちがう。この人はただのお隣さんだ。それ以上のことを模索することに興味はなさそうに見える。ピッパはマルコムにほほ笑みかけ、外へ出ると扉を閉めようと振り返った。

彼のほうがすばやかった。楽々と片手でガラス戸を閉めてくれた。

そのたくましさにまたも心がときめいた。この緑の目も悪くない。「頭の具合はどう？」ピッパは顔をのぞきこむようにして訊いた。

「いつもと変わらず頑丈さ」彼はにやりとした。その唇は引きしまっており、いい具合にカーブしていた。ちゃんとしたキスができる男性に見える。

ピッパは赤くなったのを隠そうと顔をうつむけ、振り返って歩き出した。誰かといちゃついたのははるか昔のことで、今の自分は完全なまぬけに見えることだろう。ひとつよかったのは、その日インターネットでマルコムのことを調べて元警官だという話が事実だとわかったことだった。つまり、ここへわたしを見つけに来たわけではないということ。わたしはまだ安全だ。彼の勇敢な業績について書かれた新聞記事を読んだことを告げるべき？　たとえば、ギャングの一族郎党を一網打尽にしたこととか。でも、それはこの人にとって忘れてしまいたいことなの？

「何を考えているんだい？」彼は木の生い茂っているあたりへと濡れた芝生を横切るのにそっと彼女の腕をとって訊いた。

「今日あなたについての記事を読んだの」ピッパはかろうじてわかるハイキング道に沿って家の敷地から遠ざかった。「インターネットの記事ではあなたが警官を辞めたことには言及してなかったわ」辞めてくれたのはピッパにとってはありがたかったが。

「ニュースがそれを美談にしていたときには、ぼくはまだ入院していたからね」マルコムはピッパのまえに手を伸ばし、木の枝を押さえて通れるようにしてくれた。「きみについての新聞記事はないのかい？　きみと親しくなる上での〝相手を知る〟という段階で出遅れている気がするよ」と彼は言った。

誘いをかけてきているの？　全身が熱くなる。すっかり忘れていた感覚だった。

ピッパは後ろを振り返った。見上げなければならなかった。「ないわ。とてもつまらない人間だから」そこではっとした。自分は完全に人里離れた森に、出会ったばかりの男性とふたりきりでいるのだ。家から離れ、外にいて身を守るものもない。それでも、マルコムについては記事を読み、そこには写真もあった。だから、大丈夫なはず。そうじゃない？　「それで……」

マルコムがピッパの腕をつかんで振り向かせた。両側を木々に囲まれ、空には雲が湧きはじめていた。「息遣いが変わって青ざめたね。どうしてだい？」濃いエメラルド色の目に心の奥底まで見透かされるようだった。

「別に」肺が締めつけられる気がしたが、ピッパは彼と目を合わせた。

マルコムは腕を放して一歩下がった。それからゆっくりと首をめぐらしてまわりの木々を見渡した。「きみの身には何があったんだ、ピッパ？」

ああ、それが訊きたいのね。「何が言いたいのかわからないわ」

「いや、わかってるはずさ」マルコムの声は低く響いた。「昨日のきみは訪ねてきた人間に応答できないほど怯えた引きこもりに思えた。それが、昨日の晩はぼくを家のなかに入れてくれた。今のきみは家から離れ、ほとんど知らない人間といっしょに外を歩いている。ああ、きみもたった今それに気づいて怖くなったんだろう。それでも、まだ外にぼくといっしょにいる」

どうやら元警官はとても観察眼が鋭いらしい。「わたしは広場恐怖症じゃないわ。人ごみが嫌いなだけ。都会や大勢の人は神経に障るの」いたるところにある防犯カメラもそう。「家のなかにいなきゃならないってわけじゃないのよ。ほかの場所に行きたくないだけ」説明としてはそれが精一杯だった。

「どうして?」マルコムはやさしい声で訊いた。誘うような、なだめるような声。

ピッパの鼓動が速まり、アドレナリンが全身に広がった。戦うか逃げるかの反応。本能的なもの。彼の声。信じてくれていいという声。悪夢のなかで聞く声もそうだ。ぼんやりとではあってもあやつろうとしているのがわかる声。この人を振り切って逃げることなどできない。戦って打ち負かせないのはなおのこと。そこで、いかにもかわいらしくほほ笑むと、軽く地面を蹴った。「わたしはただひどく引っこみ思案なだけ。とても内気でもあるし」

マルコムは訝るように目を細めた。

ピッパは何も知らない無邪気な顔を作ろうとした。これまで一度ならずその表情に助けられてきたのだった。

すると、なんともすばやく彼の表情が晴れた。「なるほど。気まずい思いをさせたとしたらすまない。警官時代の習慣でね。謎があれば解こうとしてしまう」

あら。ピッパは唾を呑みこんだ。この人のこと、完全に見誤っていたのかしら？　過去にとらわれているからこんなふうに考えてしまうのかもしれない。「わかったわ」混乱しながらも、ピッパは何か——なんでも——言うべきことを思いつこうとした。「目の上の傷痕はどうしたの？」

マルコムはそっと半月形の傷痕をこすった。「まだ醜く見えるかい？」

「いいえ」ピッパは急いで言った。「あなたをタフな人間に見せるわ。危険で、どこかセクシーに」どうしてわたしの口は頭で考えたことを押し留めるのではなく、そのまま外に出すの？　ピッパは肩を丸めた。

マルコムは鼻を鳴らした。「そんなことを言ってくれるとはやさしいね」

ばかね。この人はそれについて話したくないのかもしれない。傷痕には個人的な事情があるものだ。とても個人的な事情が。「詮索してしまってごめんなさい」とピッパは言った。

マルコムは首を振った。「いや、別にいいさ。ずっと昔、潜入捜査中にゴルフボールがあたったんだ。傷痕も薄れてきていると思っていたんだが」

「ゴルフボール」ピッパはつぶやいた。

マルコムは笑ってくれというようにほほ笑んだ。「がっかりさせて悪いが、ほんとうのことさ。言っておくと、ぼくはゴルフは大嫌いだ」

ピッパはすぐさま降参し、笑みを浮かべた。マルコムと同じように。「わたしもトランプのジンラミーのほうが好きだわ」とくにコンピューターでの。時間が経つにつれ、ピッパにもよくわからない形で互いの距離が縮まっていく気がした。

マルコムは目をしばたたいた。それからため息をついた。「頭にボトルをくらったんだ。祖父《じい》さんから」目が暗くなる。「たいていの人にはゴルフボールの話をしている」

ピッパの心があたたかくなった。さらに、熱く明るくなる。「まあ」

彼は肩をすくめた。「悲しい同情の目を向けられるのはいやだから」

それでも、わたしには真実を語ってくれた。ほんとうのことを。そのつもりがないにしても、わたしを特別だと思わせてくれた。「あなたって勇敢だと思うわ」とピッパはささやいた。

マルコムは首を傾げ、彼女をじっと見つめた。

いいわ。当初の目的に戻りましょう。ピッパは振り返って大きな岩を指差した。「あの岩がわたしたちの敷地の端よ。ここからあなたの敷地は南へ、わたしのは北へそれぞれ九ヘクタールずつ」いっしょに十八ヘクタールもの土地を歩いてまわるつもりはなかった。

思った以上に近くで雷が鳴った。空気が電気を帯びる。

マルコムは顔をしかめた。「屋根のあるところに戻ったほうがいいな」そう言ってまた彼女の腕をとると、その手を下ろして手首をつかんだ。「急ごう」

手首から腕へと電流が走り、全身を貫いた気がした。もちろん、彼が手をとったのは急いで動くためだった。それでもその感触はありとあらゆる感覚を目覚めさせてくれた。忘れ去っていた刺激的な感覚。あたたかく、安全で、守られている感覚。男性の手に手をゆだねるこの感覚を忘れてしまっていた。彼の手はこれまでにぎった誰の手よりも大きかった。

男性の手についてよく言われていることはほんとうだろうか？

ピッパはつまずいた。

マルコムは足をゆるめた。「大丈夫かい？」

彼女は唇を噛んでうなずいた。この人のこととなると、どうしてわたしの頭はみだらなことばかり考えようとするの？　この人は女性に花と詩をささげるタイプの男性かもしれない。女を壁に押しつけてすぐさまやろうとするタイプじゃなく。誰にも話したことのない秘密の夢想だった。激しく、すばやく、怖いぐらいの――情熱に呑みこまれて。しかし、それには信頼が必要で、どうしたら人を信頼できるかはわからなかった。いずれにしても、彼はちゃんとしたキスのできる男性に見える。

いったいわたしはどうしてしまったの？「あなたには誰かいるの、マルコム？」後ろをついていきながらピッパは訊いた。

「誰か？」彼は手をつないだまま行く手をはばむ枝を持ち上げてくれた。

「ええ。家族とか、恋人とか、警官時代の相棒とか」友達はいないと言っていたが、それはあり得ない。

小雨が降りはじめた。マルコムは歩幅を広げ、彼女の手を引っ張った。「いや。家族も、恋人も、友人もいない。警官としてもぼくは長いこと覆面捜査官だった。指令官はいたが、親しい間柄ではなかった。ぼくには誰もいない」

「わたしもよ」ピッパはささやいた。ほぼまぎれもない事実だった。

今はそのままでいなくてはならない。たとえ彼の手がどれほどあたたかくても。唇がどれほどセクシーでも。たくましい男性との熱く激しく情熱的な関係の夢想など忘れなければ。生き残るために辛い思いをしてそれを学んできた。このままひとりでいなければならない。

夢想はおしまい。

彼女の手はとても小さく感じられた。そう、警察づきの精神科医には、繊細な女性に対し、過剰なほど保護本能を働かせる傾向があると診断されたのだった。それはおそらく生まれてこのかた身近にそういう女性がおらず、どう扱っていいかわからないからだろうと。かつてひとりだけ真剣に付き合った恋人もタフな警官だった。精神科医はその保護本能が彼の弱みだと言った。

しかし、警官としての本能はピッパが嘘をついていると語っていた。彼女が洗脳されたカルト集団のメンバーだなんてことがあり得るのだろうか？　そのことについては、アンガス・フォースは二十四時間後まで彼女のファイルをよこすのを拒んだ。チームにはいるかどうか決めるまでのあいだは。

はいりたくはなかった。

ただ、ピッパについては興味があった。この女性はどこかおかしいのだろうか？

それとも、助けを必要としているのか？

マルコムは先に立って森から共用の芝生に出た。「キッチンの整理に手間取っているんだ」と肩を落として言う。

ピッパはつかまれた手を引き抜こうとせずに横に来た。「何か問題でも？」

彼女の家が完璧に整頓されているのには気づいていたので、マルコムはうなずいて精一杯途方に暮れた男の顔をした。「ああ。きっとナイフやフォークなんかを入れるのにぴったりの引き出しがあると思うんだが、何をどこに入れたらいいか、わからなくてね」

「そう」ピッパは下見板を張った彼の小さな白い家の裏手に目を向け、その目を自分の家に移した。彼女の家のパティオはレンガ造りで彼の家は石造りだったが、ふたつの家は基本的に同じだった。「その、よければお手伝いするわ」

それはいい考えだ。マルコムはほんのわずかに目を見開いた。「ほんとうに？　それはすごいな。昼食をご馳走《ちそう》するよ」

彼女は眉根を寄せた。かわいらしい顔になる。とても。「料理はできないって言っていたのに」

「ああ。でも、ピザの注文はできる」そう言うとすばやく行動に移し、彼女を自分の家に導いた。「整理整頓の技術は生まれながらのものだと思うかい？　それとも教えられれば身につくのか？」

「たぶん、教えられて身につくものね」とピッパは言った。ちょうど雨が激しく降りはじめたところだった。

おもしろい。「きみは誰に教わったんだい、美人さん？」マルコムは裏口の扉を開けながら訊いた。

彼女は大股になって彼のあとから家にはいった。「たぶん、母から？」声がかすかにためらいを帯びたため、マルコムは先んじて打ち明け話をはじめた。

「ぼくは昔から自分に母親がいたらと思っていたよ」そう言うと、上着を脱いでキッチンの椅子にかけた。家は家具つきで、キッチンは木製で居心地がよかった。「いたことがなかったから」

ピッパの青い目に同情の色がよぎった。「気の毒に」

マルコムは肩をすくめた。「家族はぼくが生まれてすぐに火事で亡くなり、ぼくは祖父に育てられたんだ。酒飲みだった。根っからのくそ野郎さ。死んでだいぶ経つが」嘘ではなかった。そのことを口に出すといまだに少し心が痛んだ。それでも、ほかの誰かに理解してもらうにはそうするしかない。「きみのお母さんは健在なのかい？」

　ピッパは心を閉ざそうとしている。目を見ればそうとわかった。しかし、こちらが打ち明け話をした以上、彼女も話さざるを得なかった。そう、ぼくは仕事においては有能だ。最低の人間にもなれる。「いいえ。亡くなったわ」

「気の毒に」マルコムは彼女をじっと見つめた。彼女のことばには真実の響きがあったが、何かがおかしかった。おまけに彼女の母親はまだカルト集団にいるとフォースが言っていた。「どんなふうに亡くなったんだい？」彼はピンク色のフォーマイカのカウンターに寄りかかり、リラックスしているふうを装いながら訊いた。

　ピッパは口を開けたが、すぐに閉じた。「自動車事故で。即死だった」

おもしろい。嘘にも多少の真実味を持たせるわけだ。「墓はどこに？　墓参りには行っているのかい？」

　ピッパは目をしばたたいた。「もう悲しい話はたくさんよ。ほんとうに」そう言ってシンクの右にある白いペンキの塗られた引き出しに目を向けた。「ミセス・マローニはあそこにフォークなんかを入れていたわ」

　マルコムはうなずき、ターゲット（アメリカのディスカウント・チェーン）で買ったナイフやフォークをどの箱に入れたか思い出そうとした。さまよわせた目に居間の家具調度が映った。何もかも花模様で老婦人趣味だ。しかし、新しい家具を買う余裕はない。マルコムは顔をしかめまいとした。

ピッパは彼の視線に気づいた。「家具カバーを買えばいいわ」

マルコムは動きを止めた。「家具カバー？」

「ええ。ソファーや椅子のカバーよ。種類も豊富だし。コンピューターを持っているなら、そのサイトを教えてあげる」ピッパはすぐそばの箱のところへ行って箱を開けた。「これは靴下ね」

「ああ」マルコムは彼女のそばにゆっくりと近づいた。目の瞳孔が開いているのがわかる。彼女も同じだけこっちを意識しているのだ。マルコムはしゃがんで別の箱をゆっくりと開けながら彼女のほうに押し出した。新しいナイフやフォークがはいっている。「インターネットでよく買い物をするのかい？」

ピッパはうなずき、フォークのはいった箱に手を伸ばした。「ええ。仕事もインターネットでしてるわ」

「どんな仕事を？」質問するのが楽になってきた。

ピッパはフォークをシンクのそばの引き出しに運んだ。「何人かの自営業者のインターネット上のアシスタントを務めているの。会社経営者がふたり、芸術家がひとり、歯医者がふたり、アートディーラーがひとり、株の仲買人が三人、作家がひとり。経理を見たり、旅行計画を立てたり、なんでも必要なアシスタント業務をしているわ」

引きこもっている人間には理想的な仕事に思えた。まったく無害な仕事でもある。

「会社経営ってどんな会社だい?」

「ひとりは小さな建設会社を経営しているわ。もうひとりはアンティーク・ショップ。出張が多いの」ピッパは箱を開け、フォークを仕切りにしまいはじめた。ミセス・マローニが引き出しに仕切りを残していた。

「建設会社はなんの建設を?」マルコムは何気ない口調で訊いた。

ピッパは肩をすくめた。「解体からリフォームまでなんでも。まあまあもうかっているわ」

解体。おもしろい。つまり、爆弾を簡単に手に入れる方法があるということか。マルコムはナイフとスプーンのはいった箱をつかみ、カウンター越しに彼女のほうにすべらせた。「悪くない仕事のようだね」

「まあまあよ」ピッパはナイフを手にとった。「今日は早くにお出かけだったのね。どこへ行ったの?」

ようやく心が外部の騒音をすべて払いのけた。すべての言い訳を。決心しなければならないときが来たのだ。マルコムは決心した。「新しい仕事に就いたんだ」

ピッパは眉を上げた。「もう仕事を見つけたの？」

「ああ」つまりそういうことだ。アンガスのチームにはいるしかない。

6

アンガス・フォース特別捜査官はオフィスで早朝を過ごすことを好んだ。昔からそうだった。コーヒーは淹《い》れ立てで、オフィスは静まり返っており、誰も死体が見つかったなどと知らせに来ない。そう、その知らせは絶えずもたらされた。それでも今は汚らしい地下にひとりでいて、あたたかい飲み物を飲みながら、会議室一でホワイトボードを眺めていた。

オフィスの外でエレベーターが動く音がしたが、アンガスは動かなかった。ウェストは捜査官だ。自力でここを見つけるはずだ。

誰もいない大部屋に男の重々しい足音がこだましたと思うと、ドアのところで人の気配がした。「仕事を受けるよ」

アンガスは振り返ろうともしなかった。「そうだろうと思った」

しばらく沈黙が流れ、ウェストが部屋にはいってきて会議用テーブルの椅子を引き出した。それからクッキーやバナナブレッドのようなもので一杯の皿をテーブルに置いた。「どうしてわかった?」

アンガスはゆっくりと振り返った。「きみがぼくのために焼いてくれたのか? 親切だな」

「まさか」どうやら簡単に決心したのではないようだ。ウェストの緑の目は血走っており、顎から首にかけての筋肉がいつもより重そうに見える。目の端には白い皺が寄り、ひどい頭痛に悩まされているような顔だった。「これはピッパからだ。ぼくが仕事を受けるとどうしてわかった?」

「ぼくはプロファイラーだからね。第一級の」真実であれば、そう口に出しても自慢話にはならない。

「そうか」ウェストは顎を引いた。「だったら、ぼくをプロファイリングしてくれ」

アンガスはため息をついた。どうしてみんな必ずそう言うんだ? 好奇心か? 理解してもらいたいからか? こっちがまちがっているのを証明したいからか? 「きみは自分で自分の身を守れない人々を守りたくて警官になった。なぜならきみ自身、逃げられる年になるまで保護者からこっぴどくなぐられて育ったからだ」

ウェストは鼻を鳴らした。「そんなことはぼくの個人ファイルを見ればわかる」

じっさいは精神科のファイルだ。アンガスはうなずいた。「きみが覆面捜査官として優秀だったのは、生き残るために他人をあやつるすべを学んでいたからだ。時宜を得たことを言い、時宜を得たことをし、時宜を得た人物になる」

「それもあまりすごいとは思わないな」ウェストはホワイトボードに目を向け、〝外科医〟の被害者の写真をしげしげと眺めた。遺体のうち残った部分を。顎が引きしまる。

「最後の任務で予想外だったのは、ターゲットと親しくなったことだった。犯罪者の家族を気に入り、絆《きずな》を結んだ。その絆を断ち切ったときに、きみのなかで何かが壊れた」アンガスもホワイトボードに目を戻した。

ウェストからは張りつめたものが発せられていた。「もういい」彼はため息をついた。「それで、ぼくがこの任務を引き受けることにしたのはそうしたいと思ったからだと？　汚名返上のためだと？　英雄になるためだと？　そうなのか？」

アンガスは唇をゆがめたが、笑みは浮かべなかった。「ちがう。カルト集団の任務を引き受けようとしているのはそういうことじゃない」

「だったら、どうしてだい？」挑むような口調ながら、本気でその理由を知りたいというようにウェストは声を低くした。

アンガスは息を吐いた。「あの女性が気に入ったからさ、ウェスト。だから任務を引き受けようとしている」ときにそんな単純な理由で人は動く。

ウェストは考えをめぐらしていた。「彼女はやさしい人だ。大勢を殺したいと思っているようには見えない」

そう、この男はヒーロー・コンプレックスを抱えている。自分が救われたことがないせいで、人を救いたいと思うのだ。「やさしい人間でもソシオパスだってことはあり得る。もしくは天上の王国を見つけようとしている集団の洗脳の被害者かもしれない」とアンガスは返した。

ウェストは眉根を寄せた。「どうかな」

「きみは彼女を救いたいと思っている。理解したいと。できればベッドのなかで」アンガスは顔を振り向け、ウェストが目を合わせてくるまで待った。「援護は行う。何が起ころうとも、このチームにいればきみは守られている。それを忘れないでくれ」

ウェストは椅子に背をあずけた。ほんのつかのま、険しい顔に驚きの色がよぎった。

「それはそっちも同じだ」

重要なことだった。かつて単独で任務にあたり、あやうい状況におちいったことが何度もあった。これは自分のチームであり、このチームのことは思いどおりに作り上げてきた。だいたいは。「チームに名前が要るな」

ウェストはまた無表情になった。「昨日の晩、彼女には仕事に就いたと言ったんだ。何をするのかと訊かれたので、政府関係の仕事だと答えた」

「賢いな。できるだけ真実に近いことを言う」とアンガスは言った。ウェストがこういうことに最適なのも理由があってのことだ。「問題は？」

「どの機関かと訊かれたので、調達部《リクイジション》だと答えた」

アンガスは笑い声をあげた。「事務方だと？　それなら彼女も気にしないはずだ。賢いな」そう言ってから考えをめぐらした。「じっさい、悪くないな。リクイジション」

「いや、それだけじゃ足りない。別のことばが必要だ」ウェストがつぶやいた。

アンガスは唇をゆがめた。「だったら、リクイジション・ユニットだ。それでいい」

ウェストは忍び笑いをもらした。「いや。いいのがあったぞ。リクイジション・フォース」

アンガスは椅子に背をあずけた。「ぼくのラストネームを使うつもりはない」

「いや、使うのさ。リクイジション・フォース。言外にわれわれが害のない人間だと示している。いずれにしても、曖昧な感じが功を奏するはずだ」

それは少々行きすぎな気がした。「冗談だろう」アンガスは顔をしかめた。

「本気だ」

アンガスは肩をすくめた。「だめだ。リクイジションだけでいい」少なくともウェストは仲間に加わるつもりでいる。しかし、何事も単純にしておくにかぎる。

ウェストはボードに目を戻した。「この件はどこまで進んでいるんだ？」

「まったく進んでいない」アンガスは答えた。臓腑《ぞうふ》がかきまわされる気がした。「やつが死んだと証明することもできない」そう言って手紙の束を指差した。そこには哲学めいた嘘っぱちや挑発のことばが書き連ねられていた。「かかわりたかったら好きにしてくれ。しかし今のところ、やつがまた行動を起こすまでわれわれにできることは何もない」それが悲しいところだった。

「やつがあんたに手紙を？」ウェストは束に目をやった。「個人的なかかわりを持っているわけか」

「われわれふたりのあいだの胸くそ悪いお遊びさ」とアンガスは言った。

ウェストは彼から手紙へ、そしてホワイトボードへと視線を移した。「新聞で読んだが——」

アンガスはうなずいた。「そうさ。やつが最初につかまえたのがぼくの妹だ。それについては話したくない」心には決して埋まらない穴があった。何をもってしても埋まらない穴が。「きみの最初の担当はカルト集団の件だ。情報源によると連中は何かを計画しているそうだが、それが何で、いつ行動を起こすのかはわからない」

ウェストはうなずいた。それから誰もいない部屋の入口をちらりと見やった。「そういえば、昨日のにらめっこはどっちが勝ったのか教えてくれ。ウルフか？　それとも犬か？」

「どちらも最後は眠りに落ちたよ」アンガスは首を傾け、ホワイトボードをちがう角度から見た。手がかりを求めて。

ウェストは鼻を鳴らした。「クラレンス・ウルフはいかれてるのか？」

「きみやぼくと同じさ」とアンガスは答えた。

「つまり、いかれてるってことか」マルコムは指でテーブルを叩いた。「そろそろピッパやカルトの記録を渡してくれてもいいはずだ。すべてを知りたい」

大部屋のほうでエレベーターが音を立てた。アンガスはおちつきを失い出した。

「ウルフだな」とウェストが言った。

「ちがう。残念だが」アンガスは椅子を後ろに押しやった。「チームには精神科医《シユリンク》を参加させなければならなかったので、今朝きみに会ってカルト集団とピッパ・スミス

について の見解を話してくれるよう彼女に頼んだんだ。きみの頭のことも縮《シュリンク》ませようとするだろう――それを忘れるな」

ウェストは立ち上がった。「あんたは今朝ぼくがここへ来ることは知らなかったはずだ」

アンガスは肩を怒らせた。「いや、知ってたさ」


マルコムはフォースのあとから部屋を出た。思いは乱れていた。フォースは恐ろしいほど人の心を読めるらしい。史上もっとも頭脳明晰な連続殺人鬼のひとりを倒すことができたのも不思議はない。〝外科医〟の頭のなかを理解するためにフォースはどんな犠牲を払ったのだろう？

スーツを着たふたりの男とタイトスカートに白いブラウス姿の小柄な女が大部屋の反対側の端で待っていた。

フォースから熱を帯びた緊張が発散されるのがわかった。これはおもしろい。三人が歩み寄ってくるあいだ、マルコムはアンガスと肩を並べて立っていた。

フォースが女に会釈した。「ドクター・ナーリー・チャン、こちら特別捜査官のマルコム・ウェストだ」

マルコムはまだ正式に捜査官に就任したわけではなかったが、手を差し出した。

「はじめまして」

「はじめまして」チャンは黒髪と知性にあふれた黒っぽい目をしていた。七センチのヒールを履いていても身長は百六十センチほどしかない。「お会いできてうれしいわ。アンガスはあなたについてなかなか教えてくれなかったから……興味津々だったのよ」ぽってりした唇がおもしろがるように持ち上がった。

フォースは苛《さいな》まれているとしか思えないため息をついた。「ドクターは力を貸すために来てくれたわけだが、指令役――こちらの方々――にわれわれが任務にふさわしいかどうかを報告する役目も担っている」

そこに緊張はなかった。こんな地獄のようなオフィスでの任務を割り振られるなど、この医者は何をしでかしたのだろう？　マルコムは彼女の手を放した。「すばらしい」

それからふたりの男に目を向けた。

フォースは若いほうの男に顎をしゃくった。「特別捜査官のトム・ラザフォードだ」

あざけるような口調がすべてを語っていた。

ラザフォードは手を差し出した。ブロンドの髪をした均整のとれた男で、小さな車一台が買えるほど値が張るにちがいないスーツを身につけ、完璧に手入れされた手をている。握手すると驚くほど強い力でにぎってくる。「ああ。こんにちは」

マルコムは即座にその男が嫌いになった。「はじめまして」

していた。「はじめまして」


もうひとりを紹介するときにはフォースの声が少しやわらかくなった。「特別捜査官のカート・フィールズだ」

フィールズは節くれだった手を差し出した。年長で世知に長《た》けた茶色の目をし、ごましおのひげを生やしている。「やあ」彼は部屋を見まわした。「肥溜《こえだ》めだな」握手はしっかりとすばやく交わされた。体に合わないスーツのせいで痩せた強靭《きょうじん》な体をしているのがわかる。しみのついた茶色のネクタイはおそらくは八〇年代初頭に購入したものだろう。

ドクター・チャンはノート型パソコン用の大きなかばんを下ろした。「わたしのオフィスはどこ？」

フォースは身をこわばらせた。「この中央の部屋の机から選んでもらわなければならない。ほかにオフィスはないんだ」

医者の笑みは文句のつけようもないほどに礼儀正しかった。「それはだめよ。あなたたちの言う〝頭をしぼる医者〟として、話を誰にも聞かれないようにする必要があるから。オフィスが要るわ」

フォースの笑みは少しばかり野生じみていた。精神科医が嫌いなのはたしかなようだ。フォースは部屋を見まわし、南側の壁の閉じたドアを指差した。「あそこがせいぜいだな。倉庫として使っている部屋だが」

チャンはわずかに険しい目つきになったが、やがてにっこりとほほ笑んだ。「すばらしいわ。どうもありがとう、フォース特別捜査官」そう言ってマルコムに目を向けた。「今のところは会議室のひとつで話をするのはどうかしら？」

このふたりのあいだに立つのはとんでもないまちがいだ。チャンとフォースはまちがいなく水と油だ。それでもマルコムはうなずいてお先にどうぞと身振りで示し、彼女のノート型パソコン用のかばんを拾い上げた。見た目どおり重いかばんだった。

「お先にどうぞ」

ラザフォードが踵《きびす》を返して帰ろうとした。

フォースが咳払いをしてそれを止めた。「コンピューターの専門家はいつここへ来るんだい？」

答えたのはフィールズだった。「刑務所からの移送にちょっと問題があってね。もう一日待ってくれ」

マルコムは足を止めた。「このチームのコンピューターの専門家は刑務所にはいっているのか？」

「もうすぐ出てくる」ラザフォードは声に皮肉をこめて言った。「どうして犯罪者を刑務所に入れておくんだ？　それになんの得がある？」

この手のくだらない話に乗っている暇はない。役人の相手はフォースがしてくれるだろう。マルコムは背を向け、ドクター・チャンの甲高いヒールの音に従って会議室二にはいり、ノート型パソコンのかばんをテーブルの上に置いた。「ドクター・チャン、えらく張りつめたものを感じるんだが」

医者はドアを閉め、椅子を引き出した。「しばらくいっしょに働くことになるのよ。わたしのことはナーリーと呼んだらどう？」

マルコムは目を細め、テーブルの上座の椅子を引き出した。「話すときはきみが医者だと心に留めておくべきだと思うんだが」ＰＴＳＤやらほかの問題やらでチームから追い出されるのはごめんだった。チームに加わると決めた以上、外れるかどうかは自分で決めたかった。

ドクター・チャンはため息をついた。「わたしはあなたを評価しにここへ来てるんじゃないわ。力を貸しに来てるの」

「へえ」マルコムはブーツを履いた足を投げ出して言った。「そうか」

彼女は目を天井に向けた。医者らしからぬ顔だ。「まったく。個々の案件について専門家としての意見を述べたり、チームのカウンセラーを務めたりするために来ているのに。わたしは訓練を受けた優秀な専門家よ。外部に何か進言するとしたら、あなたがあなた自身やほかの誰かに害をおよぼそうとしたときね。それだけよ。約束する」

きれいなだけでなく、誠実な女性だった。みじんも嘘が感じられない。しかし、HDDに訓練された以上、それにもあまり意味はないのかもしれない。おまけにここでこうしているということはどこかでヘマをやらかしたということだ。「どんな失敗を犯したんだい？」

彼女は目をしばたたいた。「何も」

そうか。嘘は苦手というわけだ。マルコムは首を振った。「人には正直にと言いながら、自分は正直に答えないのかい？」

医者は唇を引き結んだ。「あなたには関係ないことよ。それでどう？」

まあ、いいさ。少なくともそれは真実だ。「わかったよ、ナーリー。ぼくについて何を知っている？」

「目下わたしは専門研修医なの」と彼女は言った。声に傲慢な響きはなかった。

「ピッパに会ったことは？」彼は訊いた。

「ないわ」

「ぼくは会った。やさしく、親切な女性だ」マルコムは首を傾げた。「とても」

ナーリーはうなずいた。「わかるわ。あなたが潜入したギャング一家はあなたのことをどう感じていたのか教えて。名前は？ ボディーニ一家？」

名前を耳にしただけでみぞおちに拳《こぶし》をくらったような気がした。「気に入られていた。ぼくのことは裏表のない人間だと思っていた」

「そう。そのとおりですものね」彼女はほほ笑んだ。「あなたは彼らの役に立ち、親切にしたけど、それには理由があった。彼らをうまくあやつっていいだけの高尚な理由が。彼らと知り合い、絆を結ぶ理由。だからって、あなたが悪い人間だってことにはならないわ」

そうだろうか？ アメリカでもっとも巨大な麻薬密輸組織を倒したのだが、最低の気分だけがつきまとって離れなかった。みぞおちに拳をくらったようないつもの感覚。

「自分が下衆な人間だという気がするよ」

「いいえ。わたしが言いたいのは、あなたはあなたの務めをはたしたにすぎないということ。正しいと信じて請け負った任務を。それがあなたの中身を変えることはなかった。じっさいには」

しかし、変えたのだ。「つまり、ピッパはやさしくて親切だが……それでも大勢を殺そうと思っている可能性はあるということかい？」

「正当な理由か、洗脳されて正当だと信じている理由のためにそれをするというなら、答えはイエスよ。イサク・レオンを神だとか、神の使いだと本気で信じていて、火や破壊によって神の意志を遂行することになると信じているとしたら、見かけはやさしくても、殺人計画を心に抱いていることもあり得るわ」

マルコムは首を振った。

「あなたもそうだったんじゃないの？」ナーリーは静かに訊いた。「ボディーニ一家の一員になりながら、その動向について報告していたことをそうやって正当化していたんじゃないの？」

「ああ」まったく、精神科医が理にかなったことを言うのはいやでたまらなかった。

ナーリーは何枚か写真をとり出し、会議室のテーブルの上に並べた。「ピッパ・スミスが現れたのはほぼ七年まえよ。十八歳でいきなり運転免許証と社会保障番号を手に入れた」

マルコムは何年もまえに撮られた運転免許証の写真を手にとった。「カルトとつながりが?」

「わからないわ」ナーリーは色あせた写真を何枚か手渡してよこした。「カルト集団が拠点を移すときにわたしたちの情報提供者が古い箱のなかでこれを見つけたそうよ。これが子供のころのピッパだと思うんだけど」そう言って一枚を指差した。

青い目とお下げのかわいらしい十歳の少女の姿にマルコムは目を凝らした。「そうかもしれない」そう言って書類に目を通しはじめた。「七年まえにカルトとは手を切ったのか?」

「ええ。十八歳ぐらいのときに離れたようね。もうひとりのチューリップというメンバーと同じ時期に。それで、五年まえに少なくとも三人の別の女性が同じようにカルトを離れた」ナーリーは日付と名前だけで場所の書かれていない表を指差した。

「おそらく自由になったんだな」マルコムは静かに言った。「逃げ出して」

「たぶん。でも、わたしたちの情報提供者はできるだけ嗅ぎまわり、耳をそばだてて、爆破テロの計画があることを知ったの。まもなくテロ攻撃があると考えているわ」とナーリーは言った。

マルコムはナーリーのほうに向き直った。直感が息を吹き返していた。「それでその内部の人間はカルトを裏切ることにしたのか？」

「いいえ。彼女がカルトを裏切ったのは、イサク・レオンがいとこをレイプし、そのいとこがヘロインをオーバードーズしたからよ。いとこはたった十八だった」

マルコムはその男をぶちのめしてやりたくなった。今すぐに。「ピッパのことはどうやって見つけたんだい？」

「写真よ」ナーリーは成長したピッパの写真を二枚渡してよこした。十八歳ぐらいの写真だった。「彼女の顔を顔認証システムにかけたら、六カ月まえに獣医のオフィスであたりがあったの。そこから居場所を突き止めた」

「獣医？」

ナーリーはうなずいた。「どうやら病気の猫を連れていったようね。ラッキーだったわ」

おそらくピッパも放っておいてほしいと思っているのだ。自分と同じように、最悪の過去から逃げ出したいと。彼女についても疑わしきは罰せずとすべきではないのか？　知らない人間にクッキーを焼いてくれるような女性なのだ。「ピッパはひとりで暮らしていて、誰とも付き合わずに来たようだ」

「そうなの？」ナーリーはファイルをよこした。「彼女の顧客リストは興味深いわ。

建設会社から見てみて」そう言ってもう一枚写真をとり出し、マルコムのほうにすべらせた。

「これは?」手にとってみると、現在のピッパの写真だった。長い髪を野球帽におさめ、帽子と目立たない服装で人目を避けているように見える別の女性とひとつのテーブルについている。

「それがチューリップよ。やはりカルト集団の一員だった。今はトリクシーと呼ばれているわ。少女のころにいっしょに写った写真もあるの。今ふたりは月に一度辺鄙《へんぴ》な場所にある小さなダイナーで会っている。ミニュートヴィル郊外にあるパインズという店よ。ピッパの家からはゆうに二時間はかかるところ」ナーリーは電話にちらりと目を向けた。「毎月一日に会っている。明日がその日よ」

7

ピッパはカウンターで厚いキャセロールの器が冷えていくのを見守っていた。マルコムは一時間ほどまえに仕事から戻ってきて家のなかに消えていた。キッチンの明かりがついており、居間の明かりもついていた。しかし、ピッパの家のドアをノックすることはなかった。

どうしてノックしなきゃならないの？　付き合っているわけでもなんでもないのに。それでも、あの人も何かを食べなくてはならないのでは？　キャセロールを持っていってあげるのはお隣のよしみではない？　彼のほうは危険な木を切り倒すのに伐採業者をすぐに呼んでくれたのだから。お礼として食べ物を持っていってあげてもいいはず。

誰をごまかそうとしているの？　また彼に会いたいだけなのに。過去を隠さなければならないとしても、親しくはなれるはず。ミセス・マローニとも親しくしていたのだから。

意を決すると、自分で自分に道理を言い聞かせるまえにピッパはキャセロールをトレイに載せ、玄関へ向かった。雨はようやくやみ、外の空気はさわやかで澄んでいた。ピッパは深呼吸し、ドライブウェイを横切って茂みを乗り越え、彼の玄関へ歩み寄った。ドアベルを押すには肘を使わなければならなかった。

ボタンを外したジーンズだけを身につけたマルコムがドアを開けた。手に持ったタオルで乱れた髪から水気を拭きとっている。こめかみのあざはすでに薄い紫色になっていた。

口のなかがからからになる。

広い胸は筋肉質だった。これほどまじまじと見たのははじめてだ。すごい。裸足の足でさえもどこか強靭だった。

「キャセロールを作ったの」ピッパは唐突にそう言うと、トレイを差し出した。「お礼に。木の。シャワーを浴びていたのね。ごめんなさい」

マルコムは食べ物を受けとった。緑の目から内心の思いは読みとれなかった。

「シャワーは終えたよ。はいってくれ」

ピッパは目をぱちくりさせた。シャツを着るつもりかしら？　ピッパは五センチのヒールのあるブーツを履いてきていたが、それでも彼は目のまえでそびえたつようだった。「ところで、あなた、身長はどのぐらい？」

マルコムはむき出しの肩をすくめ、彼女をなかに入れるために脇に寄った。「最後にはかったときには百九十センチだった」

そうだと思った。これだけ近くに寄ると、タトゥーがあるのもわかった。風に吹かれているような一連の黒い記号。全体的にきれいではあったが、警告であるかのように妙に危険にも見えた。

マルコムは目を落とした。「十八のとき、辺鄙な浜辺で酔っ払っているあいだに彫ったものだ。〝必ず生き残れ〟という意味さ」そう言ってほほ笑んだ。「はいってくれ」

男らしい石鹸《せっけん》の香りを深々と吸いこむと、ピッパは彼の脇を通って居間へはいった。花模様のソファー、椅子、サイドテーブルはそのままだったが、小間物や絵画や飾りの類いはミセス・マローニが持ち去っていた。「壁に何枚か絵が要るわね」

「ああ」マルコムはドアを閉めた。ピッパは彼の体から発せられる熱を背中に感じた。「食べ物を持ってきてくれるとはありがたいな」

体がうずきはじめたため、ピッパはアーチ型の通路からキッチンへ行った。「あの木を処分してくれて助かったわ。何カ月もまえにわたしがするべきだったんだから」箱はなくなっていた。昨晩のうちにすべてを片づけたのだ。おそらくあまり眠っていないのではないだろうか。ピッパは振り返った。「今日のお仕事はどうだったの?」

「最高さ」と言ってマルコムはカウンターに食べ物を置いた。

ピッパは首を傾げた。「どんなふうに?」

マルコムは彼女の派手な赤いセーター、黒っぽいジーンズ、新しい茶色のブーツに目を走らせた。「きれいだな」

ピッパの顔に熱がのぼった。「ありがとう」あなたは……飢えている。とても。「その、お邪魔するつもりじゃなかったのよ。食べ物を持ってきたかっただけで」帰ったほうがいい。彼はどこか妙だった。警戒しているか、怒っているようですらあった。どうなっているの?

「ぼくにひとりで食事させるわけにはいかないよ」マルコムは食器棚を開けてシンプルな白い皿をとり出した。欠けていない新しいものだ。「いっしょに食べてくれるかい?」背中の筋肉はなめらかに動いたが、傷痕がひどい暴力を受けたことを物語っていた。

マルコムはすべてをテーブルに並べた。

ピッパは少しばかり膝がもろくなった気がしたため、席につき、マルコムが手渡してくれた大きなスプーンを受けとった。「緊張しているみたいね。ひどい一日だったの？」そんなことを訊く権利などないのに。

「いや」マルコムは冷蔵庫からシャルドネのボトルを出した。すでに栓は開けてあった。「ワインを一杯どうだい？」

「ええ」キャセロールにはビーフとチーズを使っており、おいしそうなにおいを発していた。マルコムが濃い金色の液体のはいったグラスをふたつ持って戻ってくると、ピッパは笑みを作った。「あなたってどちらかといえばビール好きに見えるのに。ほかに誰か来る予定だったの？」

「きみが来ると思っていた」マルコムは彼女と向かい合う椅子に大きな体を下ろした。ピッパは目をしばたたいた。彼にちょっとのぼせているのがそんなにはっきりわかったと？ ピッパは皿を押しやった。「ごめんなさい。やっぱり帰らないと――」

マルコムは彼女の腕をつかんだ。「いや、すまない」ため息。「ばかなことを言った。意味もなく。すわってくれ」彼の目は春の牧場の明るい緑になった。「妙な仕事でね。おちつかない感じがいやでたまらないんだ」

ピッパが腰を下ろすと、彼は手を離した。止めようとするときですら、その手はやさしかった。マルコムにはどこかひどく慎重に振る舞っている気配があった。相手を怖がらせたり傷つけたりすることを恐れているような。「調達部の何が妙なの？　書類仕事じゃないの？」

マルコムはワインをあおった。「ああ、でも、公的な申請書の用紙を山ほど盗っていったと思われるまぬけを尋問しに行ったりもしなきゃならないからね。明日行かなきゃならないんだが、いまいましいことに明日は土曜日だ」

ピッパは眉を上げた。「危険な動物でも相手にしている感じね」そう言って唇をゆがめた。

マルコムは彼女と目を合わせ、ようやくほほ笑んだ。「たしかに。ギャングと戦う仕事から、申請書フェチの変態を扱う仕事に移ったわけだ」そう言ってキャセロールを口に運び、喜びのため息をつきながら咀嚼《そしゃく》した。

ピッパは肩の力を抜き、ワインに手を伸ばした。「それはおもしろいわ」ひと口飲み、すっきりした味わいが喉を冷やすのにまかせた。

ふたりはしばらく黙って食事をした。ピッパはワインを飲みつづけ、彼がグラスにお代わりを注いだことにもあまり注意を払わなかった。しばらくすると腹が満たされた。「昔の仕事がなつかしい？」ヒーローだった人が書類に追われるようになるなど、むずかしいことにちがいない。そうよね？マルコムは手を止めた。「いや。自分じゃない誰かのふりをするのは大変だったからね」そう言って彼女の顔に目を戻した。「ぼくの言う意味がわかるかい？」

ピッパは胃がひっくり返る気がした。「誰でもそれぞれ多少はちがう人間のふりをしているんじゃないかしら。みんなそうよ」そんな答えで充分？　どのぐらい見透かされているの？

彼はうなずいた。「ああ。そのとおりだろうな」

「わたしが読んだ記事では、あなたは覆面捜査官として本物のギャング団に二年も潜入していたそうね」どうやって生き延びたの？

彼はうなずき、ワインを飲んだ。「ちょっといかれた用心棒として潜入し、マリオ・ボディーニのひとり息子と仲良くなったんだ。やつはほかのふたりの息子を失っていた。ひとりはドラッグで、もうひとりは殺されて。ドラッグ・ビジネスに力を貸してくれる信頼できる誰かが必要だったってわけさ」公的な報告でも行っているかのようにその声には抑揚がなかった。

ピッパはなぐさめようと彼の手をつかんだ。「記事によると、ボディーニは長年のあいだに二十人以上を殺したそうね」

「ああ。でも、息子はそうじゃなかった」マルコムの顔に罪悪感がよぎった。「ジュニアはちがう家族のもとで育ったら、ちゃんとした人間になったかもしれなかった。あれほどに父親を喜ばせたいと思っていなかったら」

「あの手入れのときに亡くなったの？」ピッパは苦しんでいる元警官に同情しながら訊いた。どうしてみな、こんなにしつこく過去につきまとわれなければならないのだろう？

マルコムは体を震わせた。目が薄い膜をかけたようになる。「ああ。大勢死んだ」そう言って笑みを浮かべたが、頬に笑い皺は刻まれなかった。「それで、今のぼくは受付に何本鉛筆を調達すればいいか議論する人間になったってわけだ。書類を盗むまぬけと話をしなきゃならないのもそうだし」

おそらくそろそろ帰るころあいだろう。苦しんでいる姿を見るとなぐさめてあげたくなるが、上半身裸の彼を見てなぐさめると考えると、あってはならない想像へとはいりこんでしまう。友人同士でいなければならないのに。「えっと、ワインをありがとう」

「おいしい料理だった」マルコムは見るからに脱力した様子でため息をついた。「明日はばかなやつを探し出すより家のことをしたかったんだけどね。少なくとも車で二時間はかかる。ミニュートヴィルという街の郊外だそうだ」

ピッパは喉をつまらせ、咳《せ》きこんだ。え？　ミニュートヴィル？　明日？

「おい」マルコムがワイングラスを置いて腕をまわし、背中を叩いてくれた。気遣わしげな目をしている。「大丈夫かい？」

「気管にはいったの」ピッパはあえぎ、おちつきをとり戻そうとした。こんなの最悪だ。明日、彼がミニュートヴィルにいるというの？　明日の約束をキャンセルしてもいいが、トリクシーがお金を必要としているのもたしかだ。ピッパは咳払いをした。

「もう大丈夫」

「よかった」マルコムは笑みを浮かべた。「とにかく、明日にはここを片づけてしまいたいと思っていたんだ。きみの手も借りてね。このワインで釣ろうという魂胆だったのさ」

ピッパは笑みを作った。「わたしなら簡単に釣れるわ。おいしいワインはいつだって効くもの」そう言って立ち上がり、シンクに自分の皿を置いた。ふう。ワインを飲みすぎた。あたりがかすんで見える。彼のほうを振り返ったときには明日の問題もすべて忘れていた。「でも、その、もう帰らなくちゃ」ここを出ていかなければならない。今すぐに。

マルコムも立ち上がり、ピッパが置いた皿の上に自分の皿を重ねた。そうするには彼女のほうに身を寄せなければならなかった。ピッパは体をシンクに押しつけられる格好になった。とてもあたたかく、大きく、魅力的な体に。「ほんとうに大丈夫かい？」マルコムは指の節を彼女の顎の下にあててゆっくりと顔を持ち上げた。

ワインの酔いが全身にまわり、パニックと混じり合った。同時に彼の指の感触に反応して恐怖と浮遊感が湧き起こった。「大丈夫よ」目が彼の唇に落ちた。とてもキスしやすそうだ。ギャングの話をしていたときの彼はひどく無防備に見えた。心を開いてくれたのだ。ピッパは息を呑んだ。

「よかった」マルコムは親指でピッパの顎をなぞった。その動きには妙な力があった。何も考えずにピッパはたくましい体につかまって背伸びをし、口に口を押しつけた。ああ。引きしまっていておいしい唇。

マルコムは一瞬動きを止めたが、やがてキスを返し、自分のほうから行動に出た。片腕を腰にまわしてピッパの体をカウンターに押しつけると、キスを深めたのだ。

自分の口からもれた小さな欲望の声を恥ずかしく思うべきだった。しかし、力が抜けていた体は一瞬で極度に興奮した状態になっていた。押しつけられた体はどこもかしこも筋肉質で硬かった。ピッパはむき出しのたくましい胸に手をあてた。

それからそのなめらかで力強い胸に爪を食いこませた。ちくっとする感覚に驚いたにちがいない。マルコムはさらに体を寄せると、尻をつかんで彼女をひんやりとしたカウンターの上へ持ち上げた。尻がカウンターにあたってわずかに跳ねる。マルコムは彼女の髪へと手をすべりこませ、髪を引っ張って首をそらさせると腰で太腿を広げさせた。

こんな無防備でエロティックな格好をとるのははじめてだった。空想することはあっても。マルコムはピッパを支えてバランスをとり、主導権をにぎった。舌が口にはいってきてピッパはうっとりした。

熱が血管を駆けめぐり、神経に火をつけた。とくに脚のあいだのうずきが耐えられないものになった。

マルコムは片手を彼女の髪に差し入れたまま、もう一方の手を腰にあてていた。ピッパは全身に触れてほしくてたまらなくなった。欲望に胸が痛む。彼がさらに体をきつく押しつけてくると全身を欲望につかまれた。思わず声がもれる。もうすぐそこへ達する。ふたりのあいだには服が多すぎた。ああ、知りたくてたまらない。ピッパは手を彼の胸から筋肉の割れた硬い腹へと下ろした。

マルコムがうなるような低い声を発して顔を持ち上げた。ピッパは息ができるようになった。

のぞきこんだ目は荒れ狂う川のような色だった。原始的で飢えにあふれ、食いつくされるのはまちがいないと思わせる目。やがてゆっくりと彼が正気をとり戻すのがわかった。目にかかっていたかすみが晴れる。「ピッパ」

そのひとことだった。自分で選んだ名前、生まれたときにつけられた名前とはちがうその名を呼ぶ彼の声。これは単なるセックスではない。この人も単なるセックスの対象ではない。どうして嘘をついたままこんなことができたの？　この人は英雄だった。みずからの身の安全を犠牲にして無数の命を救ってきた人。彼にはほんとうのことを知る権利がある。わたしには明かせない真実を。ピッパはまばたきした。手が下に落ちる。酔っ払ってしまったというのは言い訳にはならない。

わたしはいったい何をしてしまったの？

8

ピッパの目からはパニックがありありとうかがえた。まったく。彼女の体をカウンターに載せるなど、どういうつもりだったんだ？

マルコムはそっと彼女の腰をつかんで持ち上げ、床に足をつけさせた。

ピッパはよろめいたが、どうにかバランスをとった。マルコムは彼女から手を離して何歩かあとずさった。ドラッグ・ディーラーのギャングから逃げてきたとでもいうように鼓動が激しくなっていた。そして、ついぞ覚えがないほどに下腹部は硬くなっていた。今の自分が彼女を巧みにあやつって情報を得ようとしているだけだと考えると、自分がどれほど常軌を逸した野蛮人になってしまったかを思い知らされた。「すまない」マルコムはささやいた。「痛い思いをさせたかな？」

ピッパは目をしばたたいた。はかり知れないほど青い目を。「いいえ。悪くなかったわ」彼女の足がもつれた。「その、夢中になってしまったことも」そう言って顎を上げた。「わたしだって壊れ物じゃないの。あなたが壊れ物のように扱わないでくれてよかった」最後は声がかすれた。

マルコムの胸が痛んだ。「大丈夫だ、ピッパ」しかし、大丈夫ではなかった。まったくもって。

ピッパは空気を求めてあえぎながらうなずいた。「わかってるわ」

左耳に見えないように入れたイヤホンが息を吹き返した。「彼女の家の捜索は終わった」クラレンス・ウルフの声。「裏からあんたの家に接近する。キッチンの明かりが消えたらなかにはいる」

くそっ。ウルフはすべてを聞いていたにちがいない。マルコムは内心の思いを表に出すまいと努めた。

ピッパが横に動き、カウンターに背を押しつけた。「明日は早いの。その、顧客のひとりとミーティングがあって。夕食をご馳走様。その、ワインを」

ミーティング？　しかし、行く予定の街の名前を告げるつもりはないようだ。おそらく、こっちが同じダイナーを使うことはないと思っているのだろう。マルコムは笑みを浮かべようとし、明日偶然鉢合わせしたときに、彼女がなんと言うだろうかと考えながら彼女の腕をとった。「ぼくには礼儀を教えてくれる母親はいなかったかもしれないが、ご婦人にワインをたくさん飲ませたあとは家まで送らなきゃならないことぐらいはわかる」そう言ってキッチンの明かりを消した。

ピッパの足がもつれ、マルコムは体を支えて玄関から外へ連れ出した。彼女は酒に弱いらしい。ワインはまだボトルに半分も残っているのに、すっかり酔っ払っている。外はほとんどわからないほどの霧雨が降っていたが、そのおかげでいくらか性的衝動を鎮めることができた。彼女を家まで連れていくと、鍵を全部外すのを手伝い、なかにはいらせて鍵が全部かけられるまで待った。

それから深々と息を吸った。一度、二度。願わくはウルフがことばどおり有能で、彼女の家に痕跡を残していなければいいのだが。

マルコムはポケットに手を突っこみ、ピッパがのぞき見ている場合に備えて口笛を吹きながら裸足で自宅へ戻った。そう、ウルフが家探しをするあいだ、彼女の気をそらしておいたことで最悪の気分だった。

自宅に戻ると、ブラインドが閉まっていることを再度確認した。「それで？」

ウルフは大きな体をソファーに沈めていた。短く黒っぽい髪は濡れており、左のふくらはぎにはナイフの鞘《さや》の輪郭が浮かび上がっている。「明るい色の服や、シルクの下着や、刺激的な小説が好みのようだな。編み物を習おうとしているが、うまくいっていない」

マルコムは下着ということばに興味を惹かれまいとしながら花模様の椅子に腰を下ろした。「ほかには？」

「ハードディスクの中身はコピーした。コンピューターおたくがチームに加わったらすぐにそれを渡す」ウルフの茶色の目からは何もうかがい知れなかった。家宅侵入の任務にオフィスで着ていたのと同じジーンズと穴の開いたTシャツを身につけ、銃を隠しているのはまちがいない革の上着をはおっている。銃は一丁とはかぎらない。ブーツは今は濡れた草に覆われていた。「オンラインゲームもしているぜ。ウォー・モンガー2はかなり上手だ」

内気な人間や引きこもりはたいてい同じだ。「つまり、ぼくは単なるくそ野郎ってことか」マルコムはつぶやいた。

ウルフは目になんの表情も浮かべずにマルコムのほうに身を乗り出した。「何もまちがったことはしてなかったぜ。今夜はずっと聞いてたけどな。キスだって彼女のほうからしてきたんだ」

そうだ。しかし、キスを返してしまった。そして彼女が怯えた顔をしなかったら、それ以上のことをしなかったとは断言できない。「無線やイヤホンをつけたことは何度もあるが、じっさい、つけているのを忘れてしまう」マルコムは小声で言い、両手を見下ろした。「よくないな」

「こういう状況では別に害にもならないさ」ウルフは言った。「キッチンでキャセロールをひと口いただいたよ。料理のできる女だな」

マルコムはうなずいた。彼女は親切心から料理を作ってくれたというのに、こっちはウルフが下着の引き出しをあされるよう彼女の気をそらしていたのだ。「要するに時間の無駄だったわけだ」

「そうは言っていない」

マルコムは身をこわばらせ、目を上げた。「どういう意味だ？」

ウルフは携帯電話を投げてよこした。「非常用の持ち出しかばんを見つけたよ。キッチンのシンクの下が二重底になっていた」

ピッパが非常用の持ち出しかばんを用意している。マルコムは臓腑をかきまわされる思いだったが、ウルフが撮った写真を呼び出した。かばんには銃と現金とプリペイド式携帯電話、パスポートがはいっていた。「いくつあった？」マルコムは写真をスクロールした。気持ちは捜査官に切り替わっていた。

「完全な身分証明書がほかにふたつ」ウルフが砕けた口調で言った。「それから、現金で二万ドル。逃げる必要が生じたら、すぐさま逃げられる」

マルコムは携帯電話を投げ返した。左目の下に鋭い痛みが走った。偏頭痛の前兆だ。やましいところのない人間が非常用持ち出しかばんを用意することは多くない。

「ファイルのコピーを作ってコンピューターの担当者に見つかった両方の身分証について調べさせてくれ。ピッパがそれを使ったことがあるかどうか。あるとしたら、いつ、どのぐらいのあいだ使っていたのか。それから、彼女がそれをどこで手に入れたのか調べる必要がある」

「コピーね」ウルフはすり切れた上着のポケットに携帯電話を押しこみながら言った。「爆発物関連の証拠は見つからなかったが、見つかるとは思ってなかったからな。キャセロールを少しもらっていいかい？」

マルコムは立ち上がった。馬に蹴られたように胸が痛んだ。最低だ。「全部食べてくれ。ぼくは寝る。少なくとも、寝ようとしてみる」肩に重石《おもし》を載せられているかのような気分で、八十歳の年寄りさながらによろよろと家具をまわりこんだ。

「悪夢を見るのかい？」ウルフが動こうともせずに訊いた。かすれた声だ。

マルコムは足を止めて元兵士のほうに顔を向けた。「ああ。あんたは？」

ウルフはマルコムをじっと見つめた。「ああ。見るさ」そう言ってキッチンテープルの上に置かれたワインボトルのほうへ顎をしゃくった。「飲んでも助けにはならない」

「わかってる」マルコムは小声で言った。打ち明け話をするエネルギーは残っていなかった。今は。

ウルフは口を開けたが、すぐに閉じた。何を言おうと思ったにせよ、言わないことにしたのは明らかだ。代わりに咳払いをした。「明日の計画は練ったのか？」

「ああ」マルコムはつぶやいた。「なんにしても、任務は必ず遂行することにしている」後ろのポケットに入れた携帯電話が震え、マルコムは足を止めた。電話をかけてくる相手などいるはずがなかったからだ。携帯電話をとり出し、番号を見て悪態をつくと、通話ボタンを押して「ぼくに電話をかけてくる理由はないはずだ」と言った。

「悪いな、相棒」ジャック・モンテゴ警部補の声だった。いつにもまして不機嫌そうな声。「いまいましい地区検事から銃撃で生き残ったふたりのボディーニの手下の件が差し戻されそうでね」

「まさか」マルコムはかろうじて電話をまっぷたつに折りたくなる衝動をこらえた。

「有罪の答弁をしたと聞いた。公判も証言もなしだと」それは自分にとって終わったことだった。「あんたは引退するんじゃなかったのかい？」モンテゴはボディーニの件でマルコムの指令官だったが、捜査がはじまったころから現役生活は終わりに近づいており、後片づけのためだけに残っていたようなものだった。

「来月だ。まっすぐフロリダに向かうよ」モンテゴは咳払いをした。「苛々《いらいら》しないでくれよ。地区検事は一度きみに会いたがっているだけだ。ふたりのことも答弁に持ちこめると考えている」

「カムストックだろう？」マルコムは首を振った。野心家の若い地区検事はひどく面倒な人間だった。それでも仕事をやり遂げる人間ではある。ほぼ毎回。「すぐにニューヨークに向かうことはできない」

「カムストックがきみのところへ行くと言っている。時間と場所を指定してくれればいい」

マルコムはウルフにちらりと目を向けた。聞き耳を立てているのを隠そうともしていない。「あのダイナーに行く正当な理由ができたぞ」その晩はじめてにやりとすると、電話に注意を戻した。「いいだろう。カムストックに三十分なら時間がとれると言ってくれ。明日の午前十一時十五分にミニュートヴィルのパインズというダイナーで。五分でも遅れたら、待たないからな」そう言って電話を切った。

「複数の業務をかけもちか？」ウルフが冷ややかに訊いた。「明日会うそいつは？

地区検事っぽい見かけなのか？」

マルコムはゆっくりうなずいた。「ああ。ピッパがどのぐらいぎょっとするか見てみよう」少し彼女をつついてみるころあいだ。非常用持ち出しかばんを持っている女性を。

その理由は？

9

ルートは覚えていた。防犯カメラの設置されていない古いリサイクルショップがいくつかある以外は何もない田舎道を延々と行く。そこが重要だ。防犯カメラがないというところが。

家を出るまえにザナックスを二錠呑み、一時間瞑想《めいそう》しなければならなかった。家を出るのがどんどんむずかしくなっていた。そうして出かけるのも月に一度だけだ。恐怖はもはや健全とは言えない程度にまで達していた。マルコムに言ったように人ごみや集団が怖いのではない。見つかるのが怖いのだ。発見されるのが。

ピッパは慣れた二時間の道のりをカントリーミュージックを聴きながら車を走らせた。頭はマルコム・ウェストで一杯だった。ひと晩じゅうあのキスが心につきまとい、肌が張りつめ、心臓は速すぎる鼓動を刻んでいた。いつもの睡眠薬を呑んだのだが、それも効かなかった。

心のどこかでは、物事を悟った自滅的な部分では、タンクトップを脱いで彼にすべてをささげればよかったと思っていた。

しかし、そんなことはできない。すべてには真実も含まれる。わたしの真実は穴だらけだ。

目を水のように見せる――処方してもらったのではない――カラーコンタクトをつけ、度のはいっていない分厚い眼鏡をかけていた。髪は一時的に濃い色に染め、ポニーテールの端を野球帽から出した。帽子は顔も隠してくれる。防犯カメラに映ることがあっても、身許《みもと》はばれないはずだ。

ピッパはパインズの舗装していない駐車場に車を停め、用心深くまわりをうかがった。

この場所はホテルもガソリンスタンドもほかの店も何もないインターステートを降りて何キロか行ったところにあった。木々のそばに何台かの長距離トラックが停めてある。ピッパの知るかぎり、この場所を知っているのはトラック運転手だけのようだった。インターステートには近くに食堂があるという看板さえ出ていなかった。

ピッパはエンジンを止め、さわやかな春の空気のなかに降り立った。外に出るやいなや、体が凍えた。鼓動が乱れる。大丈夫。ここは大丈夫。少なくとも雨はやんでいた。何キロか体重を多く見せられるよう、持っているなかで一番だぼだぼのジーンズとスウェットシャツを身につけていた。爪は短く切り、マニキュアも塗っていない。化粧もしていなかった。

誰かがわたしの人相を説明しなければならなくなったとしても、容易ではないはずだ。

深呼吸して再度まわりに目をやってから、地味な黒いブーツを履いた足で何気なく店の入口に歩み寄った。

パインズの外壁には下見板が張られ、ペンキははがれていた。店内には心休まる食べ物のにおいがたちこめている。古びた赤いブースが左右の壁際に並び、中央には広いカウンター席があった。ピッパはカウンターの脇を通り過ぎ、一番奥のブースへ向かった。

トリクシーが本から目を上げてほほ笑んだ。「こんにちは、シスター」

友を抱きしめると、全身があたたかくなった。「会いたかったわ」

トリクシーは本を脇に置いた。帽子のつばの下の目は輝いている。「わたしのほうがもっと会いたかったわ」このひと月で少しふっくらし、病気には見えなくなっていた。

「ようやく風邪が治ったのね」ピッパの心に安堵が広がった。まわりにいる人々は気になったが。人が多すぎる。自宅の静かなオフィスに戻りたくてたまらなかった。

トリクシーはうなずいた。「急性気管支炎だったの。余分にお金を都合してくれてありがとう。おかげで医者にかかれたわ」

「いつでも言って」トリクシーはピッパと同い年だったが、ふつうの暮らしというものをしたことがない。一方、ピッパのほうは十歳まではふつうに暮らしていた。「そのための友達でしょう」ピッパはもとの褐色の髪をきれいな赤に染めている友をじっと見つめた。「その色、似合ってるわ」

トリクシーはにやりとした。ウエイトレスが来て注文をとった。どちらもメニューを見る必要はなかった。すっかり覚えてしまっていたからだ。ウエイトレスが注文をメモして去ると、トリクシーはテーブルを越えそうなほどに思いきり身を乗り出した。

「このあいだ、誰かにあとをつけられている気がしたの。でも、何も起こらなかったわ」

ピッパは友の手に手を伸ばした。「心配症になってもしかたないわ。でも、見つかりっこない。書類は完璧だもの」そうだといいのだが。願わくは。

「そうね。警察だったのか、ファミリーだったのかもわからないし」

それは必ずついてまわる疑問では？「仕事はどうなの？」

トリクシーは目を上に向けた。「先月のチップは少なかったわ。不況のせいでみんな苛々しているし」それから顔を輝かせた。「でも、夕食のシフトに昇格したの。すぐにましな状況になるはずよ」

「よかった」心が多少軽くなる。「わたしのほう」ピッパはビザのデビットカードを財布から出し、テーブル越しに押し出した。「わたしのほうは今月は実入りがよかったから、お裾分けしたいと思って」銀行口座からデビットカードの口座に送金し、カードを自宅に送ってもらうのは簡単だった。ＡＴＭに行く必要も、現金をやりとりする必要もなく、防犯カメラに映ることもない。

トリクシーはカードに目をやった。「受けとれないわ」

「もちろん、受けとれるわよ」ピッパは水をひと口飲んだ。「わたしには必要ないんだから。お願い、トリクシー。あなたはわたしに残されたたったひとりの家族なの」

トリクシーはカードを手にとって目を輝かせながらポケットにすべりこませた。

「いつか返すわ。約束する」

その可能性も必要もなかった。「それで、今は誰か付き合っている人はいるの？」とピッパは訊いた。

トリクシーは肩をすくめた。「とくには。下っ端のコックのひとりにデートに誘われてるけど、どうかな。ほら、わたしってむずかしいでしょう?」

「たしかにね」ピッパは小声で言った。「わたしは昨日の晩、男の人にキスしたわ。男よ。タフな男」

トリクシーはぽかんと口を開けた。「まさか。あなたが? マイアミのことがあって、もう二度と誰ともデートしないんだと思ってたわ」

マイアミで出会ったジェームズは悪くない相手だったが、ファミリーに見つかるまでのことだった。見つかると、彼は怯えきってしまった。そこでピッパはまた逃げ出さなければならなくなった。「今度の人はちがうの。誰であっても彼を怖がらせることなんかできないと思う。でも、嘘をつかれて許すタイプでもないわね」ピッパは唇を噛んだ。「元警官だし」

トリクシーは目をみはった。「だめよ。警官と付き合うなんてできないわよ。わたしたちが何をしたかわかってるはず」

ピッパは懸命に息をしようとした。「元警官よ。今は警官じゃないわ」それでも、法律に従っていて、人に守らせてもいる人間だったのだ。真実を知ったら、わたしを警察に突き出すだろうか? わたし自身、真実がわかっているのだろうか? 「悪くない人よ」

トリクシーは首を振った。「まずいことになるわ。たぶん。それとも、そろそろすてきな人と親密になるべきときが来たってこと？」

ピッパは身を乗り出した。「テレビで見た男たちみたいなキスをしてくれたの。熱くてワイルドなキス」

トリクシーは忍び笑いをもらした。「どうしてそこでやめたの？　どうしてその人といかれたセックスをしなかったの？」

ピッパはため息をついた。「理由はわかるはずよ。わたし、嘘をつくのが習性になってしまっているから。あの人はもっとましな女性と付き合うべきだわ」

「あなたよりましな女性なんていないけど、言いたいことはわかる」とトリクシーは言った。笑みが消える。「わたしたち、孤独な猫おばさんになるのね。そういえば、まだ猫は手に入れていないの？」

ピッパは胸をこすった。「ええ」アインシュタインが死んでまもなく五カ月になろうとしていたが、別の猫を飼う心の準備はできていなかった。妙なことだが、新しい猫を飼うのは気むずかしかった老猫への裏切りのような気がしたのだ。「まだよ」

「わたしは熱帯魚を飼ったわ」トリクシーがあざけるように言った。「ベタという種類なの。それで、アルファって名前をつけたわ」

ピッパは低い笑い声をもらした。何週間かぶりに気分がよかった。テーブルを影がよぎり、ピッパは目を上げた。ウエイトレスだと思って笑みを浮かべながら。しかしそこで呼吸が止まった。ピッパは目を上げた。

「マルコム」しわがれた声が出る。

彼は緑の目をきらめかせてほほ笑んだ。「これは奇遇だね。ぼくのあとをついてきたのかい、お嬢さん?」

ピッパはまばたきして急いであたりを見まわした。ふつうの人たちが脂ぎったダイナーの料理を食べているだけだ。「どうやってこの場所を見つけたの?」逃げ出そうと身がまえながらピッパは訊いた。この人の脇をすり抜けられれば。

マルコムは眉を下げ、彼女の肩に片手を置いた。「なあ、大丈夫かい?」

いいえ、全然大丈夫じゃない。こんなのおかしい。「どうしてここにいるの?」

ピッパはトリクシーに目をやり、その目を彼に戻して訊いた。

トリクシーは緊張して青ざめていた。テーブルに手をついて立ち上がり、逃げ出そうとすでに身がまえている。

マルコムは一歩下がった。しゃれたスラックスを穿き、ぱりっとした白いシャツにブレザーをはおっていると別人のように見える。しかし、シャツの一番上のボタンは外してあった。「十分後にここで人と会うことになっているんだ。この早い時間にミニュートヴィル郊外で昼食をとろうと思ったらここしかなかった。人に話を聞くためにここへ来るって話はしたはずだ。覚えてないかい？」彼は心配そうな声でそう言うと、彼女をまじまじと見つめた。

「覚えてるわ」ピッパはまたまわりを見まわして言った。

マルコムは首を傾げた。「髪を濃い色に染めたんだね」

しまった。変に思われるにちがいない。ピッパは唇をなめた。「何か新しいことに挑戦しようと思って。でも、気に入らなかったから、帽子をかぶったの」訊かれるまえに言い訳のことばを付け加えた。帽子のつばの下、眼鏡の厚いレンズの奥の目の色がちがっていることには気づかないでくれるといいのだが。「失敗だったわ」

「へえ」スーツ姿だと彼は連邦政府の捜査官のように見えた。ずっと昔、恐れるようにと教えこまれた存在に。「ここで人に会うとどうして言ってくれなかったんだい？その、ぼくがミニュートヴィルに向かう話をしたときに」

ピッパは唾を呑みこみ、練習して習得した笑みを顔に貼りつけた。トリクシーにちらりと目をやると、彼女も同じようにほほ笑んでいた。「ぎりぎりで予定が変更になったから」

トリクシーも肯定するようにうなずいた。「そう。いつもはもっとDCに近いところで会うの。その、もっといいレストランで。でも、わたしが昨日の晩この近くでデートしてそのまま泊まることになったので、ここのほうが都合がよかったの」

ピッパはトリクシーに感謝の目を向けそうになるのをどうにかこらえた。うまく言い繕ってくれた。マルコムがこれ以上質問してくるまえにここを出なければならない。しかし、ふたりを紹介しなければ失礼だし、かえって疑わしく思われることだろう。

「サリー・ピータースン、こちら隣に引っ越してきたマルコム・ウェストよ」

トリクシーは手を差し出した。「お会いできて光栄です」

マルコムはその手をとった。「こちらこそ、サリー」そう言って店の入口にちらりと目を向け、うなずいた。「ぼくの待ち合わせの相手が来た」

ピッパがバッグをつかんで逃げ出そうとしたところでウエイトレスが料理を運んできた。最悪。

マルコムがウエイトレスのために脇に寄った。「ああ、よかった。これから食事なんだね」マルコムはまた近くに来てピッパのポニーテールをもてあそぶように引っ張った。「濃い色の髪も悪くないな。昼食が終わったら、いっしょにデザートをどうだい？ きみに相談したいことがいくつかあるんだ」

トリクシーは眉を上げた。目にはおもしろがるような光が躍っている。「アップルパイを試してみたいって言ってたわよね」

ピッパはぎゅっと唇を引き結んだ。縁結びをしようってわけ？　自分でお菓子を焼くわたしがダイナーのパイなど試すはずがない。絶対に。神かけて。「え、そうだったかしら」

「頼むよ」マルコムが誘うような低い声を出した。「そのパイをふたりで食べるのは悪くなさそうだ」

逃げようがなくなった。さらなる疑惑を呼ばずに断る方法などない。ピッパは肩越しにブースにすべりこんだ男性に目をくれた。「わかったわ」そう言って顎をしゃくった。「あれが話を聞く予定の人？」

「ああ」マルコムの顎が見るからにこわばった。「あの男だ」

「事務方なの？」とピッパは訊いた。しゃれたスーツに高級ネクタイを締め、黒っぽい髪を後ろに撫でつけている。黒っぽい目ときれいに切りそろえたひげ。警察の事務方というよりも株のトレーダーのように見える。

マルコムは首を振った。「いや、そいつへの聞きとりはさっき終わった。あの男はニューヨークの地区検事で、このあたりに釣り小屋を持っているんだ。仕事と休暇をうまく組み合わせたいんだろうな。一挙両得ってやつだ」

ピッパは身をこわばらせた。

マルコムが忍び笑いをもらした。「法律家は好きじゃないのか？　ぼくもだよ」そう言ってポニーテールを放した。「それとも、法律について何か悩みが？」声はからかうようだったが、目は油断がなかった。いつもと同じように。

ピッパは笑い声をもらした。「まさか。ちがうの、あのスーツのせいよ。スーツ姿の男性は好きになれなくて」そう言って意味ありげにマルコムのブレザーに目を向けた。

彼はウィンクした。「だったら、デザートのときは上着を脱ぐよ。サリー、会えてよかった」そう言ってトリクシーににやりとしてみせた。「それから、ミス・スミス？　もうデザートをいっしょに食べるのが待ちきれないよ。いい子にしていてくれたら、アイスクリームもおごろう」マルコムは背を向け、ゆったりと入口近くのブースへ向かった。

ピッパは止めていたことにすら気づいていなかった息を吐き出した。

トリクシーはすごいと声に出さずに言った。

ピッパは呼吸を整え、いかれた女のようにダイナーから逃げ出したりしないよう自分を抑えた。

「いかした人ね」トリクシーはサラダをつつきながら考えこむように言った。「でも、やっぱり警官に見える」

ピッパはびくりとした。「どうして?」

「目のせいよ。あそこにいた警官を思い出させるの。どこだっけ? ミルウォーキーだわ。あんなふうに怒り狂ってはいないけど。まあ、ちょっと怒っているのかもしれない」トリクシーは目をピッパの肩越しに向けたまましばらく咀嚼していた。「そう。笑顔はすてきだけど、あの人のなかでは感情が沸き立っているわ。そうじゃない?」

ピッパはうなずいた。「わたしもそう思う。でも、元警官だからね」そう言って身を乗り出し、茶色のコンタクトを目から外した。いっしょにアイスクリームを食べているときにつけたままにしていたら、きっと気づかれてしまう。

トリクシーはため息をついた。「一度警官になった人はずっと警官よ。つかまったら、わたしたちは終わりだってあなたにもわかってるはず。指紋をおさえられているんだから」

「たぶんね」ダイナーにいるマルコムの存在が強く意識された。「もしかしたらファミリーがわたしたちに嘘をついたのかもしれない。誰もわたしたちの指紋なんておさえていないのかもしれない。わたしたちはほんの子供だったのよ、トリクシー」

トリクシーはうなずいた。「そうかも。でも、危険を冒すつもりなの？」

ピッパはまた唇を噛んだ。危険を冒さないでいることにはうんざりしていた。いつかはちゃんとした生活をはじめなければならないのでは？　そうでなければ、なんのために闘ってきたのかわからない。

10

マルコムは地区検事と向かい合ってすわり、高価なスーツに目を走らせた。「辺鄙なダイナーへ来るのに、もう少し砕けた格好はできなかったのかい？」と引き延ばすような口調で言った。

カムストックは苦痛に満ちたため息を長々とつき、しみのついたメニューを下ろした。「裁判所にいたんだ。ここへ急行して、きみと会い、それから急いでいまいましい裁判所に戻らなきゃならないからね」ウエイトレスが現れると千ドルの笑みを浮かべ、本日のスペシャルを注文した。

「ぼくにも同じものを」マルコムは本日のスペシャルが何かはまったく意に介さずに言った。

イヤホンが作動した。「トラック運転手の何人かに話を聞いた。パストラミを注文するといいと言っていたよ」アンガス・フォースがのんびりと言った。

ウルフが鼻を鳴らし、マルコムはダイナーの反対側にいる彼に鋭い視線をくれた。元兵士はひとりで入口のほうに向いたブースにすわっていた。先日ピッパに顔を見られたので、フォースは外で待機することになった。「おれはパストラミを注文したぜ」ウルフが顎を引いて言った。「ピッパといっしょにいる女の写真を何枚か撮った。昼食後、誰が彼女を尾行する？」

「ぼくが行く」とフォース。

マルコムは聞いていなかった地区検事の話に注意を戻した。「ぼくは証言はしない」話がそういう方向に向かっていた場合に備えていきなり言った。

「証言の必要はない。まったく、話を聞いてなかったのか？」カムストックはナプキンでナイフやフォークを拭きながら言った。「あのふたりの男に対する具体的な証拠をおさらいしてもらいたいだけだ。ファイルがやや薄いんでね。きっとあの組織での地位が低かったからだろうが」

まったく。あのまぬけどもについてはこれっぽっちも思い出したくないというのに。それでもマルコムは一度ならず詳細を述べ、地区検事はメモをとった。ふたりはサンドウィッチを食べ終えた。

ありがたいことに、イヤホンからフォースとウルフの声もほとんど聞こえてこなかった。

ようやくカムストックが椅子に背をあずけた。「これで充分だ。連中は有罪の答弁をしなければならないだろう。助かったよ、ウェスト刑事」

「ぼくはもう刑事ではない」マルコムはピッパのところへ戻りたかった。いったいどうして彼女は非常用持ち出しかばんを用意しているのか？

イヤホンが息を吹き返した。「外で動きがある」フォースが短くそう言ったと思うと、イヤホン越しに風を切る音が聞こえてきた。

マルコムは身をこわばらせ、質問できるように顔を横に向けた。「何人だ？」

「何が何人だ？」カムストックが昼食代の紙幣を数えながら訊いた。

「車が二台。一台はバックで出ていこうとしている」フォースが言った。「くそっ！伏せろ、伏せろ、伏せろ、伏せろ！」

マルコムはすぐさま行動に移り、カムストックの首をつかんで床に倒した。銃撃によって正面の窓が吹き飛ばされたときには、ピッパのところへ半分戻りかけていた。

「伏せろ！」と叫ぶ。ブースに達すると、ピッパがブースから逃げ出そうとしているところだった。マルコムは彼女とトリクシーの両方にぶつかっていき、ふたりをテーブルの下に押しこんだ。「ここから動くな」腰からＳＩＧを引き抜くと、しゃがみこんでふたりを守ろうとした。

窓にさらに銃弾が浴びせられた。何人かが叫び声をあげ、溶けた銅のような血のにおいがあたりを満たした。パイの皿が吹き飛び、リンゴとパイの破片が宙に舞った。

ウルフがゆっくりとブースのそばをすり抜け、店の入口へ向かった。「何人だ?」と通信機に向かって訊いている。

建物の正面からすばやく続けざまに三発銃声が響いた。「正面の三人……は倒した」フォースが抑揚のない声で言った。「連中は後ろを見ていなかった。裏口に気をつけろ。ぼくは裏へまわる。トラックに乗った敵らしきふたりが通り過ぎたような気がするが、定かではない」

甲高い悲鳴と銃声がマルコムの脳裏に切りこみ、撃たれたときの記憶と混じり合った。ふたつの情景が溶け合い、思考がぼやけた。体が凍りついたようになる。鼓動が速まり、肺が固まった。

ああ、今はやめてくれ。

キッチンで二発の銃声が鳴り響いた。マルコムは記憶を振り払った。今、今に留まるんだ。

ピッパが隣で小さく声をもらした。その声が、その小さな音がマルコムを完全に現実に引き戻した。彼は銃を持ち上げて待った。

背後からは苦痛の声やガラスの割れる音が聞こえてきた。やがて筋肉質の肩が肩に押しつけられた。ウルフだ。「正面の敵は片づけたのか?」元兵士は訊いた。

「ああ」通信機越しにフォースの声が聞こえた。「もうすぐ建物の裏手に出る」

パンサーのごとくなめらかな動きでウルフは体をまわし、キッチンのスウィングドアに銃を向けながら肩をマルコムの肩と並べた。それから横へ体をすべらせ、正面と裏の両方が見える反対側のブースに身をおちつけた。よく訓練されているのはまちがいない。

カウンターの奥からすすり泣く声が聞こえてきた。

「みんなその場を動くな」マルコムはかろうじて声を張りあげた。「頭を低くして」

キッチンのドアが蹴り開けられ、目出し帽をかぶり、銃を持った男がはいってきた。AK-47の銃弾を床に浴びせている。タイルが砕けて吹き飛んだ。マルコムは敵の体の重心部分にねらいをつけて引き金を引いた。男は後ろによろけながらなお銃を発射しつづけ、銃弾は天井にあたった。やがて男は倒れた。

不自然なほどの静寂がキッチンに広がっていた。マルコムは勢いよく立ち上がり、「行け」と命令した。

ウルフが先にドアのところに達し、ドアの横でかまえた。「蹴ってくれ」マルコムの腕が震えはじめた。パニックが襲ってきたのだ。今はやめてくれ。彼はうなずいた「上がいいか？」

「下。おれは下と右に行く」ウルフは小声で言った。脚に緊張が表れていたが、声は明瞭だった。

マルコムが数を数えた。「一、二、三」スウィングドアを蹴り開ける。ウルフが即座にドアを通り抜け、銃を右に向けて低くかまえた。マルコムは立ち上がり、左に向かった。

ウルフの銃からすばやく二発銃弾が発射され、最後の襲撃者が食べ物を載せたカートの右に倒れた。

マルコムは左へ向かい、キッチンの残りの部分を確認した。「片づいた」

「こっちもだ」ウルフも身を起こして言った。最初の襲撃者のそばへ行き、目出し帽をはがす。茶色の髪、生気のない目。「知っている男か？」

「いや」マルコムはもうひとりの男の目出し帽をはがした。「こっちもだ」それから男の体をひっくり返して身許のわかるものを探した。何もなかった。

アンガス・フォースが銃を手にキッチンの奥から静かにはいってきた。銃を腰に戻すと、携帯電話をとり出し、死んだふたりの男の写真を撮った。「誰に雇われた連中か突き止める」

スウィングドアが開き、マルコムはウルフとフォースと同時に銃をとり出して振り返った。

「おちついてくれ」カムストック地区検事だった。片方の肩と顔に血が飛び散っている。左手で腕の傷を押さえていたが、指はすでに血まみれだった。地区検事はウルフのそばの男を見下ろし、悪態をついた。

「こいつを知っているのか？」フォースが訊いた。

カムストックはうなずいた。「ああ。雇われ仕事をする低級な殺し屋だ。三年まえに武器所有の罪で刑務所送りにしてやった。出所してたとは知らなかった」

マルコムは胃がねじれる気がした。「あんたをねらっての襲撃か？」

「おそらくきみもだ」カムストックは考えこむように言った。不自然なほどに血の気の失《う》せた顔になっている。「そっちの男――」彼はもうひとりを顎で示した。「そっちは何年かまえにボディーニ一家のために下っ端仕事をしていた。どうやらぼくが訴追したふたりの男がまだ少々恨みを抱いていたようだな」

店内がざわつき出した。再度襲ってきたパニック発作をマルコムは払いのけた。銃声が頭のなかでこだましている。彼は頭をはっきりさせようと首を振った。「ここで会うことは昨日の晩決めた。このことを誰に話した？」

「きみのところの警部補だけさ」カムストックは顔をしかめた。「それだけだ。ここへの交通手段も自分で手配した」

襲撃者たちがニューヨークから車で来たとしたら八時間はかかったはずだが、時間はあった。「彼に確認してくれ。でも、命を賭けてもいいが、きっとモンテゴじゃない」マルコムにはありすぎるほどに人を見抜く力があった。警部補はもうすぐ引退するかもしれないが、どこまでも高潔な人間だ。

「きみの携帯電話をよこせ」フォースが言った。「モンテゴじゃなかったら――それについては調べるつもりだが――きみたちのどちらかが追跡装置をつけられていることになる」

くそっ。自宅を知られているとしたら、引っ越さなければならない。ニューヨークの下っ端の殺し屋をふたり仕留めたとしても、名をあげたがっているごろつきはいくらでもいる。そういうやつらがすでに存在していないも同然のギャング一家に妙な忠誠心を見せようとしてもおかしくない。

店のほうから悲鳴が聞こえてきた。四人は振り返り、急いで店へ戻った。

マルコムがピッパのもとへ戻ったときに、遠くでサイレンが鳴り出した。ピッパはガラスの破片が散らばる床の上で脚の傷を両手で押さえている女性のそばに寄り添っていた。目を上げると、その青い目はショックでみはられていた。

ピッパが無事だとわかってマルコムは安堵に駆られた。彼女を腕に引き入れて抱きしめたい。それだけしか考えられなくなる。

サイレンが大きくなった。

ピッパの顔からショックの色が消え、代わりにパニックが広がった。

ピッパは停まっている救急車の後部でトリクシーのそばにすわっていた。肩に毛布をかけ、足をぶらつかせて。ダイナーの駐車場は青と赤の回転灯で一杯だった。地元警察、アルコール・タバコ・火器および爆発物取締局《ATF》、ＦＢＩの捜査官たちがすでに到着していた。

けが人は病院に運ばれ、死者は死体袋におさめられた。

「外に出ていいってなったときに逃げるべきだったのよ」とトリクシーがまた言った。

「そんなことをしたら、余計疑われるだけよ」マルコムが黄色い大きな文字でＦＢＩと書かれた上着を着たふたりの男と話し終えるのを見守りながらピッパは言い返した。

彼が近くにいるのを確認せずにいられなかった。「今の自分が何者なのか思い出しておいて」ピッパは肩が震えるのを止めようとした。二度と体はあたたまらない気がした。

「最初に銃撃がはじまったときは、もしかしたら……」トリクシーが駐車場の回転灯をじっと見つめた。

「わたしもよ」ピッパもささやいた。「でも、彼らはわたしたちを殺そうとは思っていないはずよ。見つけたら、連れ戻そうとするわ」とくにわたしのことを。あの男の目にわたしは特別な存在として映っているのだから。今はマルコムから目を離せなかった。彼は手順に沿って現場の業務にあたりながら、しばしばピッパのほうへ目を向けてきた。まるでテレビ番組に登場するヒーローのように、わたしを守り、銃撃してきた男を倒してくれた。体が熱くなる。ようやく。

やがて五十人ほどいる捜査官のひとりがピッパとトリクシーのほうへ歩み寄ってきた。

トリクシーが身をこわばらせた。

「わたしたちは保護されているのよ」ピッパが思い出させるようにささやいた。「あなた自身でいればいいの」

その女性捜査官はグレーのスラックスを穿き、ぱりっとした白いシャツの上にFBIの上着を着ていた。黒髪はふさふさとした巻き毛で、茶色の目は鋭く、知性にあふれていた。「お待たせしてごめんなさい。病院に搬送されるまえに、できるだけ多くのけが人と話したかったので」サウス・ジョージアなまりで色っぽくなめらかな口調だった。

「わたしたちはテーブルの下にいたの」とトリクシーが唐突に言った。

捜査官はうなずいた。「それは賢明だったわ。わたしはミキーシャ・ジャクソン特別捜査官よ。よかったら、あなたたちの供述をとりたいんですけど」捜査官の声は証言したほうがいいと語っていた。

ピッパは咳払いをした。「今朝は十一時にランチをとりに来たんです」

「お名前と住所からにしましょうか」ジャクソンは砕けた調子で言い、くたびれたメモ帳をとり出した。「お名前は?」

「ピッパ・スミス」ピッパは目の端でマルコムが近づいてくるのをとらえながら答えた。熱くほてりながら、ありがたい思いにも駆られていた。尋問を止めてくれるかしら?

ピッパは住所を伝えた。

捜査官は眉を上げた。「ランチをとりにずいぶんと遠くから来たんですね」そう言って説明を求めるように答えを待った。

「アンティーク・ショップで買い物をするのが好きで」ピッパは答えた。声が震えた。質問された場合の答えは暗記してあったが、こんな状況は想定外だった。「だから、ふたりでここでランチをとって、このあたりのアンティーク・ショップをまわることにしているんです。共通の趣味なので」

マルコムがそばへ来た。真剣なまなざしをしている。「ふたりともほんとうに大丈夫かい？」

ピッパはうなずいた。トリクシーはその場に凍りついたようになっている。

ジャクソンはマルコムに目を向けた。「あなたはもう供述を済ませたの？」

マルコムはうなずいた。「ああ。銃と携帯電話も提出したよ。どうやら連中はカムストックの携帯電話に追跡装置をつけていたらしい。ぼくは疑惑を免れたよ」

「検事ってやつは」ジャクソンは不機嫌な声を出すと、メモ帳に目を戻した。

マルコムはピッパをちらりと見てうなずいた。「ほんとうに大丈夫かい？」

「いいえ」ピッパは正直に言った。「銃撃がはじまったとき、わたしたち、ブースから出ようとしていたんだけど、出ていたら殺されていたわね」本能に従っていたら大変なことになっていた。「あなたにテーブルの下に押しこまれなかったら、わたししたちは死んでいたわ」ふいに全身が痛み出した。

ジャクソンが手を伸ばしてピッパの肩を軽く叩いた。「銃撃に対処する訓練を受けていない人がほとんどよ。本能が逃げろというので、逃げようとしただけのこと。あとで専門家と話をしたい場合は、力になるわ」

専門家。そう。精神科医がわたしの心のなかを見たら大はしゃぎだろう。ピッパは捜査官に笑みを浮かべてみせようとした。「ありがとう」別の男性——現場をとりしきっているらしい男性——がピッパの目をとらえた。犬を連れて隣家を訪ねてきた男性だった。犬は今、男性のあとをついてまわり、時折地面のにおいを嗅いでいた。マルコムが追い返した人だ。「どうしてあの人がここに？」ピッパは顔をしかめ、マルコムに目を据えた。

「ぼくの上司だ」マルコムが答えた。回転灯の明かりを浴び、大きく、たくましく見える。ヒーローのようにすら。「ぼくと検事との待ち合わせに遅れたんだ」

上司？　政府機関の事務方には見えなかった。「なんて名前なの？」ピッパは自分で自分を止めるまえに訊いていた。

ジャクソン捜査官が肩越しに後ろに目を向けた。「あれはアンガス・フォースよ。アンガス・フォース特別捜査官。元ＦＢＩ捜査官で、今は……どこかの所属になっているわ。どこだったかはわからないけど」そう言ってマルコムに目を向けた。「あなたも実働部隊からは引退したって聞いたけど」

「ああ」マルコムは真剣な顔で答えた。真剣すぎる顔？

ジャクソンはATFと書かれた上着の男性と小声で話しているアンガス・フォースに目を向けた。「彼も引退したって聞いたわ。辺鄙な場所にこもってアルコール漬けになっているって」

「任務の後片づけをしているだけさ」マルコムは救急車の側面に肩をあずけて静かに言った。緑の鋭い目は大混乱の現場に向けられている。「どっちも実働部隊にはいない。ぼくは年金を加算するためだけに基本事務仕事をしている」

「へえ。どっちも引退したようには見えないけど」ジャクソンはマルコムに目をやり、その目をピッパに戻した。「どんなアンティークが好きなんです？」

ピッパは目をしばたたいた。「ピンクと緑のディプレッション時代の食器」

「わたしはベリーク（一九世紀末に北アイルランドで磁器の製造・販売をはじめた会社）が好きよ」トリクシーが声をはさんだ。目はまだうつろだった。「アイルランド出身だったらよかったのにって昔から思っていた」

「どこのご出身なんです？」捜査官は訊いた。

ピッパは顎を下げ、考えをまとめようとした。この女性は賢い。うまく乗り切らなければ。「シアトルです」とピッパは言った。「トリクシーもそう。ハイスクールを卒業してすぐに出会ったんです」ああ、トリクシーが作り話を覚えていてくれるといいのだけれど。

何はともあれこの部分は。

11

マルコムは苛立ちを抑え、トラックを停めて自宅まで敷地内の小道を歩いた。アンガス・フォースも自分のトラックを停め、犬を連れて車から降りた。クラレンス・ウルフはゆっくりと助手席から降りた。ふたりはマルコムの自宅までついてくると言って聞かなかったのだ。

ピッパのキッチンに目をやると明かりがついていた。何時間かまえには彼女を家まで車で送るつもりでいたのだが、彼女が現場から解放されるほうがずっと早かった。今回の標的がマルコムである可能性が高かったせいで、彼が解放されるのには時間がかかったからだ。一番の標的はカムストックだったかもしれないが、二番目の標的である可能性はあった。

また雨が降り出していて、あたりは暗くなりはじめていた。まだ血のにおいがし、悲鳴が聞こえる気がした。いやな夜になりそうだった。マルコムは玄関のドアの鍵を開け、なかにはいった。「子守りをしてもらう必要はない」右腕が震え、目のまえが頻繁に暗くなる。これはひどい発作になりそうだ。

フォースとウルフがマルコムのことばを無視し、あとから家のなかにはいってきた。マルコムは犬がなかにはいるまで待ち、ドアをロックせずにいられなかった。異常な警戒心――PTSDの典型的な症状だ。

フォースが花模様のソファーに腰を下ろし、額を手でぬぐった。「最悪の一日だった。こっちはなるべく目立たないようにしてるってのに、こうしてくそ銃撃事件に巻きこまれるなんてな」そう言ってソファーに背をあずけた。顔には疲労の色がありありと浮かんでいた。「報告があったよ。追跡装置はカムストックの携帯電話から見つかった」

よかった。

ウルフはアーチ型の入口からキッチンへはいろうとしていた。そうしながら、「酒はどこだ？」と訊いた。

「食品棚の一番下の段だ」マルコムは疲れた声を出し、ソファーとそろいの花模様の椅子に腰かけた。頭がずきずきし、腰が痛み、治りかけの脚は火がついたように熱くなっていた。「FBIの連中は報道機関をうまく遠ざけていたな」

フォースが目を開けた。「きみの女を見たか？　絶対に映らないようカメラから顔をそむけていた」

「ああ」マルコムは言った。疲れはてた体のなかでエネルギーが高まりつつあった。振られたソーダが勢いよく噴き出すのを待つように。「作りあげた人物になりきっていた。ずっとピッパ・スミスのままでいて、一度もぼろを出さなかった」

ウルフがジャック・ダニエルのはいったグラス――背の高いグラス――を三つ持って居間へ来た。

「待て――」フォースが身を起こそうとしたが、そのまえに犬が飛び上がり、グラスのひとつを鋭い歯で奪った。「くそっ、ラスコー」

ラスコーはグラスをそっと置き、あっというまに中身の半分を飲んだ。

ウルフはすばやく飲みつづける犬を見下ろした。「いったいなんなんだ？」

フォースは首を振った。「ウィスキーが好きなのさ。ふつうの犬なら肝臓をすっかりやられてしまうはずなんだ。でも、何度か酒を盗み飲んだあとで獣医に調べてもらったんだが、ラスコーの場合、そうはならないらしい」

ラスコーはグラスを空にすると、大きな目でウルフの手に残ったグラスを見上げてすわった。悲しげな声をもらしている。

「やめどきもわかっていないしな」フォースはつぶやいた。「もうおしまいだ、ラスコー」

犬はフォースに不満そうな目を向けると、よろよろと隅へ行って寝そべった。

「ふう」ウルフはグラスのひとつをマルコムに、もうひとつをフォースに手渡した。

「それが引退の理由かい？」

「ほかにも理由はたくさんあるが」フォースはグラスを受けとった。飲まないほうがいいのはわかっていたが、今はそんなことはどうでもいいとばかりになかの液体を見つめた。

ウルフはキッチンへもうひとつグラスをとりに行き、今度はボトルごと持ってきた。

犬が身を起こした。

「だめだ」フォースがぴしゃりと言った。

犬はため息をつき、まえ足に頭を載せた。しかし、目はボトルに向けられたままだった。

マルコムには犬の気持ちがよくわかった。

ウルフは残った椅子にすわり、グラスになみなみとウィスキーを注いだ。

フォースはグラスを掲げた。「今日を生き延びたことに」

「生き延びたことに」マルコムもそう応じてウィスキーをあおった。酒は腹のなかではじけて全身に広がり、あたたかさと多少のおちつきをもたらしてくれた。今日、自分の命を救ってくれたと言えるふたりの男に目を向ける。「ふたりがあそこにいてくれて助かったよ」

「どういたしまして、兄弟」ウルフが言った。いつもよりも若干まなざしが穏やかになっている。「まえのチームがなつかしくなったよ。またチームの一員になれてよかった」

そうだ。チーム。「銃撃と血ほど絆を固めてくれるものはないからな」マルコムはもうひと口飲んでつぶやいた。部屋が揺らぎはじめ、ソファーの花模様が薄れ出した。ああ。この感覚はとてもいい。「作戦を台無しにしてしまったとしたらすまない」

「大丈夫さ」フォースもうひと口飲んで言った。「きみの女がきみに命を救われたと思うのは悪いことじゃない。きみを信頼して少しでも真実を明かしてくれるかもしれない」

きみの女。ピッパはぼくの女と言うにはほど遠い。おもしろくない冗談だった。

「そうかもな。もしくはぼくが男を撃ち殺すのを見たせいで距離を置こうとするかもしれない」マルコムは目を下に向けた。グラスが空になっていた。あっというまに。

ボトルに手を伸ばそうとするまえにウルフがそばに来てお代わりを注いでくれた。それでこそ相棒だ。マルコムはほほ笑んだ。「あんたは見た目どおりにいかれているのかい？」

ウルフは肩をすくめた。「たぶんな。頭の手術を受けたんだが、まあ、そのまえから真面目な人間とは言えなかった。世界の果てまで送られたのに作戦は失敗に終わった。仲間を四人失った。いいやつらだった」

ウルフは仲間を失っていた。フォースは連続殺人鬼に妹を殺された。自分は……何を失った？　兄弟に一番近い存在となった人間を自分が殺した。つまり、何を失ったのだ？　「魂か」とつぶやく。そう、それが正しい答えのようだ。

グラスにお代わりを注ぎながらもフォースの目が鋭くなった。「そんなもの誰に必要なんだ？」

ウルフは口へ持ち上げたグラスを途中で止めた。「みんなさ。魂は重要だ」

そうか？　どうしてだ？　魂があるせいで、人を撃つと心が痛む。鮮やかな青い目のきれいな女を誘惑するのが悪いことだと思えてしまう。どうしてそれがいい考えになり得ないのだろう？　「どうだろうな。誰しもみな受けた傷を無視しようとしているように見えるが」マルコムはほんの少し酔いのまわった声で言った。「彼女には魂があると思うかい？」

ウルフはフォースに目をくれ、酒をあおった。「ああ。おれが思うに青い目の女には魂がある。嘘もうまいしな。あの現場で見ただろう？　死ぬほど怖がってはいたが、ぼろは出さなかった。あれは才能だよ」

才能。すばらしい。「そうだな」とマルコムはつぶやいた。

フォースが背筋を伸ばした。「生存本能が鋭く研ぎ澄まされているだけということもあり得る。罪のない顔をして、プレッシャーを受けても崩さなかった。たぶん、必要に駆られてそうしているんじゃないか？」

おそらく。たしかなことはわからないが。マルコムはため息をついた。「なあ、彼女の友達は誰が家までついていったんだ？」

「その必要はなかった。現場で住所がわかったからな」フォースが言った。携帯電話が震え出し、フォースはそれを顔に近づけた。「ラシターの件で新しい情報がはいった。目撃情報だ。おそらくガセだと思うが、確認しなければならない」そう言って立ち上がると、ボトルに目を向け、すばやく三ショット分を注いだ。「ウルフとラスコーはここに残していく」

まったく。この連中はぼくを心配しているのだ。マルコムは立ち上がり、グラスを掲げた。「銃撃戦に遭遇したのははじめてじゃない。きっと最後でもないだろう。そのたびにぼくのそばにいてなぐさめることはできないはずだ」

ウルフは鼻を鳴らして立ち上がり、同じようにグラスを掲げた。「たしかにそうだな。チームの結束に。それが必要になるはずだ」

「銃撃戦ほど結束を固めてくれるものはないからな」と言ってフォースはウィスキーを一気にあおった。「助けが必要になったら電話してくれ」そう言って部屋を見まわした。「ちょっと待て。電話がないじゃないか」彼はため息をついて頭をかいた。「ぼくのを使え」

「プリペイド式のが二台ある」とマルコムは言った。

フォースはグラスを置いた。「もちろんそうだな。ラスコー、行くぞ」

犬は勢いよく立ち上がり、ドアへ向かったが、最後の瞬間にくるりと振り向き、ボトルを床に落とした。そしてボトルの首を口にくわえると、腰を下ろし、首をそらしてボトルを振り上げた。残った酒がすばやく犬の喉へ消えていった。

マルコムは身じろぎもせずにそれを見つめていた。「すごいな」

犬はボトルをテーブルに立てて戻した。うれしそうに尻尾を振っている。

ウルフはうなずいた。「なかなかやるな」

フォースは犬に歯をむき出した。「ラスコー、今度こういうことをしたら、リハビリセンターに送り返すからな」そう言って犬のあとからドアへ向かい、鍵を開けてすばやく雨のなかに出た。「辛い夜になるぞ、ウェスト。ほんとうに誰かいっしょにいなくていいのか？」

「大丈夫だ」マルコムはウルフにも帰れと身振りで示した。壁が迫ってくる気がして、ひとりにならなければならないと思ったのだ。何が起ころうとも自分でどうにかできる。「でも、礼は言う」本心からだった。ほんとうにありがたかった。

ウルフはあざになりそうなほど強く背中を叩いてきた。「わかったよ。オフィスでな」

マルコムはドアを閉め、鍵をかけてドアにもたれた。酒のおかげでいい具合に体の感覚がなくなっていた。仲間と酔っ払うのは久しぶりで、それがどれほどのなぐさめになるかを忘れていた。誰かが支えてくれるとわかっている感覚を。最後に支えてくれた人間は作戦の標的だった。

雷が空を切り裂き、マルコムはびくりとした。

ぼうっとしながらジャック・ダニエルの別のクォート瓶をキッチンから持ってきてソファーに戻ると、ボトルから直接中身を飲んだ。犬ほどうまくはいかなかったが、どうにか飲めた。気を失ってしまおうとボトルの半分を喉に流しこむ。ボトルを胸に抱き、首をそらして目を閉じた。すぐさま悪夢に引き戻された。

「赤毛はあんたに気があると思うぜ」車を出すと、いつもの癖で神経質そうにライターをつけたり消したりしながらボディーニの息子が言った。

マルコムは若者にしかめっ面をしてみせ、鋭く車を左折させた。「誰にでも熱をあげるって噂じゃないか」

ジュニアは肩をすくめた。街灯の明かりが彫りの深い顔の上で躍った。背は高くないが、がっしりしており、賢くはないが、鋭敏だった。丸い顔に茶色の目をしており、筋肉質の体を保っていた。「どうして誰もお持ち帰りしないんだい？」ボディーニの経営するバーのひとつでパーティーに参加した帰り道で、パーティーには女が大勢いた。

マルコムは会話に集中しようとした。あと二十分のうちに警察の手入れがはじまる。「時間をかけて追いかけまわすほうが好きなのさ。あそこにいた女たちか？　あれは簡単に手にはいりすぎる」ブルックリンなまりをどうにか保つ。「道で浮浪者に五十ドルやってるのを見たぞ。あんたの親父さんはそういうのはよせと言っていたはずだ」父親のボディーニは三千ドルのスーツに身を包んだ、どこまでも強靭なイメージの男だった。

息子は肩をすくめた。「あの男は金が必要だったんだ。おれにはたくさんあるのに、どうしてくれてやってはいけない？」

マルコムはこの三カ月、この二十二歳の若者のボディガードを務め、親しくなっていたが、いまだに若者のことがよくわからなかった。「ひとりの男が一週間生き延びるのに力を貸したあんたが、ガキどもの命を奪うドラッグを売買してるんだからな」「ガキどもには売らないさ」ジュニアは座席に身を起こしてきつい口調で言った。

マルコムはちらりと目をくれた。「あんたんとこのディーラーたちは売ってる。非難してるんじゃないんだ。ただ、あんたのそういうところがよくわからないだけだ」「あんたはおれのボディガードだ」ジュニアは肩を落として言い返した。「おれを分析するのはあんたの仕事じゃない」

それはまちがいなかった。マルコムの仕事はこの組織のなかでの立場を大きく上げることだった。そのためにドラッグを運び、安酒を飲んで二年近くを過ごした。金も奪った。今ようやく内部にはいりこみ、手入れを計画できるだけの情報を手に入れた。ジュニアも巻きこむことになる手入れ。「すまない。おれには関係ないことだったな」

とマルコムは言った。

ジュニアはライターをつけたり消したりし、黒っぽい革の上着を着た肩を動かした。

「いや、おれが悪かった」彼はため息をついた。「知ってるかい？　兄さんたちが死ぬまえ、おれは医者になりたかったんだ。脳を研究する医者に」

マルコムはうなずいた。ジュニアの部屋で解剖学の本を見かけたことがあり、人の殺し方を考えるためのものではないとわかって少し調べたことがあったのだ。ジュニアは医科大学入学試験《MCAT》を受けたこともあり、成績もかなりよかった。「どうしてならないんだい、ジュニア？」全身に緊張が走り、声をふつうに保たなければならなかった。「これからだって医者にはなれるはずだ。ドラッグの世界から足を洗うんだ」そんなことばを口に出すだけで大きな危険を冒していた。

ジュニアは窓の外へ目を向けた。「あとにも先にもファミリーしかないからさ、マル。それだけだ」声は低く、悲しげだった。「あんたはおれにとって兄さんみたいなものだ。それをわかっていてくれ」

急所に蹴りを入れられた気分だった。マルコムは唾を呑みこんだ。車はゲートを通り、小石を敷いた荒れたドライブウェイを邸宅へと向かった。その晩は不気味なほどに静まり返っていた。

ジュニアは車から降り、玄関へ向かった。ドアを開けた瞬間、まわりじゅうが明るく照らされた。警察車両にスポットライト。ヘリコプターまでが飛んでいた。「くそっ」ジュニアは家のなかに飛びこんだ。SWATが建物に突入し、ガラスの割れる音がいたるところから聞こえてきた。

マルコムがジュニアの背後についていると、ボディーニの手下たちが武器を携えてダイニングルームから出てきた。「敵は六人」マルコムは手首につけたマイクロフォンに静かに告げた。

SWATチームがあちこちの廊下から出てきた。ボディーニの手下がふたり、銃を発射したが、すばやく倒された。マリオ・ボディーニが激しく銃を撃ちながら角を曲がって現れた。

マルコムはジュニアを脇に押しやり、飛んできた銃弾を太腿に受けた。痛みが爆発し、叫び声をあげる。背中にも三発あたり、片膝をついた。そこで振り返ると、SWATチームのひとりが眉間に致命的な一発を撃ちこみ、父親のボディーニを倒したところだった。でっぷりしたギャングのボスは後ろに飛ばされ、ダイニングルームのテーブルの上に着地した。テーブルの食べ物が四方にすべり落ちた。

残った三人は武器を落とした。

「父さん！」ジュニアが叫んだ。よろよろと立ち上がると、ダイニングルームへ向かいかけた。そこで怯えているメイドをつかまえると、銃を頭に突きつけた。「みんな下がるんだ。下がれ」声は金切り声になっている。

マルコムはようやくの思いで立ち上がると、銃をとり出し、ジュニアに向けた。

「放せ、ジュニア。放してやるんだ。今すぐ」

メイドは二十歳くらいの小柄な女性だった。大きな青い目がマルコムに向けられたが、声は発せられなかった。

ジュニアはメイドを引き寄せ、こめかみに銃口をあてた。目をみはっている。裏切られたというぎらぎらした熱い思いが顔をよぎった。「マルコム」苦痛に満ちた声だった。

マルコムはうなずいた。めまいに屈しそうになる。「ああ。ニューヨーク市警だ。きみを救わせてくれ、ジュニア。ここから足を洗うんだ。脳のことを勉強する機会を与えてやれるかもしれない」鼓動は大きくなっていたが、声は冷静に保った。「頼む。彼女を放せ」

ジュニアの目が死んだ父親から自分に銃を向けているSWAT隊員たちへと移り、マルコムに戻った。「ちくしょう」体がこわばる。

マルコムは銃を発射した。

あれから数カ月経った今、マルコムは心臓が鼓動をやめようとするなか、あえぎながら花模様のソファーの上ではっと飛び起きた。ああ。ボトルを下ろす。腕に熱が走り、肺が音を立てた。

自分がジュニアを殺したのだ。眉間に一発。

熱い。熱すぎる。アーチ型の入口からよろよろとキッチンへ向かい、裏口のドアを開けると、暗闇と雨のなかへ走り出た。顔を上げる。ああ。この痛みはあまりにひどい。頭がくらくらし、体じゅうが痛んだ。

十分ほどもマルコムは雨と空気を呑みこみながらパニックを抑えようとしていた。

「マルコム？」

はっと振り返ると、ピッパがすぐ後ろに立っていた。髪が濡れて顔に貼りついている。暗闇のなかでも青い目と目が合い、体が熱くなった。マルコムは手を差し出した。

「帰ってくれ、ピッパ。今はだめだ」

ピッパはマルコムのそばに寄ると、冷え切った彼の腕に手を走らせた。「大丈夫よ」そう言って彼を振り向かせた。「今日の銃撃事件について考えていたの。あなたにとって辛いことだったんじゃないかしらって。最悪だった場所に連れ戻すことになってしまったんじゃないかって」ピッパは低くつぶやくように言ってマルコムを彼の家の裏口へと導いた。「わたしもパニックの発作に襲われることがあるの。大丈夫よ。深呼吸して」

深呼吸などしたくなかった。パティオで足を止めると、彼女を見下ろした。「ぼくを待っていたのかい?」周囲の景色がかすむ。

ピッパはうなずき、手を上げて彼の顔から雨を払った。「あなたはわたしを救ってくれたのよ、マルコム。今度はわたしにあなたを救わせて」

Tシャツとヨガパンツは体にぴったりと貼りついていた。すぐさまかすみがかかっていたマルコムの目に欲望が宿った。現実とは思えないほどすばらしい。まだ夢を見ているのか?

体が息を吹き返し、脳がひとつの方向に動いた。ほかの場所を避けるように。彼女に触れたくて手が震えた。「家に帰るんだ、ピッパ」張りつめた声が出た。

ピッパの顔がやわらいだ。「いやよ」彼女は爪先立ち、唇を唇に押しつけてきた。

そのやわらかい感触にマルコムは屈した。

12

ピッパは立ち止まって考えようとはしなかった。恐怖に駆られたあのとき、マルコムがそばにいてくれた。そして今、彼にはわたしが必要だ。よくも悪くも今夜ひと晩は悪魔を払ってあげられる。

彼を欲してもいた。持てるすべてをこめて。これまで認めたことのないほぼすべての感情をこめて。自分でも説明できない形でマルコム・ウェストを求めていた。彼は怒れる手負いの動物のようだった。そんな彼をなだめてやりたいと思いつつ、そうした原始的な部分に惹かれずにもいられなかった。

その気持ちにどうして抗わなくてはならないの？　どうせすぐにまた逃げることになる。今夜ひと晩くらいどうしていけないの？　少なくとも多少は生きていると感じてもいいころだ。失うものは何もない。そこで彼女は彼にキスをした。

彼の怒りがまわりの空気を震わせ、それがピッパを大胆にしていた。

マルコムは一瞬ためらったが、やがて自制心のたがが外れた。体を寄せ合っていたため、ピッパはその変化を感じることができた。マルコムは彼女の腰をつかみ、床から浮かせるようにして背中を横開きのガラス戸に押しつけた。

想像していたとおりに。

ピッパは広げさせられた脚を彼の体に巻きつけた。無意識に太腿でたくましい肋骨を締めつける。外へ出るときに履いたサンダルがパティオに落ちた。

マルコムがキスをしてきて、舌でピッパの自制心を奪った。彼に主導権を奪いとられる。硬く、たくましく、男らしい体。ピッパはキスを返すことしかできず、彼が生み出した感覚が全身に広がるのにまかせた。そこに完全にひたりきる。

もっとも感じやすい部分が腫れてうずいた。硬くなった胸の頂きが解放を求めて濡れたTシャツ越しに彼の胸に押しつけられた。あまりに強い欲求。渇望と欲望。

マルコムの濡れた髪が顔に落ちてきたが、ピッパは気にもしなかった。

彼が身を押しつけてきて、ピッパは硬くなったものにまたがる格好になった。ジーンズはそれを抑える役にはほとんど立っていなかった。彼のキスのせいで体がばらばらになりそうで、これほど気持ちがいいのははじめてだった。これほどに自由を感じるのは。キスはウィスキーと夜の味がした。ピッパは彼の濡れた髪に手を差し入れ、髪を指にからめた。

マルコムはガラス戸に手をつき、顔を上げた。胸は上下しており、濃い緑の目は制御できないガスの炎と化していた。「これはまちがいだ。ちょっと待ってくれ」

「人生はまちがいに満ちているものよ」ピッパは彼に体をこすりつけた。全身に電流が走り、火花を散らした。「あなたはわたしの命を救ってくれた」そうささやくと、彼の髪をそっと引っ張った。「だからわたしをあなたのものにして。今夜ひと晩は」飲んだワインのせいで体がほてり、積極的になっていた。どうせすぐにここを出ていくのだから。ひと晩だけ、たったひと晩、彼のようなヒーローといっしょに過ごしてもいいはず。そうして彼の気を楽にしてやるのだ。

ピッパのことばを聞いてマルコムの目に炎が燃えた。「きみが危険にさらされたのはおそらくぼくのせいだ」

「ひと晩のすてきな夢を現実に邪魔させるのはやめましょう」ピッパはささやいた。激しいキスのせいでまだ唇がうずいていた。彼はどんな感じになるの？　完全に解き放たれたら？　ピッパは震えにとらわれた。心のなかの黒い部分が――おそらくは生まれながらに持つ黒い部分が――それを知りたがった。彼といっしょに闇へと落ちていき、たしかめたい。またほかの誰かにならなければならなくなるまえに。

まぶたが半分閉じ、マルコムは獲物をねらう捕食動物めいた顔になった。体でピッパの体をガラス戸に押しつけたまま、空いている手を伸ばし、指で彼女の顎をなぞった。「ひと晩の？」

ピッパはうなずいた。やさしい指の感触に肌が敏感になる。「ひと晩だけ。あなたとわたしだけでほかには何もない。仕事も、過去も、飛んでくる銃弾もない。パニックの発作も」ふたりで逃避できるだろうか？　ほんの数時間だけでも。

「きみの髪はまたもとの色に戻ったね。自然な色のほうがいいな」ジーンズから逃げ出したがっている硬くなったものがピッパの脚のあいだで跳ねた。

「染料を洗い流したの。わたしっぽくないと思って」ピッパはガラス戸に押しつけられた尻を揺らし、体を彼にこすりつけた。なんて大きな人なの。思わず唾を呑む。これからしようと思っていることを考えると心のなかで警鐘が鳴ったが、それは押しやった。

マルコムは首から鎖骨へ指を走らせ、探索を続けた。ピッパは驚きに息を呑んだ。目をしっかりと合わせたままマルコムは指を胸に下ろし、片方の硬くなった頂きへと動かした。そしてつねった。

ピッパはあえいだ。鼻孔がふくらむ。全身に興奮が走り、欲望に駆られた神経という神経を刺激した。

「ぼくはやさしくも紳士的でもない」マルコムは胸の頂きを軽くひねりながら言った。痛みと喜びが入り交じる。

ピッパは首をそらし、ガラス戸に頭をつけた。ああ。「どちらでもないほうがいい」ほんとうだった。やさしくて紳士的だったら、それは嘘だ。でも、これは？　この熱く危険な情熱は本物だ。

マルコムはつまんでいた胸の頂きを放し、胸に手をあて、さすって痛みを払ってくれた。悦《よろこ》びだけが残った。「最初は怖がってドアも開けてくれなかったのに、こうしてひと晩いっしょに過ごそうと言ってくれるようになるなんて、おもしろいな」彼は手を彼女の腹にあて、指を伸ばして腹全体を覆った。

「知らない人が怖いのよ」ピッパは腹に息を吸いこみながら言った。もっと下に触れてほしかった。もっとずっと下に。「あなたはもう知らない人じゃないから」

マルコムはまばたきした。激しい感情の表れた目の色が濃くなった。「きみはぼくを知らない」

「だったら、教えて。あなたが何者なのか教えて」ピッパは彼の顔を両手で包んでささやいた。「これまでのあなたや、これまでしてきたことはどうでもいいわ。今のあなたを教えて」そう言って背伸びをし、彼の下唇に歯を食いこませた。

心のどこかでは、この七年を生き延びるのに必要だった警戒心がそこでやめろと叫んでいた。離れて逃げろと。今すぐに。しかし、隠れるのにはもううんざりだった。生きることも感じることもしないでいることには。

マルコムが内心葛藤しているのは明らかだった。力がはいって腕の筋肉が盛り上がっている。それがさらにピッパを興奮させた。その自制心を失わせることができるだろうか？　わたしのために。その代償を払う価値はある。すぐにまたひとりになり、おそらくは今以上に世間から身を隠すことになるのだから。今夜だけ、ほしいのはそれだけ。ほんのわずかでも彼を心に抱いていけるように。わたしのために銃弾のまえに身を投げ出してくれたこのヒーローを。わたしにも実感できるほどの闇を心に抱えている、傷ついたこの男性を。

マルコムの胸がぴくりと動いた
ピッパは歯を離し、彼の下唇をなめた。ウィスキーの味はよかったが、彼の味のほうがもっとよかった。それから手を下に伸ばし、硬くなったものを撫で、つかもうとした。

マルコムがうなり声をあげた。低く太い声。

その声にピッパは身震いした。

マルコムは横開きのドアを開け、彼女を抱えたままなかへはいった。大きな片手を尻にあてて彼女を支え、ドアを閉めて鍵をかけた。「どのぐらいぶりなんだい？」そう言いながら大股で廊下を進み、寝室へ向かった。部屋には黒っぽい色の上掛けがかかった大きなベッドとベッドサイドテーブルがふたつあった。

おしゃべりするためにこうしているわけではない。ピッパは彼の顔をつかんでキスをした。あたたかい口のなかへ舌を差し入れる。

マルコムが髪をつかんで彼女の顔を引き離した。荒っぽい動作だった。頭皮がずきずきと痛んだ。「訊いているんだ」声は暗くかすれていた。

ああ。彼に歯向かいたいという思い、彼がどのぐらい荒々しくなるか試してみたいという思いの強さに驚く。これまで自分のそんな一面を探ってみたことはなかった。彼が相手だと自分を止められない気がした。「どうでもいいことよ」

マルコムは顔を寄せた。「ぼくがほしいか？」

ピッパはうなずいた。それははっきりと示したはずでは？

「ぼくのすべてが？」声がさらに低くなった。

頭のなかで警報が鳴り、全身がうずいた。「ええ」

「だったら、ぼくが質問したときはそれに答えるんだ」ピッパが黙ったままでいると、彼は眉を上げた。「そうか。ふうん。わかった。答えは自分で探すさ」そう言ってヨガパンツの後ろをつかんで引き下げた。ショーツもいっしょに下がった。それから彼はTシャツを彼女の頭から脱がせた。

ひんやりとした空気が裸体をかすめた。マルコムはびしょ濡れのズボンとシャツを着たままでいた。無防備な頼りなさがピッパの心に広がった。抱き上げられたまま彼の脇腹にまわした太腿が震えた。

「そろそろ答える気になったかい？」彼が荒っぽく訊いた。

ピッパはまばたきしてゆっくりと首を振った。体の奥がうずく――うんと奥が。

「わかった」マルコムは目を合わせたまま、彼女の体を傾けると、中指をなかに差し入れた。「ああ、濡れているね」

小さな爆発が全身を貫いた。ピッパは目をみはって体をこわばらせた。衝撃に悦びが入り交じる。なかで指が円を描くと、思わず声をあげて身をそらした。気持ちよすぎる。体は弓の弦のように張りつめていた。

今わたし、何をしたの？　マルコムはまだ自制心を保っているようだが、その顔にはどこか張りつめたものがあった。挑発しすぎたのではないかと思わせる何かが。

「マルコム」

「しばらくあいだが開いているようだ。きつい」マルコムは引きしまった指でさらになかを探った。「どのぐらいだい、ピッパ？　答えないとまた胸をつねるぞ」

「五年ぶりぐらいよ」ピッパは自分を守らなければと焦って答えた。

マルコムは顎をこわばらせた。「それは久しぶりだな」

そう。たしかに。ピッパは目を開けていようとしたが、彼の指の動きに圧倒されていた。もうすぐいく。こんなふうに感じたのははじめてだった。ほかのふたりの男性、ずっとまえに親密だったふたりの記憶は色あせて霧散してしまった。おそらく二度と思い出すことはないだろう。

マルコムが彼女をベッドに下ろして手を引き抜くと、ピッパは小さな抗議の声をもらした。欲望に体がじっさいに痛み出した。マルコムはシャツを体からはぎとり、ブーツとズボンを脱いだ。

すごい。なんて長くて硬いの。しかも太い。ピッパは口をきつく引き結んだ。こんなに大きいなんてことがあり得るの？

マルコムに肩を押されてピッパはあおむけに倒れた。笑い声をあげる暇もなく、脚を開かれ、そこに口をあてられていた。唇が触れた瞬間、ピッパは絶頂に達した。体を激しく揺さぶられ、なかに指を二本入れられたことにも気づかないほどだった。彼の指で波に乗せられ、ピッパはその瞬間、完全にわれを失った。

この上ない至福に包まれ、ぐったりと体から力が抜けた。

マルコムが彼女をなめた。一度、さらにもう一度。

ピッパは彼の髪をつかんで顔を上げさせた。

「まだだ。きみの準備ができないと」彼はそう言いながら口をもとに戻した。ピッパの下半身に震えが走った。また舌でなめられ、魔法のような指使いに興奮が高まる。どんどん高まっていき、次に達したときには、彼の名前を叫ばないように唇を嚙まなければならなかった。

そこでマルコムは身を起こした。

背後のキッチンから射す明かりを受け、彼の顔は影になっていた。それでも、全身が筋肉で覆われているのはわかった。マルコムはピッパの腰をつかみ、ベッドのさらに奥へと押し上げた。大きな体が上に乗ってくる。彼は片腕でバランスをとりながら、ベッドサイドテーブルの引き出しに手を伸ばした。コンドームの袋が音を立てたと思うと、すぐに装着された。

体は満たされると同時に空っぽな気がした。ピッパはたくましい肩に手を伸ばし、指でつかんだ。覆いかぶさる彼はどこか守ってくれようとしているようでもあった。これまで男性に守られている気分になったことは一度もなかった。マルコムの一瞬のためらいを感じ、ピッパは脚を広げた。「マルコム、あなたが必要なの」そこまでほんとうの気持ちを口に出したのはおそらくはじめてだった。

硬いものが押し入ってくると、その部分は痛むほどに広げられた。ピッパが身を固くすると、マルコムは動きを止め、しばらく待った。それからさらにはいってきた。

「ああ、大きいのね」ピッパは下半身の力を抜こうとしながらつぶやいた。

マルコムは痛みに耐えるような笑い声をもらした。額を彼女の額につける。

ピッパは彼の腕の盛り上がった硬い筋肉をてのひらで何度かさすった。なんとも言えずたくましかった。それから背中に手をまわし、銃やナイフの傷痕を探った。この人は命の危険をかいくぐってきた人。わたしと同じように。ようやく彼が奥に達した。

痛みと悦びと押し広げられる感覚が少しもやわらがない渇望とともに襲ってくる。マルコムはゆっくりと体を引き、また押し入ってきた。「きみに痛い思いをさせたくない」そうつぶやき、腕をこわばらせた。

「大丈夫よ」ピッパは太腿を彼の腰の脇に持ち上げ、さらに深く彼を受け入れた。その感覚にふたり同時に声をもらした。「こらえないで」こっちはこらえることを許されなかったのだから、同じ自由を彼にも感じてほしかった。「お願い」

たくましい体が震えた。「わかった」マルコムは何度かゆっくりと動き、それから力強い手でピッパの尻をつかむと、体をなかばベッドから持ち上げるようにした。もう一方の手で髪をつかんで顔を上げさせ、口を口に近づけてくる。

今度のキスは探るようではなかった。挑むようですらなかった。今度のキスは自分のものだと主張するキスだった。深く、たしかで、暗く、容赦のないキス。

やがてマルコムは動きはじめた。強く、速く。全身の筋肉を収縮させて力を注ぎこんでくる。深く。彼のすべてが彼女のすべてを奪っていた。紳士的でもやさしくもなく、心動かすものでも奮起させてくれるものでもなかった。ただ激しく、どこまでも自分のものだと主張する行為。

ピッパのほうはこれほど誰かを近く感じたのは生まれてはじめてだった。体のなかで張りつめたものが熱い波として高まった。彼女はその波頭に乗り、爪を彼の背中に食いこませた。そして全身に震えが走ったかと思うと、絶頂の波にさらわれ、どこと知れない場所へと流されていった。

マルコムは彼女の肩に歯を立て、硬い体をあり得ないほどにこわばらせて爆発した。腕がベッドに落ち、体から力が抜けた。彼とつながったまま、たくましい体に覆いかぶさられながら、ピッパはようやく安らぎを見つけた。

疲れはてた腕を持ち上げ、戦士のような顔から濡れた髪を払いのけてほほ笑む。暗闇のなか、彼の顔はほとんど影に沈んでいたが、緑の目だけが燃えていた。やがてマルコムは動きはじめた。なかにいた彼がまた硬くなっている。「今夜きみはぼくのものだ。覚えているかい？　今夜はまだ終わりじゃない」

13

会議室一にひとりこもっていたアンガス・フォースは水なしでアスピリンを三錠呑み、ヘンリー・ラシターの目撃情報とされるビデオを見ていた。前日にニューオーリンズのATMで撮影されたものだ。ラシターではなかった。顔認証システムといってもこんなものだ。アンガス自身はそんなソフトウェアを使うことすら考えられなかったが。コンピューターの専門家が必要だ。今すぐに。

ラスコーが隅で甘えるような声を出した。水のはいったボウルのそばに寝そべっている。アンガスはため息をつき、瓶からさらに二錠アスピリンを出した。「口を開けろ」

犬は口を開いた。アンガスは薬を口のなかに放ってやった。「そんなに飲むなと言ったはずだ、まったく」獣医ですら、ラスコーがアルコールを浴びるように飲んでどうして生き延びていられるのかわからず、当惑していた。この犬はたいていの大酒飲みの警官よりもましな肝臓を持っていた。

ラスコーはアスピリンを呑みこみ、飼い主に不満そうな目を向けると、毛むくじゃらの顎をまえ足に載せた。それから何度か鼻を鳴らすと目を閉じ、いびきをかきはじめた。

エレベーターの音にアンガスは顔を上げた。ブーツの足音は重く、左足の足音がわずかに大きかった。おもしろい。マルコムにしては現れるのがずいぶん早い。

マルコムは大部屋を横切り、テーブルにファストフードのはいった袋を置いた。

「朝食がほしいかと思って」

ラスコーが鼻を鳴らし、目を開けた。

マルコムは犬に目を向け、ソーセージ・パティをとり出して放ってやった。

犬はそれを宙で受け止め、その朝はじめて尻尾を振った。

「甘やかさないでくれ」アンガスが画面から目を離さずに言った。ちがう。絶対にラシターではない。「自業自得で二日酔いなんだから」そう言ってマルコムに目を向けた。「目がすっきりしているし、これまで見たこともないほど肩から力が抜けているな」なんてことだ。標的の女と寝たのか。まちがいない。目には罪の意識が浮かび、苛立った表情をしている。本人は否定するだろうか？

マルコムは椅子にどさりと腰を下ろした。「彼女についてはあんたがまちがってると思う」

ああ、まったく。「それはきみの頭が言っているのか？　それとも何のほうか？」

マルコムは理性を宿した目でアンガスをじっと見つめた。「さあね」

なるほど。「彼女の家のドアをノックするほどきみを酔っ払わせたのはぼくたちではないと言ってくれ」そうだとしたら、こっちも罪悪感を覚えてしまう。

マルコムはまだ濡れている髪を振った。「ちがう」と切り返してくる。この件にかかわって以来最高の状態に見える。女と寝るのは試してみるべきかもしれない。「そうじゃなく、彼女のほうが今日にでも逃げようと考えているようだった。最後の夜だからってやつさ。隣に住むいかれた男とセックスをし、あとは急いで逃げ出すつもりだったんだ」

あの銃撃事件のあとではわからなくもない。「それで、きみがすごい技を使って気を変えさせたってわけか？」

マルコムは袋のなかから朝食のブリトーをとり出した。「おそらく。そう、ぼくはかなり技に長けているからな。ただ、ジャック・ダニエルがぼくにはふさわしくないほどのヒーロー・コンプレックスをもたらしてくれたのかもしれない」マルコムはブリトーにかぶりつき、考えこみながら咀嚼した。「万一のために、今日出かけるまえに彼女の車を動かなくしてきたから、心配は要らない」

アンガスはにやりとした。やはり、この男は有能だ。「車が動かないことに気がついたら、おそらく彼女は新しくできた恋人に車を見てくれと頼んでくるだろう。そうなったら、彼女が逃げるつもりでいたことがわかる」

マルコムは苦い顔になった。「そんなことをするなんて最低の男になった気分だった」

それはマルコムが善人だからだ。本人がそれを知っていようが、そうでありたいと思っていようが関係なく。

マルコムはテーブル越しに証拠品に目を向けると、ため息をつきながら一枚の紙がはいった透明な袋をつかんだ。六年まえの事件の証拠品の手紙だ。彼はそれを声に出して読んだ。

親愛なるアンガス

いっしょにお遊びするのがたのしくてたまらないよ。女たちは……とてもきれいだ。まるで光を求める群れのように、夜を満たす月のように輝いている。

彼女たちの心はつねにぼくのものだ。では、また会う日まで。

敬具
ヘンリー

マルコムは目を上げた。「親愛なる？　この古臭い詩はなんなんだ？」

アンガスは胸をこすった。「ルウェリンという名前の男が書いた古い哲学書から引用したのさ。ずっと昔に死んだ男だ」

マルコムは顔をしかめた。「それで、心とは？　たしかラシターは女たちの心臓を食べたんだよな。考えただけでぞっとするが」

「そのとおりだ」アンガスは食べ物のはいった袋を手前に引き寄せた。「殺すまえに誘拐した女たちと過ごすのが好きだったんだ。やつは今、どこにいてもおかしくない」肩に緊張が走り、頭がさらに痛くなった。マルコムの目に疑うような色が浮かんだのを見て痛みが増した。「やつは生きているんだ、マルコム。そして野放しになっている」

マルコムはしばらくアンガスを見つめていたが、やがてうなずいた。「わかった」

「そのうちはっきりする」苛立ちが胃のなかの胆汁を焼いた。また胃潰瘍か？

「ぼくに何ができる？」マルコムが静かに訊いた。

アンガスは首を振った。「きみの担当はカルト集団の件だ。それに集中してくれ。じっさい、また覆面捜査にはいってもらうことになる。一日猶予を与えるつもりだったが、きみの準備ができているなら、今日の午後にでも接触を試みることができる」

「準備はできている」マルコムは背筋を伸ばして言った。

拍手だな。この男はあの女性を救うつもりでいる。それが顔の隅々にまで表れている。アンガスはなんと言ってやろうかと考え、黙っているのが最善だと結論づけた。今のところは。

古いエレベーターが音を立て、すぐにヒールの音が大部屋を横切ってきた。

緊張が増し、爪先が痛くなるほどだった。

精神科医のナーリーが顔をのぞかせた。茶色の目を輝かせ、観葉植物を含む身のまわりの品を入れた箱をほっそりした手に持っている。どうやら、いやでたまらない業務を精一杯たのしむつもりのようだ。それは尊敬に値する。

彼女は両手で抱えた箱を持ち直した。「オフィスを整えるのに何分かかかるわ。それが終わったら、昨日の銃撃事件についてあなたたち両方と話がしたい」

アンガスは彼女の全身を眺めまわした。シルクのブラウス、グレーのスカート、黒いハイヒール。「ここではふつう週末は砕けた格好なんだが」とゆっくりと言った。意地の悪いことを言っているのはわかっていたが、こらえることができなかった。

笑みがもともときれいな顔を輝かせた。「DCで朝のミーティングがあったの。でも、オフィスを整えるのにもっと動きやすい格好に着替えるわ」

罪悪感がアンガスの心をよぎった。「箱を動かすのに手助けが必要かい？」

マルコムが目におもしろがるような色を浮かべたが、賢くも口は開かなかった。

ナーリーは首を振った。「いいえ。ひとりで大丈夫。ありがとう」そう言うと、ハイヒールの音を響かせて姿を消した。

マルコムは咳払いをした。「精神科医はみんなあんたを歯噛みさせるのか？　それともあの精神科医だけかい？」

「みんなさ」アンガスは二個目のブリトーに手を伸ばして言った。「妹はそのうちのひとりのせいで死んだ」

マルコムは顔をしかめた。「気の毒に」

エレベーターがまた音を立てた。続いてクラレンス・ウルフのブーツの音がすばやく大部屋を横切り、本人が会議室にはいってきた。ウルフはコーヒーをいくつも載せたトレイをテーブルに置いた。「カフェラテだ、諸君。スペシャルはスプリングタイム・スパイス」

アンガスはコーヒーに目をやって眉根を寄せた。「それはホイップクリームか?」

「ああ」ウルフはテーブルの上座の椅子にすわった。手に持っているカフェラテはすでに半分なくなっていた。「トッピングつきだ」

マルコムが元兵士に目をやり、コーヒーを手にとって飲んだ。とたんに、顔がゆがむ。「くそっ、砂糖入りだ」

ウルフはうれしそうにうなずいている。穴の開いたジーンズ、すり切れたシャツ、いつもと同じ革のジャケットといういでたちだ。昨日と同じ格好なのか? それとも、穴が開いていたり、すり切れたりしている服を何枚も持っているのだろうか? そのときジャケットの左ポケットから突き出しているとがった耳に目を惹かれた。

アンガスは咳払いをした。「ウルフ? ポケットに何を入れている?」

「ああ」ウルフはコーヒーを下ろし、別のポケットからクラッカーを出した。それを掲げると、明るい青い目をした汚らしい子猫がゆっくりと首をもたげ、クラッカーをくわえてまたポケットに隠れた。「キャットさ」とウルフ。

「猫《キャット》であることはわかる」アンガスが言った。たしか、この男の個人ファイルにはPTSDや被害妄想や怒りの問題について言及があった。しかし、この元兵士はさほどおかしくなっているようには見えなかった。「どうしてポケットに子猫をしのばせてるんだ？」自分が口にするとは夢にも思わなかったことばだ。

「ほかにどこに入れればいいんだ？」ウルフはまたコーヒーに手を伸ばして訊いた。

アンガスは値踏みするような緑の目でウルフをまじまじと見つめているマルコムに顔を向けた。彼は肩をすくめた。

アンガスはコーヒーのひとつをとった。だめになるまえの自分は第一級のプロファイラーだった。ウルフをチームに加えたのはまちがいだったのだろうか？　作戦実行のスペシャリストも必要だが、必要とあれば頭で難なくドアを壊せる男も必要なのだ。

「どこで猫を手に入れた？」

「キャットさ。キャット。キャットという名前なんだ」ウルフはコーヒーを飲み干した。「公園で見つけたんだ。母猫や兄弟猫を探したんだが、見つからなかった。だから、こいつが誰かに捨てられたか、ほかの家族を公園にいる何かに食われたかしたんだろう」

「予防注射を打たないとな」マルコムがようやく口を開いた。

アンガスは首を振った。「子猫をチームの一員にはできないぞ」

「あんたの犬がいるじゃないか」ウルフがもっともなことを言った。

まあ、それはそうだ。「いいだろう。でも、その猫が酒好きだとわかったら、追い出すからな。ここにはアル中の動物は一匹で充分だ」とアンガスは言った。

ウルフはうなずいた。「了解。それに、こいつは金魚が好きなんだ」そう言ってまた猫に黄色いおやつをやった。「クラッカーだよ。金魚のクラッカー。本物の金魚は与えていない。まだな」

アンガスは元兵士を見つめた。口のまわりに細かい皺が寄っている。ああ、大丈夫だ。冗談を言っているだけだ。おそらく。アンガスは心理学と犯罪学で学位をとったほかに、微小表情《マイクロエクスプレッション》分析のコースも受けたことがあった。人間嘘発見器と呼ばれたりもしたが、それもまんざらまちがっていなかった。もちろん、ソシオパスや頭のおかしな連中となると、たいていの法則が通用しないものだが。

ラスコーが隅で身を起こした。よろよろと立ち上がると、テーブルをまわりこんでまっすぐウルフのほうへ近づいていった。

ウルフは身動きをやめた。「キャットを食おうとするかな?」

「ラスコー、嚙むなよ」アンガスがゆったりと言った。ほかの動物に対しては犬に言うことを聞かせられる。そいつらがどこかにウィスキーを隠し持っていないかぎり。

ラスコーはウルフのそばへ行くと、ポケットのにおいを嗅いだ。キャットが顔を上げた。耳が片方わずかにぎざぎざになっているが、目は輝いていた。子猫は片手でラスコーの鼻を叩いた。ラスコーは首をめぐらし、アンガスにじっと耐えているような目をくれた。それから息を吐くと、隅に戻って身を伏せ、また眠りについた。

「みなさん？」ドクター・ナーリー・チャンがドアのところに突然現れた。

アンガスがびくりとした。「くそっ」彼女が履いている厚手のソックスに目を向ける。なんとも言えずかわいらしかった。新しい医者があまりに魅力的なため、どうしても過敏になってしまう。それがさらに腹立たしかった。「新しい決まりだ。きみは一日じゅうあのうるさい靴を履いていること。ソックスに履き替えるのはなしだ」

医者は目を天に向けた。「昨日の銃撃事件についてあなた方三人と話をしたいと思ったのよ。辛い記憶を呼び起こしたでしょうからね。みんなよく眠れた？」

「すばらしく」マルコムがなめらかな口調で言った。

「これまでになく」とウルフも言った。

「赤ん坊のように」とアンガスは言った。

ナーリーはため息をついた。「みんなばかね。これは専門家の意見としてとってくれてかまわないわ」

短時間で医者は腹立たしい存在からどこか気の利いた存在へと変わっていた。少なくとも人間的ではある。アンガスは骨太の女が好みであることを自分に思い出させた。徹夜してもさらに仕事を続けられるような女。きれいで、華奢で、骨細のこざかしい女は好みではない。そう、そういう女は自分向きではない。「まずはカルト集団の件について話し合うのはどうだい？」と彼は訊いた。

ナーリーは反論することばを考えているかのように息を吐き出した。しばらくして肩をすくめた。「いいわ。あなたがプロファイリングをして、わたしが分析をする」

ターザンとジェーンのもじりだな。最悪だ。

アンガスはにやりとしそうになるのをこらえた。まったくもって気が利いている。ただ気が利いているという以上だ。彼は顔をしかめた。「じゃあ、はじめよう。マルコムが五時間以内に覆面捜査にはいる。彼の準備を急ごう。そのあとで時間があれば、ウルフとマルコムの両方のカウンセリングをすればいい」ふたりの苛立った表情は無視した。

ウルフはコーヒーをつかむと、精神科医のそばを通り過ぎた。マルコムが食べ物の残りを持ってそのあとに続いた。

ナーリーはふたりの男がもうひとつの会議室に騒々しく腰をおちつけるまで足で床を叩いて待った。それからアンガスのそばに来た。なんとも優美な腰の動きだ。「あなたは？　あなたはいつ話したいの？」

アンガスは立ち上がった。医者よりも少なくとも三十センチは高い背を伸ばす。

「ぼくはいい」

ナーリーは首を傾げた。上品な顔立ちにはこれっぽっちも威圧された様子はなかった。「残念ながら、そうはいかないのよ」

アンガスはゆっくりと息を吸った。気が利いていて、小柄で、賢い女――その女が力を貸したいと言っている。もっと重要なのは、HDDとの約束でチームのメンバーが道を踏み外すことのないよう精神科医が監督することになっていた。精神科医は必要だ。たとえ問題に巻きこまれたことのある精神科医でも。彼女が何をしたのかは知らないが。アンガスは抗議したものの、その条件だけは変えられなかった。「チームのメンバーと話をするのはかまわない、ドクター・チャン。ただし、ぼくの脳みそは立ち入り禁止だ」

「どうして？　三分もあれば済むのに」笑みがきらきら光る茶色の目を輝かせた。

アンガスは思わず笑い声をあげた。彼女をチームに引き合わせたのは昨日だが、アンガスは数週間まえから彼女とやりとりしていた。そしていっしょにいればいるほど、彼女について知りたくなった。

知ってもどうしようもないのだが。

そこでアンガスは礼儀正しくうなずいた。「仕事にとりかかろう」

「いいわ。でも、あきらめないから」ナーリーはアンガスのあとに従いながら小声で言った。

14

マルコムは椅子に腰をおちつけると、ウルフが買ってきた甘いコーヒーをどうにか飲もうとした。「なあ、コーヒーはほんとうにありがたいが――」

ウルフはうれしそうに口の端を上げてうなずき、ポケットを軽く叩いた。「よかった。うまくやっていきたいからな」

マルコムは言いかけたことばを呑みこんだ――ミルクだけを入れたコーヒーが好みで、シロップやらホイップクリームやらトッピングやらは要らない。いつか自分で好みのコーヒーを注文し、ウルフがそれに気づいてくれるときが来るだろう。

まったく、意気地なしになりつつあるな。

アンガス・フォースとナーリー・チャンが部屋にはいってきた。ふたりのあいだに張りつめた空気があるのは興味深かったが、それに気をとられているわけにはいかなかった。ふたりはテーブルの反対側の席についた。

ウルフはほとんど目を上げようともしなかったが、マルコムはその目をとらえ、笑みのようなものを浮かべてみせた。

アンガスがリモコンを操作すると、ホワイトボードのまえにスクリーンが降りてきた。さらにリモコンを照明に向けると、部屋はじょじょに暗くなった。

「すごいな」とウルフが言った。もの悲しげな猫の鳴き声がポケットから聞こえてきた。「ああ、キャットは暗いのが好きじゃないんだ」

アンガスは何か悪態めいたことばをつぶやいたが、スクリーンの明かりをつけた。

「ほら、明かりだ」

「完璧だ」ウルフは満足そうな声で言った。

アンガスが別のボタンを押すと、スクリーンに写真が現れた。「彼女がわれわれの情報提供者だ。現在はカルト集団と生活をともにしているが、われわれが突入したらすぐにでもカルトを離れたいそうだ」褐色の髪のあちこちに白いものが交じっている五十がらみの女性の写真だった。「名前はオーキッド。彼女は保護されることになる」

マルコムはその顔を記憶に刻んだ。「了解」

また別の写真がスクリーンに現れた。アンガスの顎がこわばるのがわかった。「これがイサク・レオンだ。選ばれし人とか、アルファとオメガとか、預言者としても知られている男だ」

鋭い茶色の目をしたその男は手入れした顎ひげをたくわえ、ふさふさとした茶色の髪を顎の下まで伸ばしていた。写真では白いタンクトップに銀のネックレスをつけ、グレーのバンダナを額に巻いている。

ナーリーが口笛を吹いた。「バンダナの似合う男性ってほとんどいないのよね。でも、この人は似合ってる」

アンガスが咳払いをした。「イサク・レオンはアイオワ州でジョン・ランダーズとして生まれた。シングルマザーの母親と十六までいっしょに暮らし、それからロサンゼルスに出て映画産業で資産を手に入れた。そこで名前をエマニュエル・ジョーダンに変えた」

俳優にでもなれそうな外見だった。スチール写真でもカリスマ性が見てとれる。

アンガスは次のスライドに移った。胸に拘留者番号が書かれたイサクの写真。「詐欺と窃盗の前科《まえ》がある。カリフォルニアの軽度の警備が敷かれた矯正施設に二年収監された」さらにいくつかスライドが表示された。「二十五歳のときにダラスに移り、イサク・レオンと名前を変え、アン・チャイラフを作った」

「ザ・ファミリー」マルコムは写真の下に書かれた文字を読んだ。「カルト集団はダラスからアトランタ、ミルウォーキー、ボイシへと移り、その後ボストン郊外に移った。今はウェスト・ヴァージニアにいる。たぶん、メンバーを増やすためだな」

「そうね」ナーリーが小声で言った。「もともとは家族や共同体という感覚で作られたカルト集団よ。穢《けが》れを清め、本来の自分に戻り、簡素な暮らしをする場所」そう言ってピンクの爪でテーブルを叩いた。「そして彼を崇拝する。集団を離れた何人かのメンバーに話を聞いたの。どうやら、よき預言者とのセックスが天国に通じる道らしいわ」

マルコムの胸が痛んだ。

アンガスはうなずいた。「ぼくのプロファイリングでも、やつはナルシシストでおそらくはソシオパスだ」

「それがどう変わったんだ？」マルコムはピッパがこの男といっしょにいる情景を思い浮かべまいとしながら訊いた。七年まえにカルトを離れたのだとしたら、三十五歳のイサクに対し、彼女は十八だったはずだ。同意年齢ではある。

「この男はいかれてるのよ。自分のいんちき話を自分で信じるようになったんでしょうね」ナーリーが静かに言った。「被害妄想に駆られ、聖書を丹念に読み、それを曲解した。地獄の業火に夢中になったってわけ」

「おまけに――」アンガスがボタンを押すと、写真がスクリーンに集まり出した。「注意しなくちゃならないのは、攻撃をしかければ、女性たちがみずからを犠牲にする事態になるだろうということだ。今わかってるかぎりでは、われらがイサクは自分で自分に害をおよぼすつもりはなさそうだからな」

くそ野郎め。マルコムは手で目をこすった。「わかった。このカルト集団はどう機能しているんだ?」

「共同体のようなものを作っているわ。リーダーやカルトの教義に反対するような思想を抱いたら、裏切り者というわけ。大きな罪となる」ナーリーが答えた。

「仲間たちに対する圧力は異常なほどだ」アンガスも言った。「個人にはなんの意味もない」

まるで地獄だな。マルコムはため息をついた。「ぼくの役割を教えてくれ」

アンガスは古びた会議室のテーブルにマニラフォルダーをすべらせた。「マルコム・ウェスト。PTSDで、アルコールの問題を抱えている。怒りの問題も。それから自己憎悪と闘っている」

マルコムはファイルフォルダーを開け、傷だらけでぼろぼろの自分の顔を見つけた。銃弾で穴を開けられた体を病院に運びこまれた直後の写真だ。「自己憎悪はちょっと厳しいな」そういえば、今すぐにジャック・ダニエルを一杯やりたくなってきた。

「きみは苦しんでいて救いを探している。何か信じられるものを」アンガスが顎を引きしめながら静かに言った。

「なんだい？」胸がほてり、マルコムは訊いた。「心配そうな顔だな。ぼくは超一流の覆面捜査官だぜ」最後のことばには自嘲の思いがこめられていたため、マルコムは自己憎悪に関する考えを再度確認しなければならなかった。そう。大丈夫だ。

アンガスが別のボタンを押した。「それはわかっているが、覆面捜査にはいったり、もとの自分に戻ったりをくり返したことはあるかい？　きみはカルト集団の一員のきみになり、次にピッパといっしょにいるきみにならなければならない。どちらもわずかにちがうきみだ」

アンガスの言いたいことはよくわかった。状況はすでに混乱の兆しを見せていた。

「問題ない」マルコムは言った。「全部ぼくであることに変わりはないだろう？　とにかく、同じ作戦ではある。ぼくはピッパから情報を引き出さなきゃならない」何気ない声を保とうとしたが、アンガスが訝るように目を細めたところからして失敗したようだ。

「あの女性を救いたいと思うのは別にかまわない」アンガスはつぶやいた。「この件に片がついたら、彼女のために最善を尽くすことを約束する。ぼくを信じてくれ」

「そんなことは頼んでない」マルコムは言い返した。

「いや、頼んださ」アンガスはそう言ってスクリーンに目を戻した。「これらはカルトの倉庫にあった写真だ。情報提供者がわれわれのために持ち出してくれた。ピッパが登場する最初の写真は彼女が九つか十のころのものだ。これはピッパが十七歳——カルトを離れる約一年まえの写真だ。右にいる女性は彼女の母親と思われる」

ピッパはカメラをまっすぐ見据えていた。まなざしは真剣だったが、顔は穏やかで表情に乏しかった。隣にいる女性はブロンドでピッパに似た青い目をしていた。しかし、幸福そのものという表情をしている。

マルコムは唾を呑んだ。「ピッパは虐待を受けていたのか?」

「わからない」アンガスが答えた。「これまで明らかになったことからして、可能性はある。でも、ほんとうのところは不明だ」

マルコムはゆっくりと息を吐き出した。昨晩、自分は野生動物のように彼女の体を奪ってしまった。それから静かに眠っている彼女をベッドに残し、車に細工してからここへ来て、彼女の過去をほじくり返す方法を模索し、おそらくは未来を台無しにしようとしている。「ぼくはほんとうにくそ野郎だ」

「これは仕事だ」ウルフが猫に餌をやりながら言った。「これがただの仕事だってことを忘れちゃいけない」

アンガスは両方の眉を上げた。「ウルフの言うとおりだ。抜けたかったら、今すぐ言ってくれ」

自分が抜けたら、誰がピッパを守るのだ？　彼女が洗脳されているとしても——そうとは信じられなかったが——救ってやりたかった。彼女が非常用持ち出しかばんを用意していることも気がかりだった。偽名を使っているという事実も同様だ。「大丈夫だ」マルコムは言った。「カルトを離れてからのピッパについて、わかっていることを教えてくれ」

アンガスはさらにボタンを押した。ピッパの写真入りのそれぞれ名前のちがう三枚の運転免許証が現れた——ウルフが非常用持ち出しかばんのなかで見つけたものだ。「よくできている。驚くほどよくできている」アンガスは言った。「このカルト集団が金を持っているのはわかっている。かなりの額の金だ。メンバーたちにはなんでも好きなものが与えられる。調べたところ、投資もうまくいっている。この身分証を入手したのがカルト集団でないとすると、これだけよくできた偽造品に払う金を彼女がどこで手に入れたのかわからない。銀行口座にもそれほど金はたまっていない」

マルコムは痛む太腿をさすった。「カルトを離れたあとの彼女の動きはわかっているのか?」

さらにボタンが押され、写真が現れた。「まずはシアトルへ向かい、それからマイアミへ行った」とアンガスは言った。さまざまな防犯カメラの画像が現れた。「五年まえに姿を消したあと、ピッパという名前を使うようになった。過去は振り返らず、コテージ・グローヴにこもっているというわけだ」

マルコムはうなずき、身分証をじっと見つめた。「ピッパ、パティ、ポリーか。ワシントン州とフロリダ州にいるときはどんな名前を使っていたんだい?」

「ペイジとパメラよ」ナーリーが答えた。「賢いやり方と言えるわね。これなら新たな知り合いに名前を呼ばれたときに、振り返るのを忘れないわ」

アンガスは眉根を寄せた。「そうは思えないな」

「ほんとうのところ、わたしもよ」ナーリーも言った。「ほんとうの名前はメアリーだって言ったかしら?」

「われわれの情報提供者がそう言っていただけさ。カルト内ではメアリーと呼ばれていたそうだ」とアンガスは言った。

マルコムは身を乗り出した。「出生証明書はあるのか?」

「いや」アンガスは答えた。「見つからなかった」

「Pではじまる名前、本名」マルコムはつぶやいた。心の奥底ではわかっている気がした。「カルトに加わるまえの名前。それを手放すつもりはないんだろう」おそらくそこに彼女にとっての希望があるのだ。「本人に訊いてみることもできる」

ナーリーがふいにマルコムのほうに顔を向けた。「まだ早いわ。それを本人に訊いたら、情報源としては使えなくなってしまう。あなたがカルトにはいりこんだあとで彼女から情報を引き出さなければならなくなったらどうするの？」

「そうだな」アンガスも言った。「覆面捜査にはいるまでは真実を明かしてはだめだ。彼女はテロの実行役にぴったり符合するんだ、マルコム。自分では買えるはずのない偽の身分証を持っていて、建設会社にコネもある。カルトにいたときの写真もあるしな」

「偽名を使っていて、防犯カメラに顔が映らない場所にしか行かない」ウルフも言った。「銃撃事件のあと、彼女を見ていたんだが、自分も友人も報道機関のカメラにとらえられない位置にいるよう気をつけていた。それで、ようやく動いたときにも、帽子はもちろん、毛布もかぶっていた。染めた髪も気が利いていたしな」

アンガスはスクリーンの明かりを落とし、猫が文句を言うまえに部屋の照明をつけた。「よければ、ぼくが彼女に会ってもいい。彼女のプロファイリングをしよう」

マルコムはチームのリーダーをじっと見つめた。そろそろ信頼するかどうか決めなければ。「わかった。何か手配しよう。夕食でも?」

ドアの外でハイヒールがコンクリートをこするような音がした。マルコムとウルフはすぐさま姿勢を正した。エレベーターの音はしなかった。地下にいる人間はみな会議室二のなかにいる。

「ああ、なんてことだ」アンガスが胸まで顎を落として言った。「きみの部屋のドアを開けっぱなしにしてきたのかい、ナーリー?」

精神科医は目をぱちくりさせてそちらへ目を向けた。「え、ええ。どうして?」

ラスコーが足音高く部屋にはいってきた。まえ足をナーリーのハイヒールに突っこんでいる。犬は舌をだらんと垂らした。犬なりににやりとしたように見える。

ウルフはぽかんと口を開けた。

マルコムは犬を見て首を振り、また犬を見やった。「ジャーマン・シェパードがハイヒールを履いているのか」

ナーリーが首を傾げた。「女装癖があるの?」

「いや」アンガスが言った。「ほかのもっと大きい犬にコンプレックスがあるのさ。

おまえも存分に大きいと言ってやるし、じっさいそうなんだが、ヒールやブーツを見つけるたびに、まえ足に履こうとするんだ」

犬の履いた靴が横倒しになり、ヒールがコンクリートにこすれた。

ナーリーが顔をしかめた。「ちょっと。それ、ジミー・チュウよ」

犬は靴をまっすぐに戻し、また左足を突っこんだ。尻尾を激しく振っている。

マルコムはアンガスに横目をくれた。おもしろがるべきか困惑すべきかわからなかった。「この犬にはいくつか変な癖があると言っていたな。もしかして、今からその全部を披露してくれるつもりかい？」

「いや」アンガスはきっぱりと言った。「ほかの癖については問題になるまえにやめさせられるはずだ。この癖は、これは問題ない」そう言って顔をしかめた。「ただ、靴を履くのに飽きると最後は嚙みはじめるんだ」

ナーリーが息を吞んだが、ラスコーはさらに激しく速く尻尾を振っただけだった。

ウルフがアンガスにちらりと目をくれた。「それで、おれには猫を飼っちゃだめだと言うのか」

マルコムは部屋を見まわした。「これだけははっきりさせておこう。ぼくは聖書の名のもとに爆弾を使って大勢に危害を加える計画を練っている可能性があるカルト集団に潜入する」彼は頭のなかであがった反対の声をなんとか鎮めた。「にもかかわらず、ぼくは標的の女性と寝た。みんな知ってのとおり、ぼくは彼女を救いたいと思っている。新しく来た精神科医はぼくの頭のなかを見たいと思っているようだが、それはご免こうむる」

「あなたの頭のなかはほんとうに興味深いわ」ナーリーが目を輝かせて言った。

マルコムはそれを無視してウルフに目を向けた。「きみはちょっといかれたところがあって、今はポケットに猫を入れている」

ウルフはうなずいた。

「そして、あんただ。リーダー」マルコムはアンガスに目を据えた。「あんたは自分の想像の産物かもしれない連続殺人鬼の事件にとりつかれて注意散漫なだけじゃなく、ハイヒール・フェチでアル中でもある犬を飼っている」

「何が言いたいんだ？」アンガスは黒っぽい眉を大きく下げて訊いた。

何が言いたい？　いったいぼくは何が言いたいんだ？　マルコムは無精ひげの生えた顎を両手でこすった。「うまくいかない可能性があるのは何かと問うつもりはない。どうしてかわかるかい？　それより、うまくいくものがあるのかどうかだけ知りたい」

「そう多くはないだろうな」ウルフが明るく言った。それからまた子猫に金魚のクラッカーを与えた。犬のほうはハイヒールで部屋をうろつきまわり、ジミー・チュウとかいう靴でコンクリートを引っかいていた。

15

ピッパは大きなベッドのなかで寝返りを打った。マルコム・ウェストのにおいに全身を包まれて。まばたきをする。家は静まり返っていた——平和に。ベッドのそばに置かれたメモが目にはいり、手にとる。

おはよう、美人さん
ちょっと仕事に行って昨日の銃撃事件の処理をしてこなければならない。ぼくの過去のせいで、きみがあやうく撃たれるところだったことに再度お詫びする。昨晩はすごかった。街で何かおいしいものを買って帰る。
きみのMより

妙なことに、恋人からのメモを受けとったのははじめてだった。もちろん、あまり男性と付き合ってこなかったのもたしかだが。ピッパはまた伸びをした。あちこち興味深い場所がさまざまに痛んで思わず顔をしかめた。昨晩はすごかった。やさしく甘美な経験とは言えなかったが。

自分がこんなふうに感じることができるとは知らなかった。荒々しく解放されて。何もかも奪われて。

まぶたがぴくぴくした。ピッパは驚くほどやわらかいシーツに顔をすり寄せた。マルコム・ウェスト。真実を知ってもまだわたしを好きでいてくれるかしら？ ときに疑念に呑みこまれそうになる。それでも、自分を信じなければならない。自分で自分を信じなければ、誰が信じてくれるというの？

窓に雨が静かに打ちつけていた。ピッパはまたうとうとしはじめた。睡眠薬を呑んでも呑まなくても、よく見る夢に比べれば、心地よい夢だった。よく見る夢。

九歳——もうすぐ十歳——に戻っていた。「でも、友達と離れたくないもん」町の郊外にある大きな家の玄関へと足を踏み入れながら、母に向かって抗議していた。明るい色の服を着た人々が動きまわりながらにっこりほほ笑み、会釈し合っている。みな何かしらして働いている。ほこりを払ったり、掃除機をかけたり、食べ物を運んだり。

母が手をつなぎ、顔に見たことのないほほ笑みを浮かべて見下ろしてきた。父が亡くなってからのこの四年は辛い年月だった。父はヒーローだった。軍隊にいる本物のヒーロー。でも、父の死後、母が働きに出なくてはならなくなった。うんと大変な仕事。母はいつも目のまわりに疲れた皺を寄せていた。

その皺が今日は消えていた。

「あなたもここが気に入るわよ」母は言った。「きっとよ。新しい家族《ファミリー》を見つけたの」

新しい家族などほしくなかった。

「おいで。あなたをあの方に会わせなければ」母に手を引かれて枝編み細工の家具の脇を通り、長い廊下を進む途中、目を閉じ、あぐらをかいてすわっている人たちがいた。変な人たちだった。踏みつけないように気をつけなければならなかった。

廊下の端にある部屋に着くと、母がドアをノックした。

「おはいり」男の人の声だったが、おかしな声だった。

母は飛び跳ねるようにして部屋のなかにはいった。「預言者様。娘に会っていただけますか？」

男の人はどこか映画スターみたいだった。白いパンツとタンクトップを着ている。髪はカールして肩に落ちていた。目は明るい茶色で、金色っぽく見える。その目で上から下までじろじろと眺めまわされる。かすかな笑みを浮かべていた顔がはっきりと何かに集中するものに変わった。「やあ、メアリー」

思わず母を見上げた。「わたしの名前はメアリーじゃないわ」

母はつないだ手に力をこめた。ちょっと痛いほどに。「ここではみんな新しい名前をもらうのよ。新しくはじめるの」

新しい名前？　今の名前を気に入っているのに。「パパがつけてくれた名前よ」父のことはヒーローだという以外、あまりよく覚えていなかったが、愛してくれていたのはたしかだった。うんと。

預言者と呼ばれた男の人は大きな机をまわりこんでそばへ来ると、しゃがんで目の高さを合わせてきた。妙なにおいのする人だった。腕にフルーツの香りのローションでもすりこんでいるかのような。「きみのお父さんは歴史上の偉大な人物であり、私の友人でもあった。お父さんの娘だったことをありがたく思わないといけないよ。みな人生におけるありとあらゆる祝福の恩恵を受けている」

「パパを知ってたの？」と思わず訊く。

彼は真っ白な歯を見せてほほ笑んだ。「ああ。同じ高校の出身だ。きみのママもそうだ。三人ともね」

「仲の良いお友達同士だったのよ」母は同意するように小さな声で言った。さえずるような声。「でも、なぜか連絡が途絶えてしまったの」

また母は悲しそうな声になった。

男の人は母を見上げてほほ笑んだ。「物事がめぐりめぐってもとに戻るのはよくあることさ、エンジェル」

エンジェル？　ママの新しい名前はエンジェルなの？　これはほんとうのこと？

「どうして今の名前のままじゃいけないの？」今度は少し声が震えた。

男の人に髪を撫でられたが、どうにかあとずさらずにいた。あとずさったらきっとママがいやがるだろう。なぜかそれがわかった。「なぜならきみが特別だからさ。きみのお母さんから連絡をもらって、きみの写真を見せられたときに、わかったんだ。きみが特別だとね。この青い目と茶色の髪は聖なる女性のためのものだ。長いあいだきみを探していたんだ。メアリーは特別な名前なんだ」と彼は言った。

ジェニファーだってそう。ジェニファーと呼ばれるのは悪くなかった。もちろん、父にはおちびさん《ピップスクイーク》と呼ばれていたが。父の声は覚えていた。ビーチで語りかけてくる父を映したビデオもあった。それでも、そのことを預言者に教えるつもりはなかった。

「どうしてメアリーが特別なの？」と訊いてみたが、男の人はただじっと見つめてきただけだった。何か言うべきだったの？

彼は身を寄せてきた。「なぜなら、それは純潔なる名前か淫売の名前だからさ。聖人か罪人か。きみはどっちになりたい？」

目をぱちくりさせずにいられなかった。「淫売って何？」

「ああ、どうやら聖書を学ばなければならないようだね」彼はさらににっこりとほほ笑み、胃のあたりが変になるような目でじっと見つめてきた。「今はきみが特別だとほかのみんなに知らせなきゃならない。ぼくのことはイサクと呼んでいい」

母が息を呑んだ。「まあ、メアリー。なんて光栄なことなの」

ゆっくりとうなずく。いいわ。ママが幸せなら、メアリーと呼ばせてあげる。でも、頭のなかでは、心では、わたしはピップスクイーク。そうすれば大丈夫。たぶん、この場所に長くいることはないだろうから。

イサクは立ち上がり、脇に動いて母のまえに立った。「ここアン・チャイラフにきみを迎えることができてとても光栄だよ、かわいいエンジェル」そう言って母の顔を両手で包み、額と額が触れ合うまで顔を寄せた。

変なの。うんと変。

母ににぎられていた手が放された。「またあなたを見つけられてほんとうによかった」母は目を閉じ、体を揺らした。「あなたに奉仕できてほんとうに光栄だわ。ファミリーに奉仕できて。これからずっと」

イサクは背後に手を伸ばし、机からベルをとった。それを振ると、ベルの音が鳴り響いた。

即座にひとりの女性がドアを開いた。年上で——おそらく十八歳ぐらい——茶色の巻き毛ともっと濃い茶色の目をしている。「ご用ですか?」女性は目を伏せたまま訊いた。

「ジュリエット。すばらしい。幼いメアリーをほかの子供たちのところへ連れていってくれ。みな聖書の勉強をしているはずだ」イサクが言った。「エンジェルとぼくは清めの儀式をしなければならない」

ジュリエットはうなずいて手を差し出した。「メアリー。いっしょにいらっしゃい」

ジェニファー、もしくはメアリーは母を見上げた。しかし、母は目を輝かせ、口をわずかに開けてイサクを見つめていた。「ママ?」

「行きなさい」母は言った。「わたしはここでしなきゃならないことがあるの」

メアリーのおなかに別の妙な感覚がつかえた。耳が燃えるようになる。ジュリエットと呼ばれた女性の手をとり、彼女に従って部屋を出た。部屋を出る最後の瞬間に振り返ると、イサクが母の尻に手を置き、キスをしていた。

彼は目を開けていて、まっすぐメアリーを見つめていた。それから母をさらにきつく抱きしめた。

メアリーはまえに向き直り、駆け出さないように努めた。どこへ行くの？

あれから何年も経ち、彼女は今、大きなベッドで目覚め、マルコムのにおいに癒されていた。成長していく年月のあいだに、ピッパはゆっくりと自分の運命を悟っていくことになった。もしくは、イサクが信じていた彼女の運命を。十八歳になったら、彼の特別な花嫁になるという運命。しかしある晩、じっさいにはある一瞬に、その運命を振り払ったのだった。生き残るために自分がしたことは決してとり返しのつかないことだ。

イサクの最初の問いに答えるとしたら、自分が聖人ではなく罪人の道を選んだのはまちがいない。

それを変えるのはもう遅すぎる。

マルコムはアンガスが運転し、犬が後部座席で満足そうにいびきをかいているトラックの助手席に乗り、ウェスト・ヴァージニアの田園地帯へ向かっていた。

「きみのために借りたワンルームのアパートメントはバーからほんの数ブロックのところにある」ゆったりとハンドルに手をかけながらアンガスが言った。「カルト集団がきみを勧誘しようと決めた場合、簡単に調べのつく物件だ。われわれの情報提供者によれば、調べられるのはまちがいないらしい。連中は法の執行機関や軍での経験のある人間を求めている」

テロの危険が迫っているように思えるもうひとつの理由だ。「そのアパートメントは借りてどのぐらいになるんだい？」

「二カ月だ」とアンガス。

マルコムは身をこわばらせた。「ほんとうかい？　二カ月まえにはぼくがこの任務を請け負うことがわかっていたと？」

「きみのことをプロファイリングした結果、退院したあと、きみには何か重要な任務が必要になると判断したんだ。これがそうさ」アンガスはバックミラーをちらりと見て、インターステートのレーンを移った。「アパートメントは一階——じっさいは地下——にある。路地に面した専用の入口があるので、誰にも出入りを見られることはない」

また作戦の一部になれることは悪くない気分だった。マルコムはアンガスを探るように見た。まともな男だ。賢明でもある。そしてさらに重要なことに、背後の守りを固めてくれる。「このバーでぼくが連中と接触することになっているのはたしかなのか？」

「ああ。情報提供者が今日、勧誘のためにブルースに来るように手配してくれているはずだ。少なくともほかのふたりのメンバーといっしょで、彼女が最初に行動を起こすことはしないようにするそうだ。彼女の写真は見たな。名前はオーキッド」アンガスはインターステートを出て、木々のまばらな起伏のある土地へ降りた。

「そのオーキッドだが、どういう事情があるんだ？」短い時間で網羅すべき情報が山ほどあったため、それについては話す暇がなかった。

「四十になって恋人に捨てられ、カルト集団に加わった。最初はおもしろく、すばらしいと思ったそうだが、やがてときどきドラッグを呑まされているのに気づいた。友人のひとりがレイプされ、ヘロインをオーバードーズしたそうだ」アンガスは左に曲がり、静かな通りにはいった。「オーキッドがもとの恋人に連絡してきたんだが、そいつがたまたまぼくの仕事仲間で、引退したFBI捜査官だったのさ。ちょっとおかしくなってしまって引退せざるを得なかった人間なもので、あまり顔がきかない。そこでわれわれに話を持ちかけてきた。約四カ月まえのことだ。タフな女性だよ。賢くてしっかりしている」

今、その女性を生かしておくこともマルコムの仕事になった。

「ほんとうに準備はいいのか？」アンガスはペンキを塗り直したほうがよさそうな小さなガソリンスタンドに車を停め、真剣な目をマルコムに向けた。

「ああ」マルコムはイヤホンをたしかめた。髪が伸びていたので、容易に隠しておけた。「連絡する」トラックから降りると、すり切れたジーンズに両手をたくしこみ、風に向かって首をすくめた。バーまでは歩いて十分だった。

ブルースには穴だらけの舗装されていない駐車場があり、あちこちへこんだトラックが何台か停まっていた。バーのドアには銃弾の跡もある。悪くない。マルコムはドアを開け、暗い店内にはいった。

すえたビールとすり切れた革のにおいに出迎えられた。酒を飲むためのバーだ。カウンターの両端のバースツールに男がひとりずつすわっている。ひとりは顔をうつむけ、もうひとりはまっすぐまえを向いている。店内には低いテーブルが置かれ、奥の壁にはダーツ板がでたらめにかけられていた。壁には安っぽいベルベットの壁紙が貼られていたが、あちこち破れていた。

マルコムはカウンターの中央のぼろぼろのスツールに腰をかけた。

歯に金色のかぶせものをしたはげた大男のバーテンダーがゆっくりとやってきた。

「何にします?」

「ジャック・ダニエルをロックで。トリプルで頼む」マルコムは目を合わせないようにしながら言った。

バーテンダーはグラスをつかんで酒を注いだ。「つけにするかい?」

マルコムはうなずき、飲み物をひと口であおった。それからグラスを押し出した。

「お代わりを」

バーテンダーは酒を注いだ。

今度はグラスのなかで酒をまわし、それをじっと見つめた。体はすでにほてっており、手足がゆるんだ気がした。しばらく酒を飲むうちに店内は混み出した。驚くほど多くの人間が早い時間から酒を飲んでいた。建設作業員たち、ひとり客、スーツ姿の二人組。二度目のお代わりをしたところでオーキッドを見つけた。

女性ふたりと男性ひとりといっしょだった。みな白かベージュの装いだ。テーブルにつき、混ぜ物をした飲み物を飲んでいる。やがて客たちのあいだで何かをはじめた。なかなかの手腕だった。軽口を叩いたり、おしゃべりをしたりして、次々と人にねらいをつけている。何気ない様子で、おそらくは興味を持たなかった人間から、不遇をかこつ別の人間へと移っていく。

マルコムに最初に近づいてきたのは男だった。その男はマルコムの隣で飲み物を注文した。

「やあ」と声をかけてくる。

マルコムはグラスに残った酒をじっと見つめたままうなずいた。

「ぼくはツリーだ」と男は言った。

マルコムは驚いたように目を上げた。「木《ツリー》？　名前がツリーなのかい？」

男は青い目と長めのブロンドの髪とかぶせものをした歯をしていた。二十歳ぐらいにちがいない。簡素な服を着ていても金のにおいがした。「うん。生まれたときから自然の力に親近感があって、ツリーはぴったりの名前なんだ」

そうかい。ツリーの瞳孔は開いており、何か自然ではないものでハイになっていた。

「マルコムだ。名前はマルコム」そう言って惹かれるように酒に注意を戻した。

「友達が必要な人みたいに見えるな」ツリーはビールを受けとりながら言った。

マルコムは鼻を鳴らした。「友達と呼んだ最後の人間を撃たなきゃならなかったからな」マルコムは上着が開いて銃が見えるように体を動かした。今日はルガーを携えていた。「放っておいてくれないか、ツリー」そう言って酒の残りを飲み干し、バーテンダーに身振りでお代わりを頼んだ。

バーテンダーは酒を注ごうとして手を止めた。その手をカウンターの下に持っていく。「バーに銃を持ちこむのは許されていない」

マルコムは身をこわばらせた。「許可証はある。元警官なんだ」そう言って銃には触れずに財布からその朝作った許可証を出してみせた。「な？」

バーテンダーは緊張を解いたが、まだ顔をしかめていた。「それでもだ。そういうものは隠しておいてくれ」

ツリーは咳払いをした。

マルコムはそちらへ顔を向けた。「向こうへ行ってくれ、ツリー」

若者はうなずいてカウンターを離れ、人生が終わったとばかりにファイヤーボール（シナモンフレーバーのウィスキー）をあおっている五十がらみの女のほうへ向かった。着ているピンクのスーツは皺だらけでマスカラはにじんでいる。

マルコムは酒を飲んだ。

十分後、元気のいいブロンド女が隣のスツールにすわった。「失礼。友達のレスリーを見つけられなくて。きれいな赤毛の子を見なかった？　あの子に財布をあずけてるの。飲みたいのに」

マルコムはゆっくりと顔を振り向けた。女は二十歳そこそこで、大きな青い目をし、ほとんどシースルーのシャツを着ていた。マルコムは何度かまばたきした。「レスリーなんて名前の赤毛には会ったことないな。今もこれまでも」そう言ってふつうならすごい胸とみなされるであろうものに目を走らせた。「ただ、飲み物ならおごれる」

女は目をみはった。「あなたが？」そう言ってマルコムの腕に触れ、愛撫《あいぶ》するように手をすべらせた。「それってすてき」

まったくだな。マルコムはバーテンダーにうなずいてみせ、ブロンドに目を戻した。なんともすみやかに覆面捜査がはじまった。

16

ピッパはコンピューターに向かい、顧客のための旅程作成を終えた。望む場所へどこへでも行けるのはどんな感じ？　空港のセキュリティもカメラも気にせず、身分証が運輸保安庁《TSA》の基準にかなうかどうかびくびくせずにいられるのは？

一日じゅう雨が降りつづいていて、マルコムのことを考えないようにしながら、多くの仕事をこなしていた。彼はいつ帰ってくるの？

あんな夜を過ごしたのははじめてで、どう振る舞っていいかもわからなかった。

携帯電話が震えた。ピッパは番号を確認して耳にあてた。「トリクシー、元気？」

「大丈夫。何度かフラッシュバックがあって悪夢も見たけど。あなたは？」トリクシーが小声で言った。

オルガスムが四回にフラッシュバックは一回。「大丈夫よ。またよそへ移るころあいかしらとは思っているけど」そう考えると胸が痛んだ。マルコムであれ、ほかの誰であれ、いっしょに過ごす未来はない。だからといって、さっさとよそへ移ることもできなかった。昨夜ひと晩だけのことに終わらず、これからわずかでもふたりで過ごすことになったらどうだろう？　彼は隠し事のないちゃんとした女性と将来を過ごしてしかるべきだ。あの人はヒーローなのだから。でも、わたしも今だけの相手にはなれるかもしれない。「どうしていいかはわからないけどね」

「わたしも同じことを考えていたの」トリクシーはミニュートヴィルからピッパの家とは反対方向に一時間行ったところに住んでいた。「わたしたち、カメラを避けているから、きっと身許を暴かれることはないわ。でも、なんだか連中が迫ってきている気がするの。その感じわかる？」

ピッパは唇を嚙んだ。同じことを感じていたからだ。しかし、おちつかない気分をもたらしたのがマルコムであることもよくわかっていた。「ええ。でも、わたしたちは安全だと思うわ」

トリクシーはため息をついた。「セクシーな警官とは進展があった？」

「元警官よ」ピッパは訂正した。そう言っただけで体がほてった。「ないわ」まだほんとうのことを打ち明ける心の準備はできていなかった。

「すばらしいと思うんだけど。あなたがその、できるようになれば。男の人に会って怖がらずにいるとか」トリクシーの声には苦痛の響きがあった。

ピッパの血管に氷が流れた。「イサクはわたしをレイプすることはなかったのよ、トリクシー。わたしは助かったの」涙が目を刺した。「あなたが彼を訴えたいというなら、あなたのために証言するわ」出訴期限はまだ過ぎていなかった。

トリクシーはあざけるように言った。「わたしたちの訴えを信じる人がいるとでも? それにわたしたちも刑務所送りになるわ」

ピッパはうなだれた。「わかってる」キーボードをコンピューターのほうに押しやり、机に肘をついた。「あなたの家の近くで営業している優良カウンセラーのリストを送っておいたわ。いいと思う人がいたら教えて」

「あなたはどうなの?」トリクシーが訊いた。「レイプはされなかったけど、もっと最悪だったんじゃないかと思うわ。あれだけの経験をして大丈夫なはずはない」

苦いものが喉にこみ上げてきた。「今もドクター・ヴァレンタインにオンラインでカウンセリングをしてもらっているわ。すばらしいお医者様よ。あなたも連絡してみるといいんだけど」旅程表についてメールが三通はいってきた。「仕事に戻らなくちゃ。わたしの助けが必要だったら、電話して。すぐに駆けつけるから」

「こっちもよ」トリクシーは電話を切った。

ピッパは仕事に没頭し、過去についてのすべてを忘れた。マルコムのトラックがドライブウェイにはいってきたときには夜になっていた。

鼓動が速まる。ピッパは髪を後ろに撫でつけ、下に目を向けた。青いTシャツと簡素なヨガパンツ。ただ、足の爪は派手なピンクに塗ってあった。どうにか見られる格好だ。それでも、ドアを軽く叩く音がして、ピッパは飛び上がった。

はいってと叫びそうになったが、どのドアにも三つずつ鍵をかけていることを思い出した。ああ、そうね。いいわ。しっかりして。背筋を伸ばすと、ドアのところへ行って鍵を外した。「お帰りなさい」

マルコムは両手に中華料理のテイクアウトを持っていた。目には強い光がある。

「やあ、夕食を持ってきたんだ」

ふいにピッパは空腹であることに気がついた。「食べるのを忘れていたわ」ほんとうに何も食べていなかった。

マルコムは黒っぽい眉を上げた。「だったら、どうにかしないとな」ひんやりとしたさわやかな空気が彼といっしょに流れこんできた。少なくとも雨はやんだようだ。

腹のあたりでゆっくりと何かが渦を巻いていく。筋肉がかすかにこわばる。ピッパは脇に寄って彼をなかに通した。どうしてこんなにびくびくしているの？　ああ、そうよ。ひと晩に四回も達したせいだわ。

マルコムは脇をすり抜けてから足を止め、振り向いた。「大丈夫かい？」

「ええ」ピッパは息を吸った。

「昨日の晩、荒っぽくやりすぎたかな？」緑の目が暗くなる。

ピッパは首を振った。「いいえ。ちょうどいい荒っぽさだったわ」

彼の笑みがピッパの心を軽くした。重くなっているとは気づかなかった部分を。

「わたしのほうこそ手荒すぎなかったならいいんだけど」彼女はからかうように言ってドアを閉めた。

マルコムは忍び笑いをもらし、大股でキッチンにはいって食べ物の袋を下ろした。

「たしかに尻におもしろいひっかき傷がいくつかできていたよ」

ピッパは動きを止めた。「ほんとうに？」

「ああ」マルコムはテイクアウトの箱を開け、皿を探してあたりを見まわした。

熱が顔にのぼり、ピッパは急いでカウンターへ行ってカベルネのボトルを開けた。

「ワインは？」

マルコムはボトルにちらりと目を向けた。「飲んでくれ。ぼくは水にしておいたほうがいいようだ。今日はもう充分飲んできたから」

ピッパは目をぱちくりさせてグラスひとつにワインを注いだ。「仕事に行っているんだと思ってたわ」

「そうだよ。バーで人に会って情報を引き出さなきゃならなかったんだ。それで、飲みたくもないアルコールを大量に飲んだってわけだ」マルコムはフォークを手にとり、椅子に腰を下ろした。

ピッパもすわり、食べ物に目を向けた。彼といっしょにいるうれしさに不安が混じってくる。「また覆面捜査をしているの？」彼が警官に戻るなら、ここを出ていかなければならない。警官と付き合うのは危険が大きすぎる。そこまでうまくは立ちまわれない。

「いや」マルコムは皿にライスとヌードルを出した。「まだ調達部さ。でも、例の申請書盗難事件の捜査はしている」彼の目に小さな皺が寄った。緊張しているの？ストレス？

「そう」ピッパは餃子《ギョーザ》をいくつか自分の皿にとった。「申請書用紙がそんなに大事だとは知らなかったわ」

彼は考えこみながら咀嚼した。「まあ、申請書用紙でどんなことができるか想像してみるといい。あれこれ注文して届いたものを返品し、返金を求めるわけだ。かなりの金を稼げる」

ピッパはワインを飲み、それが体をあたためてくれるのにまかせた。「あなたってそんな脇役の仕事で満足する男性には見えないわ」と小声で言う。「事件に対処している姿を見たから。とても優秀だった」ほんとうに優秀だった。そうでなければ、もっと多くの人が命を落としていただろう。そう考えると、惹かれると同時に怖くもなった。

マルコムは水をあおった。「辺鄙なコテージに隠れている魅力的な女性に言われてもね」

いいところを突いたわね。

「そういえば、あのダイナーに行くのはどうして大丈夫なんだい？」と彼は訊いた。

ピッパはスパイスの効いたチキンを呑みこんだ。「あのレストランは辺鄙な場所にあって混んでることもほとんどないから。人に囲まれている気がしなくて済むの。あそこに大勢のお客がいたことなんて一度もないわ」まわりに人がいる状況に身を置くのがどんどんむずかしくなってきているのはたしかだった。それはどうにかしなくてはならない。

マルコムは手を伸ばし、指の節で彼女の顎を持ち上げた。「訊いておくべきだったああいった銃撃事件をまのあたりにするのは恐ろしいことだ。ぼくにとっては決して初体験とは言えないが」彼のあたたかい指はやさしく、目は探るようだった。

ピッパは心配してもらったことに妙に心を動かされてしばらく口を開かなかった。
「怖かったけど、何もかもあまりに急で、はじまったと思ったらすぐに終わっていた感じだった」正直に言えば、あのときの一番の心配は身を隠しておけるかどうかだった。
「きみの身に何か起こるなんてことは絶対にさせないよ、ピッパ。約束する」マルコムは手を離したが、表情は真剣そのものだった。その顔にピッパは息を奪われた。

これは一時的な関係よ。こんなふうに守られることに頼ってはいけない。「わたしに約束なんてしてくれなくていいのよ」そんな資格はないのだから。こういう誓いには誠実さで応えなければならないものだ。
「でも、たった今してしまった」マルコムは首を傾げた。「ぼくのことは信じてくれていい。それはわかるね？」

久しぶりに何から何まで話してしまいたい思いに駆られた。自分のすべてを彼にあずけるのだ。でも、それでどうなるというの？　過去は過去で、なくなりはしないのだから。「わかってるわ」

彼の目にベールがかかったようになった。彼は食べ物に注意を戻した。ピッパは彼を失望させてしまったという妙な思いに駆られ、何か話題を見つけなければならないとあがいた。なんでもいい。「覆面捜査官だったころがなつかしい？」

マルコムは食べている手を止めた。「あんまり。その、現実の自分を新たに作った自分にはめこみ、これは真実ではないと自分に言い聞かせるのは大変だからね」そう言って目を上げた。「ぼくの言っていることがわかるかい？」

ピッパは首を振った。自分でもわかるほど頼りない仕草だった。「よくわからないわ。わたしはわたしでしかないから」

マルコムの笑みは心なごませ、力づけてくれるものだった。「きみはとても魅力的だと思うけど、まだ玄関にすら入れてもらえていない感じだな。家族について教えてくれ」

ピッパは男性と付き合うときにこういうことがあるのを忘れていた。これを付き合っていると言えるならば。「え、ええ。父は軍人だったの。わたしが六歳ぐらいのときにここから地球を半周したどこかで亡くなったわ。その理由ははっきりしなかった」父が生きていたら、人生はどれほどちがったことだろう？

マルコムは椅子に背をあずけた。「気の毒に」目がうるんでいる。

ピッパは肩をすくめた。「父については正直よく覚えていないの。それから母とわたしはあちこち動きまわったけど、どこへ行ってもあまりうまくいかなかった。十八になったときに、わたしはひとり暮らしをはじめて、それ以降、過去は振り返っていない」できるかぎり真実に近い説明だった。

マルコムは顔をしかめた。「お母さんは自動車事故で亡くなったと聞いた気がするんだが」

ああ、なんてこと。もう母の話はしたのね。いろいろとおかしなことがあったせいですっかり忘れていた。「ええ、そうよ。わたしが十八で家を出たあとにね」

マルコムはナプキンを下ろした。「気の毒に。お墓参りはできるのかい？」

「いいえ」今、母がどこにいるのか知りようもなかった。ファミリーは新しい資金や勧誘の標的を求めてあちこち移動していた。「母のことはあまり考えないの」彼らがもうわたしを探していないといいのに。「そう、思い出したわ。あなたのご家族は亡くなって、お祖父《じい》様に育てられたって言っていたわね」

「ああ。最悪の人間だった」マルコムは水をもうひと口飲んだ。「ぼくは精神科医に投げやりなところが問題だと言われたことがある。人を寄せつけないところもある

「でも、天涯孤独なおかげで何度も覆面捜査にはいることができた。最後は二年間だった」

投げやりなところ？　たしかにわからないでもない。「わたしにとってあなたは英雄だわ。いつかはちゃんとした女性と所帯を持ってすばらしいパパになるんでしょうね」

彼の片方の眉が上がった。マルコムは足をテーブルの下に投げ出し、平らな腹を叩いた。「なあ、きみはぼくを見誤ってるよ。ぼくといっしょになるなんて、どれだけめちゃくちゃな女性か想像できるかい？」

ピッパは噴き出した。自分を言い表す形容詞はさまざまあるが、めちゃくちゃが一番近いかもしれない。しかし、それも単なる突飛な考えだ。彼が嘘つきといっしょになることはないだろう。「自分を卑下しすぎよ」

「いや」マルコムはTシャツを引っ張り、首をかいた。「いつも誰かについて調べている人間だからね。相手が誰であれ、どう信頼すればいいかがわからない。それに、じっさい自分のものと言える相手がいたら――ほんとうの意味でぼくのものと言える人がいたら――きっとぼくは独占欲の強い最悪の男になるだろうな」

そうしてすなおに認める態度にはどこかうっとりさせるものがあった。それも決してかなわない夢にすぎないのかもしれないが。「あなたって独占欲が強いというより、保護欲が強いように見えるわ」

「たいしたちがいはないさ、青い目のお嬢さん」マルコムは電子レンジに表示された時計に目を向けた。「さて、きみに提案がある」

呼吸が速まったが、体はひどく疲れていた。もしくは脳が疲れきっていただけかもしれない。トリクシーとの会話は短かったが、かなりエネルギーを奪われた。過去を思い出すとよくそうなった。それでも、好奇心から訊いた。「どんな提案？」

「ぼくは疲れている。きみもその顔からして疲れはてている」マルコムは立ち上がってごみを捨てた。「寝室にテレビはあるかい？」

ピッパは身動きを止めた。「ええ。どうして？」

マルコムは笑い声をあげた。胸の筋肉がいい具合に動いた。「いやらしいことじゃないと約束するよ。抱き合ってつまらない映画を見ながら眠りに落ちるというのはどうだい？」

ピッパの小さな心臓がひっくり返ってため息をついた。これまで会ったなかで誰よりも魅力的な男性がわたしと抱き合いたいですって？　セックスじゃなく、安らぎがほしいと？　この人はほんとうとは思えないほどすばらしいことがわかってくる。

「あなたって何者?」と彼女は小声で訊いた。

マルコムは顔を上げた。内心の思いの読めない光が目に宿る。「それって普遍的な疑問だよな?」

17

腕に抱いた女性が身をすり寄せてきても、フラッシュバックが襲ってくるのを防ぐことはできなかった。額に穴の開いたジュニア。血の海で溺れるほかの犠牲者たち。ダイナーで命を落とした人々。午前三時近くになってようやくマルコムはあたたかいベッドからそっと抜け出した。

裏口とガレージへ続くドアの鍵をたしかめる。それから、玄関のドアへ向かおうとして足を止めた。首を振り、再度裏口の扉の鍵をたしかめに行った。異常に心配性なのも困ったものだ。それから玄関のドアを出て、背後で鍵がかかるのをたしかめ、静かに表の通りへと駆け出した。ウルフのトラックが数メートル先に停まっていた。

マルコムはトラックに飛び乗った。「おはよう」

「おはよう」ウルフはジャック・ダニエルのボトルをよこした。「しなきゃならないことをしてくれ」そう言ってエンジンをかけた。車は人気《ひとけ》のない道を走り出した。

キャットがポケットから顔を出し、おはようというように鳴いた。

どうやら、少なくとも子猫はまだ生きているらしい。マルコムはボトルを手にとり、何口かあおると、Tシャツとジーンズにも多少かけた。それから髪にもすりこんだ。

「これでいいか?」

「くさいな。悪くない」ウルフはボトルをとって何度かあおった。

「おい、あんたは運転手だぞ」とマルコムは言ったが、さほど気にはならなかった。

ウルフがボトルを返してきた。「ふたを」

マルコムは臓腑に染み渡る液体をさらにあおり、ボトルにふたをした。

ウルフはグローブボックスから安っぽいペンと使い捨ての携帯電話を出してマルコムに渡した。「ペンはじつはカメラだ。できるだけ多くの顔を撮ってくれ。一時間以内に連中に拾われなかったら、連絡をくれ」

「いや、拾われるさ」マルコムは髪をさらに乱した。「朝早くあのバーの裏に戻って残った酒を探すことがあるとあのかわいいブロンド女に言ってやったんだから。まだすっかり空になっていないボトルが捨てられることもあると」

「そいつは悲しい話だな」ウルフは車のスピードをあげた。

「そこが重要なところさ」マルコムは元兵士の顔をじっと見つめた。「ところであんたはどこに住んでいるんだ？」

ウルフはインターステートに車を乗り入れた。「今のオフィスがあるインターステートの出口のすぐそばに集合住宅を見つけた。悪くないところさ。家具付きだしな」

「そのまえはどこに？」

ウルフはヒーターをつけた。声の調子は変わらなかった。ほんの少しも。「シリアさ」

そうか。「チームが恋しいかい？」

「ああ」ウルフはアクセルを踏みこんだ。「命令に従わなかったから、おそらく戻ることはできない」

マルコムはウルフのほうに顔を向けた。「あんたは元のチームに戻ることを条件にフォースの仕事を受けたんだと思っていたよ」

ウルフは肩をすくめた。「フォースにはその力があるかもしれないが、どうだろうな。彼がやってみてもだめで、おれに借りがあると感じるのもおもしろいだろうな」

「彼はプロファイラーだ。あんたはまだプロファイリングされていないっていうのか？」マルコムが訊いた。

ウルフは鋭い目をくれた。「たぶんな。あんたのことはきちんとプロファイリングしたようだが」

たしかに。マルコムもそれには気づいていた。「最後に加わった作戦について話したいかい？　命令に従わなかったときのことについて」

「いや」

それはそうだろう。その後、目的地までは心地よい沈黙のなかで車を走らせた。雲の多い空に朝日が射しはじめた。マルコムはリラックスし、静けさと仲間意識をたのしんでいた。今の今までこうした時間をどれほど恋しく思っていたのか気づいていなかった。ブルースまであとひと息というところで雨が降り出した。「ああ、くそっ」

ウルフはほかに停まっている車のない駐車場に車を入れた。「携帯電話を持っていくんだ」

「いや」マルコムは携帯電話をコンソールにすべらせた。「やつらといっしょに行って身体検査された場合、ぼくがプリペイド式携帯電話を持っている理由がわからないはずだ。今夜六時にここで会おう」

ウルフは顔をしかめた。いつも以上に恐ろしげな顔つきになっている。「あそこに孤立無援で送りこむわけにはいかない。おれたちはもうチームなんだから」

この男がそれをとても真剣にとらえているのは明らかだ。「しかたないさ。これは覆面捜査だ」マルコムはウルフの腕を軽く叩いた。「それから、ぼくも同じ気持ちだ」そう言ってトラックから雨のなかへ降り立ち、ウルフに止められるまえに急いでトラックから離れた。どしゃぶりの雨が髪にすりこんだアルコールと混じり、さらにひどいにおいになった。

巨大な金属製の緑のごみ箱のあいだを通り抜けているうちに、気がつかないうちにブルースの裏まで来ていた。まったく。じっさいに中身が残ったテキーラのボトルが捨てられていた。マルコムはそれを拾い上げ、雨をわずかに防げる場所を見つけて待った。

彼らが来たときには、ボトルに残ったアルコールを飲み干し、全身ぐっしょり濡れていた。

ツリーが泥水の水たまりを横切って走ってきた。「ねえ、マルコム。どうしたの？」マルコムはぐらつく頭を肩に寄せた。「パインか？　待てよ。ちがう。ツリーだ。なあ、ここで何をしている？」ちょうどよく呂律《ろれつ》もまわらなかった。

「車で通りがかったら、あなたが見えたんだよ」ツリーは驚くほどたくましい肩をマルコムの腕の下に差し入れた。「朝食はどう？　何か食べたほうがいい」

マルコムは空のボトルが歩道に落ちて割れるのにまかせた。ツリーが車で通りがかり、自分を見かけるなどあり得なかった。しかし、酔っ払いとみなされているのを思い出し、導かれるままにこぎれいな黒いバンのほうへ向かった。

車のドアが開くと、なかにブロンド女が乗っていた。今日の彼女は白いショートパンツとチューブトップという身なりだった。今日もブラジャーはつけていない。「マルコム」彼がバンに乗りこむのを助けようとわずかに日焼けした腕を伸ばして彼女は言った。名前は四月《エイプリル》だと言っていた。いいことは春に起こるからと。「わたしたちに見つけられて幸運だったわね。嵐はひどくなる一方だもの」

ツリーがさっとマルコムの銃をとり、エイプリルは彼の髪を後ろに押しやった。「こんなハンサムな顔なのに」

よし。

ツリーはドアを閉め、車をまわりこんで運転席に飛び乗った。マルコムはエイプリルとふたりで後部座席に残された。

「銃は返してほしいな、ツリー」マルコムはエイプリルに促されるまま、彼女の肩に頭をあずけ、脚を撫でられながら言った。

「もちろん。朝食のあとでね」ツリーはアクセルを踏みこんだ。車は駐車場から外へ出た。

一時間ほど走ってから、車はコロニアル・スタイルの邸宅へと続く荘厳なアーチ道に乗り入れた。青々とした草の生えた起伏のある土地がまわりを囲む山々へと続いている。美しい場所だった。雨にもかかわらず、子供たちが建物のまえで遊び、濡れた草の上をすべってたのしそうに笑い声をあげていた。

「庭は裏にあるのよ」エイプリルはマルコムの太腿の付け根近くに手を置いたまま言った。

車が停まり、ツリーが車から飛び降りてドアを開けた。「あなたに食べ物をあげたら、どこへなりと行きたいところへ連れていくよ」そう言って今やすっかり乾いたマルコムを助け下ろそうと手を差し出した。

マルコムは車の外へ出ると、破れて汚れたシャツの皺を伸ばそうとするふりをした。

「食事をいっしょにする格好じゃないな」

エイプリルは鈴の鳴るような笑い声をあげ、マルコムと腕を組んだ。「ばかなことを言わないで。ここには人を見かけで判断する人なんていないのよ」そう言って広い石段をのぼり、太い円柱にはさまれた入口から、輝くシャンデリアの下につややかな木製の家具の置かれた広い玄関ホールへとマルコムを導いた。「わたしたちのホームにようこそ」

マルコムはよろめきながらまわりを見まわした。「きれいなところだな」そう言って小柄なブロンド女を見下ろした。「あんたたちは何者なんだい？」

女はまた笑い、彼を引っ張って廊下を左に曲がった。「食べ物を用意するわ。それからそのことについて話しましょう」

ツリーは逆の方向へ向かった。

マルコムの銃を持ったまま。

牛肉とライスというほんとうにすばらしい食事を終え、マルコムは気がつくと分厚い石造りのシャワールームでひとりシャワーを浴び、立ちのぼる湯気に包まれていた。ランチのあいだ、長くファミリーに属する何人かのメンバーたちと引き合わされたが、おちつきを失わずにいた。誰も何も訊いてこず、みなリラックスしていて幸せそうだった。

湯気が安心感を与えてくれた。ああ、いい気分だ。撃たれて以来、脚が痛まないのははじめてだった。その理由を考える暇もなくドアが開き、真っ裸のエイプリルがなかにはいってきた。

マルコムはシャワーから離れた。妙に頭がぼうっとしていた。「おい、だめだ」

エイプリルはにっこりとほほ笑んだ。セクシーで引きしまった体だった。胸のまわりの魅惑的な三角形が最近ビキニを着たことを物語っている。「お手伝いに来ただけよ」ほっそりした手がトレイに載った石鹼に伸ばされた。

鼓動が速まったが、なぜか体からは力が抜けているように思えた。

ドラッグを盛られたのだ。そう気づくと、体は満足しきっていながらも脳が活動をはじめた。「なあ、エイプリル。手伝いは要らない」舌が分厚くなった気がした。この多幸感は興味深かった。メタンフェタミン（覚醒剤の一種）を少量か？　可能性のあるドラッグは無数にあるだろう。

エイプリルは石鹼をマルコムの胸にあて、マッサージをはじめた。

マルコムは手首をつかんで彼女を脇に押しやり、またシャワーのなかにはいった。

「ところできみはいくつなんだ？」

「お望みの年になるわ」エイプリルもシャワーにはいってきて胸を彼の背中に押しつけた。

ピッパの顔が頭をよぎり、マルコムはシャワーを止めた。「悪いな、エイプリル。見たところ十八ぐらいだろう。それは若すぎる」そう言って濡れた髪を顔から払い、彼女のほうに向き直った。「どうしてここへ来たんだい？」

「お手伝いのためよ」そう答える彼女の顔は真剣そのものだった。

「どうして？」マルコムはじっと目を見つめた。澄んでいて、おそらくはドラッグをやってもいないように見える。確信は持てなかったが。

エイプリルは手を伸ばして彼の胸に走らせた。「だって、わたしたちがここでしているのはそういうことだもの。人のお手伝いをするの。あなたには解放が役に立つかもって思った」

今、胸に手を置いているのはそうしてほしい女性ではなかった。マルコムはその手をつかんで体から離させた。「ここで行われているのはそういうことなのか？　みんなセックスをして解放を求めると？」心のどこかではひとりでシャワーに戻りたいと思わずにいられなかった。湯気のなかに身をひたしてこの任務のことなど忘れてしまいたい。ばかなドラッグの作用だ。「エイプリル？」

エイプリルは濡れた髪を振った。「ううん。みんなそれぞれの道を見つけるよう励まされるだけよ。それぞれの幸せを」

この瞬間の幸せは、男をあやつるのに体を利用することをこの少女に教えた人間の顔に拳をくらわせてやることだろう。「タオルはどこだ？」

はじめてエイプリルの表情が変わった。恐怖と傷ついた色が目に浮かんだ。涙があふれはじめる。「わたしのこと、きれいだと思わないのね。太ってるから。わかってるのよ」

今度はその手で来たか。「きみはそのままで完璧だよ」マルコムは彼女から離れ、シャワーから出てタオルを見つけると、急いで体に巻きつけた。それからもう一枚を彼女に手渡した。エイプリルはタオルを受けとって脇に持った。

「恋人がいるの？」彼女は高価なタイルの上に水を滴らせながら訊いた。

こちらの人生について探りを入れようというのか？　ああ、うまいやり方だ。「いや、いない。家族も、友達ももういない」マルコムは顎をこわばらせた。真実と言っていいかもしれなかったからだ。「ぼくは警官だった。捜査中は誰も頼れる人間はいない」

「わたしを頼ればいいわ」エイプリルはふさふさとした髪を後ろに払った。

かすかに心が痛んだ。この若い女にはやさしいところがあり、心を傷つけたいとは思わなかった。もちろん、それも計算の内なのだろう。しかし、こっちにも演じる役目がある。「さっきも言ったが、きみはぼくには若すぎる。かわいくて元気もよすぎる。それはいいことだけどね、エイプリル」

「わたしは処女じゃないわ」彼女は下唇を突き出した。そう、それはわかった。マルコムはあたりを見まわした。「ぼくの服がない」その代わり、カウンターの上にきっちりとたたまれたリネンのパンツと白いシャツがあった。すごいな。カルトの制服だ。ぼくのための。マルコムはため息をつき、服を着た。

「あなたのは洗濯中よ」エイプリルはフックにかかっていたリネンのワンピースを手にとって頭からかぶり、マルコムに背中を向けた。「ファスナーを閉めてくれる?」

マルコムはかろうじて目をむきたくなるのをこらえ、ファスナーを閉めてやった。

エイプリルはほほ笑んで弾むように一歩まえに出た。「こっちよ。イサクがあなたに会いたがってるわ」

いよいよか。マルコムは長すぎる髪を手ぐしで整え、エイプリルのあとから寝室や大きな居間を通り抜け、廊下の奥へ向かった。女がひとり出てきた。情報提供者のオーキッドだ。マルコムは彼女にうなずいてみせたが、彼女のほうはかろうじてうなずき返しただけで脇を通り過ぎていった。

エイプリルがドアをノックした。

「おはいり」かすかになまりのある男の声がした。

ふたりは部屋にはいった。

イサクは机に寄りかかっていた。アンガスに見せられた写真からほとんど年をとっていない。女がひとりレンガの暖炉のそばにしゃがんでいた。腕に六歳ぐらいの少年を抱えている。ふたりとも顔にあざがあった。

マルコムの全身に火が走り、思わず身をひるがえしてイサクと怯えているふたりのあいだに立ちはだかっていた。

イサクが咳払いをした。「エイプリル、ミセス・トムソンと息子さんをキッチンに連れていって何か食べさせてやってくれないか？　ふたりともしばらく何も食べていないんだ」

片手をこの男の首にまわして倒してやってもよかった。桟橋に水揚げされたばかりの魚のようにぴくぴくと動くまで首を絞めてやっても。エイプリルがふたりを部屋から連れ出し、ドアを閉めるまで何もせずにいるのが精一杯だった。手が拳ににぎられたが、それはこらえられなかった。

「ウェスト刑事、おちついてくれ。あのあざをつけたのは私ではない」イサクが机の両側にあるふたつの革張りの椅子のひとつを身振りで示して言った。

マルコムは深く息を吸った。「だったら、誰が？」そう言って腰を下ろす。

イサクがもうひとつの椅子にすわった。これだけ近くに寄ってみると、男は写真で見たよりも背が高く見えた。茶色の目はカリスマ性を増しており、長い手足の筋肉の盛り上がりがリネンの服越しにもわかった。「あの女性を女性用のシェルターのまえで見つけたことからして、夫だと思うね。彼女が望むなら、ここで食べ物と服と安全を提供するつもりでいる」

それも新たなメンバーを獲得するひとつのやり方というわけだ。

マルコムはこわばった顎をゆるめようとして、ほんの数時間まえにはバーの外で酔っ払っていたことになっているのを思い出した。「食べ物とシャワーに礼を言うよ。どうしてぼくの名前を？」

「私はイサク・レオン」彼は手を差し出した。「きみがエイプリルに会った夜のうちにきみのことを調べさせてもらった。ホームに招く人間については用心してもしすぎることはないからね」

マルコムは部屋のなかを見まわした。「たしかに。ここはいい場所だな」ドラッグが体から排出されるのにどのぐらいかかるだろう？「でも、スキンシップの激しい集団みたいだな。あいにく、ぼくはそういうタイプじゃない」それらしく詫びるような声を作った。

イサクはうなずいた。「よくわかるよ。でも、よければ食べ物とシャワーの礼として、ミセス・トムソンのような怯えた若い女性に多少の自己防衛術を教えてやる時間をとってくれるのはどうかな？　警官としての経験を役立てられるのでは？」

「元警官だ」マルコムは無意識に答えていた。専門家にはすぐに弱みを見透かされたものだった。あの女性と子供のあざは本物だろうか？　イサクはぼくをここに引きとめられる唯一のものを見つけたわけだ。

これが覆面捜査でなければ。「二時間ぐらいなら、多少は力になれる」

18

ピッパは一日じゅうおちつかない思いに悩まされ、それを振り払えないでいた。夜十時近くになると、悪くないリースリングを一杯飲みながら、マルコムが二度目に残したメモを読んでいた。絶対に認めるつもりはないが、最初のメモは机についているファイルキャビネットにしまってあった。

ピッパ
こんなに朝早く出かけることになってすまないが、先日の銃撃事件の件でニューヨークに呼び出された。一日で終わるはずで、きっとニューヨーク市警が飛行機の座席はおしゃべりな乗客にはさまれた真ん中の席を用意してくれているはずだ。ぼくはおしゃべりは嫌いだが。ほかに何を言っていいかわからないので話がそれてしまった。ひと晩きみを抱きしめさせてくれてありがとう。

きみのそばにいると、長いこと忘れていた安らかな気持ちになれる。たとえ眠れなくて悪夢が絶えず襲ってきそうになっていてもね。とにかく、きみがそこにいてくれるおかげで助かっている。今度はデザートを持って帰るよ。

きみのMより

マルコムのことは信頼できる。その事実にはすぐに気づいた。彼にならすべてを話せる? もう彼は警官ではないけれど、きっと法に信頼を置いている。それとも、今のわたしをほんとうのわたしにできる? わたしにとってわたしはピッパ・スミスだ。マルコムとこのふた晩を過ごしたわたし、それがわたし。ほんとうのわたし。過去がどうだというの?

携帯電話が震え、ピッパは応答した。「こんにちは、トリクシー。元気?」

「連中がウェブサイトを開設した」トリクシーがパニックに駆られた声で言った。「わたしたちの写真を載せてる」

ピッパはワイングラスを落とし、コンピューターに走った。生まれたときの自分の名前とトリクシーの名前で何度も検索をかけたが、何も出てこなかった。「なんてサイト?」

「アン・チャイラフ・ドット・コム」トリクシーは高すぎる声で言った。

「大丈夫よ。ちょっと待って」アドレスをタイプするとサイトが現れた。吐き気が襲ってくる。〝自給自足で暮らす〟幸せそうな人々のきれいな写真。〈私たちについて〉をクリックすると、画面にイサクのフルサイズの写真が現れた。

血管に氷が流れる。肌がちくちくした。喉にこみ上げてきた苦いものをピッパは無理やり呑みこんだ。かつてのようにまっすぐこちらを見つめてくる目。ああ。別のリンクをクリックすると、瞑想や自給自足や人生の真の目的を見つけることについて語られているページが現れた。「嘘ばっかり」

「そうよね」トリクシーの声は震えていた。「〈ご協力のお願い〉をクリックしてみて」

ピッパは唾を呑みこもうとしながらリンクをクリックした。スクロールすると彼女の写真が現れ、そのすぐ下にトリクシーの写真があった。キャプションを声に出して読む。「『行方不明のメンバーを見つけるのにご協力をお願いします。メアリーとチューリップは残念ながらドラッグを使うようになり、姿をくらましてしまいました。彼女たちを見かけたら、すぐに私たちにご連絡願います。お礼として一万ドルをお約束します』」

「一万ドルよ」トリクシーは忍び笑いをもらした。苦痛に満ちた声だ。「そう、たぶん、警察に通報されなかったのはまだましってことね。今はまだ」

ピッパは必死に肺を機能させようとした。「新たな手口ね。どうして突然インターネットにサイトを作ってこんなふうにわたしたちを探そうとしているのかしら？」

「どうやってもわたしたちを見つけられなかったからよ。あなたが五年まえにマイアミから姿を消してから、わたしたちは網に引っかからずに来た。連中も必死なのよ」トリクシーの声にも必死の思いが表れていた。「理由はわかっているはず」

ええ。あと何日かでわたしの誕生日が来るから。二十五回目の誕生日——ファミリーを次の段階へ高めると聖書で預言されている特別な日。カウントダウンがはじまっているのだ。

トリクシーが鼻をすすった。「次はどうなるの？　これは単なるウェブサイトにすぎないわ。連中は何年も探偵を使って探してきたわけでしょう」

「ええ」ピッパは言った。「このあいだの銃撃事件の映像を全部見つけなきゃならないわ。わたしたちがそこに映っていないことを確認しないと」

「テレビは全部のチャンネルを見たわ。インターネットの記事もできるだけ全部見た。まだ問題になりそうなのは見つかっていない」トリクシーが音を立てて何かをごくりと飲み、すぐに咳きこんだ。「ああ。ボトルから直接飲むとこういうのって強いのね」

そう言ってため息をついた。「イサクが本物の預言者だと思ったことある？　ファミリーを見捨てたことでわたしたちは罰を受けるんだって？　その罪のせいで」

それは最悪の悪夢のなかだけのこと。「いいえ。彼が本物だったら、わたしたちはこんなに長く逃げていられなかったはずよ」あの男がいまだにわたしたちをとり戻したいと思っているなんてことがあり得るの？

トリクシーの声がさらに震えた。「〈われわれの仲間のために祈ってください〉ってリンクをクリックして」

ファミリーと暮らすなかで祈りは生活の大きな一部だった。ピッパはリンクをクリックし、息を止めた。「ママ」恐怖が胸のなかで破裂した。その写真は最近のもので、母はきれいな目の横に皺を増やしていた。ピッパはすばやく読んだ。「癌《がん》だって書いてあるわ」

「嘘かもしれない」トリクシーが言った。「あなたを呼び戻すための。あの男だったらやりかねないわ」

ピッパは手を伸ばし、画面をなぞった。目の奥を涙が刺した。「大丈夫ならいいんだけど」

「そうね」トリクシーは言った。「今の拠点はウェスト・ヴァージニアよ。最初はそんなに近くにいるってことはわたしたちを見つけたんだと思ったんだけど、新しいメンバーから寄贈されたっていう邸宅を見たの。まずは物惜しみするな、覚えてる？」

ウェスト・ヴァージニア？ そんなに近くにいるの？ おそらく運命のめぐり合わせということなのだ。「カリフォルニアとかに行くべきかしら？」ピッパは訊いた。そう考えると心臓がつぶれる気がした。「彼らは東海岸からは離れたくないようだから」しかし、記憶が正しければ、メンバーは全国各地から集まってきており、勧誘地域は国じゅうに広がっていた。

「たぶんね。あなたの魅力的な元警官はどうなの？」トリクシーは疲れた声で訊いた。

玄関のドアをノックする音がした。ピッパの不安はすぐさま息もできないほどに募った。「ここに来たわ。明日電話するわね」そう言って電話を切ると、ブラウザを閉じ、玄関へ走っていってドアを開けた。

マルコムが明るいポーチの照明の下に立っていた。手にはアイスクリームのカートンを持っている。「なんの味が好きかわからなかったから、全種類のトッピングを載せたバニラを買ってきた」

ピッパの心臓が喉元までせり上がった。すり切れたジーンズ、黒っぽいシャツ、革のジャケットというでたちでそこに立っているマルコムはあまりに大きく、たくましく、愛《いと》しかった。においもさわやかだった。新しい洗剤の香り？「はいって」ピッパは脇に退いた。

「ありがとう」マルコムは脇をすり抜けてキッチンへ向かった。

「ニューヨークはどうだったの？」ピッパはあとに従いながら訊いた。

マルコムはアイスクリームを下ろしてうなだれた。

ああ、嘘。ピッパは彼の後ろにまわり、たくましい腹に腕をまわして背中に頬を寄せた。「忘れて。仕事のことを話す必要はないわ」そう言ってそっと彼を振り向かせた。マルコムの目はくもっており、口は引き結ばれていた。銃撃事件について説明しなければならない最悪の一日だったにちがいない。「しっ」背伸びしてピッパは口を彼の口に押しつけた。

マルコムの大きな体が震えた。「待って」

「いいえ」また彼と何もかも忘れられるひとときを持てるなら、何を差し出してもよかった。ひと晩だけ。「お願い、マルコム」ピッパは爪先立って両手を彼の髪に差し入れ、またキスをした。

マルコムは彼女のやわらかい感触に息絶えそうになった。別の誰かになりすまして最悪の一日を過ごしたあとで、こうしてピッパのそばにいて触れてもらえるのはありがたかったが、自分にはその資格がない。話し合わなければならない。嘘にはもううんざりだった。

しかしそこでピッパが小さな体を押しつけてきて下唇を噛んだ。疲弊しきっていた体がすぐさま準備万端になった。鼓動は速くなり、血管には溶岩が流れた。「ピッパ」口を離さずにささやく。

「ええ」ピッパもささやき返してくると、両手を髪から下ろして無精ひげの生えた頬を包んだ。「今夜はあなたとわたしだけよ、マルコム。仕事も、心配事も、外の世界も何もない」そう言ってまた背伸びし、彼の下唇をなめた。「お願い。こうする必要があるの」

マルコムもそうだった。よくも悪くも必要だった。

胸から低いうなり声を発して首を下げ、やわらかい体を腕に抱き上げる。われを忘れるとしても、今度は彼女をちゃんと扱いたかった。やさしく、彼女にふさわしい尊敬の念をもって。

ピッパが洗脳されていて嘘をついているとしても、あの場所でイサク・レオンと一日過ごしたあとではそれも許せた。それどころか、彼女がここでこうしてみずからを差し出してくれているのは驚くべきことだった。

ピッパが軽く嚙んだり吸ったりしながら口で彼の首をなぞり、そっと耳たぶを嚙んだ。

熱が上半身から下腹部へと走り、興奮の証を硬くした。あわてるな。今度はゆっくりやらなければならない。彼女をベッドに横たえて服を脱がせると、自分のシャツを床に放った。それからブーツを蹴り脱いだ。「ああ、きれいだ」マルコムは低い声で言い、ピッパの鎖骨から胸にかけてのなめらかな肌を愛撫した。「完璧だ」これほどやわらかい肌には今まで触れたことがなかった。

「マルコム」ピッパは彼の腹筋に手を置き、割れ目をなぞった。「この筋肉が好きだわ」それから腰のナイフの傷痕から傷ついた脚へと手を下ろした。「ずいぶんと過酷な目に遭ってきたのね。それで生き延びた」彼女の笑みはマルコムがこれまで目にした誰のものより愛らしかった。

ピッパは身を起こし、ジーンズのまえに手をかけて彼を解放すると、長いそれを撫でて小さな声をもらした。マルコムは眼球が頭に食いこむ気がした。

「本物のヒーロー」ピッパはそれにキスをしながらささやいた。

睾丸《こうがん》が硬くなる。「ぼくのことは信頼してくれていい、ピッパ。それはわかるね？きみを傷つけるようなことはしない」

ピッパは長いものに沿って舌を走らせた。マルコムの脚が震え出した。「わたしがあなたを傷つけたら？」そうささやくと熱い息が彼にかかった。「そうしたくはないけど」

「ぼくには何を話してくれてもいい。ぼくがきみを守る」そんなことをじっさいに約束するのは賢明ではないだろうが、ひとことひとことすべてが本気だった。ほかに何か言うべきことを考えようとしたが、そこで硬くなったものをやわらかい口で包まれた。睾丸に電気が走る。マルコムは空気を求めてあえいだ。耳の奥でごうごうと音を立てて血液が流れた。ピッパはまるでおやつでもたのしむかのようにそれを吸い、うれしそうな笑みを浮かべて放した。「こういうことをするのははじめてよ」

その口調の甘さがさらに欲望をかき立てた。

ピッパは彼の後ろのポケットからコンドームをとり出すと、包みを歯で破って捨てた。それから慎重にゴムをはめた。おかげでマルコムは死にそうだった。「こういうことをするのもはじめて」

嬉々《きき》としたその様子に息絶えそうになる。

マルコムはジーンズを下ろし、口で口を求めながら彼女をベッドに押し戻した。激しい欲望に駆り立てられていた。彼女とはひと晩では充分ではない。充分どころではない。充分だといつまでも思えなかったらどうなるのだろう？　触れれば触れるほどさらにほしくなるのだから、決して満足することはないだろう。

血肉のなかにはいりこんできたようにすら思える女性。

マルコムはピッパの体に手をすべらせてその胸の感触を記憶に刻みこんだ。細い肋骨と腰の輪郭も。荒々しすぎるだろうか？　彼女はキスを返し、体をそらして押しつけてきた。マルコムはほっそりした首の脈が速まるあたりをなめた。

ああ。こうされたがっているのだ。「ピッパ」そうつぶやくと、胸の頂きを口に含んで吸った。

そのまま続けてというように髪に手が差し入れられる。マルコムはさらに強く吸った。彼女が声をもらし、それが震えとなって胸に伝わってきた。

ピッパはまた体をそらした。濡れて準備ができている。入口で彼はどくどくと脈打っていた。なかに押し入ると、ようやくいるべき場所におさまったという気がした。説明のつかない感覚だったため、マルコムは目を閉じてその感覚に身をゆだねた。

やさしくも荒々しい彼女のにおいに全身を包まれる。やわらかい体が受け入れてくれ、なかにはいった彼を包む筋肉が震えた。マルコムはゆっくり進めようと動きを止めたが、背中に爪を立てられてわれを忘れた。

奥まで押しこみ、首をもたげてまたキスをし、ピッパが与えてくれようとするものを何もかも奪おうとした。ため息も時間も。それから彼女に息をする暇を与え、目をのぞきこんだ。深く謎めいた青い目。二度と放さないというように彼女の体が彼をつかんでいた。

ピッパは体をすりつけてきて太腿を広げた。「ええ。すべてあなたのものよ、マルコム」ひとことひとことに欲望があらわだった。

「大丈夫かい？」とマルコムは訊いた。身を引くと腕が震えた。

「ほんとうに？」マルコムは引き出してまた押し入れた。あまりの気持ちよさに止められなくなる。一瞬たりとも。

「ええ」ピッパはかすれたやわらかい声を出した。「わたしのなかで価値のあるものはなんでもあなたのものよ」

マルコムは深々と彼女のなかにはいったまま動きを止めた。それが約束でなければ、何が約束なのかわからない。おそらく、心身ともに弱った者同士が互いを見つけたということなのだ。「きみを救わせてくれ」いったいどこからそんなことばが出てきたのだろう？

ピッパは目をしばたたき、彼の背中と肩を撫で、顔を手で包んだ。「もう救ってくれたわ。何があっても救ってくれたのはたしかよ」そう言って腰を動かし、さらに彼を奥まで引きこんだ。彼のすべてを。

轟音《ごうおん》が耳に広がった。背筋に稲妻が走り、下腹部で火花を散らした。マルコムは声をもらして引き、また彼女のなかに突き入れた。味としてわかるほどの焦燥感をもって。促すような小さなあえぎ声に興奮が高まるまま、激しく深く彼女を奪った。

最初に頂点に達したのはピッパだった。身をこわばらせ、爪をマルコムの尻に食いこませた。それが彼を天上へと押し上げた。思いきり突き入れると、覚醒して炎に包まれた全身がぶるぶると震えた。これほど激しく達したことがあっただろうか？

しばらくして、胸を上下させてあえぎながらマルコムは地上に降りてきた。

ピッパは小さく口を開けたままでいた。マルコムは彼女の顔から髪を払ってやった。その目に傷つきやすい光が宿っているのは見逃しようがなかった。

互いに嘘をついている。それはたしかだ。それでもその瞬間、彼女とのあいだのこの感覚は真実のように思われた。

19

マルコムが上から降り、バスルームへコンドームを捨てに行くあいだ、ピッパは狂ったように打つ鼓動を鎮めようとしていた。暗闇のなかで大きな影にしか見えないマルコムが戻ってきて、ベッドの隣に寝そべった。それからピッパを横向きにすると、後ろから抱き、首に鼻をつけ、腹を背中に押しつけた。

「大丈夫かい？」すでに眠そうな声で彼は訊いた。

ピッパはうなずき、彼のあたたかさに沈みこんだ。「ええ」それから思わず大きなあくびをもらした。「あなたは？」この人は最悪の一日について話したいかしら？目を開けていようとしたが、どうしても閉じずにはいられなかった。頭のてっぺんから爪先まで体の力が抜けている。マルコムはひたすらあたたかかった。「話してくれていいのよ。ストレスを感じているみたいだったわ」

マルコムは彼女の肌に顔をつけたまま軽い忍び笑いをもらした。「さっきストレスを感じていたとしても、今そうじゃないのはたしかさ」

ピッパも暗闇に向かってにっこりした。「お役に立ててうれしいわ」

「これ以上役に立ってくれたら、ぼくは意識不明になるな」マルコムは首と肩のあいだのやわらかい部分にキスをした。

ピッパは身震いした。体がさらに熱くなる。彼の腕に抱かれているのはとてもしっくりきた。こんな幸せが長続きするはずはない。そんなことはあり得ない。「犯した失敗がわたしたちという人間を決めると思う？」

「いや」マルコムは彼女の耳たぶを噛んだ。「へまをしたあとにどう反応するかだと思うな。何を話したいんだい、ピッパ？」低く響く声は純粋な熱と約束を伝えてきた。暗闇のなかにふたりきりでいると、彼を信頼したくなる。

ピッパは唇を噛んだ。ひと晩だけ。ひと晩だけ彼に身を寄せてピッパ・スミスでいる。彼に真実を話したら、それで終わるかもしれない。これを終わらせたくないという思いはとても強かった。「別に」とにかく今はいや。ピッパはさらに身を寄せ、久しぶりに安心しきってうとうとしはじめた。

音楽がいつも流れていた。家のなかでも、庭でも、瞑想のあいだも、授業中も。いつも同じ拍子、同じ調べ。彼らはボストン郊外のどこかへ移っていた。ファミリーの新しいメンバーが寛大にも家と土地をイサクに提供してくれたのだ。

新しいメンバーはよくそうしてくれた。

今の名前はメアリーだったが、今でも自分のことはピップスクイークだと思っていた。先週で十六歳になったとはいえ、まだ幼い気がしていた。ひざまずいて朝の瞑想をしながらも、思考は乱れ、頭が痛んだ。自分より新しいメンバーがこれまで誰もしたことのない不適当な質問をして昨晩罰せられたのだ。あざけりを浴びせられていたが、その後姿を消した。

黙考部屋のひとつに入れられたのかもしれない。いずれ戻ってはくるだろう。でも、疲れはて、混乱して、もう二度と質問をしようとはしないだろう。

質問するのは悪《あ》しきことなのだ。

ファミリーは善きもの。

「メアリー」母がドアのところからささやいた。「おいで」

教えられたとおり、手を使わずに上品に立ち上がる。胃が渦巻いている気がしたが、母に従って二十人ほどのファミリーのメンバーがまだ瞑想している安らかな部屋をあとにした。「なあに？」

「イサクが会いたいそうよ」娘が首に巻いている真っ白なシルクのスカーフの皺を伸ばす母の顔に興奮の色がよぎった。イサクが誕生日にくれたもので、いつも必ずそれを身につけていなければならなかった。

そのスカーフはいやでたまらなかった。心底嫌いだった。まえの日には庭でなくしてしまおうかと思ったが、イサクの怒りに直面したくもなかった。

母といっしょに家の掃除をしている何人かのメンバーの横を通り過ぎたときに、チューリップと目が合った。同い年できらきら輝く青い目と巻き毛が印象的な比較的新しいメンバーだった。チューリップは目を天に向けた。

思わずにやりとしそうになるのをこらえ、胃のうずきを抑えようとしながら歩きつづけた。イサクとは必ずいっしょに過ごさなければならなかったが、ふつうは彼が人と会っているあいだ、後ろにすわって控えているだけだった。部屋に誰がいるにしろ、その人に対して彼がなじっているか、怒鳴っているか、触れているかは行ってみないとわからなかった。

今回イサクは暖炉のそばにひとりですわっていた。

メアリーはドアのところで足を止めた。

母が娘をそっとなかに押し入れた。「だだをこねないで」それから声を張りあげた。

「わたしもごいっしょしたほうがよろしいですか、預言者様？」

イサクが炎から目を上げた。「いや、ありがとう。今夜、夕食のあとで来てもらいたい」

「もちろんです」母は優美にお辞儀をするとドアを閉めた。

「おいで」イサクは自分と向かい合う椅子を身振りで示した。

唾を呑みこもうとしたが、喉につまった塊が大きすぎた。足が少しもつれたが、どうにか椅子にたどりつき、彼と向かい合ってすわった。

イサクは炉床に積まれた紙の束を指差した。数字や表が書いてある。「あれがなんだかわかるか？」

メアリーは息を吸った。「わたしの出生占星図。先週見せてもらいました」イサクはたまに物忘れすることがあった。飲んでいるお茶のせいだろうかと思ったが、おそらく、考えることが多すぎて記憶からもれてしまうことがあるのだろう。

「おまえが特別だというのはわかっているかい？」イサクは手を伸ばし、彼女の膝に触れた。

メアリーは身じろぎもしなかった。「あなたがそう言ったから、イサク」口に出すべきことばは心得ていた。必ず彼の名前を使うことも。ほとんどの人はそれを許されていなかったが。

「そうだ」イサクは彼女の膝から手を離し、身を起こした。いつもの軽いリネンの服を着ている。腕の筋肉が盛り上がった。最近はよく鍛えていたからだ。「おまえの十八歳の誕生日に私たちは結婚し、それから準備がはじまる。運命がどちらへ流れるかはまだわからないが、おまえの二十五歳の誕生日にわれわれは神の仕事を為《な》すことになる」

メアリーは顔をしかめた。「どうやって？　どうやって神の仕事を為すんです？」

「それは世の中次第だ。神の愛を広めるか、怒りを広めるか」イサクの目には奇妙なぎらつきがあった。「私たちのあいだに子供が生まれる。特別な子だ。そのスカーフは気に入っているかい？」

ファミリーのなかで贈り物は許されていなかった。それでも、彼はそれをくれたのだった。いつも必ず首に巻いていなければならないものを。「ええ。ありがとう」

「これはこうつけてもらいたい」イサクはスカーフを首に一度巻き、端を胸の上に垂らした。それからそろった歯を見せてほほ笑んだ。「それに、これからは白だけを身につけるのだ。ほかの色はなしだ。わかったかい？」

いずれにしてもほぼ白しか身につけていなかった。それでも、ときどき着ていたやわらかい黄色の服は好きだった。「どうしてですか？」

イサクは首を傾げた。

「その、もちろんです」質問は悪しきこと。全身がかっと熱くなり、メアリーはドアに目を向けた。

スカーフの端をつかまれた。「このあいだ、おまえがトマトを摘んでいるはずのときに庭でイーグルとレイクと話をしているのを見かけた」

体が凍りついたようになる。「庭の手入れをしていたんです。トマトも摘んだわ」

イサクはスカーフを引っ張りはじめた。「おまえは誕生日まで純潔を守らなければならない。私との結婚まで。ほかの男に目を向けたりしているのか？」

「いいえ」スカーフで喉を締めつけられ、声がしわがれた。目に涙がにじみ出す。息ができなかった。ほかに為すすべもなく、スカーフをつかみ、首からとろうとした。

イサクはとても力が強かった。彼が放してくれたときには視界が真っ暗になっていた。

メアリーは咳きこみ、息をしようとあえいだ。涙が顔を伝った。

「ロビン」彼がひどく穏やかな顔で呼んだ。

若い女が急いで部屋にはいってきた。長く茶色い髪が揺れている。女は彼だけに目を向けてそばに寄った。「なんでしょう、預言者様」

イサクはメアリーから目を離さなかった。「花嫁が私の機嫌を損ねた。結婚まで彼女に触れることはできないから、おまえが代わりに罰を受けるのだ」

ロビンはメアリーに目を向け、その目をイサクに戻した。顔から血の気が引いた。「もちろんです」

彼はロビンをつかんで床に押し倒した。それからスカートを引き上げた。「おまえはそこで見ているのだ、メアリー。決まりには従わなければならない」

ピッパはベッドの上ではっと身を起こした。喉をつかみ、呼吸しようとする。肺に空気を送りこむことができなかった。

「よしよし」マルコムも身を起こし、彼女を膝に乗せて抱きしめた。「大丈夫だよ。呼吸を続けて」

ピッパは震えながら彼のぬくもりを求めて身をすり寄せた。硬い筋肉と穏やかな抱きしめ方。ピッパは目を閉じ、守ろうとしてくれる彼に身をまかせた。「ごめんなさい」しわがれた声になる。

マルコムは忍び笑いをもらした。息が彼女の髪を乱す。「悪夢を見るのがどういうものかはぼくにもわかっている。ほぼ毎晩悪夢に襲われて生きることについても」ベッドのなかで彼はそっと彼女を揺らした。心なぐさめられる動きだった。「目を閉じて、これまで見たなかで一番かわいい子犬か子猫を思い出すんだ。それから太陽が燦々《さんさん》と降り注ぐ牧場にいる自分を想像する」

ピッパは言われたとおりにした。息を吐くと胸が動いた。吸って吐く。もう一度。震えは止まり、体があたたまってきた。彼に抱かれていては、そうならないのは不可能だった。

「ましになったかい？」大きな手が腕を何度かさすってくれた。「きみはぼくのものだ」

そのとおりだった。自分がマルコム・ウェストのものであることは疑問の余地がなかった。完全に。「自分をおちつかせるときにも子犬を思い浮かべるの？」声が震えた。

「いや、思い浮かべるのはピザだな。ニューヨークのアントニオのトッピング全部載せ」

ピッパはにっこりした。彼がそうしてほしいと思っているのはまちがいなかったから。「ピザね。牧場で」

「ああ。アリはなしで。ぼくと大きなピザだけ」マルコムは彼女の眉にキスをした。「気分はましになった?」

ピッパは彼の胸に頭を押しつけるようにしてうなずいた。「ええ。とても」

「悪夢について話したいかい? 話すと助けになるそうだ」マルコムは上掛けの下でそっと彼女の背後にまわり、あたため、守るように背中を抱いた。外では篠《しの》突く雨が降っていて、小さな部屋がより親密に思えた。

「あなたは自分の悪夢について話すの?」彼に頼るわけにはいかないが、今は何があってもここを離れたくなかった。

「いや」マルコムはピッパの髪をもてあそび、腕を腹にまわした。「新しい調達部に精神科医がいて、ぼくの頭を掘り返してありとあらゆるねじれた感情を見つけたがっているが、今のところどうにか逃れることができている。きみは誰かに話したことがあるのかい?」

「ええ。個人的にしばらく会っていた人がいてとても力になってくれたわ。今はインターネットのカウンセラーにかかってる。スカイプで話をするの」じっさい、ドクター・ヴァレンタインと会う日は迫っていた。「とても優秀なのよ。番号が知りたかったら教えるわ」

マルコムはまた忍び笑いをもらした。「きみと同じ精神科医に話をするのはどうかと思うよ」

そうね、わたしもそう思う。「でも助けにはなるわ。わたしもあれこれやってきたのよ」ピッパは彼に無理強いしたくはなかった。自分が口をはさむ問題ではないのだから。「精神科医に話したくないなら、わたしでよければ聞くわ」そう言って息を呑んだ。

「きみがぼくに話してくれるように?」彼は静かに言った。

ピッパは顔をしかめた。この人は賢いし、訓練も受けている。もちろん、わたしが秘密を抱えていることはわかっているのだ。しかし、最悪の子供時代を過ごした人は大勢いる。わたしの悪夢もそういう類いのものだと思ってくれるといいのだけれど。

「わたしの悪夢は理想的とは言えなかった子供時代のせいだと思うわ。あなたのは?意地悪なお祖父様に飛んでくる銃弾が加わった感じ?」彼についてはできるだけすべてを知りたかった。

マルコムはため息をついた。「ああ。たぶんんね。銃弾のほうは異常な心配性につながった。鍵をたしかめたり、何度も後ろを振り返ったり、誰のことも信頼できなかったり。典型的なPTSDさ。誰かにあたったりしないだけで。それでもやはりね」

「わたしのことは信頼してくれているのね」完全にではないかもしれないが、裸でベッドにいて感情について話してくれている。ふと罪の意識に襲われる。もちろん、わたしも感情について話してはいる。話していないのは事実だけ。それはそれで重要なことなのでは？

「誰がきみを傷つけたんだい、ピッパ？」問う口調はやさしかったが、その低い声にピッパは虚をつかれた。

信頼を促すことば。全部をさらけ出したくてたまらなくなる。問題を多少なりともいっしょに解決してもらうのだ。ピッパは口を開いたが、なんと言っていいかわからなかった。

ベッドサイドテーブルの上で何かが音を立てた。ピッパはそちらへ目を向けた。

「くそっ」マルコムが身を転がして携帯電話に手を伸ばした。体をこわばらせている。

「行かなくちゃならない。仕事の呼び出しだ」

ピッパはベッドサイドの時計に目を向けた。「もう午前零時過ぎよ」

「ああ」マルコムは彼女から離れて立った。それとともにすべての熱が失われた。彼はスタンドの明かりをつけた。「今夜は戻れるかどうかわからない」そう言って身をかがめ、床からジーンズを拾い上げた。

ピッパは胸にシーツをあてて身を起こした。調達部の人間にどんな用件で深夜の呼び出しがあるというの？　この人は覆面捜査に慣れた人だ。今も覆面捜査中なの？　いったいどうなっているの？

マルコムは無駄のない動きで身支度をし、緊張をみなぎらせていた。腰に銃をたくしこんだときには、これまで何度となく同じ動作をくり返してきたように見えた。顎を引きしめ、すでに頭はほかの何かで一杯のようだ。

テーブルの上に銃があったの？　そんなことにも気づいていなかった。「申請書を書くのに武器が要るの？　ほんとうはどんな仕事をしているの？」

マルコムは平らな腹にシャツを下ろす手を止めなかった。「武器は必ず携帯している」

それでは質問の答えにはなっていなかった。「マルコム？　よくわからないわ」自分が無防備な気がしてピッパは膝を抱えた。

マルコムは身をかがめて彼女の口に強く口を押しつけた。「あとで話そう。今は行かなくちゃならない」そう言ってブーツをつかむと、寝室を出ていった。まもなく玄関のドアが閉まる音がした。

ピッパは暗闇を見つめていた。何かがおかしい。うまく働かないのは脳だけではなかった。感情もそうだった。心が痛む。痛みは心に深く穴を開けた。これまで辛い思いをして得た警戒心が動き出す。

そろそろ逃げるころあいだ。

20

マルコムはエレベーターのアンガスの隣に乗りこもうとしてあやうくラスコーにつまずきかけ、濡れた髪を払った。今日は腰にグロックを差していた。別の銃はカルト集団にとられたままだからだ。マルコムは下りのボタンを押した。「どうして呼んだ？」

アンガスは左目をぬぐった。「匿名の密告があって地元警察が一週間まえにボストン郊外で男女の遺体を発見した。ひとりは刺殺で、もうひとりは絞殺。報道は出はじめたところだ。死亡推定時期はあのカルト集団がその地域で活動を行っていた時期と符合する」

匿名の密告？　妙な話だ。「被害者は行方不明者のリストに載っていたのかい？」

マルコムは訊いた。

アンガスはうなずいた。「ああ。そのどちらかとカルト集団とのあいだにつながりがなかったか調べているところだ。今のところ運に恵まれていないが」エレベーターが地下へ降りた。

誰が密告を？　かつてのメンバーか？　それともカルト集団自体が？　辻褄《つじつま》が合わない。マルコムは痛むこめかみをさすった。エレベーターは弾むように地下に到着し、扉が開いた。

ドクター・チャンがヨガパンツとタンクトップにピンクのスウェットシャツというでたちで机に腰かけて待っていた。黒っぽい髪は頭に高くまとめている。なめらかな肌の顔には怒りが浮かんでいた。おやおや。

犬が一度吠え、彼女のほうへはずむような足取りで近づいた。医者の表情がほんの少しやわらぐ。彼女は身をかがめてラスコーの頭を撫でた。犬はうれしそうに鼻を鳴らしておすわりした。コンクリートの床に尻尾が打ちつけられる。マルコムのあとからアンガスがエレベーターを降りると、ドクター・チャンは身を起こした。「どうしてこんな時間に呼び出したの？」

「きみが慣れている九時五時の仕事じゃなくて悪いね。どうしてきみがわれわれとここにいることになったのか教えてくれたらどうだい？　そうすれば、ぼくももっと配慮するさ」アンガスは目を向けようともせずに彼女の脇をすり抜けて自分のオフィスへ向かった。

ドクター・チャンは口をぽかんと開けて机から降り立った。高い頬骨に赤味が差した。

マルコムが片手で制した。「ちょっと時間をくれ、ドクター・チャン。頼む」そう言ってアンガスのあとから彼のオフィスにはいってドアを閉め、ドアに寄りかかった。

「今のはいったいなんだ?」

アンガスは机の奥にまわり、椅子を引き出した。「何が?」口の端に白い皺が寄り、首の筋肉がぴくぴくと動いている。手つきはしっかりしていたが、緑の目の奥には怒りが燃えていた。「すわってくれ」彼は傷だらけの木製の机のまえにあるふたつの折りたたみ椅子のひとつを身振りで示した。

オフィスにはほかにへこんだファイルキャビネットがひとつ置かれ、証拠品箱がいくつか積んであるだけで、それ以外は何もなかった。

マルコムは動かなかった。「彼女は精神科医だぜ。この件ではわれわれのチームの一員だ」

アンガスは目をしばたたいた。「チームにはいってくれなんて頼んでいない。もっと腹立たしいのは、どうして彼女がここにいるのかわからないということだ。いったい彼女はどうしたというんだ？」顔が赤くなった。

マルコムは頭をそらした。ふいに愉快になる。「彼女がどうしたのかって？　何が？　あんたと友達になりたいと思う人間はきっと何かしら精神科医と問題を起こしているにちがいないけどな」

「ここにいる人間はみな問題を抱えている」アンガスは歯噛みするように言った。

「たぶん、謝ったほうがいいな」マルコムは肩をすくめた。「彼女に何か問題があるとしても、われわれを信頼してもらったほうがいいはずだ」ああ、昔の習わしに頼るのはいやでたまらないが、親しくなるのに信頼は必要不可欠だ。

「わかってる。きみの言うとおりだ。彼女と話すよ」アンガスは腕時計に目をやった。「朝の三時か。見つかった死体についてまとめたファイルに目を通したらどうだ？　きみがカルトのアジトに戻るときにその情報が役に立つかもしれない」

「朝には戻ることになっている」マルコムは言った。胸がわずかに痛んだ。「ファミリーはぼくを歓迎し、ぼくの助けを必要としているという態度だ」

アンガスの目が鋭くなった。「今のところは？」

マルコムはうなずいた。「ああ。写真も撮ったし、カルト内の力関係もわかった気がする。排除したい男がふたりいる。銃の撃ち方を知っている挫折した元警官がカルト内で上層部へのぼりつめるのに邪魔者を排除するわけさ」

「わかった」アンガスは立ち上がった。「ウルフが来たらすぐに戦略を相談しよう。きみに連絡したときに彼にも連絡したんだ。どうしたんだろうな?」

マルコムはドアを開け、アンガスを通した。「彼女に謝るんだ」とささやき、アンガスに肘鉄をくらって息を呑んだ。「ばかだな」

エレベーターが音を立てた。マルコムとアンガスはまだナーリーが喉を鳴らさんばかりにしているラスコーを撫でている場所へと大部屋を横切っていた。

ウルフだろうと思ってマルコムが目を上げると、エレベーターからは男女ふたりが降りてきた。マルコムは足を止めた。男のほうは三十代前半で、黒っぽい上着、アイロンのきいたシャツにネクタイ、黒い髪と完璧ないでたちだ。女のほうはくしゃくしゃの赤味がかったブロンドの髪に緑の目をしており、ピンク色の囚人用のジャンプスーツを着ている。おもしろい取り合わせだ。

アンガスがまえに進み出た。「ほぼ時間どおりだな」そう言ってうなずいた。「レイダー・タナカ特別捜査官とコンサルタントのブリジッド・バナガンだ。こちらドクター・ナーリー・チャンとマルコム・ウェスト特別捜査官」

タナカは会釈した。

女のほうは肩をそびやかしてまわりを見まわしただけだった。「刑務所とさほど変わらない場所ね」その小さな声にはほんのかすかにアイルランドなまりが感じられた。アンガスは忍び笑いをもらした。「それはちがうな。コンピューター・ルームを見るまで待ったほうがいい」

バナガンの目がきらめき出した。「コンピューター・ルーム?」

犬が首をめぐらし、ふたりを目にして興奮した。歯をむき出して吠えると、口から唾を飛ばしながら飛びかかっていった。

タナカは女を自分の後ろに押しやった。「いったいなんなんだ?」そう言って腰の武器に手を伸ばした。

「待て」アンガスがすばやく言った。「ラスコー、伏せ。伏せ」彼は自分の体でタナカの動きを封じるようにして犬とのあいだに急いで割ってはいった。「ネクタイだ。ネクタイをよこせ」

タナカは犬から目を離さなかった。「なんだって?」と嚙みつくように言う。

「きみのネクタイだ。それをよこせ」アンガスが切羽詰まった口調で命令した。

マルコムは犬がナーリーに飛びかかった場合に備えて反対側にまわった。ネクタイがどうしたというのだ? 赤い格子柄がはいった青いネクタイだ。なんともありふれたネクタイ。

タナカはネクタイをゆるめて頭から外し、アンガスに放った。

「ほら」アンガスはそれをラスコーに渡した。犬は歯をむいてうなりながらそれを隅に持っていって食いちぎりはじめた。

恐怖をともなう緊張が部屋に広がった。アドレナリンがとめどなく噴出する。

アンガスは気を鎮めつつある犬に目を向けた。「あれはこうしたほうがいいと思ったんだ。ふう。いいだろう」

バナガンは首を傾けてタナカの後ろから顔をのぞかせた。「犬って色盲なんだと思ってた」

アンガスはうなずいた。「ああ。色じゃないんだ。とにかくアーガイル模様がだめなんだ。シャツでもネクタイでも。とくにベストが最悪だ」そう言って身震いした。「最後にアーガイル柄のベストを着たやつに会ったときは、そいつの喉を食いちぎるところだった」

マルコムは顔をしかめた。「犬の奇癖について何もかも教えておいてくれ。安全のために」

「そんな時間はない」アンガスは眉根を寄せた。「タナカ捜査官、お詫びするよ」

タナカは片手を上げた。「レイダーだ。頼むよ。レイダーかレイドで」黒い目はまだ犬の動向を気にしていた。「あの犬に何があったんだ？　あのデザインに何か恨みがあるのは明らかなようだが」

「あの格子柄のついた戦闘用ベストを着た敵の戦闘員に爆撃されたことがあるのさ」アンガスが言った。

マルコムは頭をかいた。「窓が多い柄だな」

アンガスの顔が引きしまった。「ああ。ラスコーはすぐにそれをくぐり抜けようとするわけだ。愉快とは言えないがな」そう言ってナーリーのほうに目を向けた。「ドクター・チャン、きみにはラスコーのことをどうにかしてもらってもいいな」

彼女は知性にあふれた目を丸くした。「犬のカウンセリングをしろっていうの？」

「ああ。きみが噂どおり優秀なら、力になってくれるはずだ」アンガスの笑みには魅力が欠けていた。

医者は険しいまなざしになった。「お安いご用よ。取引しましょう。わたしが犬の力になったら、あなたもカウンセリングを受けること」

アンガスは顔色を失い、今にもあとずさって逃げそうな様子になった。「ぼくらのことについては先走りしないようにしよう」

「わたしもそう思っていたところよ」ナーリーは言った。「それに、内輪のときはドクター・チャンじゃなく、ナーリーと呼んでもらいたいわ」

そのきれいな名前は彼女にぴったりだった。

エレベーターの扉が音を立て、ウルフが降りてきた。手にはホイップクリームとトッピングの載ったコーヒーを持っている。彼は部屋を見まわした。「足りなかったな」

マルコムは手を振った。「ぼくのは誰かにやってくれ」今は過剰な砂糖に対処できる気がしなかった。

「わたしがもらう」バナガンが振り返ってウルフのところへまっすぐ歩み寄り、最初にコーヒーを受けとった。ひと口飲むと心底うれしそうにハミングした。うっとりと目を閉じ、何度かごくりと飲んでいる。「刑務所じゃカフェラテは飲めなかったのよ」

ウルフは囚人服を眺めまわした。「今度は囚人を保釈させようっていうのかい?」

アンガスはうなずいた。「ミス・バナガンはチームに新たに加わったコンピューターの専門家さ。レイダー・タナカは彼女の担当でうちの主任捜査官だ。HDDとの連絡役も務める」

ウルフが鼻を鳴らした。「地下送りになるなんて、どんなへまをしたんだ?」

レイダーは顔をしかめた。「ボスの奥さんと寝たのさ」

ウルフはにやりとした。「そいつはばかだな」

「ああ」レイダーはつぶやくように言った。「家に連れ帰ったときはボスの奥さんだなんて知らなかったんだ。翌日わかった」

「なるほど」ブリジッド・バナガンが言った。「それから、わたしは法を犯して刑務所送りになったわけじゃないわ。法なんてひとつも犯していない。冤罪《えんざい》なのよ」

「ミス・バナガン」アンガスが言った。「われわれを手伝ってくれたら、きみは恩赦を得る。そういう単純な話だ」

バナガンは驚くほど澄んだ緑の目をアンガスに向けた。「ブリジッドよ。内輪のときは。忘れたの？」

「おれたちは内輪になるのか？」ウルフが訊いた。「悪くないな。おれのことはウルフと呼んでくれ。最初におれをクラレンスと呼んだ男は顔に拳をくらった」

ブリジッドは忍び笑いをもらした。歌うような甘い声だった。「クラレンス？あの二級天使の？」

「そうさ」ウルフは大部屋の端へ首を傾けて言った。「どうしてあの犬はネクタイを食べているんだ？」

マルコムは奥の壁に寄りかかった。これまで見たなかで最悪に不吉なコメディに出演させられているような気がするのはなぜだ？　頭がずきずきと痛み、目がごろごろした。やはりコーヒーをもらうべきだった。「みんな真面目にやろうぜ。もうおたのしみは充分だ」

「これはおたのしみじゃない」アンガスが静かに言った。「でも、きみはいいところを突いた。仕事にとりかかろう」

マルコムは集まった面々を眺めた。「これでチーム全員かい？」そう言ってすぐ近くの机を指差した。ほかの机同様ぼろぼろだったが、引き出しの取っ手はまだ全部ついたままだ。「だとしたら、ぼくはこの机を使う」

「もうひとり追加のメンバーがいるが、彼は今週後半まで都合がつかない」アンガスが言った。

「捜査官がもうひとり？」とマルコムが訊いた。たぶん、もうひとりくらいいてもいいかもしれない。

アンガスは首を振った。「いや、学者だ。連続殺人鬼の件で協力してもらう必要がある」そう言って部屋のくすんだ壁に目をやった。「いいだろう。ふたつの案件があるから、チームをふたつに分けよう。マルコム、ウルフ、ブリジッド、きみたちはマルコムがカルトから排除したいふたりの男の身許を調べてくれ。朝までに計画を立てるんだ」アンガスは会議室を身振りで示した。「レイダーとナーリーとぼくはカルトのメンバーだったかもしれない死体についての捜査をはじめる。数時間以内に全員でミーティングをする。マルコムが出かけるまえに」

ブリジッドはウルフに一歩近づいた。「ポケットのなかにいるのは子猫？」

レイダーが彼女に鋭い目をくれた。

マルコムはため息をついた。どこかで落ちをつけなければならないが、それを考えるには疲れすぎていた。

ウルフはうなずいた。「ああ。キャットだ」

ブリジッドはため息をついた。「ああ、子猫って大好き。抱いてもいい？」

「だめだ」ウルフは振り返り、大きなブーツを履いた足でコンピューター・ルームへ向かった。

「ふん」ブリジッドはその背中をにらみつけた。「感じ悪い」それから、顔を輝かせた。「子猫を連れたオオカミ《ウルフ》。なんだかかわいらしいわね」

まったく。それがウルフだ。かわいらしい。マルコムはアンガスの目をとらえた。

「仕事にとりかかるまえにちょっといいかい」心の動揺がおさまらず、さまざまな問題が順ぐりに心をよぎるのをそのままにしていたのだ。問題が多すぎる。

アンガスがオフィスを示し、先に立ってなかにはいった。「どうぞ」

マルコムはあとからオフィスにはいってドアを閉めた。

アンガスは手をあげた。「ブリジッドのことで責めるのはやめてくれ。すばらしいハッカーなんだ。われわれにはその技術が必要だ」

「そんなことはどうでもいい」マルコムは彼と向かい合った。「好きなように誰でも雇えばいい。ぼくが心配なのはピッパだ。彼女はばかじゃない。ぼくは事務仕事のために真夜中に呼び出しをくらった。彼女に真実を打ち明けることを考えなくちゃならない」

アンガスは顎をこすった。「彼女が隠しているものを引き出せるだけ引き出したと思うかい？」

引き出せるだけ引き出したか？　何度もオルガスムを感じさせたり、悪夢のあとで抱き合ったりしたかということか？　マルコムは苛立ちが首を這うのを感じながらも無表情を保った。「嘘をついているのはわかっているのと彼女に言うのは別にかまわないんだろう？」

アンガスは顎を上げた。「ああ。それはまったくかまわない」そう言って返事を期待するように間を置いた。

「最低だな」マルコムは言った。肌が熱くなった。

アンガスはうなずいた。「そう言われても別にかまわない。きみは私情をからめてしまっている」

マルコムは彼に向かっていき、ほんの数センチのところで止まった。「覆面捜査にはつきものだ。ほんとうさ」それから笑みを浮かべてみせた。「あんたこそ、ラシターの件に私情をからめていないなんて絶対に言わないでくれよ」たとえラシターが死んでいたとしても。ファイルキャビネットからは半分空になったウィスキーのボトルがのぞいていた。

「もう一度言うが、ぼくはつねに自己受容している」アンガスの唇がゆがんだ。「ずいぶんとそばに来たな。キスでもするか、それともなぐるのか、ウェスト。ぼくには仕事があるんだが」

ふいに愉快になり、マルコムは笑い声をあげた。「この世であんたにだけはキスしたくないな」そう言って一歩下がった。

「そう聞いて心からほっとしたよ」アンガスはジーンズに親指をかけ、まっすぐまえを見つめていた。「ただし、条件がある。ピッパをこれに引き入れるとしたら、比喩的な意味だけじゃなく、じっさいにここへ連れてくるんだ。彼女に尋問したい。それを簡単に終わらせることもできない。こういうことがどんなふうに処理されるかはわかっているはずだ」

悪夢を見て震えている彼女が心に浮かんだ。「彼女は無実だ。ぼくにはわかる」

「悪意はなくても、神の名にかけて攻撃を計画している可能性はある」アンガスの声は理性的でどこかやさしかった。「それはきみにもわかっているはずだ」

それでも疑問は残った。そう聞いて自分はどうすればいいのだろう?

21

ピッパは曙光《しょこう》が射すまで待って荷造りをはじめた。心も体もすべてが痛んだ。どうしてマルコムに夢中になるのを自分に許してしまったのだろう？　やめておいたほうがいいことはわかっていたのに。それでも、このふた晩は何ものにも代えがたい経験となった。朝五時になるとトリクシーに電話した。

「いったいどうしたの？」トリクシーが眠そうな声で電話に応じた。

「ここを出るわ」ピッパはまえ置きなしに言い、大きなスーツケースに靴下をつめ終えた。

トリクシーは息を呑んだ。「どうして？　何があったの？」電話の向こうで動く音がした。「わたしも逃げなくちゃだめ？　こうなるとわかっていたのよ。尾行されていたんだもの。見つかったんだわ。こんなの最低。どこかで落ち合う？」

「おちついて。見つかったとは思わないわ」ピッパは床に置いたスーツケースのそばにすわった。胸が痛んだ。

「え？」あわてて動き出していたトリクシーが動きを止めたようだった。「だったら、どうして逃げるの？」

ピッパは喉につまった大きな塊を呑み下し、マルコムと彼の〝事務〟仕事についてすべてを話した。

ピッパが話し終えるまでトリクシーは静かに聞いていた。「わかった。こういうことね。彼が嘘をついているのはたしかで、政府機関で事務仕事をしているわけじゃない」

そのとおり。ピッパは膝に額をつけた。荷造りに戻らなければならない。「そう」

「それで、彼の仕事は、今の仕事のまえは覆面捜査官だった」

ええ。嘘を生業《なりわい》にしていた人。その点では彼を非難する資格は自分にはないが。

「ええ」

「可能性としては、また覆面捜査をしているのよ。でも、それって秘密にしなきゃならないものじゃない？　だから、恋人にだって今携わっている件については話すわけにはいかない。そういうものよね？」トリクシーが訊いた。

ピッパは身を起こし、頭を後ろの壁にあずけた。「まあ、そうね。そうだと思う」

「彼が現職か元警官かでどうちがうというの？　いずれにしても、法を守る側の人間であることは同じはずよ」トリクシーは咳きこんで電話から離れ、また戻ってきた。「でも、わたしが思うに、彼に暴かれて困る罪は何もないわ。わたしたちがしたこと？　通報されることはなかったのよ。自分たちが何をしたのかわかってもいない。じっさいには」

「それは関係ないわ。預言者には証拠をにぎられているもの。それはあなただってわかっているじゃない」ピッパは痛み出した胃に手をあてた。イサクは天才だ。完璧に罠《わな》にかけてくれた。

トリクシーはごくりと音を立てて唾を呑んだ。「わかってる」とささやく。「でも、イサクは狂ってるね。あなたを愛していると思ってる。あなたのことをソウルメイトだと。あの証拠を利用してあなたを警察に渡したりはしないわ」

「わたしを手に入れられなければそうするでしょうよ」何年もまえに甘んじて受け入れた事実だった。二十五歳の誕生日までどうにか逃げおおせれば、イサクもあきらめるだろう。彼の預言とやらがもはや効力を失うわけだから。だがそれまでは新しいウェブサイトを作ってさらに捜索の手を強めているようだ。「逃げなくては。わたしのためでなくても、マルコムのために。マルコムは優秀だけど、わたしが彼のことを思っているとわかったら、彼を撃ち殺せという命令に従う人間がイサクにはいくらでもいるから」

「思っているのね？」トリクシーがやさしい声で訊いた。「彼のことをとても」

ピッパは肩を落とした。「ええ。タフでやさしい人よ」

「彼に真実を話すべきなんじゃないかしら。向こうもあなたを思っているなら、信じてくれるわ」とトリクシーは言った。

「昨日の晩、もう少しで打ち明けるところだった。でも、信じてくれたとしても、イサクがわたしを警察に引き渡したら、たぶんマルコムにできることは何もないわ。証拠は証拠よ、そうでしょう？　それに、そうなったらマルコムはイサクを追及するでしょうし」イサクがどれほど邪悪な人間になれるか、ファミリーへの影響力がどれほど強いか、マルコムには見当もつかないはずだ。「彼は強い人よ。でも……」

トリクシーがまた咳をした。「イサクについて、わたしたちは誇張されたイメージを抱いているんだって思ったことはない？　わたしたちが子供のころ、あの人は無敵に見えたから、今もじっさいよりも怖いと思っているってことは？」

「いいえ」イサクには彼のためになんでもする人間が大勢ついている。「彼のことはありのままに見ているわ」力があり、邪悪な人間。最悪の組み合わせだ。ピッパは自分の部屋を見まわした。この家はとても気に入っていた。ここを離れると思うとじっさいに痛みを感じるほどだった。

トリクシーがまた咳をした。

ピッパは背筋を伸ばした。「大丈夫なの？　まえより悪くなっているみたいだけど」

「大丈夫よ。昨日の朝、抗生物質をもらいにまた病院に行ったの。まえにもらった薬はしばらくのあいだ咳を鎮めてくれるだけのものだったから。今度のはもっと効き目の強い薬よ」トリクシーはしばらく黙りこんだ。「あなたは今、分岐点に来ているんだと思う。逃げるか、マルコムに真実を打ち明けるか、どちらかよ。そうじゃないとおかしくなってしまう」

すでにおかしくなっているかもしれないけれど。ピッパはため息をついた。「わかってる」もう自分にも自分で作り出した問題にもうんざりだった。友人は具合がよくないようだ。「まえに尾行されたって言ってたわね」

トリクシーはふふんと鼻を鳴らした。「たぶん気のせいよ。このあいだ誰かに道で『やあ』って声をかけられたことがあったんだけど、わたしは悲鳴をあげてちがう方向に逃げ出したの。ほんとうの話よ。とんでもなくおかしな人間だと思われたでしょうね」

ピッパはにっこりした。「お菓子をたくさん作って町で売ったのを覚えてる？」まだ十二歳で、ファミリーといたらどれほどひどい状況におちいるか気づいていないころだ。ピッパとトリクシーは休暇のあいだ何日もフルーツケーキを焼いて過ごしたのだった。

「うん。ナッツにはうんざりだった。それから三カ月は、ひとつも食べなかったわ」

トリクシーは笑った。「あのときはそれほどひどくなかったわね。毎日の日課も別にいやじゃなかったし、十二歳で睡眠が必要な人なんている？」

最悪の日々は二年後に訪れたのだった。ピッパは現実に返った。「わたしたち、生き残ったのよ、トリクシー」

「そうね」トリクシーは静かに言った。かすれた声だった。「ときどき姉はどうしているだろうと思うの」トリクシーにとって姉は保護者で、彼女をファミリーに連れてきたのも姉だった。「まだ生きているのかしら。まだファミリーにいるのかしらって」

ピッパは首の凝りをほぐそうとした。「わたしも母はどうしてるかしらって思うことがあるわ。ほかの人のことも」よくしてくれる人が多かったが、みなイサクに服従していた。彼が法だったのだ。あれだけ多くの人があそこまで盲目になることがどうしてあり得るのだろう？　ピッパはファミリーと離れてからカルト集団について調べたので、多少は理解できた。しかし、ただ首を振ってなぜだろうと思わずにいられないこともたまにあった。「わたしたちにはお互いがいるわ、トリクシー」

「よかったら、わたしのところへ移ってくればいいわ」トリクシーが言った。「そこを離れるなら」

ピッパはたったひとりの友人に感謝してほほ笑んだ。「そうね」マイアミでしばらくいっしょに暮らしたことがあり、それはそれでたのしかった。けれども、ふたりを結びつけているものは恐ろしい記憶を呼び戻すものでもあった。今のように離れて暮らしているほうがどちらにとっても最善に思われた。

「これからどうするつもりなの？」トリクシーがさらに咳きこみながら言った。

「わからない。でも、連絡はするわね。少し寝て」別れの挨拶をすると、ピッパは部屋でしばらく雨音に耳を澄ましていた。たぶん、トリクシーの言うとおりだ。そろそろ誰かを信頼してもいいのでは？　それでも、荷造りをしておいたって害はない。万が一に備えて。ピッパはスーツケースのひとつを車に運んだ。ああ。ガソリンを入れなければ。ふつうは毎月トリクシーに会ったあとでガソリンを入れるのだが、銃撃事件のせいでいつもの習慣を変えてしまったのだった。

ピッパはため息をついてガレージの扉を開け、車に乗りこんだ。ガソリンを入れに行っているあいだに決心できるかもしれない。荷造りはほとんど終えていた。キーをまわしたが、何も起こらなかった。もう一度やってみる。

車のエンジンはかからなかった。

マルコムはエイプリルが運転するバンの助手席にすわり、住んでいることになっている汚らしいアパートメントから邸宅へと向かっていた。

「やっぱり、あなたがあの大きな家に泊まってくれたら、もっと楽なのに」と彼女は言った。快活さが戻っている。今日のエイプリルは褐色のパンツに襟ぐりの大きく開いた白いシースルーのブラウスを身につけていた。その下の胸が揺れ、エイプリルは何度かその胸を突き出した。

またぼくを誘惑するつもりなのだろうか?

道中、車内ではずっと速いビート音楽がかかっていた——心臓の鼓動に近いビート。眠気を誘うようなリズミックな音楽。そういう罠にも気をつけるよう、精神科医からは言われていた。

エイプリルはヒーターの温度を下げた。「昨日教えてくれた自己防衛術はとってもすてきだったわ。あなたが帰ったあとも何人かで練習したのよ」

マルコムは笑みを浮かべてみせた。「それはすばらしいな。何を練習したんだい?」

エイプリルはさまざまな技を並べ立てた。マルコムはそれにかかる時間を計算した。興味があるふりをしながら、昨日の晩はほかに何をしたのかと訊いてみた。

驚くほどたくさんのことをしていた。

睡眠は一時間かそこらしかとっていないこともわかった。それもよくあるカルト集団のやり方だ。メンバーたちを考える暇もないほどに忙しくさせ、疲れさせて抵抗する力をなくさせる。しかし、エイプリルとはふたりきりの時間を多少持てる。それを利用しない手はなかった。「迎えに来てくれてありがたいよ」マルコムは窓の外へ目を向けてつぶやいた。

「そうでしょうね。でも、わたしたちといっしょに泊まるのはどう? わたしといっしょに?」エイプリルは訊いた。

マルコムは窓の外を飛び去る木々に目を向けたままでいた。「きみはやさしいな。でも、ぼくはひとりの女性と身をおちつけたことはないんだ」そう言って音楽のリズムに合わせて自然に指を動かした。

「よくわかるわ」エイプリルは彼の太腿に手を置いた。「ファミリーでは誰も結婚していないのよ。結婚はファミリーを分断してしまうって預言者が言うの。相手がひとりだけにかぎられるとね。それができるのは預言者だけだから」

マルコムは彼女のほうに顔を向けた。「預言者は結婚しているのかい？」

エイプリルはほほ笑んだ。大きな口の両脇にえくぼができた。「まだよ。でも、もうじきするけど」

「誰と結婚するんだい？」とマルコムは訊いた。

エイプリルは手を引っこめた。「それはファミリーの内々の問題よ」

まあ、そうだろう。質問をすると眉をひそめられるのか。「それもそうだな」マルコムは引き下がり、また外の木々を眺めはじめた。

エイプリルが黙っていられたのも三分ほどだった。「預言者にとって特別な女性がいるのよ。とても運のいい女性だわ」

「へえ」マルコムは顔を戻さなかった。その特別な人間が子供でなければいいのだが。

「わたしたち、いっしょにたのしめると思うんだけど」エイプリルはアクセルを踏みこみながら言った。「あなたのこと気に入ってるのよ」ものほしそうな声。

マルコムは心惹かれたふりをしてかすかに顔を向けた。チョウチョを手玉にとっている気分だった。「ぼくもきみが好きさ。いやだと思う相手もいるのかい？」

エイプリルは口を引き結んだ。親しみやすい顔に赤味が差した。「もちろんいないわ。ファミリーはみんな大好きよ」自分に言い聞かせるような口調だった。「どんなときを過ごすことになっても、選ばれた数少ない人たちと過ごせるのは幸運だわ」

どんなときを過ごすことになっても？　「きっとファミリーのメンバーといっしょに過ごすのを拒んだりするのはまちがっているんだろうな」推測を試してみた。

「もちろんよ」エイプリルは大きくうなずいて言った。「みんなお互いのものなんだから。そう、人々は光であり、エネルギーである」

このかわいそうな若い女性はほかに何人のものになったんだ？　マルコムは正しいことばを探した。「歳がいくつか教えてくれていないね」十八ぐらいという推測は変わっていなかった。

「二十歳よ」彼女は唇を引き結んだ。「でも、年なんて単なる数字じゃない？」

そのことばは気に入らなかった。数字が重要なこともある。「ファミリーにはいってどのぐらいになるんだい、エイプリル？」エイプリルという名前を呼んだのははじめてで、わざと呼んだのだった。質問に答えつづけさせるための手段として。

「ずっとよ。ファミリーの一員でなかったときのことは覚えていないの」エイプリルは顔を振り向けてほほ笑んだ。また目の焦点が合わなくなる。「あなたも加わるべきよ。わたしがいっしょにいるわ」

ああ、なんとしてもこの少女のことは救ってやろう。しかし、今はしなければならない任務がある。「ぼくはどちらかというとなんでも自分の思いどおりにしたい人間なんでね。あそこでは歓迎されないと思うな」

エイプリルがまた彼の太腿をつかんだ。「預言者はあなたのことがとても気に入っているわ。仲間になってほしいと思ってる」

上層部の人間を何人か排除できれば、われらがイサクにより望んでもらえることだろう。「彼がきみにそう言ったのかい?」

エイプリルは唇を引き結び、やがて考えこみながらゆっくりとうなずいた。「ええ」

「どうかな」マルコムは目をこすった。「銃弾を受けてから、酒を過ごすことが多いんだ。思い出すと辛いことがあってね。ファミリーは、そう、親密であることに重きを置いているようだ。ぼくがそんなに多くの人とうまくやっていけるとは思えないな」

彼女は太腿に置いた手に力を加えた。「全員を知る必要はないわ。それには時間がかかるもの」

「怒らせてはいけない人間を怒らせたくないからね」マルコムはまた彼女から目をそむけた。「忘れてくれ。ぼくはひとりでいるのがふさわしい人間なんだ」

「いいえ」エイプリルは息を吸った。「あなたはひとりじゃないわ、マルコム。わたしが力になる」

マルコムは彼女のほうに向き直り、この世で最低の男になった気分で彼女の手を軽く叩いた。「きみが？　ほんとうに？」

エイプリルはおごそかにうなずいた。「もちろんよ。いいわ。預言者のほかに基本的に三人の男性がファミリーを監督しているの」

マルコムは耳を傾け、何度か正しい方向に舵《かじ》を向けて情報を引き出した。彼女はあやつりやすいように完璧に仕立てられていた。それによってイサク・レオンは報いを受けることになる。

車はようやく邸宅に着き、エイプリルがバンを停めるやいなや、タフそうな三十ぐらいの黒髪の女がドアを開けた。「マルコム、わたしはミリセントよ。あなたに庭を見せてあげるよう預言者に頼まれたの」

そこでその女が現れた理由にぴんと来た。前日、エイプリルにきみはぼくには若すぎるしタイプでもないと言ったのだった。どうやら彼女はそれを監督者に報告したらしい。

この女性はエイプリルとは正反対だった。

マルコムは車から降りてドアを閉め、エイプリルが車の前方をまわりこんでそばへ来るのを待った。それからウィンクした。「迎えに来てくれてありがとう、エイプリル。あとで会えるといいな」

彼女の目が輝くのを見て心が折れそうになる。どちらの女性がイサクに報告するとしても、少なくともマルコムは感謝していて興味を持っていると報告することになる。そうすれば、誰もエイプリルを罰したりしないだろう。弾む足取りで去っていく彼女の幸せそうな様子を見てマルコムは誰かを殺したくなった。

そうする代わりにミリセントにほほ笑みかけた。役に徹するのは容易なことだった。

「その庭について教えてくれ」

22

ピッパは動揺したまま窓辺を行ったり来たりしていた。車は動かなかった。車について知っていることはティーカップ一杯ほどしかなかった。いいえ、ティーカップですらない。小さな点眼器ほど。どうして突然車が動かなくなったの？　古い車なのはたしかだが、これまではなんの問題もなかった。

四軒に電話してようやくはるばる出張してくれる整備士を見つけたが、その女性も三日先まで予約で一杯だった。

三日先。

いいわ。ピッパはキャンセルがあった場合に備えて電話番号を伝えた。

車についてはマルコムが多少知っているかもしれない。けれども、力を借りて、そのあとでなんの説明もなく逃げ出すのはまちがっているように思えた。もしかしたら、彼も車については何も知らないかもしれない。

いったい誰が詳しいの？

しかし、逃げ出したいとは思っていなかった。はじめて、留まって戦いたいと思った。誰かに真実を話すのだ。マルコムに。

トラックのヘッドライトが目をとらえた。胃のあたりでチョウチョがばたつきはじめる。彼が帰宅した。わたしはどうしたらいい？　彼に会うの。それがすべきこと。そろそろ誰かを信頼しなければならない。信頼できる人がいるとしたら、それはマルコム・ウェストだ。

本気で決心した瞬間、大きな重石が肩から外れた気がした。

ピッパはドアを開けてポーチに歩み出た。敷地内の小道を端まで行ってはじめて黒いトラックがマルコムのものでないことに気がついた。

まえに会ったことのある犬がひと吠えして走ってくると、足元でうれしそうにきゃんきゃん鳴いた。足をかすめる犬にあやうく倒されそうになる。

マルコムと同じ仕事をしているという男性がゆっくりと近づいてきた。なんて名前だったかしら？　銃撃事件のあと、ダイナーで警官に教えてもらった名前。アンガス・フォース。そう、そうだった。ピッパは彼を注意深く見つめた。「ラスコー？

必要とあれば、もっとずっと速く動けるというような動きだった。

すてきなご婦人を押し倒すなよ」そう言ってブーツで水を跳ね飛ばしながら近づいてくる。耳の上で切りそろえられた髪はふさふさとしており、乱れてはいたが全体的にあか抜けていた。これだけ近くで見ると目は深い緑だった。マルコムの目よりも濃い緑。「大丈夫かい？」

ピッパはうなずいた。喉でことばがつまった。十歩。十歩あとずされば家にはいれる。この人から離れて。

彼は何メートルか手前で足を止め、探るような目をくれた。「マルコムに会いに来たんだが、家にいないようだ。いつ戻るかわからないかな？」

ちょっと待って。この人はマルコムの上司のはず。「仕事だと思ったんだけど」

男は息を吐き出した。「そうだったんだが、用事があると言っていた。一時間ほどしたら家に行くからいっしょにピザを食べようと言っておいたんだが、ぼくのほうの仕事が早く終わってね」彼は顔をしかめ、空を覆う雲に目をやると、その目を彼女に戻した。「ああ、ところで、ぼくはアンガス・フォース」そう言って手を差し出した。

ピッパは震える手で握手した。この人はたったひとりよ。大勢ではない。マルコムの上司でもある。つまり、大丈夫のはずだということ。それでも、手が離れると、安堵のあまり体が震えた。「ピッパよ」

男は笑みを浮かべたが、そうするとずっと若く見えた。「知ってるよ。マルコムがきみのことを話していた」

ピッパの耳がぴくんと動いた。「彼が？」これ以上まぬけなことがあって？

「ああ。きみのことが大好きみたいだな。料理の腕前もすごいと言っていた」アンガスは腕時計に目をやった。「きみをわずらわせて申し訳ない。ラスコーとぼくはトラックで待てばいい」

この人たちをトラックで待たせたら、わたしは最低の人間ということになる。マルコムに真実を話し、彼にも真実を求めるなら、そして恐怖に直面するつもりなら、どうして今からはじめないの？「その、うちのなかで待ちますか？　ビスケットとお茶があるので」ビスケットは作って二日経っていたが、手作りで、うまくあたためることもできるだろう。

アンガスは目を輝かせて足を止めた。「ほんとうにいいのかい？」

どうだろう？「ええ、もちろん」ピッパは犬の頭をまた撫でた。「ラスコーもごいっしょに」犬はうれしそうに尻尾を振った。

アンガスは後ろに目を向けた。「どうしてきみの家のガレージの扉は開いているんだい？　出かけるところだったとか？」

「いいえ」ピッパは答えた。「車が動かなくなってしまって、どうしてだろうと考えていたところなの」

アンガスの眉が上がった。「ぼくは多少車には詳しいんだ。よかったら、ちょっと見てあげられるよ」

社交辞令ではないようだった。しかも親切な申し出だ。「いいんですか?」ピッパは訊いた。「それはありがたいわ。整備士をここに呼ぶにしても、一番早くて三日後まで来られないの。ラスコーとわたしはビスケットをあたためておくわ」犬が膝に鼻面を押しつけてきてピッパは笑った。

「悪くないね」アンガスは口笛を吹きながらガレージへ向かった。

「おいで」ピッパはかわいらしい犬にささやいた。かわいい犬。犬はうれしそうに彼女のあとから家にはいった。「アンガスが戻ってくるまえにビスケットを何枚かこっそりあげるわね」動物が家にいるのは悪くなかった。マルコムにすべてを話したあとでここに残るとしたら、また猫を飼ってもいいかもしれない。もしくは犬でも。裏庭にはフェンスがあるし、スペースも充分ある。

ピッパが正面の部屋にお茶とビスケットを並べ終えたとき、ドアをノックする音がした。「どうぞ」

アンガスはなかにはいってきてマットでブーツをぬぐうと、犬をひとにらみした。犬は暖炉のまえに寝そべっていた。「ビスケットをやったね」

「内緒よ。どうぞすわって」アンガスは突っ立っていられるには大きすぎた。マルコムと同じぐらい大柄なのはたしかだ。

アンガスがすわると、ピッパはお茶を注いでやった。「車は直った?」と訊く。

彼はあたたかいカップを受けとりながら首を振った。大きな手のなかでカップは小さく見えた。「いや。わかるところは全部チェックしたが、どこが悪いのか見当がつかなかった。整備士は数日中には来られるって言ったね?」

ピッパはうなずいた。血が凍りつく気がした。ああ、逃げないと決心はしたものの、万が一のときに逃げる手段がないと思うとびくびくせずにいられなかった。「見てくれてありがとう」ピッパは自分のお茶をとると、犬のところへ行き、暖炉のそばのカラフルな椅子に腰を下ろした。

アンガスはその体の大きさで派手な青いソファー全体を占めるように見えた。彼はお茶をひと口飲んだ。「うまいな」

ピッパは目を天井に向けた。「お茶を飲む人にはあまり見えないわね」

アンガスはほほ笑んだ。意外にも左の頬にえくぼが現れた。「きみのおかげで人間が変わりそうだ」そう言ってビスケットを食べた。「この二軒の家がどうしてこんなに近くにあって裏庭を共有しているのかと不思議に思っていたんだが」

ピッパはアンガスの存在にじょじょに気をゆるめつつあった。「ふたりの姉妹がそれぞれ未亡人になってから家を建てたのよ。マージーとマーティーのマローニ姉妹。マージーは亡くなって、マーティーはフロリダへ移住したわ」

アンガスはうなずいた。「そういうことじゃないかと思ったよ。街からこんなに遠いところで暮らすのはたのしいかい？」

「ええ。あまり人混みは得意じゃないから」犬が鼻をくんくん言わせ、ピッパの心はあたたかくなった。悪くない。いい機会でもある。「あなたはマルコムと同じ仕事をしているそうだけど、じっさいに何をなさっているのか想像がつかないわ」

アンガスは考えこむようにお茶を飲んだ。「調達部さ」

ええ、そうよね。「それって正確にはどういう業務なの？」なぜか、ほとんど知らないこの男性に質問するのはマルコムを問いつめるよりも楽な気がした。

アンガスの目が明るくなった。「政府機関のために物資を調達するのさ。そう、紙とか、ペンとか、クリップとか」おもしろがるように唇の端が持ち上がった。

ピッパは冗談を分かち合っているような気分でにっこりした。「なるほど、よくわかったわ」

アンガスは空になったカップをテーブルに置いた。「マルコムは優秀だ。とてもね。彼のことを心配する必要はない」

そうやって力づけてくれるのはありがたかった。マルコムの仕事がどこかのつまらないお役所のためにペンを数えるだけのことでないのはお互いわかっていたのだから。

「それはすばらしいことだと思うけど、真夜中の呼び出しは危険が迫っていることを意味するんじゃないかしら」ピッパは身をかがめてティーポットをつかみ、アンガスのカップにお代わりを注いだ。

「そうなのかい？」彼はカップを受けとった。「そうだとしても、きみに話すわけにはいかない。でも、マルコムは大丈夫だ。絶対に」

政府関係の秘密の任務に就いているというのはどこか魅惑的だった。「あなたがそう言うなら」とピッパは小声で言った。

アンガスはうなずいた。「ああ。きみはどうなんだい？　マルコムによると、バーチャル・アシスタントということだが。きっと忙しいんだろうな」

「ええ」ピッパはお気に入りのラベンダーのお茶を飲んだ。

「壁の外の世界を探検してみる必要はないってことかな？」アンガスはわずかに身を

乗り出した。

ピッパは首を振った。「ええ。それを問題だと思う人がいるのはわかるけど、わたしは家が好きなの。居心地がよくて、あたたかくて、安全だから」

アンガスは部屋のなかを見まわし、ドアにつけられたいくつもの鍵に目を据えた。それから眠っている犬を見やった。「あれもそういうことか」

あれだけの鍵をつけているのはやりすぎに見えるかもしれない。しかし、ひとり暮らしの女性にとって異常とまでは言えないはずだ。

アンガスはもう一枚ビスケットを咀嚼して呑みこんだ。「きみの家は悪くないな。色使いが生き生きしていて鮮やかだ。エネルギーを与えてくれる」

ファミリーの色のない暮らしとは真逆だった。それを思い出してピッパは身をこわばらせた。「ありがとう。わたしも気に入っているの」話題を変えなくては。「それで、あなたはどういう経緯で政府の仕事に？」

アンガスはお茶を飲んだ。「妹とぼくは生まれてからほぼずっと施設で暮らしてきた。役所から役所へたらいまわしされるのがつねだった。力があるのは向こうで、ぼくらにはなかったから。市や郡や州の機関。どこも同じだった」

ピッパは首を傾げて彼をじっと見つめた。少年のころの姿を想像すると胸が痛んだ。

「そうなの」

アンガスはうなずいた。「ぼくは自分が物事を決める立場に立ちたかった。そこで大学へ行き、政府の仕事に就いた。二度と誰にもたらいまわしにされないように」口調は変わらなかったが、目が暗くなった。

「妹さんはどうしたの？」とピッパは訊いた。

アンガスは椅子に背をあずけた。声がやわらかくなる。「五年まえに亡くなった」そう言って首を振った。「それについては話したくない」

「ごめんなさい」胸が締めつけられる。

アンガスはほほ笑んだ。少しばかり悲しい笑みだった。「きみは知らなかったんだから」そう言って咳払いをした。「それで、きみは？　ご家族は？」

「いないわ」ピッパは即座に答えた。「家族はいない」

アンガスは眉を上げた。「それは……気の毒だね」

ピッパは笑みを作った。ずっと以前に作ることを覚えた笑み。「父は軍隊にいたの。戦闘中に亡くなったわ。きっとそうだと思う。詳しいことは教えてもらえなかったけど」そう言って咳払いをした。母のことは話せない。ウェブサイトには癌だと書いてあった。それを話せばほんとうになってしまうかもしれない。「十八で家を出てから、母とは話をしていないの。今どこにいるかも知らないわ」目を下に向けると眠っている犬がいた。ああ、なんて平和なの。

アンガスは忍び笑いをもらした。「ぼくたちふたりはなんとも愉快な人間じゃないかい？」

ピッパは驚いて目を上げた。冗談がじわじわとしみてきた。「まったく、冗談はやめて」外へ目を向けると、暗くなりはじめていた。「その、最近何かおもしろい映画を見た？」

アンガスは笑みを浮かべた。「いい話題だ。それか、天気の話か」

それからふたりはいい話題についておしゃべりをした。映画や、春の花や、小鳥について。アンガスはこの地域の鳥の種類について驚くほど詳しかった。しばらくして彼の携帯電話が鳴った。アンガスは画面に目をやり、ため息をついた。

「大丈夫なの？」とピッパが訊いた。

アンガスはうなずき、謝るような目になった。「ああ。マルコムもぼくも両方に呼び出しだ」そう言って片手を上げた。「心配は要らない。約束する。ぼくらの仕事に危険はない。ただ、彼の帰宅は遅くなるだろうな」

風船に針を刺すような失望に襲われる。ようやくこの人なら率直に話せると思ったのに、まだそこまで腹を割った話はしていなかった。ピッパは無理に笑顔を作った。

「わかったわ」

アンガスは立ち上がった。「お茶とビスケットをご馳走様。話すことができてよかった」

今度は作らなくても笑みが浮かんだ。「そうね。ごいっしょしてくださってありがとう」嘘のないことばだった。

犬も立ち去るまえにアンガスと同じく笑みを浮かべたように見えた。どちらも心なごませてくれる存在だった。アンガスとおしゃべりするのは旧友と話をするような感じだった。

そう考えてふいに不安になったのはなぜなのかピッパにはわからなかった。彼女はひとり首を振った。こんな被害妄想はやめにしなければ。

絶対に。

そう、わたしも隣に恋人が住むふつうの人間になれるはず。そこでピッパはどれほど遅くなってもかまわないので、帰宅したら起こしてほしいと走り書きのメモを書いた。そろそろお互い話をする潮時だ。

玄関のドアにメモを貼ってから、ピッパは片づけをするために家に戻った。ドアには鍵をかけなくても安全のはずだ。ファミリーに見つかったとしたら、鍵をかけていても彼らを止めることはできないだろう。それに、どこかの泥棒に目をつけられるかもしれないと考えるのは愚かなこと。そこでピッパは鍵のかかったドアを何分か見つめた。

体は動いてくれなかった。

ええ、そう。マルコムはノックすればいい。自分が起き出して彼のために鍵を外せないはずはない。

ピッパはため息をついた。

人生にかけた鍵もどこかで外す必要があるのかもしれない。まだその心の準備はできていないが。

いつかそうできる日が来ますように。

23

マルコムは一日じゅう、夜遅くまでファミリーに世話をされて過ごした。まずは庭を案内された。そこでは共同生活が健康的であることが強調された。女たちはみなリネンの服を着てブラジャーをつけておらず、とても友好的だった。男たちでさえ――会った人間は――みな親切で歓迎してくれているように見えた。どこへ行っても受け入れられている感覚があった。ありとあらゆる年代、人種、国籍のメンバーがいた。

自分が必要とされ、望まれている気分にさせられた。

アンガスの情報提供者であるオーキッドには一度も会わなかったが、それはまだ気にする必要はなかった。会ったことのない相手に会いたいと頼むこともできなかった。

庭を見せてもらったあとは一時間ほど瞑想に参加した。リズムを刻む音楽と短い聖歌《チャント》。みな同じことばを口にしていた。催眠術にかけられなくとも催眠状態にできるだけ近づく方法だ。それについてはナーリーに警告されていたが、まさしく彼女の言うとおりだった。

それから、自己防衛術のレッスンをしてくれと頼まれた。まずはじつにかわいらしく、熱心な子供たちに。次にティーンエージャーに。それから若い男たちに。最後は十八歳から四十歳の女たちだった。みなスキンシップをしたがり、畏敬の念を持って見つめてきた。マルコムが自制心の強すぎる皮肉っぽい元警官でなければ、すぐに罠におちいっていたかもしれない。

必要とされ、尊敬されるのは気分がよかった。

ずっと忙しくさせられていたせいで、一日じゅう何も食べていなかったことに気づいたのは夕食どきになってからだった。ああ。食べ物と睡眠。そうした厄介なものが脳の化学物質を変えるのだ。

あれこれ忙しくしているあいだに、邸宅内のレイアウトと人が出入りする時間帯を記憶した。

自己防衛術のクラスのあとにはまた瞑想に加わった。今度の音楽はより大きく、チャントもより激しかった。

瞑想を終えると、ドアのところでエイプリルが待っていた。「ねえ」彼女は誘うように手を彼の腕に走らせた。今は髪をポニーテールにし、二十歳という年齢よりも若く見える。ガーデニングをしていたせいで、肌が赤くなっている。「今日はすばらしいお務めをしたそうね」

「心休まる場所だな」少しばかり頭がくらくらし、目の焦点を合わせるのに意識を集中させなければならなかった。

エイプリルは彼の手をつかんで外のパティオへ引っ張り出した。「これから夕食なの。隣にすわってもらいたいと思って」

ミリセントは何度かあからさまな誘いを撥《は》ねつけてやると早々に姿を消したので、おそらくエイプリルにまた会うことになるだろうと踏んでいたのだった。マルコムは驚いたふりをした。「ああ、腹が減ったな。一日じゅう食べるのを忘れていた」

エイプリルはくすくす笑った。鈴の鳴るような若々しい笑い声だった。若すぎるほどの。「わたしもいつもそうよ。それはつまり、預言者様のおっしゃるとおりのお務めをしているということなの。自分自身を満たし、あるべき自分になっているということ」うっとりと見つめてくるまなざしには称賛の色があった。「あなたって驚くべき人だわ、マルコム」

ああ、みなやたらと褒めてくる。しかし、この若い女は心からそう思ってくれていた。一瞬罪悪感にとらわれたが、彼女を助けるためにも演技を続けなければならなかった。長丁場になりそうだ。

ふたりは外の雨よけのテントの下に並べられたテーブルのところへ行った。エイプリルが彼をすわらせた席はにこやかな顔とリネンの服が大勢集うテーブルのちょうど真ん中にあった。

食べ物は山ほど用意されていたが、誰も食べ物をとりに行こうとはしなかった。マルコムもそれに従った。すでにこの集団になじんでいるというわけだ。まだサイコロを振るべきときではないとわかっていたので、その戦術はうまくいっていた。まるでそんな気はないという態度。

イサク・レオンが横のドアから出てきてテーブルの上座についた。テーブルのまわりのエネルギーが高まった。

「ファミリーよ」イサクはテーブルについたひとりひとりを認めるようにすべてのテーブルに目をやった。「今日はわれわれみんなにとって価値のある一日だった。きみたちは称賛されるべきであり、愛されている」

どこまでもカリスマ性にあふれる男だった。着ている真っ白なリネンの服がわずかにほかの人々とちがっている。耳のまわりでカールした髪が真摯で愛情深い人間に見せていた。マルコムはイサクの用心棒にちがいないとみなした四人の男たちの姿を探したが、見えるところにはいなかった。集団のほかの連中とはあまり混じり合わないようだ。

清めがほしいと思わないかぎりは。エイプリルからそこまでは聞いていた。彼らはセックスのためにここにいて、女はそれを断るとがめられた。なんにしても、ファミリーは互いに奉仕し合うものなのだから。

イサクは話しつづけていた。集まった面々が空腹なのはまちがいなかったが、誰も食べ物のほうに目を向けることもなかった。みな一心に彼に目と耳を向けている。

ようやくイサクが食べる許可を出した。「愛する人々よ。どうぞ召し上がれ」そう言って腰を下ろし、横の席の黒っぽい髪の女が皿に食べ物をよそってくれるのを待った。驚くほど魅力的な女だった。カールした長い黒髪に褐色の目。浅黒い肌にはうっすらとそばかすが散っている。年は十八から三十のあいだのいくつと言ってもおかしくなく、年齢がわかるところはまったくなかった。

マルコムはまわりを見まわした。エイプリルがサラダとロールパンとチキンのキャセロールをとってくれた。

ドラッグはどこにはいっている？　どれにはいっていてもおかしくなかった。そこでマルコムはロールパンを食べ、チキンをつついた。サラダのドレッシングにはいっているのではないかと思ったからだ。もしくは、グラスにはいった水かもしれない。しかし、何も食べないわけにもいかなかったので、注意して食べた。

イサクが立ち上がって食事は終わった。集まった面々の皿が空になっているかどうかは関係なかった。彼が立ち上がった瞬間、ほかのみんなも立ち上がったのだ。

マルコムも自然にそうしていた。すごいな。この何気なく為されるカルト的儀式は恐ろしいほどだった。自分も自然と集団に従っていた。おもしろい。それからみな頭を下げた。いいだろう。マルコムも同じようにした。体からは力が抜け、イサクがまた祝福のことばを述べるあいだ、血管を高揚感が駆けめぐっていた。

ほんの少し体がふらついた。くそっ。ドラッグを摂取してしまったようだ。腹が立ってしかるべきだったが、体からは力が抜けており、心は穏やかだった。

「マルコム」イサクが低く響く声で言った。「私のオフィスに来てくれるかな? 話したいことがある」

エイプリルが興奮した様子で力づけるようにマルコムの手を軽く叩いた。ほんとうにやさしい子だった。

マルコムはテーブルから離れ、イサクのそばへ行った。そう、ドラッグを盛られたのはたしかだ。その事実がわかっているおかげで、今の状況に対し、多少力を得ることができた。気分がほぐれているだけで意識を失ってはいない。つまり、動けなくするつもりはないようだ。

イサクは先に立ってパティオを横切り、横のドアから家のなかへはいった。そこが彼のオフィスだった。マルコムはまたオフィスのなかを眺めまわした。本棚のそばに小さなテーブルがあり、長い机のそばには革張りの椅子が二脚置いてある。火が赤々と燃える暖炉のそばにはより大きな椅子が二脚とソファーがあった。マルコムはつまずいて倒れそうになるふりをし、あやういところで留まって靴下に隠していた盗聴装置を手にとった。

「あぶない」イサクが腕をつかみ、体を起こすのに手を貸してくれた。「大丈夫かい、兄弟」

「ああ。すまない。ちょっとバランスを崩してしまった」マルコムはそばを通りしなに盗聴装置を机の端の下にとりつけ、ぱちぱちと音を立てて火の燃える暖炉のそばの椅子に腰を下ろした。

イサクも椅子にすわり、マルコムのほうに身を寄せた。「日々の生活の苦痛がわれわれの精神から鋭敏さを奪うこともあるものだよ」心をなだめるような声だった。穏やかな声。「きみはずいぶんと酒を過ごしてきたね。警察時代の悪夢を払いのけようとしたんだな」

マルコムはうなずいた。「それはたしかにそうだ」

イサクは立ち上がり、壁のキャビネットに近づいて細い隙間を広げた。奥はバーになっていた。スコッチをふたつのグラスになみなみと注ぐと、戻ってきてひとつをマルコムに渡した。「アルコールは問題ではない。重要なのはなぜ飲むかだ」

つまり、ドラッグと酒の作用を利用するわけだ。押し売りがはじまろうとしている。

それでもマルコムは高価な霊薬をごくりと飲んだ。なつかしい味がした。

ドアが開き、三人の男が部屋にはいってきた。みな同じ明るい色のリネンの服を着ていたが、そのうちふたりは太腿に銃を装備していた。

マルコムは緊張すべきだと思ったが、体からは力が抜けすぎていた。「彼らはどうして武器を？」

イサクはため息をついた。茶色の目に悲しげな色が浮かぶ。「ファミリーを守らなければならないからね。外の世界にはわれわれやわれわれの生き方を脅かそうとする人々がいる。それを想像できるかい？」

マルコムはまた酒を飲んだ。「外から見ると、あんた方はカルト集団に見えるからな」

イサクの黒っぽい眉が上がり、唇の端が持ち上がった。「きみはどう思うんだ?」

ああ、絶対にカルトだろう。「ぼくに言わせれば、大勢がただ生きようとしているように見える」マルコムはさらに酒を飲んで言った。「最初はよくわからなかったが。みな明るい色の服を着てえらく幸せそうだったから」

「幸せなのはいけないことかい?」とイサクは訊いた。

「ふつうじゃないだけさ」マルコムは正直に答えた。

「どうして考えが変わった?」イサクも酒を飲んだ。

マルコムは銃を持った男たちにちらりと目を走らせた。「自己防衛術のクラスと銃さ。どちらもカルトとはそぐわない。ここにいる人たちは自分の身を自分で守るよう奨励されている。たとえそれが暴力に結びついても。そういうところはカルトっぽくないな」そう言って肩をすくめた。「ぼくの知るかぎりでは」

イサクは油断ないまなざしでマルコムをじっと見つめた。「それだけかい?」

マルコムはその目をまっすぐ受け止めてまた肩をすくめた。「わからない。なんにしても、どうでもいいと思っているところもあってね。あんたにわかるかな?」

「よくわかるさ」イサクはすぐそばの銃を持った男のほうを顎でしゃくった。男は身長百八十センチほどで、はげており、傷痕だらけだった。「ルロイは長年従軍していて、爆弾であやうく吹き飛ばされるところだった。ファミリーのところへ来たときには死にたいと思っていた」

ルロイはうなずいた。黒っぽい目にはほとんどなんの感情も浮かんでいない。「そうだ。ファミリーに救ってもらった」

イサクはよしというようにほほ笑んだ。「きみたち、私に用かな?」

「いいえ」ルロイは答えた。「地所内をくまなく調べたことを報告したかっただけです。それから、フェンスもいい具合に立てられつつあります。すぐによりよく守りを固めることができるはずです」

「よかった。では二時間後に会おう」イサクは言った。「マルコム、帰るまえにイーグルとジョージを紹介させてくれ。ファミリーを守るのに力を貸してくれている連中だよ」

マルコムはほかのふたりに会釈し、ふたりも会釈を返してきた。イーグルとジョージだって? ここでは誰が名前を思いつくんだ? ルロイとジョージについてはもとの名前を使っているのではないかという気がした。彼らはいったいどんな苦痛や重荷を背負っているのだろう? どうしてルロイやジョージは新たな名前を得て新しくはじめることにしなかったのか? それぞれのメンバーについてどこをどう押せばいいか、イサクにははっきりわかっているようだ。

男たちが部屋を出ていった。

マルコムは目をこすった。

「疲れているようだね。今夜はひと晩泊まっていくかい?」イサクが訊いた。「エイプリルが喜んでお相手するだろう」

マルコムは穏やかな表情を崩さなかった。「そうしたいのは山々なんだが、明日はぼくが最後に担当した事件の総まとめをするためにニューヨーク市警時代の上司と電話会議をしなくちゃならなくてね。それを逃せば、上司はすぐにわが家の玄関先に現れるだろうな」もちろん、そうなるのをイサクが望むわけはなかった。

「なんにしてもまずは義務をはたさなければならない」イサクは身を乗り出した。「その会議が終わったら、担当した件については片がつくのかい?」

「ああ。全員有罪の答弁をしていて、ぼくの最終的な証言を必要としているだけだ」マルコムは安堵するようにため息をついた。じっさいそんな気分だった。「そうしたら、ぼくは抜ける。もう覆面捜査に従事することも、自分でない誰かのふりをすることもない。長く従事しすぎてほんとうの自分が何者なのか、わからなくなるほどだったから」

「ここはそれを見極めるのにいい場所かもしれない」この男はほんとうに心なだめる声をしている。

マルコムは部屋を見まわした。「どうかな。ぼくは一日じゅうガーデニングをしたり瞑想したりするタイプじゃないからな」

「瞑想は重要だが、ガーデニングはそれほどでもない」イサクは笑みを浮かべてみせた。「きみのこれまでの経験を考えれば、ほかの分野で重要な役割をはたせるかもしれないな」

マルコムは酒を飲み終えた。「どんな?」

「時が来ればわかる」イサクは立ち上がり、ボトルをつかんで戻ってくると、マルコムのグラスを満たした。

「その役割にはエイプリルもからんでいるのかい?」マルコムは警戒心がほどけてきているというようにほんの少し呂律のまわらない口調で言った。思ったより簡単だった。どれほどのドラッグを盛られたのだろう?

イサクは忍び笑いをもらした。「それはエイプリル次第だな。しかし、どうやら彼女はきみのことが気に入っているようだし、喜んで……時間を割いてくれるかもしれない」

ためらいがちにドアをノックする音がした。

「おはいり」イサクが小声で言った。

ひとりの女がはいってきた。それが誰なのか、マルコムが気づくのに少し時間がかかった。最初のころに写真を見たピッパの母親だ。ブロンドの髪とピッパと同じ青い目。鼓動が速まろうとしたが、ドラッグがおちつかせてくれた。

「お邪魔してほんとうに申し訳ありません」女は四十五歳ぐらいにちがいなかった。美しく、か弱く見える。病気なのか？「ミセス・トムソンが夫のもとに戻りたいと言っているので、たぶん、彼女と少しいっしょに過ごしていただいたほうがいいのではないかと」

イサクは悲しげに首を振った。「夫には子供ともどもあれほどひどくなぐられたというのに。もうしばらく引き止めておいてくれ。ここを終えたら彼女と話すから」

女はお辞儀して部屋をあとにした。

「きれいな人だな」マルコムは首を傾げて言った。「とても」

「エンジェルもお相手できる。一日の辛い労働のあとに男をリラックスさせる技にとてもすぐれているんだ」イサクが小声で言った。「じっさい、彼女とエイプリルは両方いっしょでもたのしめるはずだ。あとできみとデザートをともにするようふたりに頼んでほしいかい？」

ピッパの母親と寝ると考えただけでぞっとした。「いや。でも、その申し出には感謝するよ。彼女は具合がよくなさそうに見えたんだが」

「ときに神はわれわれを罰するのさ」イサクが何気なく言った。「彼女はよくなる。私はそう確信している」

つまり、ピッパの母親は病気なのか？　どうにかしてそれをピッパに伝えるべきだろうか？　それとも、彼女はすでに知っているのか？　マルコムは手で目をこすった。

「頭が痛いのか？」イサクが訊いた。

「ああ」どんなドラッグを盛られたにせよ、こめかみがずきずきしはじめた。少なくとも長く続くものではないだろうが。

イサクは椅子にすわったまままえに身を乗り出して言った。「目を閉じて。私が力になろう」

妙なことだった。「わかった」マルコムは目を閉じ、体から力を抜こうとした。

イサクは指をマルコムのこめかみに押しつけ、閉じたまぶたに親指を置いた。「私たちのなかには特別な人間がいるんだ、マルコム。私に与えられた能力は自分でも理解できないものだが、私はきみの力になりたい」

閉じた目に光が走り、穏やかな感覚が全身に広がった。ああ。いったいこれはなんだ?

イサクが手を離し、椅子に背を戻した。

マルコムは目を開けた。まばたきをする。「気分がよくなった」今のはどういうことだ?

イサクはほほ笑んだ。「そうだろうとも。さあ、エイプリルがきみにはふさわしくないあのアパートメントに送っていくまえに、いくつか願いをかなえてもらえるかな?」

おそらく偽のアパートメントは家捜しされたのだろう。アンガスが精査に耐えられるよう整えてくれたのはまちがいない。「ああ」今のような経験をしたあとで頼みを断ることなどどうしてできる?

イサクはいくつか為すべき用事を書いたリストを広げた。そのなかには何ヘクタールもの土地を歩きまわって周辺の安全確認をするというものもあった。マルコムだけが人々の安全を保てるのだ。そう、何時間もかかるだろうが、女子供の安全を守る以上に重要なことがあるだろうか?

マルコムはうなずいた。思っていた以上にカルトにとって自分を眠らせないでいるのは簡単なことのようだ。

これでまた覆面捜査にはいることになった。そう考えると、胸をナイフで切られるような気がした。

24

マルコムのトラックが戻ってくる音がしたのは午前二時ごろのことだった。外は激しい嵐だった。ピッパはひと晩じゅう悪夢を避けようと寝返りをくり返していた。ベッドから出て窓辺に寄ると、マルコムがトラックから飛び降りるところだった。彼のでもアンガスのでもないトラックだ。ほとんど黒に近い藍色のトラック。運転手は見えなかった。

マルコムは彼女の家に目を向け、それから自分の家へと小道を歩き出した。

ピッパは急いでドアの鍵を外し、ポーチに飛び出した。雨風にさらされ、髪が四方に流れた。「マルコム?」と呼びかける。

彼は一瞬ためらってから、なかば振り向いた。ピッパが息を止めて待っていると、向きを変えて彼女のほうへ歩き出した。楽々と茂みをまたぎ、雨のなか、悠々と彼女の家の小道を近づいてくる。「どうしてこんな遅くまで起きているんだい?」彫りの深い顔を雨が伝った。

「眠れなくて」張りつめたものがふたりをとりまいたが、それは嵐によるものだけではなかった。

稲妻が光り、マルコムは顔をしかめた。「ここでは雨がやむということはないのかな?」

ピッパは玄関で一歩脇に下がった。「あるわ。でも、春はこれがふつうね」彼はいったいどうしてしまったの? 肩はぴんと張りつめ、これだけ近くに寄ると、首の血管がどくどくと脈打っているのがわかった。「大変な一日だったの?」と訊いてみる。

マルコムはうなるような嘲笑をもらした。「そう言ってもいいな」彼はたくましい手で濡れている髪を梳いた。雨が薄いコットンのシャツを肌に貼りつかせ、筋肉が盛り上がっているのがわかる。

その姿からはエネルギーが四方に発散されているように見えた。暗く、深い……怒りにすら満ちたエネルギーが。「上着はどうしたの?」言うべきことばを探してピッパは訊いた。彼の気分をはかれることとならなんでもいい。

マルコムは顔をしかめ、今や静まり返っている道に目をやった。「トラックに置いてきた」

ピッパはほんの少し膝がもろくなった気がした。手が震え、もう一歩あとずさりたくてたまらなくなる。「その、今日一日のことを話したい？」肺がふつうに機能しなくなる感じだった。

「いや」怖いほどの高さから鋭い緑の目がピッパを見下ろした。こんな彼を見るのははじめてだった。「嘘をつかれるのにはうんざりだ。あやつられるのにも。覆面捜査にもうんざりだ」

そう、また覆面捜査に戻ったのではないかと思っていたのだった。今彼が話しているのが仕事のことであってわたしのことでないといいのだけれど。わたしが怯えていたときには、彼が力になってくれた。「なかにはいって抱き合いたい？」力を振りしぼって彼の濡れた肩に手を伸ばし、引きしまった筋肉を指でつかむ。「肩をもんであげてもいいわ」

「きみにもんでもらいたいのは肩じゃないな」くぐもった声になっている。

ピッパは目をしばたたいた。露骨なことばには虚をつかれたが、体はやわらかくなった。どこもかしこもが。「はいって、マルコム」

「いや」マルコムは肩を振って彼女の手を払った。「すまない。こんなことを言うべきじゃなかった」ウィスキーの香りが彼のほうから風に乗って漂ってきた。「こういうのはよくないよ、ピッパ。今のぼくは安全な場所じゃない。きみにとって」

それはどういう意味？　多くは知らなくても、マルコムに傷つけられることはないとわかっていた。「大丈夫よ」

彼は濡れたジーンズのポケットに手を突っこんだ。彼女に触れまいとするように。

「いや、大丈夫じゃない。今夜はだめだ。まえのようにやさしくはできない。明日、話そう」

「あなたはあれでやさしかったの？」ピッパは少なからず興味をそそられて思わず言っていた。

彼の忍び笑いには警告がこめられていた。「そうさ、ピッパ。あれでやさしかったんだ」

腹のあたりで募った熱が下へと引っ張られる。話をしなければならなかったが、マルコムがこういう気分でいるときはだめだ。どこかとても苦しんでいるようで、力になってあげたかった。どうにかしてこの荒れ狂う怒りをなだめてあげなくては。

「だったら、家のなかにはいってもやさしくしなくていいわ」ピッパはできるかぎりの勇気をもって彼と顔を突き合わせた。

「きみは自分が何を言っているのかわかっていないんだ」なかからもれる薄明かりが険しい顔の上で躍り、暗いまなざしが磁石のようにピッパの目をとらえて放さなかった。「これについてはぼくの言うことを信じてくれ。家にはいってベッドに行くんだ」

「いやよ」ピッパは顎をつんと上げた。「あなたのこと、怖いとは思わないわ」

マルコムは彼女にさらに近づいた。体から発せられる熱のせいでふたりのあいだに湯気が立った。「きみはもっと賢いはずだ。さっさとベッドにはいるんだ」

ぞくぞくする感覚が背筋を這い降りた。血管をアドレナリンが駆けめぐる。これは挑戦よ。遊び方のわからないお遊び。それでも、荒っぽく命令すれば引き下がるだろうと思っているのなら、それは考えちがいというもの。「どうして？」彼女は小声で言い、彼のそばに身を寄せた。自分を止められなかった。好奇心と激しい欲望につき動かされていた。

マルコムは分厚いブーツに押しつけられた小さな裸足の足を見下ろした。ふたりのあいだの緊張が最大限に高まる。「最後のチャンスだ、ピッパ。ベッドに戻るんだ」

ふたりをとりまく嵐が咆哮《ほうこう》をあげるなか、ピッパは突然竜巻の通り道に身を投げ出した気分になった。文字どおり、トラをつつくようなものかもしれない。ピッパは彼の胸に指を押しつけた。「戻らせてみて」

マルコムははっと首をそらした。顔の皺ひとつひとつにむき出しの欲望が宿っている。「わかった」息を呑む暇もなく、腹に肩をあてられて持ち上げられていた。硬い筋肉に腹を打たれ、ピッパの肺から空気が押し出された。ショックでしばらくことばも出なかった。

髪が下に垂れたと思うと、いきなり家のなかにはいっていた。ピッパはもがきはじめた。

「やめて」そう言って拳で彼の右の腎臓あたりをなぐった。

声を殺した悪態をつくやいなや、手が尻に降りた。思いきり。ピッパは彼の手がもたらした痛みに悲鳴をあげた。ああ、痛い。でも、気持ちよくもある。熱くなって、じんじんしている。いったいなんなの？　ピッパはまた身をよじり出した。マルコムは彼女の体をひっくり返し、キッチンカウンターの上に載せた。

ピッパはあえぐように息をした。

「教えてもらわなきゃならないことがある」彼の声は荒っぽいというよりも、ひりひりするようなかすれたものに変わっていた。「引き金はあるのか？」

ピッパは目をしばたたいた。「引き金？」銃の引き金ということ？

マルコムはさらに顔を近づけ、うなるように言った。「そうだ。今ぼくを怒らせないでくれ、ピッパ。悪夢のことは聞いた。きみは虐待されていたのか？　体を探られていたとか？　ぼくは今ここで引き下がらなきゃならないのか？　ほんとうのことを教えてくれ。言うとおりにするから」

ああ。荒れ狂う大波に全身を揺さぶられながらも、心がふくらむ気がした。「虐待？　たぶん。心の面ではたしかに。精神的虐待はあった。あらゆる意味で」その多くはカウンセリングで克服したのだった。

彼が発した声は獣の吠える声のようだった。「そいつらがまだ死んでいないとしても、すぐに命はない」体は死をもたらす一本の硬い線のようになっていた。約束をはたし、危険をもたらす。

ピッパは息を呑んだ。「子供のころに体を触られたりはしなかったわ。肉体的な虐待は何も。引き金もないわ。わたしは大丈夫よ」ほんとうに久しぶりに心から大丈夫と言えた。鋭敏になった体も心も彼だけに向けられていて、呼吸すらできなくなるほどだった。

濃い色の目に目をとらえられたと思うと、顔が近づいてきた。ほんの数センチのところまで。「きみを下向きに押さえつけても大丈夫かい？」

ショックとスリルが全身に走った。想像しただけで痛むほどに胸の頂きがとがった。

「ええ」今度は声がかすれた。「あなただったら大丈夫じゃないかもしれないけど」

挑むようなことばにマルコムは顎を上げた。「尻を打たれたことは？」

口のなかの唾液が干上がった。「ないわ」ピッパは小声で答えた。肌が感じやすくなる。

「今度挑発するようなことを言ったら、打つからな」

はっきりした脅しに彼女は濡れた。いっそう。恥ずかしがるか不安に思うべきだった。しかし、これを望んでいたのはたしかだ。完全に解き放たれた彼がほしかった。彼のなかに感じていた荒々しさ、はじめて会ったときから惹きつけられずにいられなかった原始的な一面が……ほしくてたまらなかったのだ。ピッパは手を伸ばして鋼のように硬くなったものを包んだ。「あなたって最低のくそ野郎だと思うわ、マルコム」

マルコムは身をそらした。肩幅が広くなったように見える。「今、なんて、言った？」ことばが切れ切れになっている。

わたしは何をしているのだろう？　自分を止められない気がした。マルコムは自制心を働かせようと必死になっている。本来の自分をぶつけられない、か弱い存在であるわたしを扱うために。これは闇の部分なの？　だったらそれもほしい。彼の一部なら、それも必要だ。「こうやっておしゃべりしていることよ。怖がっているのはあなたのほうだわ」口がことばを発するのをやめようとしなかった。

外では雷鳴がとどろき、雨が容赦なく窓に打ちつけていた。

マルコムは動かなかったが、体が震え出していた。世界じゅうが息をひそめているような気がした。ようやく動いたときも自分を抑えているように見せかけていたため、ピッパは虚をつかれた。顔を突き合わせたかと思うと、次の瞬間には両手首をつかまれ、うつぶせにキッチンテーブルに押しつけられていた。「ぼくは最低のくそ野郎になるのはいやだ」彼はそうつぶやいて彼女のヨガパンツを脚から下ろした。

ピッパはかすれた息を吸った。足が空を蹴る。こんなことをさせるわけには――

「マル――」

むき出しの尻を平手で打たれたとたん、ことばが喉につかえた。ピッパは身を起こそうとしたが、背中にあてがわれた手でその場に押さえつけられていた。それから大きなてのひらがもう一度、尻に打ち下ろされた。鋭く大きな音がし、すぐさま焼けるような痛みに襲われた。即座に目に涙があふれた。「そういう意味で言ったんじゃ――」

「いや、そういう、意味で、言ったんだ」ひとことごとに四度平手打ちされる。

彼が加減をしなかったせいで、さらに目に涙があふれた。逃げ道を与えてもらったのに、挑んだのはわたしだ。止めることもできたのに。今だって頼めばやめてくれるだろう。しかし、脚のあいだがひりひりと熱くなり、脈打つようにうずいていたのでピッパは何も言わなかった。

痛みと悦び。こんな経験ははじめてだった。マルコムがドアのそばの照明をつけ、ピッパは抗議するように目を閉じた。

「ほら、このほうがいい」熱くなった尻にてのひらを走らせる彼の声は渇望に満ちていた。「とてもきれいな明るいピンク色だ」そう言ってまた尻を叩いた。

ピッパは背をそらした。尻から脚のあいだへと熱が移っていく。思わず声をもらす。マルコムは大きな手で彼女をテーブルに押しつけたまま身をかがめた。熱い息が耳にかかる。「教えてくれ、ピッパ。きみはぼくを挑発し、さして抗おうともしなかった。体はきれいなピンク色になっている。はじめて尻を叩かれたのが気に入ったのかい？」暗く荒々しい声が震えている。

ピッパは唇を引き結んだ。そうだとしてもすべてを認めることはできない。「いいえ」

彼の忍び笑いを聞いて体が震えた。「ぼくに嘘はつきたくないはずだ」マルコムは腰からひりひりしている尻へ、そして脚のあいだへと手を這わせた。指がむき出しの部分に触れ、電気が走ったような衝撃にピッパはあえぎ声をもらした。「それなのにきみは嘘をついた」なめらかな襞《ひだ》のなかに指が差し入れられ、腫れたつぼみを撫でた。低い声がもれ、ピッパの全身がぶるぶると震えた。驚くほどの激しさで悦びに貫かれる。

「嘘つきには罰を受けてもらう」マルコムは片手を彼女にあてたまま、もう一方の手で尻を打った。思いきり。

ピッパは声をあげ、突然頂点へと押し上げられた。体をこわばらせる暇すらなかった。その感覚に押しつぶされたようになって必死に体を彼にこすりつけていた。襲ってくる波とともに激しく呼吸する。

ピッパはすすり泣きながらひんやりした木製のテーブルにぐったりと体をあずけた。鼓動は健康的とは思えないほど速まっていた。

「う、ご、く、な」マルコムが彼女の尻をつかんだ。痛みが走り、悦びと混じり合ってまた達しそうになる。静かなキッチンにベルトを外す音が響き渡った。

ピッパは身をこわばらせた。

マルコムは忍び笑いをもらした。あまりに暗いその声にピッパの体はさらに震えた。竜巻にとらわれた小枝のようだった。ジーンズのファスナーが下ろされた。罰を受けた尻に革がこすれる感触があり、ピッパはびくりとして息を呑んだ。「動くなと言ったはずだ」

ピッパははっと目を開けた。体が抗うように震えた。

マルコムはベルトを彼女の頭のそばに置いた。「悪くなかったよ」おもしろがっているのが体から感じられた。マルコムはまた身を倒し、口で彼女の耳たぶをとらえた。湿っていて、熱く、ああ、引きしまった口。軽い音を立てて口が離れた。「大丈夫かい？」

そう訊いてくれたという事実にピッパは泣きそうになった。涙をまばたきで払い、影に沈んでいる彼の顔のほうに顔を向けた。「ええ。あれで全部？」声は震えていたが、はっきりと挑む口調だった。

「いや。あと少しさ。まだきみはすっかり降参していないからね」マルコムは身を起こした。コンドームの包みが裂ける音がした。やがて彼は濡れた入口に身を置き、両手で彼女の腰をまっすぐテーブルから持ち上げた。

ピッパは最後のときに備えるかのように深々と息を吸った。

信じられないほど強いひと突きで彼はなかにはいってきた。奥まで、ひと息に。痛みをともなう侵入にピッパは首をそらし、体を弓なりにした。深く激しく、彼は彼女のすべてを満たした。下半身をその角度で押さえつけられているため、ピッパは動けなかった。腰をつかまれ、荒々しい太腿を太腿の裏に押しつけられ、為すすべもなかった。

そう考えただけで頂点に達しそうになる。体からこわばりがとれ、ピッパはぐったりとテーブルに伏せた。

「ほうら」マルコムは指を彼女にきつく押しあてながら言った。「次に尻を叩かれたときにはすぐに降参するんだな」

次に？　今度は耐えられるかどうかわからなかった。

ばらばらになった体をひとつにまとめる暇も与えてもらえなかった。激しく強く突かれ、テーブルの上を体が動いた。その体を彼が自分のほうに引き戻した。痛みと鋭い悦びが混じり合い、ピッパは頂点に達するぎりぎりのところで踏み留まっていたが、部屋全体がぼやけて見えた。

彼の激しい息遣いと肉と肉がぶつかり合う音が外の雷鳴を圧倒していた。彼はどんな獣にも負けないほどのスタミナで動きつづけ、ピッパは限界を超えるぎりぎりのところにいた。

なんの警告もなしに、マルコムは手を下に動かして彼女のつぼみを軽く叩いた。

ピッパは彼の名前を叫びながら爆発した。体の震えは制御不能だった。目には星が走り、体から四方八方に火が噴いた。絶頂のあまりの激しさにピッパは目を閉じ、抗わずにそれに呑みこまれた。

マルコムは彼女のなかに思いきりみずからを突き入れたかと思うと動くのをやめた。解放を迎えた体は痙攣《けいれん》している。

いくつか鼓動を数えるあいだ、ふたりはそのままの態勢でいた。やがて彼が身を引き離し、そっと彼女の体をまわすと、胸に抱き寄せた。首をかがめてキスをする唇はやさしかった。「ベッドで最後までやろう」

25

久しぶりの安らかな眠りからマルコムを引きずり出したのは携帯電話だった。「なんだ?」彼は目を開けもせず、マットレスにあおむけになったまま通話口に向かって言った。

「アンガスだ。イサク・レオンのオフィスにきみがしかけていた盗聴装置が何かをとらえたんだよ。連絡するのは控えていたんだが、われわれはすでに十分まえに出発している」

マルコムはしょぼしょぼする目を開けた。ドラッグを盛られ、酒を飲みすぎたあげく、人生で最高のセックスをしたのだった。電話の時計に目をやると、まだ午前四時だった。「たった一時間の睡眠じゃ耐えられないな」くそっ、一時間以下だ。ピッパと何度も愛を交わしていた。

「悪いな。きみが必要なんだ。心の準備をしておいてくれ——作戦決行だ」アンガスが電話を切った。

マルコムは体を目覚めさせようと息を吐いた。ピッパは静かに眠っていた。膝を彼の肋骨にあて、頭を胸に寄せて子猫のように身を丸くしている。

自分のものだという思いに喉をつかまれた。深い渇望に満ちた危険なその思いは、獰猛《どうもう》すぎて手なずけられないほどだった。今夜ふたりは一線を越えた――ありとあらゆる類いの一線を。彼女はぼくのものだ。どちらかがまだその心の準備ができていないとしても。

マルコムはそっとピッパから身を引き離し、ベッドから降りると、振り返って彼女に上掛けがかかっているのをたしかめた。

ピッパが何かつぶやき、さらに身を丸くした。「マルコム?」眠そうな声はなまめかしく、セクシーだった。

「大丈夫だ。仕事に行かなくちゃならない」ジーンズはどこだ? マルコムは暗い床を見まわしたが、何も見あたらなかった。待てよ。服は全部一度目のときにキッチンに置いてきたのだった――銃とともに。「また眠ってくれ」

ピッパは目をこすった。「あなたと話をしたかったの。わたしたち、話をしなきゃならないわ」

ああ、たぶんそうだろう。そろそろほんとうのことを打ち明け合い、そこからどうするか考えるときだ。マルコムは身をかがめて彼女にキスをした。「戻ってきたら話し合おう。もう隠し事にはうんざりだ、ピッパ。ここからはいっしょにやっていこう」そう言うと、言いたいことが伝わったかどうかたしかめるために彼女の下唇を噛んだ。「今は少し眠っておくんだ」

ピッパはキスを返してきた。「おなかが空いていたら、夕方アンガスが訪ねてきたときに残ったビスケットがあるわ。持っていって」そう言うと、やわらかなため息とともに上掛けにもぐりこんだ。

「アンガス・フォースがここに？」とマルコムは訊いた。体が冷たくなり、やがて熱くなった。熱すぎるほどに。

ピッパは何かつぶやいたが、すでにまた眠りに落ちていた。

いったいどういうことだ？　もうひとつの部屋でジーンズとシャツを見つけ、ウルフのトラックが表に横づけされたときにはベルトのバックルを留め終えていた。

銃をベルトに差しこむと、急いでドアの外へ出て背後で鍵がかかるのをたしかめた。それからトラックに歩み寄り、助手席のドアを開けた。なかに飛び乗り、アンガスのシャツをつかむ。「いったい今日ここで何をしていた？」

ウルフが運転席から傍観者の暗いまなざしを向けてきたが、マルコムを止めようとはしなかった。

レイダーが後部座席で咳払いをした。「車を出してから話し合ったらどうだい？あまり時間がない」

アンガスはマルコムの手を払いのけようとはしなかった。「ちょっと寄ってピッパとたのしくおしゃべりしただけだ。彼女と寝ていない人間も多少は彼女のことを理解しなくちゃならないからな。そう呼びたければプロファイリングと言ってもいい。すばらしいビスケットと悪くないラベンダーのお茶をご馳走してくれたよ」

くそ野郎。マルコムはアンガスを放し、ドアを閉めて後部座席のレイダーの隣に飛び乗った。革の上着は残していったその場に置いてあった。マルコムはそれをはおった。「彼女にかまうな」

ウルフはバックでトラックを出し、スピードをあげて街へ向かった。

アンガスはため息をついた。「魅力的な女性だ。きみが気に入った理由もわかる。世界征服や大量殺戮《さつりく》について話し合う機会はなかったが、彼女が複雑な子供時代を送ったことはわかったよ」

「ばかばかしい」マルコムは窓の外の闇に目を向けたまま言った。「わかったのはそれだけか?」

「いや。彼女はすっかりきみに夢中になっている。それについては抗うつもりはないようだ。将来を求めているような気がしたよ。つまり、自爆はないということだ。でも、それほど多くの時間を過ごしたわけじゃないからな」とアンガスは言った。

「ぼくは多くの時間を過ごした。彼女はカルトにはかかわっていない」とマルコムは断言した。睡眠を求めて目が痛んだ。

「いいだろう」アンガスは静かに言った。「ただ、これだけは言っておくが、彼女はぼくに車を見せた。動かないと言っていた」

マルコムは身をこわばらせた。「どこへ行こうとしていたんだ?」

「教えてくれなかった」

友達を訪ねたかっただけかもしれない。昨日の晩は逃げようとする素振りはなかった。話をする暇がなかったので、動かない車について教えてくれようともしなかったのだ。

直してやらなければならないだろう。「逃げようとしているわけじゃない」

「そうだろうな」とアンガスも言った。

レイダーがため息をついた。「話に割ってはいって悪いな。盗聴していたんだが、イサクはメンバーの男ふたりをミニュートヴィルの薬局強盗に送りこんだ。じっさい、その計画はよくできていた。少なくとも一カ月は計画を練っていたようだな。ブリジッドに全国で同様の強盗事件がないか調べてもらっている」

「ドラッグと金か」マルコムは言った。「理にかなっている。それで、どうするつもりだ？」

「ふたりの男はつかまる」アンガスが座席に背をあずけて言った。「公然とな」

レイダーはにやりとした。「地元警察を張りこませている。メディアにもそっちからすでに情報が流れているはずだ。流れてなければ、男たちがつかまってすぐにぼくが流す」

「誰が逮捕することになるんだ？」マルコムは聞いたことを整理しながら尋ねた。

「地元警察さ。ただ、ドラッグがかかわっているから、連邦政府も介入することになる。すべてうまくいけば、ふたりの男は一時間以内にわれわれに拘留されることになる」アンガスが振り向き、レイダーにうなずいて見せた。「ＨＤＤからはきみとぼくが派遣される。ウルフとマルコムは今はまだ表に出したくない」

「了解」とレイダーは言った。

アンガスは後ろに顔を向けた。「マルコムとウルフ、きみたちにも現場の近くで待機してもらいたい。カルトのくそ野郎のどちらかに逃げられた場合に備えて。今日そいつらのことはつかまえなくちゃならない。それは絶対だ」

「焦らなきゃならない理由が何か?」とレイダーが訊いた。

アンガスは首を振った。「はっきりはわからない。数日のうちに何かことを起こすために連中が準備しているとオーキッドが言っている――何か大きなことを。それがなんであれ、彼女はその計画には加わっていない」

マルコムは顎をこすった。生えかけたひげが手をひっかいた。どこかのタイミングでひげを剃らなければならないだろう。「今夜の計画がうまくいかなかったら、イサクはどこに問題があったのか探ろうとするだろう。あんたが陰でうまくやっていると思っているところに問題を見出《みいだ》すかもしれない。オーキッドの首尾はどうなんだ?」

「首尾はあまりよくない。彼女が物を売ったり、新しいメンバーを勧誘したりするために外へ出るときに会う手はずを整えてきたが、何度か仲間たちから離れなければならないことがあった。疑われているとは思わないが、どうだろうな」アンガスはヒーターのスウィッチを切った。「きみのほうが覆面捜査の経験が豊富で、今はカルトにはいりこんでいる。きみはどうしたらいいと思う?」

マルコムはジーンズに手を走らせた。ひと晩のうちに乾き、ごわごわになっている。

「ちょっと考えさせてくれ。彼女のことは救い出さなきゃならない気がするんだ。急いで」

ウルフはトラックを二十四時間営業の食料品店の外に停めた。駐車場の照明はこうこうと照っていたが、こんな時間に買い物をする人間はいなかった。「薬局は南へ三ブロック行ったところにある一軒家だ」

アンガスはタブレットで呼び出した周辺地図を手渡してよこし、それぞれの配置を指差した。「マルコムはここで、レイダーはそっちだ」

マルコムは車から飛び降りた。少なくとも雨はやんでいた。「やつらをつかまえたら、どこへ連れていくんだ？」

「本部には尋問室がふたつある」アンガスは車のドアを閉めながら言った。

マルコムは足を止めた。「どこに？」

「エレベーターのすぐそばさ。小さなドアがあるだろう？　みんなクローゼットだと思っているようだが」アンガスは自分の銃を確認した。

サイレンが薄闇を切り裂いた。

「くそっ、行こう」アンガスが駆け出しながら叫んだ。

マルコムは新鮮な空気を吸いこんで影のなかに足を踏み出した。一行はすばやく現場に到着した。ふたりの制服警官が――ひとりは年のせいで腰が曲がっているような警官だ——派手なピンクの建物から手錠をかけたふたりの男を連れ出すところだった。

アンガスはレイダーに合図した。「作戦実行だ」

マルコムは足を止め、脇に留まった。ウルフも同じようにした。駐車場では記者の車が停まる音がしている。「戻れ」マルコムはささやいた。

死者のように音もなくウルフは影のなかに引き下がった。「うまくいったな」うまくいきすぎでは？　マルコムは首を伸ばしてイサクのふたりの副官、イーグルとルロイを見やった。どうやら今夜ジョージは留守番になったらしい。

「今度カルトの家に行ったら、その瞬間にイサクに撃たれるかもな」ウルフが世間話でもするような口調で言った。

アンガスがバッジを見せて地元警察とやりとりする様子をマルコムは見守っていた。レイダーはすぐに報道のカメラを制止するために動いていた。すでに魅力を振りまいているのはまちがいない。

「ここは悪くない。暗闇は」とウルフが言った。

マルコムは万が一に備えて警戒はゆるめなかった。「ああ、そうだな」

「カルトの連中に撃たれないといいな」ウルフは言った。「撃たれても、心配は要らない。ひとり残らず見つけ出して首を引きちぎってやるから。文字どおりの意味で」

マルコムは元兵士に鋭い目を向けた。古いスズカケノキの近くにかろうじて輪郭がわかる程度だったが。「それはうれしいな、ウルフ」この男はいかれているのか？それとも仲間思いなのか？　もしくは両方か？　とはいえ、いいところを突いているのはたしかだ。イサク・レオンはばかではない。突然元警官が現れたと思ったら、ファミリーの中核のふたりの男が——これまで長年あちこちで盗難や強盗をくり返してきた男たちが——つかまった？「イサクが捜索をはじめるまえに盗聴装置を回収してこなきゃならない」

「あんたが邸宅に現れたときに、手下がつかまったのをまだ知らない可能性もあるしな。どういう計画になっているんだ？」ウルフがささやいた。

「エイプリルが午後一時に偽のアパートメントに迎えに来ることになっている」つまり、頭を吹き飛ばされずに済む方法を考えるのに数時間しか残されていないということだ。

ウルフが背筋を伸ばした。「さあ、来るぞ」

地元警察が見るからに苛立った様子でふたりの男をアンガスに引き渡しているところだった。どこからともなくバンが現れ、アンガスがふたりをそちらへ連れていった。

「バンを使うのはいい感じだな。アンガスが何から何まで計画済みだと感じたことはないかい？　チームのために分刻みの計画を」マルコムは訊いた。

ウルフは肩をすくめた。「おれに言わせれば、彼でよかったよ。悪い連中をつかまえたいと、それだけを思っている人間だから」

「どんな代償を払ってもか？」マルコムは静かに言った。

ウルフはガムをとり出して包み紙をむいた。「どんな代償を払ってもだ。そういう」

ものじゃないか？」

マルコムはゆっくりと息を吐いた。ああ、そういうものだ。ただ、生まれてはじめて、自分には失うものができた。そしてピッパはまさにこの事件の中心にいるのだ。

26

　クッキーをオーブンから出したところで携帯電話が鳴った。ピッパは電話をとりに行こうとしたが、尻がひりひりして思わず顔をしかめた。それから妙に軽い気分になって忍び笑いをもらした。マルコム・ウェストはたがが外れると荒々しい人間になる。ピッパは通話ボタンを押した。「もしもし？」

「ミズ・スミスですか？　こちらレンチズ・メカニクス・アンド・モアのリリアーナです。お車を拝見する時間の空きができたら、連絡してほしいとのことだったので。最低でまぬけなくそ野郎の恋人に昨日の晩捨てられたので、今朝体が空いたんです」力強く、女性的で、若い声だった。「ミニュートヴィルから二時間ほどとおっしゃってましたよね。数分でそちらへ出発できます。彼氏がうちに残した服を燃やし終えたところなので」

　ピッパは息を呑み、話についていこうとした。「その、いいわ」すごい。ついていけないほど。

「住所を教えてほしいんですけど」リリアーナは砕けた調子で言った。

ピッパは首を振って頭をはっきりさせようとした。住所を教えるのは内心のすべての思いに反する行為だったが、選択の余地はなかった。ピッパはおどおどしないようにしっかりした声を出そうと努めて住所を述べた。

「わかりました。二時間ほどでうかがいます。途中でカフェラテを買っていくと思うんですけど、何か要りますか？」リリアーナは訊いた。

ピッパは唇を嚙んだ。「いいえ。でも、ありがとう」女性が到着するころにはカフェラテは冷えてしまっているだろう。

「それじゃ、またあとで」リリアーナは電話を切った。おそらく写真か何かを燃やしに行ったのだろう。

いいわ。信頼できるウェブサイト電話帳に載っていた整備士の女性なのだ。レビュー欄には山ほどレビューが寄せられており、なかには五年もまえのものもあった。おかしな罠ではない。ファミリーの誰かに見つかったのだとしたら、車を動かなくして時間を稼いだりはしないだろう。即座に連れ戻しに来るはずだ。

ピッパは咳払いをした。どんな形であれ、マルコムとの人生を考えるなら、すべてを疑ってかかるのをやめなければならない。短縮ダイヤルを押してピッパはトリクシーに電話をかけた。

発信音が鳴り、機械の声がメッセージを残すように告げた。ピッパは顔をしかめ、すばやくメッセージを残した。電話に出ないのはトリクシーらしくなかったが、おそらくレストランで朝のシフトにでも就くことになったのだろう。

ピッパは首をストレッチし、電話を下ろした。全身がさまざまに痛んだ。キッチンテーブルに目をやると、顔に熱がのぼった。

マルコムにされたことを思い出して。そのどれについても自分が挑発的な態度をとってやらせたことだ。なぜか心が軽くなったように感じられた。ふつうの人にとっては、これが愛というものなの？　わたしは彼を愛しているの？　知り合ってまだほんの少ししか経っていないのに。

それがほんとうに問題？

もっと重要なのは自分がそれをどうしたいかではないの？　怯えて隠れる生活には飽き飽きしていた。彼が帰ってきたら、糖分で彼がハイになるまでクッキーを食べさせ、それからすべてを打ち明けよう。とくに刑務所送りになるかもしれない最悪の部分を。

すでにその日の仕事は終えていた。建設会社は事業を拡大しており、S法人（法人としての課税を受けない小規模法人）の申請書類の作成を依頼してきていた。それは驚くほど容易な仕事だった。だからこそ、クッキーを焼こうと思ったのだ。マルコムに職場に持っていってもらってもいい。

ピッパが二時間ほど満ち足りた思いでクッキーを焼いていると、車が近づいてくる音がした。誰だろうと窓から外をのぞくと、グレーの車体の側面にレンチズ・メカニクス・アンド・モアというロゴのはいったバンだった。身長百八十センチほどの黒い巻き毛の女性が車から飛び降りた。弾むような足取りはエネルギーに満ち満ちている。カバーオールと細い道具用ベルトを身につけていても、ショーに出演するモデルのように見えた。曲線に恵まれたしなやかな体。すぐにもその女性はドアをノックしていた。

ピッパはエプロンで手をぬぐい、ドアを開けた。鼓動が速くなる。まったく見も知らぬ人間を家に招き入れようとしているのだ。

「こんにちは。あなたがピッパね。リリアーナです」と女性は言った。輝く茶色の目よりも肌は濃い色をしている。「車はどこです？」

「ガレージよ」これほどのエネルギーをまえに少しばかり威圧されながらも、ピッパはリリアーナをガレージへと導き、扉を開けた。「恋人のことはお気の毒ね」こんなことを言うのはぶしつけかしら？

「ええ、そうでしょう？」リリアーナは首を振った。「まったく最低よ。付き合って六カ月にもなるのに、彼ったら、『まだこういう関係になる心の準備ができていない気がする』って感じなの」声が低くなり、しゃくりあげるような口調になった。

「まったく」リリアーナは車に近寄ってボンネットを開けた。「どうなってるのか見てみましょう。確認する必要があるかもしれないんですが、オーナーズ・マニュアルはグローブボックスのなかですか？」

「ええ」ピッパはためらいながらそこに立っていた。「わたしがここにいる必要がなければ、今クッキーをオーブンに入れているの。用があったら、家にはいってきて」

「了解」リリアーナは身をかがめ、元恋人の真似をしながらエンジンを調べはじめた。

「『きみのことは好きだし……』」

ピッパは笑いを嚙み殺して小道に出ると、家に戻ってドアを閉め、足を止めた。五年ぶりに鍵をかけなかった。リリアーナがはいってくる必要があるかもしれない。そろそろふつうの生活をはじめなければならない。マルコムと暮らすならそうする必要がある。

十五分ほどしてリリアーナがドアをノックし、ピッパははいってと呼びかけた。正気の人間ならそうするように。

すでに皿に並べてあったクッキーを持って居間にはいっていくと、リリアーナは玄関のドアのところで待っていた。「すわらない?」

リリアーナは黒っぽい眉根を寄せた。「え、ええ」そう言って暖炉のそばの椅子のところへ向かった。ベルトにつけた工具が触れ合って音を立てた。「クッキーを勧められることなんてないので」それでもピッパが皿を置くと、一枚とって食べ、目をぱちくりさせた。「すごくおいしい」

「ありがとう」ピッパは田舎者になった気分で腰を下ろした。「それで、車は修理できるかしら?」貯金は多少あるが、車を買い替えるには足りない。

リリアーナはことばを探しているような目をしながらクッキーを食べ終えた。「その、あまりよくないわ。あなたと恋人との関係はどんな感じなの?」

ピッパの心のなかで警報が鳴った。「ええと、悪くないわ。どうして?」

リリアーナは深々と息を吸った。「ボンネットを開けて調べたかぎりではどこも悪いところはなかったの。それで、もう少し調べてみて、オーナーズ・マニュアルを確認したら、イグニッション・ヒューズはダッシュボードの下だとわかったの。まあ、ふつうはそこにあるものなんだけど」

ピッパは両手を組み合わせた。安堵が心に広がった。「ああ、よかった。ヒューズが焼き切れただけなのね」ヒューズだったら、手に入れるのも簡単なのでは？

「いいえ」リリアーナは首を振った。「ヒューズはなかったわ。なくなっていたの。完全に」

ピッパは背筋を伸ばした。そんなのおかしい。「とれてしまっただけじゃないの？　見つかった？」

リリアーナの眉間の皺が深くなった。彼女は身を乗り出し、ピッパの膝に手を置いた。「わかっていないのね。誰かがあなたの車からイグニッション・ヒューズを外したのよ。わざと。だからエンジンがかからなかった」

ピッパは首を振った。パニックに喉を締めつけられる。「まさか。そんなことあり得ない」

「ねえ、深呼吸して」リリアーナは身を起こした。「あなたの車に触れるのは誰？」

「わたしだけよ。それと、その、恋人も」ピッパの喉はガラスを呑みこんだように痛んだ。

リリアーナは唇を引き結んだ。「男ってくそ野郎ばっかりね。いったいどうしてあなたの恋人があなたの車のヒューズをとろうと思うの？　こんな辺鄙な場所じゃ、ウーバーもタクシーも呼べそうにないのに」

ピッパは今わかった事実を理解しようとした。「マルコムの友人が昨日ここへ来たの。車には詳しいって言っていたわ。それでわたしの車を見てもらったの。その人にも何が問題かわかったと思う？」

リリアーナはゆっくりとうなずいた。「ええ。ほんとうに調べたとしたら、見つけたと思う。わたしは見つけたんだから」そう言って首を振った。「くそ野郎って必ずつるむのよ。あなたのくそ恋人が嘘をついているとしたら、その友達もそうよ」

「その、あ――」ピッパは呼吸ができなくなった。立ち上がると部屋が妙な角度に傾いた。どういうことなの？　ちょっと待って。どうしてマルコムがそんなことをするの？　彼じゃないとしたら、いったい誰が？　ほかには誰もいなかった。ファミリーがわたしを見つけてここに留めておきたかったってこと？　それで車に細工をした？

そんなのおかしい。

ファミリーだったら、ヒューズだけをとったりはしない。わたしを連れ去るだろう。

ピッパは何度か唾を呑みこんだ。吐きたい気分だった。「直せる？」

リリアーナは黒っぽい目に心配の色を浮かべながら立ち上がった。「バンにたしかめに行かせて。たしか、使えるヒューズがどこかにあったはず。どうにかできると思うわ」リリアーナはもう一枚クッキーをとった。「危険にさらされているの？　その、警察に通報したほうがいい？」

「いいえ」ピッパは叫ぶように言った。それから気をおちつかせた。「いいえ。でも、ありがとう。恋人、というか、元恋人はちょっと独占欲が強いのよ。でも、これはやりすぎね」

「次へ行くのよ」リリアーナはクッキーを振った。「そう、どいつもこいつもちょっとでもましなことなんてないんだから。昼間の相手は猫で間に合うし、夜にはバイブレーターがあるわ。どっちにも傷つけられることはない」リリアーナはクッキーを食べながらドアへ向かった。「数分で戻るわ」

「ありがとう」ピッパはふつうに歩くことをみずからに強いて寝室へ向かった。すでにだいたいの荷造りは済んでいたので、クローゼットからそれを引き出してからオフィススペースへ行った。書類は大きなかばんに楽々とおさまり、ノート型パソコンもうまく荷造りできた。プリンターは大きすぎるため、置いていくよりほかなかった。ちらりと見ただけではここを出ていったことはわからないはずだ。引き出しを開けないかぎりは。よし。

生き残るためにやれるだけのことをやろうという思いは驚くほど簡単に蘇った。

「ピッパ？」リリアーナが居間から呼びかけてきた。

「今行くわ」ピッパは財布をとり出し、居間に歩み入った。胸と同じぐらい頭も痛んだ。「直せた？」

「ええ。問題なく」リリアーナはブーツを履いた足をもぞもぞさせた。「その、ほんとうに気の毒ね。最悪だもの」

ピッパは笑みを作った。生き残るためにずっとまえに身につけた穏やかな笑みだ。「ほんとうに最悪よね。修理代はいくらかしら？」

リリアーナは手を振った。「いいよ。たいした修理じゃなかったし。わたしたち女は団結しなきゃならないしね」

その親切なことばにピッパの目を涙が刺した。「だめよ。こんな遠くまで来なきゃならなかったし、調べるのに大変な思いもしてくれたわ。払わせて」

リリアーナはまだたくさん残っているクッキーの皿に目をやった。「あれを袋に入れて持たせてくれる？　それで貸し借りなしよ」

喉がつまる気がしながら、ピッパは袋を探しにキッチンへ行った。テーブルが目にはいり、思わず足を止めてじっと見つめた。ああ、なんてこと。ようやくショックのに戻り、リリアーナのためにクッキーを袋につめた。「いろいろとありがとう」とささやく。

ぼんやりした霧を怒りが追い払った。最低最悪の男。袋を手にとると、ピッパは居間

リリアーナはぎごちなくピッパの肩を叩いた。「いいのよ。そいつはそんな価値がなかったってことよね?」

「ええ」ピッパは顎をつんと上げた。「ほんとうにそのとおり」

リリアーナはクッキーを受けとって帰っていった。

ピッパは閉じたドアをじっと見つめた。マルコムが隣に越してくるまで外の世界かられたしを守ってくれていた防壁。彼は今も捜査に携わっている覆面捜査官だ。その彼がわたしの車を動かなくし、ここにわたしを留めておきたがった。彼もファミリーの一員なの? そうだとしたら、どう解釈すればいい? どうしてすぐに連れ戻さなかったの?

ファミリーの一員でないとしたら、彼の目的は何? ファミリーが目的だとしたら、彼らをつかまえるためにわたしを利用したということ?

車を動かなくしたのはマルコムにちがいないという以外に、答えは見つからなかった。彼が帰宅するまで待って問いただしたいとそれしか思わなかった。急所を蹴って

やってもいい。でも、彼にちゃんとした理由があったとしたら?

そう、これはわたしの女の部分が言わせていること。

獲物になるのには飽き飽きだった。ほんとうに飽き飽き。ピッパは振り返って小物を入れてある引き出しから鍵をつかみ、裏口から出てマルコムの家の横開きの裏口へ向かった。鍵がかかっていた。唇を噛み、ミセス・マローニからずっと昔にもらっていた合鍵を使った。おそらくマルコムには鍵を換える暇はなかったはずだ。

思ったとおり。ドアは開いた。

わずかに勝ち誇った気持ちでなかに足を踏み入れると、キッチンの引き出しをあさり、隠されていた二本のナイフと銃を一丁見つけた。手に持った武器は重かった。ピッパは急いでそれを隠し場所に戻した。

次は居間だった。興味を惹かれるものは何もなかった。

部屋じゅうにマルコムのにおいがした。あたたかく、野性的なにおい。寝室に行くと、もう一丁銃があり、ベッド脇のドレッサーの上にマニラフォルダーが置かれていた。

息をひそめ、ゆっくりとフォルダーを開ける。そこには子供のころの自分の写真があった。

ファミリーと暮らしていたころの。
裏切られたという思いが耳に聞こえるほどの音を立てて心の何かを砕いた。
ああ、ひどい。非常用持ち出しかばんをつかんで逃げるときが来たということだ。
今すぐに。

27

「これにも重量制限があるはずだ」オフィスに向かってエレベーターが降りはじめると、レイダーが体を動かしながら言った。

マルコムは顔をしかめた。「もっとまえに言ってくれるべきだったな」エレベーターの内部は六人の男で身動きもとれないほどだった。ふたりの囚人は手錠をかけられ、フードをかぶせられており、いっしょに誰がエレベーターに乗っているか見当もつかないはずだった。ぎゅうぎゅうづめのエレベーターに乗せられても文句ひとつ言わずにいる。ようやく地下に着き、扉が開いた。レイダーがマルコムに先んじて外に逃れたが、マルコムもすぐに外に出た。

エレベーターから無事降りると、後ろを振り返った。

アンガスがイーグルの腕をつかみ、ウルフがルロイをつかまえていた。「すぐに戻る」アンガスはつかまえている男を小さなドアのほうへ押し、ポケットから出した鍵でドアを開けた。ドアは内側へ開いた。

マルコムは自分の机へ行き、折りたたみ式の椅子を引き出してすわった。すでに正午近くになっていた。ふたりの強盗の逮捕の手続きと引き渡しの説得に驚くほどの時間がかかったのだ。ピッパに連絡したかった。彼女の様子をたしかめ、無事でいることを確認したかった。

レイダーが大部屋を見まわした。「ぼくはどの机を使えばいい？」

マルコムは肩をすくめた。「好きなのを使えばいいさ」

ブリジッド・バナガンが書類の束を持ってコンピューター・ルームから出てきた。刑務所のジャンプスーツからジーンズとスウェットシャツに着替えている。髪はポニーテールにし、目は午前中らしく澄んでいる。「アンガスがつかまえたふたりの指紋を送ってくれたの。深く掘り下げたら、こんなのが見つかった」そう言って書類をレイダーに渡し、足をもぞもぞさせながら待った。

マルコムは笑みを浮かべ、すぐ近くの机を身振りで示した。「きみも自分の机を選べばいい」

「もう選んだわ」ブリジッドはコンピューター・ルームのほうへ首を傾けた。「あそこは全部わたしの場所よ」

レイダーは書類をめくった。「決まりに従うかぎりはここにいていいが、きみが決まりを破ったらすぐに……」

彼女は彼をにらんだ。「頭の固い、いやなやつ」

マルコムは愉快になり、咳払いをした。「何が見つかったんだ？」

ブリジッドが口を開くまえにレイダーが答えた。「両方とも前科《まえ》がある。国じゅうのあちこちの犯罪現場で指紋が見つかっている。おもに強盗だ。今イーグルと呼ばれている男については、シアトルとダラスの暴行事件の現場でも指紋が見つかっている」

レイダーが渡してよこした書類にマルコムはすばやく目を通した。

アンガスとウルフが大部屋にはいってきた。

「マルコム、まずはイーグルを落としたい。きみに尋問してもらってぼくはそれを脇で見させてもらう」アンガスは言った。「きみに対する反応を見たい。きみが警官だとわかったときのね」

マルコムはうなずいた。イサクに疑われているかどうかを知っておくのは悪くない。

ウルフが口笛を吹いてコンピューター・ルームへ向かった。「キャットはどこだ？」

「わたしが持ちこんだ枕の上でラスコーに身をすり寄せて寝てるわ。右側の机の下よ」ブリジッドが答えた。「いびきをかいてる」

「まさか」ウルフが言い返し、コンピューター・ルームに消えた。

マルコムは立ち上がって肩をまわし、心の準備をした。尋問室で誰かを尋問するのは久しぶりだった。「行こう」そう言って書類を持ったままアンガスのあとから小さなドアのところへ行った。

狭い廊下が端にある小さな部屋へと続いていた。ふたつの古い木製の分厚い扉が均等な間隔で壁に並んでいる。「おもしろいな」とマルコムは言った。

アンガスは肩をすくめた。「あるもので我慢さ」そう言って手前のドアを開けた。

マルコムもそのあとに従った。

壁と床がコンクリートの部屋の真ん中にあちこちへこんだテーブルが置いてあった。テーブルの真上の天井にダウンライトがひとつとりつけられている。テーブルの奥にイーグルがすわっていて、テーブルにつけられたリングに手錠がつながれていた。マルコムがはいっていくとイーグルは目を丸くした。

「それが答えだな」アンガスがつぶやき、奥の壁のところへ行って寄りかかった。

ああ。驚いているのはまちがいない。マルコムはふたつある折りたたみ式の椅子のひとつを引き出してすわった。「やあ、イーグル」そう言って笑みを浮かべた。「もしくは、ジャッキー・モロースと呼ぶべきか？」

「イーグルだ。それがおれの名前だ」イーグルは茶色の髪と目をした三十代前半の男だった。筋肉質で大柄な男が少々びくついている。「こんなことをして、神の罰が下るからな」彼は黄ばんだ歯を見せて笑みを浮かべた。「預言者様がおまえをつかまえる。彼にはお見通しなんだ」

へえ。「今日あんたがつかまることも予言したのか？」マルコムは訊いた。

「預言者様には計画があるんだ」イーグルは鼻をすすりながら言った。「おれたちは詳細を全部知らされているわけじゃないが」目が充血しており、じっとすわっていられないように見えた。

「何をたくらんでいる、イーグル？」マルコムは訊いた。

「何も。ただ生きるためさ」イーグルは部屋を見まわした。「ところでここはどこだ？　拘置所じゃないようだが」

マルコムはファイルフォルダーを開いた。「ああ。ここは極秘作戦の基地だ」

「弁護士に連絡したい」イーグルは角張った顎を突き出して言った。

「そいつは困ったな」マルコムは穏やかに言った。「弁護士はつかない」

イーグルは唾を飛ばして言った。「おれには権利があるはずだ」

「いや、権利はない」アンガスが声に若干の退屈さをにじませて言った。イーグルの注意が一瞬マルコムからそれた。

イーグルはすわり直し、肩を怒らせた。「おまえたちは愚かすぎる。自分たちが何をしているのかわかっていないのだ。何が起こるのか。何が起こらねばならないのか」口から唾が飛んだ。イーグルはスローモーションのように首を振った。「火と怒りが訪れる……まもなく。ほんとうにまもなく。おまえたちにもわかるだろう。ああ、そう、わかる」

「いつだ？」とマルコムは訊いた。

イーグルは肩をすくめた。

アンガスが鼻を鳴らした。「おまえたちはほんとうにくそ野郎どもだな。何も起こらないさ」

イーグルの目がきらりと光った。「信じざる者の上に地獄の業火が降り注ぐだろう。聖なる日に、われわれがずっと待ち望んでいた炎が。罪人は火に焼かれる」完全に信じきっている声だった。

「聖なる日とはなんだ？」マルコムは訊いた。

イーグルは腕のこわばりを解いた。「この場所は安全に見えるが、そうでもないんじゃないか?」そう言うなり、驚くほどすばやい動きでテーブルから身を引き離し、手錠をつないでいたリングを引き抜いた。それから両足をそろえて拳を突き出しながらマルコムに飛びかかった。

考えるまえに本能が働いた。マルコムはなかば立ち上がり、拳を受け止めてイーグルの肩をつかみ、体をまわして彼を背負い投げした。うまく技を決めるにはその角度が悪く、イーグルは頭から先にコンクリートの床に落ちてぐったりと動かなくなった。

マルコムはイーグルの体をあおむけにして脈をとった。強く安定している。拳をにぎりながら立ち上がると、アドレナリンが全身を切り裂いた。何かをなぐらずにいられない気がした。今すぐに。

アンガスがまえに進み出て意識を失った男を見下ろした。「どうやらリングをつけておけるほどテーブルが頑丈じゃなかったようだな」

マルコムはゆっくりと首をめぐらした。アンガスがおもしろがっているようなのに驚き、鼻を鳴らした。「どうやらじゃない」

アンガスがドアを開けた。「きみは行かなくちゃならない。なるべく早くカルトの上層部にはいりこんだほうがよさそうだ。その地獄の業火が訪れるのがいつにしろ、まもなくのはずだ」

マルコムは廊下に足を踏み出した。「聖なる日について突き止めなくちゃならない。それがなんなのか。もっと重要なことは、それがいつ行われるかだ」

アンガスが部屋のドアに鍵をかけ、ふたりは廊下を通ってエレベーターホールに出た。

ウルフが待っていて、ポケットに金魚のクラッカーをすべりこませた。「それで？」

アンガスはうなずいた。「ああ。もうひとりにはもっと強くあたってくれ。しなければならないことをするんだ」

マルコムは肩をまわした。「多少は決まりを作る必要があるな」たとえ事実上の極秘作戦と称していても、いつかの段階で囚人たちを警察に引き渡す必要があるはずだ。「イーグルもまちがってはいない。やつにも権利はある」

「今はない。吐かせてやるさ。約束する」ウルフがキャットを引っ張り出してアンガスに手渡した。大きな青い目の子猫は今はふわふわの真っ白な毛をしていた。どうやら風呂にはいったらしい。猫は抗議の声をあげた。「キャットをあずかってくれ」ウルフはそう言うと、頭をドア枠にぶつけないように首をかがめ、小さな入口から向こうへ消えた。

マルコムは猫を見やり、その目をアンガスに向けた。腹のあたりで不安が渦巻いた。

「われわれの保護下にある誰かに対してウルフを野放しにするわけにはいかないぜ」

アンガスは猫を抱いて慎重な足取りで大部屋へ向かった。「そういうことはどこかで地獄の業火に遭遇することになっている連中に言ってくれ。仕事に行け、ウェスト。任務に頭を向けるんだ」

マルコムは閉じたドアに目をやった。一度にいくつものことで頭を悩ませている余裕はない。「報告はするよ」

「イヤホンは？」アンガスが呼びかけてきた。

「いや」会うなり頭を撃たれなくても、身体検査をされる可能性は高かった。「できるときに連絡する」エレベーターに乗りこんだときにはすでにほかの人間になりきっていた。

再び。

ピッパがトリクシーのところへ向かっている途中、携帯電話が震えた。ほんとうの電話。使い捨ての携帯電話は前回の移動のときにフロリダのどこかで買ったきれいなビーチバッグのなかにはいっていた。電話に目を向けると、体がびくりとした。マルコム。

電話に出ない理由はなかった。監視下から離れず、家で仕事をしているはずなのだから。電話に出なければ、不審に思われてしまう。

「もしもし」ピッパは軽い声を作って応じた。外の世界に出たことで胃がきりきりと痛んでおり、そうするのは思った以上にむずかしかった。

「やあ、美人さん」マルコムはあたたかい声で言った。「変わりがないかたしかめたくてね」背後で警笛が鳴るのが聞こえた。ああ、まさか。遅いランチか何かで家に向かっているのだろうか？

ピッパは小さな笑い声をあげようとした。「こんにちは。恋しかったわ」まったく、こういうことは最悪に下手くそだ。頭がずきずきしはじめる。「戻ってくる途中なの？　喜んで午後のおやつを用意するけど」

「いや、仕事中だ」

痛いほどにきつくハンドルをつかんでいた指がゆっくりとゆるんだ。また肺に空気が満ち出した。よかった。「それは残念。だったら、夕食ね？」

「たぶん。夜はうんと遅くなるかもしれないが」そこでマルコムはしばし口を閉じた。「今どこにいるんだい？　背後で何か音がしたようだが」

「テレビがついているの」ピッパは明るい声を保った。車を直して移動しているとは彼には知るよしもないだろう。自分のしたことがばれているとは。「おもしろいものは何もないわ」

「そうか」しばしの沈黙。「昨日の晩はちょっと激しすぎたな。ほんとうに大丈夫かい？」

ピッパは唇を嚙んだ。血の味がした。「昨日の晩、わたしがたのしんだことはあなたにもわかっているはずよ」ほかの嘘がうまくいかなかったとしたら、真実だけを言えばいい。「愉快っていうのはぴったりのことばじゃないけど、それしか思いつかないわ」嘘つきで、人をだまし、車を故障させたくそ野郎。たぶん、整備士のリリアーナといっしょにクラブか何かを作ったほうがいいかもしれない。男選びの下手くそな女同盟。「わたしのことは心配しないで、マルコム」

「きみのことはいつも心配だよ、ピッパ」その声には一日まえにはピッパをとろけさせた豊かで暗い響きがあった。「ふたりで話をする機会が必要だ」

「そうね」ほんとうのことを吐き出してしまいたい思いに駆られ、胸が痛んだ。でも、彼が覆面捜査官でわたしのことを調べているとしたら、今の居場所を探る方策があるかもしれない。いくらでも。ああ、自由になったら、彼に電話して地獄を見せてやろう。でも、今はだめ。彼のちっぽけな茶番に付き合うしかない。大きくて、邪悪で、有能な覆面捜査官を、お得意の領域で打ち負かすこともできるかもしれない。そうして正当な怒りに駆られていることにはどこか心なぐさめるものがあった。「ぜひじっくりあなたと話をしたいわ」

「デートをしよう」彼の声が明るくなった。「できれば明日」

そう聞いてある疑問が湧いた。わたしが彼の捜査対象だとしたら、もしくはわたしとファミリーとの関係が対象だとしたら、彼はどこへ向かっているの？「今携わっている案件について教えてもらえる？」とピッパは訊いた。

「いや」抑揚のない声。「じっさい、今はふたつの案件に携わっている。でも、どちらについても話せない。たぶん、いつかは話せる日も来るだろうが」

ふたつの案件。つまり、恋人もふたりいるということ？　情報か何かを求めて、あのすばらしい体をほかの女性にも使っているということ？　怒りに全身を貫かれ、そこに生々しい嫉妬の感情があることに気づくのにしばし時間がかかった。そうだとしたら、ひどいだまされ方をしたということ。彼には見えないはずだが、ピッパは何度かまばたきした。「あなたってとても勇敢なのね、マルコム」ああ、喉がつまりそう。

「いや、そうじゃない。きみの待つ家に帰るために仕事を終えようとしているだけさ」彼は静かに言った。

うまい口説き文句ね。ほんとうに。「あなたってとても優秀な捜査官だって気がするわ」口調に苦々しさがにじんでいた？　まったく。「とにかく気をつけてね。あなたの身に何かあったらいやだから」

「自分のしていることはわかっているさ、ピッパ。心配要らない」

そうね。それを恐れていたのだ。本気で気にかけてくれていると思わせられたのだから。この人にはどこかに奥さんがいるのかもしれない。おそらくは子供も。そう考えると胸の奥が痛んだ。自分でもいやでたまらなかったが、心のどこかでは彼を問いただして真実を引き出したいと思っている自分もいた。彼にもなんらかの感情を抱いてほしいと思っている自分が。

気力をふるい立たせなければ。少なくともこの人はわたしに嘘をついた。わたしが何者でどこから来たのか知っていた。おそらく、多少混乱させてやってもいいだろう。

「あなたが現れてくれてよかったわ。家族を持ちたいと思っていたから」

しばらくマルコムは答えなかった。そのことについて考えをめぐらしているの？

「そうだろうな。きみは家族が亡くなったという以外は自分のことをあまり話してくれなかった。もっと話してくれ」

それはあまりいい考えではない。「それよりもあなたのことを知りたいわ。あなたもお祖父様のことしか話してくれていないもの。どこかに奥さんと子供を隠しているんじゃないのはたしか？」まったく。どうしてこんなことを言ったの？

彼は忍び笑いをもらした。冗談ととってくれたならいいのだが。「そうだとしたら、その事実を覚えているはずだ。いや。ぼくにはきみだけさ、ピッパ」

突然、その名前で呼んでほしくなくなった。この名前は父がくれたあだ名から自分で生み出したものだ。これまでで一番真実に思える名前。電話の向こうの嘘つきにはそれを使う権利はない。「クッキーが焦げちゃうわ、マルコム。行かなくちゃ」

「ぼくもだ。仕事の呼び出しだ。あとでまた連絡するよ」思わず身を沈めたくなるようなあたたかさに満ちた声だった――顔に拳をくらわせたあとで。

「待ちきれないわ。じゃあね」電話を切ってしばらくすると、トリクシーのアパートメントに着いた。一日じゅうトリクシーは電話に出なかった。仕事中だったとしても、どこかのタイミングでメッセージは聞いたはずだ。

トリクシーはアパートメントが十二戸はいった古びた建物の一階に住んでいた。建物にはペンキを塗る必要があったが、敷地内は春先の花できれいに飾られていた。ピッパは縁石に車を寄せ、静まり返った住宅地を見まわした。冷たい風に木々が揺れ、空気には雨が降りそうな気配があった。まわりには人っ子ひとりいない。それでも、ピッパは世界に身をさらしている気分だった。恐怖に直面するのは怖いことだ。

風に吹かれて顔にかかる髪を押しのけながらピッパは歩道を歩き、トリクシーの部屋のドアのまえに立った。

ドアはわずかに開いていた。

ピッパの何もかもが動きを止めた。心臓も、呼吸も、思考も。

トリクシーがドアを開けたままにすることは絶対にない。

28

マルコムはエイプリルがまえの日と同じバンで迎えに来るのにかろうじて間に合う時間に偽のアパートメントにたどり着いた。動きつづけるのに足りるだけのあたたかい食べ物と飲み物を腹に入れていたため、エイプリルが到着したときには多少気分がよくなっていた。今日も彼女は元気がよく、ファミリーの美徳を褒めちぎった。マルコムがバンに乗るやいなや、レモネードを手渡してよこした。

マルコムはそれを脇に置いた。できるだけ頭をはっきりさせておく必要があったからだ。これほど早くドラッグを呑まされる危険は冒せない。何日ものあいだ一時間ほどしか睡眠をとっていないという事実も助けにはならなかった。

車に乗っているあいだ、エイプリルから情報を引き出そうとしたが、彼女は何かいつもとちがうことが起こっていることを知らないか、マルコムが思っているよりずっと演技がうまいかのどちらかだった。車はすぐにファミリーの邸宅に到着し、マルコムは役になりきった。

睡眠不足のせいで充血した目とひどい頭痛がそれを助けてくれた。

邸宅のなかの空気は張りつめていた。メンバーたちは熱心に掃除しながらあわただしく動きまわっている。「何かあったのかい?」とマルコムは訊いた。

ツリーが外から急いではいってきた。「マルコム。預言者様がすぐにきみに会いたいそうだ」

「へえ」マルコムはわずかに興味を惹かれた顔を保った。「わかった」そう言ってエイプリルの腕を軽く叩いた。「あとで食事のときに会えるかな?」

若い顔にうれしそうな表情がよぎった。「もちろんよ」そう言うと、彼女はまわりを見まわして顔をしかめた。「どうなってるんだと思う?」

「さあね」マルコムは振り返り、案内もなしに廊下の端へ向かった。端まで来ると、ドアをノックし、イサクからはいれと言われるのを待った。なかへはいるやいなや、銃の安全装置が外れる音がし、銃口がこめかみに押しつけられた。「ぼくに会うのはうれしくないようだね」マルコムはつぶやいた。

イサクは机の奥にすわっており、マルコムの頭に銃を突きつけているのはジョージだった。彼はドアを閉めた。「壁に脳みそが飛び散るのを見たことはあるかい?」とジョージは訊いた。

「ある。あんたは？」マルコムはイサクから目を離さなかった。イサクは表情を変えずにじっとこちらを見つめていた。

「まだないが、見たくてたまらないね」ジョージが苦々しい口調で言った。

こんなばかばかしい茶番はたくさんだ。マルコムは身を沈めてジョージの膝をなぐり、ジョージが倒れるのと同時に銃をつかんだ。「ひどく醜悪な光景さ」そう言ってグロックをすぐ手にとれるようウエストバンドのまえにすべりこませ、首を傾げてイサクのほうに向き直った。「いったいどうなっているのか教えてくれるかい？」

イサクはいつも以上に暗い琥珀色《こはくいろ》の目でじっとマルコムを見つめた。「私は偶然を信じない」

「ぼくもだ」イサクの膝に何気なく置かれた銀色の銃がかろうじて見えた。また撃たれるのは絶対にいやだった。

うなり声を発し、壁につかまって身を起こそうとしているジョージのことはふたりとも無視していた。

「目的が手段を正当化することが多いというのはわかるかい？」イサクは両手の指と指の先を合わせた。

マルコムはあざけるように言った。「ぼくの記録を見たはずだ。もちろん、わかってるさ。ずっと昔からね」

イサクはうなずいた。「きみのことは信頼していいのか？」

マルコムは眉を上げた。「ほかの人間と同じぐらいには」そう言いながら、横目をジョージに据えていた。「いいかい、こういうくだらないことはごめんだ。エイプリルはかわいいし、瞑想も偏頭痛には効かなくても、だいぶ頭痛を鎮める助けにはなるが、ほんとうにこういうのはごめんだ」

「きみはここに所属したいと思うかい？」イサクが訊いた。「ミセス・トムソンのような虐待された女性や彼女の息子のような怯えた子供たちを守りたいと思うかい？」

「もちろんだ」マルコムはドアに寄りかかった。「ぼくが望まないことが何かわかるかい？　部屋にはいるやいなや頭に銃を突きつけられることさ」

イサクの目がきらりと光った。「ファミリーのためにこの場所を安全に保つには資金が要る。われわれは資金を作り、病気のメンバーに必要な薬を得るために、ときどき不正な巣窟から金品を奪ってきた」

不正な巣窟？　このばかはほんとうにそんなことばを使ってきたのか？　マルコムはうなずこうとした。

イサクは続けた。「何十年にもわたり、われわれは薬局から金品を奪ってきた。連中の店には保険がかけられているから、誰も痛くもかゆくもない。われわれが何度か失敗することもあったが、今朝方、もっとも優秀なふたりがつかまった。警察が待ちかまえていたのだ。その理由をきみは説明できるか？」

マルコムは眉を上げた。「あんたの部下は優秀だったのか？」

「誰よりも」イサクは銃のにぎりに手をかけたが、持ち上げようとはしなかった。「きみが元警官でファミリーに加わったばかりだと考えると、偶然にしてはできすぎだと思わないか？」

厳密にはマルコムはまだファミリーに加わってはいない。彼は顔をしかめた。「そうだな。ぼくは偶然を信じない。ただ、じっさいぼくがいっしょに過ごしている唯一の人間はエイプリルだ。彼女がぼくに情報を流している極秘のスパイか何かだと言いたいのかい？」

イサクは椅子に背をあずけた。「いや。もちろんちがう。ほかの説明は？」

あるさ。ここから六十センチのところに盗聴装置がしかけてある。それを回収しなければならない。「そうだな、刑事として問題にとり組むとしたら、最近おかしな動きをしているメンバーがいないか尋ねるね。許可なく電話を使ったりしていないか？

町に出たときに単独行動をしたりしていないか？　おそらくは警察と話すためにひとりになる必要があっただろうからね」

イサクは眉根を寄せた。「ジョージ？」

ジョージは足をもぞもぞさせた。「その、ベスは最近よく電話してます。それに、ここ数カ月、勧誘のときにオーキッドが何度か姿を消しました。それについて冗談を言ってるぐらいで。『今度はオーキッドはどこへ消えた？』というような」

イサクの鼻孔が開いた。「ベスは資金提供を頼むためにトレドに住む姉に電話をしているんだ。それは許可している。オーキッドをここへ連れてきてくれ」

マルコムはジョージがドアを開けられるように脇に動いた。くそっ。オーキッドに降参されて身許を明かされるのだけは避けたかった。「どうするつもりだ？」

「真実を手に入れる」イサクはきっぱりと言った。

ジョージが記録的な早さでオーキッドを連れてきた。女性は目を見開き、ぶるぶると震えていたが、イサクを見てからマルコムにちらりと目を向け、足を止めた。

ジョージが荒っぽく彼女を椅子にすわらせた。

マルコムは緊張を高めた。口を出せば、身許をばらすことになり、テロ攻撃がほんとうに実行されるのか、実行されるならそれはいつかを探り出す機会は失われてしまう。

イサクが立ち上がり、銃を手に机をまわりこんだ。それからオーキッドがすわっている椅子のそばにしゃがみこんだ。「ファミリーが私にとってすべてだということはわかっているね？　ここの人々を守り愛することは私が神から与えられた使命なのだということとも？」

オーキッドはゆっくりとうなずいた。長い髪の毛は三つ編みにして背中に垂らしてあったが、パニックのあまり飛び跳ねているように見えた。

「ファミリーの一員が、私が愛し、信頼している誰かが、私を裏切っているということがわかった。私が与えた仕事を――神の仕事を――成し遂げようと努力しているすばらしき魂の持ち主たちを裏切っているのだ。それについてはどうすべきだと思う？」イサクはオーキッドの目をじっと見つめながら甘い声で言った。

オーキッドは息を呑んだ。「わ、わかりません」

「わかっていると思うが」イサクは彼女の脚の上に銃を置き、その上に手を置いた。

オーキッドはびくりとした。あえぐような息遣いになっている。「わかりません、預言者様。ほんとうに」

「嘘をつくな」イサクは鋭い口調で言った。やさしい声のあとでその声はより厳しく聞こえた。「ほんとうのことを言え」

オーキッドは必死に肩越しにマルコムに目を向けた。マルコムはただじっと彼女を見つめるしかなかった。今ここでばらされたら、ふたりとも死ぬことになる。もしかして、うまく導いてやることはできるかもしれない。マルコムは顎を引いた。「ファミリー以外の誰かと話をしているのかい？」

「いいえ」彼女は小声で答えた。

マルコムは表情を険しくした。「たまたま話したことは？　いい人だと思った人と？」尋問の第一の決まりは何かを話させることだ。最初はなんでもいい。それから、訊きたいことへと導いていく。

オーキッドはゆっくりとうなずいた。「ええ」

「なんだって？」イサクが訊いた。尋問者の型にぴったりとはまっている。「何を話した？」

オーキッドの声が震えた。「ファミリーの話をして、わたしたちが何をしているのかを話しただけです。互いを愛していることを」

マルコムは膝をついているイサクのそばに立った。彼女がこちらの誘導に乗ってくれるようにと神に祈りながら。「誰に？　そいつは誰だ？」

オーキッドははっきりわかるほどに身を縮めた。「アンガスという名前でした。姓はわかりません」

「でも、何をしている人間かはわかるんじゃないか？」マルコムはそれらしい口調を保って訊いた。尋問ごっこをするつもりなら、きちんとやったほうがいい。あの盗聴装置のところへ行けたなら……しかし、あいだにはイサクがいた。「大丈夫だ、オーキッド。真実を述べるときが来たんだ」

オーキッドは唾を呑みこんだ。浅黒い肌に散ったそばかすが目立って見えた。「警官です」聞こえるか聞こえないかの声。

すばらしい。誘導に乗って合わせてくれている。

イサクは立ち上がった。「警官。おまえは警官にファミリーについて話していたというのか」そう言って首を振った。「何を話した？」

「ステイシーのことを話しました」オーキッドは驚くほどの気概を見せて吐き出した。「あの子はたった十八だったのに、あなたは部下たちと寝るよう強要した。その心の準備ができていなかったのに。女性をあんなふうに利用するなんていけません、預言者様」

イサクの目つきが険しくなった。「その決断をするのはおまえではない」

「あの子は痛みと恥から、ドラッグをオーバードーズしたんです」オーキッドは顔を上げた。「あなたはまちがっていました」

ジョージが音を立てて息を呑んだ。

マルコムは身をこわばらせた。この女性はぼくのために自分を犠牲にするつもりだ。そんなことはさせられない。彼女の注意を引きつけて、言わせたい以上に行きすぎた言動をさせないようにしなければならない。「ことばに気をつけるんだ」とマルコムは言った。

オーキッドはイサクをにらみつけ、マルコムを無視した。「イーグルが彼女に痛い思いをさせ、そのことはあなたも知っている。あの人、今ごろどこかの独房で朽ちはてているといいんだけど」

イサクは彼女の顔をなぐった。平手打ちの音が部屋に響き渡った。オーキッドの頭が左に大きく振れて戻った。

アドレナリンが体を駆けめぐったが、マルコムはじっと動かずにいることを自分に強いた。「盗みが計画されていることをどうやって知ったんだ？」

オーキッドは首を垂れた。「ルロイはそう、あのあとで話をするのが好きだったから」

マルコムは息を吐いた。よし。嘘を押し通すのにここにいない男に責めを負わせるのだ。「計画されていた盗みについてその警官に話したのか。どうしてだ？　イーグルを排除できるからか？　もしくはファミリー全体に害をおよぼしたかったのか？」

「それに、イーグルを遠ざけたかっただけよ」オーキッドは肩をがっくりと落として言った。「それに、ドラッグを呑まされるのにもうんざりだから。一日の記憶が曖昧なときもあるぐらいだもの」

イサクは彼女の三つ編みをつかんで後ろに引いた。「ほかには？　ほかに何を耳にした？」

「何も」オーキッドは答えた。目に涙が浮かんだ。

イサクは顔をしかめた。「清めの火がもうすぐはじまることについて、その警官に話したのか？」

マルコムはさらに気を張りつめた。

オーキッドは目をぱちくりさせた。「いいえ、もちろん。それについては詳しいことは何も知らないから。わたしはイーグルにここからいなくなってほしかっただけ。わたしたちみんなのところから」

この女性は嘘がうまい。骨の髄まで恐怖に駆られているからこそだろう。

イサクは三つ編みを放し、机の奥にまわった。「そんなことばは信じない」

マルコムはオーキッドのそばに行き、膝を落として目をのぞきこんだ。「警官はどうやってあんたに近づいたんだ？　どうしてこういう成り行きになった？」

オーキッドは目を手に落とした。「わたしはミニュートヴィルのコーヒーショップのトイレで泣いていたの。そうしたら、彼が自分は警官だが、どうかしたのかと訊いてきたわ。それで、よくわからないんだけど、ただ、イーグルのことを何もかもぶちまけていた。彼の仕打ちとステイシーがオーバードーズしたことを」

マルコムは肩越しにイサクに目を向けた。「ステイシーは死んだのか？」そっけない声を保った。

「いや」イサクは答えた。「彼女はみずから毒を呑んだが、われわれは病院に連れていった。最後に聞いた話では、そこで意識不明におちいったとのことだった」

そう。それは合っている。もちろん、このくそ野郎は彼らがステイシーを病院の入口に放り出して車で走り去ったというかなり重要な事実を省いて話しているわけだが。

「つまり、死体もなければ、犯罪もないということだ」マルコムは立ち上がり、そうする途中、なめらかなひとつの動作で盗聴装置を回収してポケットに押しこんだ。それからイサクに目を向けた。「ぼくは口を出す立場にはないが、ぼくに言わせれば、ここであんたは示しをつけたほうがいいな」

オーキッドは息を呑んでいっそう身を縮めた。椅子のなかで小さく、無防備に見える。マルコムは永遠に忘れてしまいたいと思っていた、役になりきるという技を駆使せざるを得なかった。「もうしないわ」と彼女はかすれた声で言った。

イサクは首を振った。悲しげな動作だった。「マルコム？　こういうことにはきみのほうが私よりも経験豊富だ。どう思う？」

マルコムはため息をついた。「あんたと同じようにぼくも彼女のことはよく知らない。ぼくの仕事においては、一度盗みを働いた人間はいつまでも泥棒だ。でも、あんたにはぼくに欠けている人を見る力があるかもしれないからな」

ジョージが咳払いをした。「示しをつけたほうがいい。うんといい示しを」

マルコムは指示を待つようにイサクに目を向けた。「だとしたら、目立たないようにしなきゃならない。彼女ははっきりとはわからないように姿を消すんだ」イサクの信者たちはどのぐらい彼に忠実なのだろう？　マルコムは目に嘘偽りのない表情を浮かべてみせた。「ぼくは覆面捜査の際にいろいろなことをしてきた。ギャングのファミリーのために、決して許されないようなことも」

イサクの目が鋭くなった。「それは真実か？　同じことを私のためにもしてくれるというのか？」

マルコムはそのことをよく考えているというようにまわりを見まわした。「ぼくは居場所を探しているだけだ。エイプリルのことは気に入っている。ミリセントも悪くない。ここはいいファミリーだ。でも、ここに留まるなら、ここの一員になるなら、自分のことは自分で決めたい」

イサクの目が輝きはじめた。

そう、挑戦は受け入れられた。こっちは落ちぶれはてた人間ということになっており、オーキッドを殺すことでイサクに弱みをにぎらせることになる。採用の仕方としては悪くないはずだ。

「きみは特別だよ、マルコム」イサクは声を深めて言った。「とてもね。ファミリーに留まってもらいたいと思っている。われわれはきみの技術を活用できる。きみが必要なんだ」

よし。「それはありがたいね」とマルコムは言った。

イサクはうなずいた。「私のためにこの問題に片をつけてくれるなら、ここに留まっていい。エイプリルとミリセントの両方がきみの望むかぎりお相手することになる。よかったら、エンジェルもだ」

マルコムは満足げな顔を作ろうとしたが、腹には苦いものが渦巻いた。「いいだろう」そう言ってオーキッドを立たせた。「バンを借りる必要がある」どうにかして彼女を安全な場所まで連れていかなければならない。

オーキッドは泣き声をあげた。混乱していると同時に怯えきっているのはまちがいなかった。しかし、この女性は頭がいい。覆面捜査官についてはひとこともらさなかった。

マルコムはドアへと彼女を引っ張っていった。

「待て」イサクが命じた。

マルコムがなかば振り返ると、イサクが机からスタンガンを出してジョージに放るところだった。「ジョージがいっしょに行く。このファミリーではなんにしても単独では行動しない。とくにむずかしい問題の場合は」

くそっ。「助けなど要らない」マルコムはきっぱりと言った。

「そいつは残念だな」ジョージが上機嫌な声で言った。

イサクがマルコムを手招きした。「ジョージの銃をよこせ」

痛手だったが、マルコムは武器を手渡した。自分の銃はまだとられたままだった。

まあ、銃のひとつだが。

オーキッドが腕を振りほどこうとしたが、マルコムはしっかりとつかんだままでいた。彼女はかすれた声で叫んだ。「預言者様、あなたとは十年もいっしょにいたというのに、どうしてこんなことができるんです?」

こんなことがあったあとでも、彼女はイサクを預言者様と呼んだ。マルコムのなかで何かがうずいた。

イサクの目が岩のように硬くなった。「おまえは私を裏切った。神を裏切ったのだ。こうなる運命がふさわしい」

マルコムは預言者に険しい目を向けた。「ほかに何か武器は?」

「ある。しかし、銃弾からは足がつくからな」イサクは机の引き出しを閉じた。「きみはうまいやり方を考えなくてはならない」

「しかたないな」マルコムはオーキッドが腕を振りほどくのにまかせた。オーキッドは驚いた顔でソファーに倒れこんだ。マルコムはわざとらしく身を折り曲げ、彼女をつかんだ。その際に肩をねじり、盗聴装置を火の消えた暖炉の内側にとりつけた。

部屋の入口へ行ってドアを開けたときには、自分でも残忍と思える笑みを浮かべていた。途中でジョージをどうするか考えなければならない。面倒なことになったのはたしかだ。「オーキッド、いっしょに家のなかを歩くあいだ、何も言うんじゃない。

ひとことでも発したら、ぶちのめすからな」

女は唾を呑みこみ、横で全身を震わせていた。

マルコムは険しい表情を崩さなかった。いったいこの女をどうしたらいい？

29

ピッパは息ができなかった。トリクシーのアパートメントのまわりを必死で見まわしたが、松の木が風に揺れているだけだった。踵を返して車へ戻れと心の声は命じていた。しかし、トリクシーが助けを必要としているなら、なかへはいらなければならない。

ピッパはバッグから催涙《メース》ガスの缶をとり出し、トリクシーのアパートメントのドアを少しずつ開けた。

誰もいないときの静けさが時限爆弾のように時を刻んでいた。ピッパは肩越しに後ろに目を向け、ほかに誰もいないのをたしかめてからなかにはいった。

居間は派手な青と紫に飾られていた。ソファーと椅子が壁につけられたテレビのほうを向いている。部屋は片づいていたが、派手なピンクのクッションがひとつ床に落ちていた。別におかしいことではない。居間は小さな円テーブルがひとつ置かれた光り輝くほどきれいなキッチンへと続いていた。テーブルの上には郵便物や書類が散らばっている。トリクシーは家計の処理をしていたようだ。

ピッパはメースの缶をすぐにスプレーできるよう手に持ったまま、左手にあるバスルームをのぞきこんだ。このアパートメントにひとつだけのバスルームだ。ピッパは息を止め、明るい色のシャワーカーテンを勢いよく開いた。

何もなかった。

いいわ。残るはあとひと部屋。バスルームを出ると、キッチンへ戻り、その部屋のドアを開けた。ベッドは乱れたままだったが、何も変わったことはなさそうだった。肩ががっくりと落ちた。またおどおどと肩越しに目を向けると、ドレッサーのところへ行って左の下の引き出しの二重底をたしかめた。トリクシーの非常用持ち出しかばんはそのままそこにあった。ピッパはまた胸を締めつけられた。どうしてトリクシーは電話に出ないの？

ピッパは非常用持ち出しかばんを元に戻すと、急いでアパートメントから出た。ドアを閉めることは忘れなかった。向かい風に逆らいながら車へと戻り、再度トリクシーの番号にかけた。

留守番電話が応答するだけだった。ピッパはエンジンをかけ、車をミニュートヴィル方面へ出し、トリクシーが働いているレストランへ向かった。

唯一の友の身に何かあったはずはない。まるで同調するかのように雨が降り出し、フロントガラスに強くあたった。ワイパーを動かすと、雨をはじくリズミカルな音に不安が高まった。窓がくもり、ピッパはデフロストのボタンを押した。

トリクシーは生き延びなければならないのだ。


十七歳のピッパはイサクのオフィスで真っ白なドレスの試着をさせられていた。イサクは山の見える広い窓のそばにすわり、熱いまなざしをピッパに向けながら顎の下で指先と指先を合わせていた。

ふたりの女性がさまざまな場所にピンを刺すあいだ、ピッパは彼のほうを見ないようにしていた。

「おまえはきれいだ、メアリー」イサクは太い声で言った。

ピッパは身震いするまいとした。そんなふうに見られるたびに、胃が締めつけられた。友人のトリクシーはすでにイサクの清めを受けていて、激しく泣きながら、痛かった経験についてすべてを話してくれた。最悪だったと。今はそれがふたりの名前だった。トリクシーとピッパ。ああ、ほかの誰にも明かせず、しばらくは使うこともできないかもしれないが、それがふたりの名前だった。それは大事なこと。自分の名前を自分で選ぶこと。

　女性のひとりが裾上げを終えて立ち、イサクのほうに顔を向けた。「預言者様？　今のところはこれで終わりだと思います」ファミリーに加わったばかりの女性で、何かの植物の名前がついていたが、ピッパは彼女には注意を向けていなかった。

「ありがとう、ファーン（シダのこと）」イサクは小声で言った。「きみとリバーは明日のためにドレスを持っていって準備してくれ。完璧なものにしてもらいたい」

　ピッパはドレスを慎重に脱がされるあいだ、身動きひとつせずにいた。軽く白いスリップ一枚で靴下も履いていない姿となる。女性たちはドレスを金でできているかのようにそっと部屋から運び出していった。

「ここへ来ていっしょにすわりなさい」イサクが命じた。

　窓のそばのもうひとつの椅子のほうへと歩くあいだ、膝が震えた。毛布はないかと見まわしたが、もちろん、そんなものはなかった。胸のまえで腕を組み、スリップで太腿が隠れるようにしてすわる。

　イサクは彼女の全身を眺めまわした。「おまえは日々美しくなる。明日の誕生日はたのしみかい？」

それには正しい答えがあった。「ええ」彼女は逃げ出したいと思いながら小声で答えた。

「数字は重要だ。おまえが七日に十八歳になるというのはわれわれの生き方にとってとても重要なことだ。それらを足すと二十五になる。それはおまえが真に運命に達するときだ。神のしるし」イサクはまえに身を乗り出した。

ピッパは身をひるませまいとした。ひどくむずかしいことだった。数字に重きを置くイサクの考えは理解できなかった。七と十八で二十五？　単なる数字にすぎない。

「どうしてほかの人には聖書の名前を与えないんですか？」

イサクが膝に手を置いてくる。「聖書から名前をとったのはおまえと私だけだ。われわれは特別なんだ」

ピッパは唾を呑みこもうとしたが、膝は燃えるようだった。特別な存在であるおかげでトリクシーの身に起こったことを経験せずに済んでいた。今のところは。明日にはファミリー全体で大きな儀式が行われ、その後イサクに一週間どこかへ連れていかれることになっていた。どこへ行くのかは教えてもらえなかったが。

そう考えると吐きたくなった。

「われわれが聖なるちぎりを結ぶだけでなく、おまえの誕生日は時計が七年の時を刻みはじめる日だ。外の世界にとって悔いを改めるための七年の貴重な年月。ファミリーを再構築し、神を見つけるための」イサクは彼女の膝を強くにぎり、その手を離した。「国の指導者たちがよい選択をするよう祈るしかないが」

「そうでなかったら？」彼とちぎりを結ぶ日が近づくにつれ、彼の言うすべてに疑問を投げかけることも増えた。とはいえ、声には出さないことが多かったが。

「そうでなかったら、われわれは神の戦士となり、彼らに教えを垂れることになる」イサクはなめらかな口調で言った。「神の戦士には予言をしているあいだずっと雨が降らないように天を閉じる力がある。また、水を血に変える力があって、望みのままに何度でもあらゆる災いを地におよぼすことができる」

「ヨハネの黙示録十一の六」ピッパは小声で言った。イサクに読まされる一節のひとつだった。ファミリーの女性たちはほぼ毎日聖書を読んでいた。「わたしにはわかりません」

「この国にはすべての力をにぎっている場所がある。世界があるべき平和な状態に戻らなければ、われわれは神の天罰を実行する。どうすればいいかは神が教えてくれる」イサクは言った。

どうしてこの人はいつも同じ話をくり返すの？　そしてそれはどういう意味なの？

ピッパはドアのほうへ目を向けた。

「おまえも明日の準備をしたいだろう」イサクに太腿をつねられ、ピッパは飛び上がった。「メアリー、明日おまえがにこやかにしていなければ、私はひどくがっかりするだろうな」

ピッパはうなずいて立ち上がった。できるだけゆっくりドアへと歩み寄るあいだ、顔はうつむけていた。部屋を出てドアを閉めるまでは拳をにぎらないようにしていたが、それはかつてないほどにむずかしいことだった。

トリクシーともうひとりの友人のタマラックが青ざめた顔で待っていた。「大丈夫？」とトリクシーがささやいた。

目に涙があふれた。ピッパは首を振った。

「大丈夫よ」トリクシーはピッパの手をつかんでドアから引き離した。「逃げる方法を見つけたの。友達が待っていてくれるわ。一カ月まえに勧誘で出会った人。今夜よ。深夜零時に二本のレモンの木のある庭で落ち合いましょう。わたしを信じて。まずは倉庫に行かなくちゃ」

イサクのお金が隠されている場所。とても多額のお金。ピッパは首を振った。「何も持たずに行きましょう。彼らのお金なんて必要ないわ」

「いいえ、必要よ。自由を手に入れる唯一の方法なんだから」トリクシーは切羽詰まった口調でささやいた。「わたしの言うことを信じてくれなくちゃ」

タマラックが首を振った。「こんなのまちがってるわ。ふたりともつかまって罰せられるわよ」

タマラックの緑の目が暗くなった。身長百八十センチと女性にしては背が高かったが、顔立ちは繊細だった。「彼がすると決めたら、するもの。あなたたちふたりのために祈るわ」そう言うと、彼女は首をかがめ、洗濯室へと急いで廊下を歩み去った。

ピッパは吐かずにいられない気分だった。思いきり。トリクシーの友人には会ったことがあった。ギャングが入れるようなタトゥーを腕全体や首や顔にまで入れている男だった。「たぶん、フェンスを抜けて山へ逃げればいいわ。助けなんて要らない」

「いいえ、要るわ」トリクシーは鼻を鳴らした。「山にたどり着いたとして、それからどうするの？」

ピッパには答えられなかった。じっさい、答えなどない。「うちの母とあなたのお姉さんはどうするの？」

「打ち明けるわけにはいかないわ。いっしょには来ないでしょうから。預言者に告げられてしまう。そうするってわかってるはずよ」トリクシーは洗濯室で女性たちに割りあてられた仕事をするふりをしに行ってしまった。

ピッパは階段をのぼって自室に向かった。千年も歳をとったような気分だった。部屋にはいると、はっと足を止めた。母がベッドの白い上掛けの上にすわっていたのだ。「ママ」希望がさっと心に押し寄せてきて肌がほてった。

母は最近体重を落としていたが、それでも美しかった。「あなたの様子をたしかめたかったの」すぐさま見慣れた光が目に宿った。

「彼と結婚なんてしたくない」ピッパはドアを閉めた。「こんなの正しいことじゃないわ」

母は立ち上がってピッパのところへ来た。嘆くように顔をゆがめている。「彼は預言者よ。最善を心得ているわ。ここにいればわたしたちは安全なのよ、ピッパ。ファミリーといれば。わたしたちには彼らが必要なの」そう言ってピッパの腕をつかんだ。

ピッパは腕を引き離した。胸の奥で心臓が沈みこみ、痛んだ。「彼らなんて必要ないわ。昔からずっと」怒りを感じたかった。強い怒りを。しかし、心は悲しみにむしばまれていた。

母は再度触れてこようとはしなかった。「愛しているわ、メアリー」

そう呼ばれてみぞおちに拳をくらった気分になり、身を折り曲げそうになった。振り返って母と顔を突き合わせる。「このことについて彼がどう思うか考えたことはある？　わたしの父、あなたが愛したはずの人は、神と話ができると信じている三十五歳の男と娘が無理やり結婚させられることについてどう思うかしら？」

「預言者様が神と話ができるのはたしかよ」母の顔からは血の気が引き、唇は真っ青だった。

もうひとつの質問に対する答えはないのでは？　ピッパは首を振った。「お父さんはこんなことを許したはずはないわ」

「あなたのお父さんは死んだのよ」母は肩を怒らせ、顎を上げた。「今はここがわたしたちのファミリーよ。ここの決まりに従うの。いつかあなたにもわかるわ」そう言うと母は部屋を出て静かにドアを閉めた。

ピッパの目に涙があふれた。じつの母が娘にこんな仕打ちができるもの？

でも、母が正しかったらどうする？　イサクがほんとうに神と話ができるとしたら？　ほかの人にはわからないことが彼にはわかっているように思えることがたまにあった。ときどき彼といっしょにいると理解できない安らかさを感じることもあった。トリクシーはドラッグと何かのトリックのせいだと言っていた。トリクシーが正しいの？

それとも、イサクには否定すべきでない能力があるの？　神の意志に反したらどうなるの？　そういうことをするわたしは何者なの？

でも、ときに直感が大事なこともある。そうじゃない？　そうでなければ、直感などないはず。

イサクといっしょに時間を過ごすことを強いられて、彼が人を傷つけてたのしむ人間であることはよくわかった。とくに女性を。女性がさいなまれるのを見てたのしんでいた。そして、その苦痛をピッパに見せてたのしんでいた。

それはまちがったことにちがいない。

ピッパは唾を呑みこみ、ベッドと数少ない持ち物のところへ行った。誰が正しくて誰がまちがっているかもわからなかった。それでも、翌日イサクと結婚すると考えると死ぬほど恐ろしかった。何年にもわたって彼がしてきたこと、ほかの人々にするのを見せられてきたことはぞっとするほどまちがっている。

ああいうことはまちがっているにちがいない。

だから、逃げるのだ。荷造りしてトリクシーと落ち合い、それからトリクシーの男友達と落ち合う。それによって最後は地獄に堕ちるのだとしたら、それはしかたのないこと。

地獄がここよりひどい場所のはずはない。

ピッパははっと現実に戻り、レストランの駐車場に車を入れた。トリクシーの車は見あたらない。古いビュイックはアパートメントにもなかった。車からどうにか降りるのに五分かかった。

雨のなか、首をすくめながらドアを開けると、ベーコンの脂とチーズバーガーのにおいが鼻を打った。人が大勢いた。多すぎるほどに。

家に戻りたくなる。鍵をかけたドアの陰でひとり安全に過ごしたかった。キッチンで何かを焼き、こういう人々や襲ってくるかもしれない危険を避け、目や耳に飛びこんでくるあまりに多くのものから離れて。しかし、そうする代わりにピッパは助けを求めてあたりを見まわした。

すぐ近くにいたウエイトレスにすばやく確認したところ、トリクシーは夕食のシフトなのに職場に来ていなかった。一時間ほど遅れているとのことだった。

外は暗くなりはじめていた。

ピッパはほとんど息ができなくなった。自分がこうして生きているのはすべてトリクシーのおかげだ。何かがひどくまちがっている。警察に助けを求められるようなことではない。自分でできることが何かあるはずだ。四方の壁が倒れてくるような気がした。

トリクシーはどこ?

30

マルコムの運転する車が邸宅から二十五キロほど行ったところで、ジョージがバンの後ろにいるオーキッドのところに移ろうとした。「何をしている？」とマルコムは訊いた。

ジョージは動きを止めた。「殺すまえにちょっとたのしもうとしているだけさ。どうしていけない？」そう言って二本のシャベルを脇に押しやると、シャベルが触れ合って音を立てた。それから何度かぱちぱちと音がし、オーキッドが悲鳴をあげた。

マルコムの胸を熱い怒りが貫いた。「スタンガンを使ったんじゃないだろうな？」

「まさか」ジョージは明るい口調で言った。「ただちょっと女に向かってぱちぱち言わせただけさ」

マルコムは肩越しに後ろに目をやった。オーキッドは手をしばられたままバンの側面に押しつけられていた。涙が顔を伝っている。ジョージは彼女にまたがるようにし、スタンガンを女の右胸のすぐそばに寄せていた。

くそ野郎が。

マルコムはバンを脇道に入れ、木に衝突させた。ジョージは後ろに跳ね飛ばされ、大きな音を立ててバンの側面にぶつかった。

ジョージに抗議の声を発する暇も与えず、マルコムは車から降りた。ひんやりとした夕方の空気が顔を打ったが、少なくとも雨は降っていなかった。彼は後ろのドアを開けた。

ジョージが頭をはっきりさせようとするように首を振った。「いったいどういうつもりだ?」

マルコムはにやりとした。「おたのしみをせずにいられないのはあんたひとりじゃない」そう言ってジョージが気をゆるめるのを待った。「どうして女にちょっとショックを与えてやらない? そいつにどんな効果があるのかたしかめてみたくないか?」

オーキッドが泣き声をもらし、膝を胸に引き寄せた。

ジョージの目がきらりと光った。「ああ、そうだな」ボタンを押すと、スタンガンに電源がはいった。

「もっと近くで見たいな」マルコムはバンのなかにはいろうとしてつまずいたふりをし、うまい具合にジョージからスタンガンを奪った。それから転びながらわざと息を呑むふりをし、すばやくスタンガンをオーキッドの手に押しつけた。

オーキッドはまえに身を乗り出し、ジョージの胸にスタンガンを押しつけた。

ジョージは悲鳴をあげて目を閉じ、後ろに倒れた。

マルコムは勢いよく身を起こし、ジョージの頭をできるだけ強く車の側面に叩きつけた。彼はぐったりとくずおれた。

オーキッドは何度か深々と息を吐いた。「わたしが気を失わせたの?」

「いや」マルコムはブーツからナイフをとり出し、彼女の手をしばっているロープを切った。「スタンガンで意識を失うことはない。でも、頭を思いきりぶつければそうなることも多い」

オーキッドは顔から涙をぬぐった。ロープのせいで手首がひどくすりむけている。

「だったら、あなたが手を貸したことがわかってしまうわ」

マルコムは首を振った。「わからないさ。ぼくは彼が目を閉じるまで待ったからね。きみに襲われて頭を打ったと説明する」このくそ野郎は女に上手をとられたことを恥じるあまり、そのことを誰にも言わないだろう。願わくは。「ずっと意識を失っていてもらわなくちゃならない。目を覚ましそうになったら、シャベルでなぐってくれ」

「喜んで」オーキッドは言った。アドレナリンが全身から噴き出しているのはまちがいなく、目がぎらぎらと光っている。

マルコムは運転席に戻り、急いでアンガスに電話した。「迎えの車と三時間か四時間で効き目が消える鎮痛剤の類いが要る」本部からは車で二時間以上も離れていた。「それから、救急用品も。途中まで誰か来られるかい？」ひたすらジョージをなぐって意識を失わせつづけたくはなかった。なんにしても今は。

「了解」アンガスは言った。「じつは今、レイダーがミニュートヴィルにいて地元警察の相手をしている。連中の囚人を奪ったことでかなりうるさく騒ぎ立てられていてね。レイダーが問題をおさめてくれている。近くの病院に寄らせて約三十分後に落ち合わせるよ」

「了解」マルコムは電話を切り、エンジンをかけてバンを道に戻した。「オーキッド？　ぼくの知らないことをすべて話してくれ」

オーキッドは気を失っているジョージにスタンガンを向けつづけていた。「どんなことを？」

「その大規模なテロ攻撃さ。まだ計画は生きているのか？」とマルコムは訊いた。

「ええ。預言者は最近扉を閉ざした会議を数多く行っているわ。絶対に何かたくらんでいるはず」オーキッドは袖で鼻をふいた。「金曜日が聖なる日だとかなんとか言っているのを聞いたことがある」

今は水曜日の晩だった。「やつが何をたくらんでいるのか見当がつくかい?」

「いいえ」オーキッドは鼻をすすった。「わからない。何か大きなことが起こるときには、ファミリー全員を集めてそのときに発表するの。それが明日になると思う。いつもより余分に食べ物と飲み物が運び入れられているから」

内部に戻る必要があるが、そのまえにジョージをどうにかしなければならない。だが、ピッパについてはどうだろう?「イサクの花嫁については何か知っているかい?」

「あんまり」

「ピ——その、メアリーについては? そのメアリーという少女について、アンガスにすでに話した以上のことを何か知らないかい?」ピッパのことを思うだけで胸が痛んだ。彼女はこの最悪の計画にどのぐらいかかわっているのだろう? きっとまったく関係ないはずだ。

「メアリーのことは知っていたわ」オーキッドは言った。「あそこを抜け出した最初の人間たちのひとりだった。ある日あそこにいたのに、次の日には——預言者いわく、わたしたちのために道筋をつけるために外の世界に隠れているそうよ」

マルコムのこめかみが痛みはじめた。「それ以来、音沙汰は？」

「わたしにはないけど、だからって預言者にもないとはかぎらないわ。わたしが知らないだけで。アンガスにもわたしは知らないって言ったの」オーキッドの声が高くなった。

マルコムはうなずいた。ピッパについては自分で探り出さなければならないわけだ。

「いいだろう。もう一度、知っていることを全部話してくれ。何も省略せずに。どんな小さなことでも助けになるかもしれない」金曜日はすぐだ。はっきりした情報をつかむのに充分な時間がなかったらどうなる？　今、何人の人間が危機にさらされているのだ？

オーキッドは思いつくかぎりすべてを話してくれた。まもなくマルコムはミニュートヴィルの町外れにあるファストフード店の廃屋の駐車場にバンを乗り入れた。レイダーが地味な白いコンパクトカーで待っていた。降りてきた彼はその車には体が大きすぎるように見えたが、動きは強くたしかだった。優美なのもまちがいない。

マルコムはバンの後部のドアのまえでレイダーを待った。「何を持ってきた？」

「プロポフォールだ」レイダーが注射器をとり出しながら言った。

マルコムは動きを止めた。「本気か？」アンガスがレイダーを病院に寄らせたのも不思議はない。その辺の薬局で手に入る鎮静剤ではない。「どうやってそれを手に入れた？」

レイダーは肩をすくめた。「誰しも才能ってものはあるのさ」そう言って注射器に薬を入れた。「靴を脱がせろ。足の指のあいだに注射する」

どうやら身ぎれいなレイダーにも想像を裏切るような経験があるらしい。マルコムはその指示に従った。「どのぐらい意識を失わせられる？」

「頭を打ったせいで死ななかったとしたら、三時間から四時間だな」レイダーは薬をポケットにしまいながら言った。「頭が混乱し、記憶がはっきりしないだろうから、あんたの好きに記憶を作ることができる。目覚めればの話だが」

「救急用品は持ってきたかい？」とマルコムは訊いた。

「ああ。病院でひとつもらってきた」レイダーは車に駆け戻った。

マルコムはオーキッドがバンの後ろから降りるのに手を貸し、シャツを脱いだ。それからブーツに隠してあったナイフを手にとると、「これは痛いだろうな」と言ってシャツの袖をあてて二の腕を切った。血が流れた。ナイフをその血にひたし、それを振りまわしてバンのなかに血を飛び散らせた。

「何をしているの？」オーキッドが息を呑んだ。

くそっ、腕が痛む。「殺人現場を作っているのさ」そう言ってさらに血をまき散らした。

レイダーが走って戻ってきた。「ああ、そうか。もっと要るかい？」

マルコムは身をかがめ、床に血の池を作った。「いや。これでいいはずだ。ちょっと争いがあったように見せかけたいだけだ。彼女の首を絞めようとしたら、かなり激しく抵抗されたと説明できるように」レイダーから包帯を受けとると、それを無造作に傷口に巻いた。それからオーキッドに向かって言った。「きみはとても勇敢だった。礼を言うよ」

彼女は首を振った。「勇敢じゃないわ」

「いや、そうさ」マルコムはそっと彼女をレイダーのほうに向かせた。「ぼくの仲間と行ってくれ。安全で助けになってくれる場所まで連れていってくれる」

「あなたはどうするの？」オーキッドは唇を震わせて訊いた。

マルコムはバンの床の上で死んだように静かに横たわっている男に目を向けた。

「死体を埋めたふりをする。それで、できればこの男の目を覚まさせて、邸宅に戻る」

ああ、いやでたまらない場所ではあったが。

ピッパはゆっくりとトリクシーのアパートメントのそばを車で走り、何か、もしくは誰か場違いに見えるものを探した。頭は心と同じぐらい痛んでいた。マルコムには裏切られたが、トリクシーに裏切られたことはなかった。骨の髄に染み渡るほどの恐怖のせいで両手が震えた。

何時間かその地域を偵察してまわったあとで、トリクシーのアパートメントの入口が見える場所に車を停めた。入口は上につけられた照明で明るく照らされていた。ほかにどうしたらいい？　電話は何度もかけたが、応答はなかった。

雨がフロントガラスに打ちつけはじめた。雨。たぶん、少し霧も出てくるはず。電話が鳴り、ピッパは飛び上がった。「もしもし？」

「やあ」マルコムだった。

胸が締めつけられた。どうしてトリクシーであってくれないの？「あ、ええ」しまった。もしかしたら彼は家に帰っていて、わたしはどこへ行ったのだろうと思っているのでは？

「夕食に家に帰れなくてすまない」いっしょに夕食をとることになっていたとでもい

うように彼は謝った。少し息を切らしているような声だ。「今度の案件は思った以上に長くかかりそうなんだ」

「どっちの案件？　あなたはふたつにかかわっていると言っていたけど」ピッパは頭を座席のヘッドレストにあずけて言った。

マルコムはしばし黙りこんだ。「じつを言うとどちらもさ」

「あなたの仕事ではそれって危険がからんでるってことじゃないかしら」酸素もなく、ジェリーのなかを泳いでいるような気分だった。マルコムがトリクシーをつかまえたということはあり得るかしら？　このあいだの銃撃事件で彼女には会っている。きっと住所も手に入れたにちがいない。

認めたくはなかったが、イサクよりはマルコムにトリクシーがつかまっていてほしかった。「どちらの件も進展はあったの？」と訊いてみた。

「あまりないな」真実を告げているような苦々しい声だ。「でも、きみの声を聞くと救われるよ。きみと出会ってよかったと思っていることを知っていてもらいたいな。きみといると、久しぶりに心の平和に近いものを感じられるんだ」

涙が目を刺した。ああ、とても口がうまいのね。言っていることが真実だったなら。昨日なら、こうしたことばがどのぐらい大きな意味を持っただろう？「あなたは信じさせてくれたわ」ピッパはつぶやいた。

「何を?」彼の声が太くなった。

「わたしにもふつうの人生が送れるかもしれないって」もちろん、まちがいだったが。わたしにふつうの人生など送れるはずはない。「あなたとなら、チャンスがあるんじゃないかと思ったの」

電話の向こうで雨の音がした。ワイパーの音も。「なあ、悲しそうな声だね」その口調に心を貫かれ、全身にあたたかいものが広がった。それにはひどく困惑させられた。「悲しいから。一日じゅう友達のトリクシーに電話しているのに、電話に出ないの。彼女らしくないことだわ」

マルコムはしばらく黙りこんだ。「どこが彼女らしくないんだい?」

「全然彼女らしくないわ。FBIが銃撃事件についてもう一度話を聞こうとしたんだと思う?」彼にとってそれは完璧な言い訳になるはずだった。それに飛びついたら、おそらくトリクシーの居場所を知っているということになる。

「いや。連中が彼女と話したかったら、まずはぼくに接触してくるはずだ」と彼は言った。

ああ。それはどういうこと? 優秀な覆面捜査官の彼には、こっちの考えていることが先読みできるということ？　もしくは、ほんとうに彼のところにトリクシーはいないということ？　トリクシーが逃げたのだとしたら、非常用持ち出しかばんを持っていったはず。つまり、残る可能性はイサクということ。それでも、ピッパはトリクシーが魅力的な男性と週末を過ごしに出かけ、携帯電話の充電を忘れているのであってほしいと願わずにいられなかった。

そうね。ただ……そう。

マルコムが咳払いをした。「ピッパ？　どうしたんだい？」

そのやさしい声にピッパは耐えられなくなった。「もう無理」と思わず言う。「あなたのこんなばかげたお遊びにはもう付き合えない。こんなの上手じゃないから。終わったのよ。わたしたちは終わったの」

鼓動ふたつ分の沈黙が流れた。「なんの話をしている？　ぼくはお遊びなどしていない。これは本物だ」傷ついた声。

「ひどい人ね」ピッパは吐き出した。心からはひたすら怒りと痛みがまき散らされた。

「これが本物じゃないことはわかってるの」

さらに鼓動ふたつ分の沈黙。「今どこにいるんだ？」声があたたかいものから命令するようなきっぱりしたものに変わった。ピッパの体は熱くなり、それから冷たくなった。答えないでいると、マルコムは続けた。「ピッパ？　もうこんなのはうんざりだ。迎えに行かせてくれ。ぼくを信じてくれ。今どこにいる？」

彼を信じる？　ええ、そうね。いまだにどれほどそうしたがっているかは自分でも驚くほどだった。電話をきつくにぎりしめるあまり、指の関節が痛んだ。「もちろん、家よ。どうして家じゃないと思うの？」

「どうなっているんだ？」彼の声がやさしくなり、ピッパは泣きたくなった。

「わたしが今日学んだことをあなたはすでに知っているんじゃないの、マルコム？」

ピッパは小声で訊いた。

「いや。なんのことだ？」その声は少し……警戒している？　そう、警戒している。

ピッパは顎を下げた。「車からイグニッション・ヒューズをとり外せるって学んだの。とり換えるのも簡単だって。すごい事実じゃない？」

ワイパーの音が大きくはっきりと聞こえてきた。「きみがなんの話をしているのかわからないな」

もううんざり。「やめて。もうやめて」目がごろごろし、頭は爆発しそうだった。

「ひとつだけ正直に話してくれない？　ひとつだけでいいから、お願い」声がくぐもったが、ことばを止められなかった。

「ピッパ、ほんとうに——」

「わたし、あなたの家のガラス戸を開ける鍵を持っているの。あなたのベッド脇のドレッサーの上に子供のころのわたしの写真がはいったマニラフォルダーがあったわ」

怒りがゆっくりと流れ出していき、心が空っぽになった。完全に。

彼の沈黙は重かった。「ああ、ピッパ。すまない」

ああ、この人はわたしの心を粉々にしようとしているのね？　最低の人。「謝る必要はないわ。ただひとつだけ教えてちょうだい。お願い」ほとんど懇願するような口調で言う。

「迎えに行かせてくれ。このことについて話ができるように」彼は言った。「お願いだ、ピッパ。直接会って説明させてくれ」

わたしのことをいかれた人間だと思っているの？　そう、たぶん。彼とすぐにベッドをともにしてしまった。まず心を奪われて。それはいかれたこと。「あなたがわたしから何を引き出そうとしたのか知らないけど、きっと手にはいらなかったわね。わたしと寝る代わりにただ質問することもできたはずなのに」涙が顔を伝ったが、気にもしなかった。「さようなら、マルコム」

「だめだ」

その声に表れた鋭い命令の響きに思わず動きを止め、ピッパはまばたきした。全身に緊張が広がる。

「ピッパ？　今どこにいるのか教えてくれ」

ピッパは身震いした。マルコムは危険な人物だとわかったわけだが、危険人物らしい声を聞いたのははじめてだったからだ。「いやよ」と彼女は小声で言った。

「ピッパ」低い命令口調に感覚がぐらついた。

体が彼の声に、その口調に反応していた。やわらかくなって心を裏切っていた。呼吸さえ速まっている。「ベッドのあなたはすごかったわ、マルコム」そう認めると、体と同じぐらい心も痛んだ。

「無駄にする時間はない」命令口調が太い声で強調されている。「どこにいるか教えてくれ。今すぐにだ」

「いやよ」ピッパは背筋を伸ばしてぴしゃりと答えた。

「ぼくに追跡されたくはないはずだ」彼は警告を発した。

腹のあたりがうずくように脈打った。ピッパは身震いした。「見つからないわ。わたしは逃亡の達人よ」

マルコムがさらに何か言っていたが、ピッパは電話を切った。

それから電話をへし折ってすべてのかけらを車の外の泥のなかに放った。涙を止めようとしながらエンジンをかけ、トリクシーの家のそばから車を出す。

問題はどこも行くところがないことだった。

31

「ちくしょう」マルコムは手でハンドルを叩いた。アンガスに電話するとすぐにつながった。「ピッパの携帯電話を追跡してくれ。今すぐだ。彼女にばれた」

「五分くれ。作戦を続行しろ」アンガスは電話を切った。

マルコムはルームミラーをちらりと見た。ジョージはまだ意識を失っており、バンの後部は血だらけで、ぞっとするということばでは足りないほどだった。作戦を続行？　ピッパが裏切られたと思ってひとり外にいるときに、どうして作戦続行などできるというのだ？

いや、裏切ったのはたしかでは？

胃がひっくり返り、喉に苦いものがのぼってきた。彼女を見つけなければ。

電話が震えた。「彼女はどこだ？」

「わからない」アンガスが言った。「電話につけてあったGPSは途絶えている。彼女がほんとうに真実を知ったのだとしたら、もう電話を持っていないだろう。そんなことはきみにもよくわかっているはずだ。彼女が今日一日どこにいたのか位置を探るには時間がかかる。最後に話したときはどこにいたんだ？」

「教えてくれなかった」くそっ。今夜話したときまでに州を三つ越えていたとしてもおかしくない。「でも、トリクシーが一日じゅう電話に出ないと言っていた。トリクシーを見つけてくれないか？」マルコムは頼んだ。

「もちろんだ。両方についてグリッド・サーチをブリジッドにはじめさせる。車載カメラや道路の防犯カメラ、顔認証のすべてを。心配要らない。見つけるさ」アンガスは紙をがさごそさせた。「今は作戦を続行してくれ。ほかにきみにできることはないんだから」

こんなことになるなど最悪だった。「ぼくがイサクのオフィスにしかけた盗聴装置には何も？」

「まだない。誰かとセックスしたうるさい音がはいっていたが、相手はわからない。あまり話をしていなかったからな」アンガスの声に嫌悪の響きが加わった。「こっちにいるふたりの男からウルフが情報を引き出した。テロ攻撃は金曜日に予定されているが、やつらが知っているのはそれだけだ。イーグルはニューヨークだろうと推測しているが、もうひとりはボストンだと思っていた。ブリジッドに金曜日に行われるイベントや大きな集会を探してもらっているが、数が多すぎる。もっと情報が必要だ」

マルコムは息を吸った。胸が動いた。集中するんだ。集中しなければならない。

「わかった。また連絡する」そう言って電話を切り、携帯電話をポケットに入れた。

邸宅から二キロ足らずのところでバンを停め、後ろに飛び乗ると、ジョージを思いきり揺さぶって起こした。

「なんだ？」ジョージはすばやくまばたきしながら身を起こし、まわりを見まわした。泥にまみれたシャベルと飛び散った血を見て目を丸くしている。マルコムはシャベルに泥をつけるのに二分ほど泥を掘ったのだった。

ジョージは恐る恐る自分の後頭部に手をやった。「何があった？」と呂律のまわらない口調で言う。

「オーキッドがあんたからスタンガンを奪ったのさ」マルコムは同情のかけらもなく言った。「あんたにスタンガンをあて、上に飛び乗って頭をバンの側面に打ちつけた。あんたは四時間ほども意識を失っていた」

ジョージはさらに青ざめた。「そのことは預言者に報告したのか？」

「もちろんしてないさ。どうしてしなきゃならない？」マルコムはジョージがバンの後ろから降りて助手席に乗るのに手を貸した。それから少し大きな音を立ててドアを閉めた。運転席側にまわると、席に飛び乗り、キーに手をかけた。「あんたさえよければ、預言者にはオーキッドのことはふたりで始末したと報告するさ。あの女があんたをノックアウトしたことを告げる必要はないからな」

ジョージは目をぬぐった。「悪いな、兄弟」

「別にかまわない」マルコムはイグニッション・キーをまわし、ほかに通る車もない道へと車を出した。「あんただって金曜日のおたのしみを逃したくないだろう?」

「金曜日のことを知っているのか?」とジョージが訊いた。

マルコムはうなずいた。カルトをうまく切り盛りする秘訣《ひけつ》のひとつは、誰が何を知っているのかメンバーたちに知らせずにおくことだ。「もちろんさ。あんたは知らないのか?」

「すべて金曜日に行われるということだけだ。時間や場所は知らない。正確に何があるのかも」ジョージはブーツを蹴り脱いだ。「火と清めということだけだ。あんたはそれ以上のことを知っているのか?」

「いや」残念ながら。どうやら相棒のジョージはあまり役に立ってはくれないようだ。

ジョージは後部の惨状に目をやった。「どうやって彼女を殺した?」

「結局、絞め殺した」マルコムは何気ない口調で言った。「ご覧のとおり、最初は反撃された。死体はミニュートヴィル近郊の森に埋めた。死体が見つかることはないだろう」

ジョージは顎をかいた。「悔しいな。最後に一発やりたかったのに」子供がむずかるような声だった。

思わず指を拳ににぎり、怒りのあまりの激しさに一瞬ことばを失った。

邸宅の入口に着くと、マルコムはバンを停めた。「イサクに報告を済ませたら、後片づけはぼくがやろう。あんたはたぶん脳しんとうを起こしてるからな」

ジョージはマルコムの腕を叩いた。「あんたはいいやつだな、マルコム。恩に着る」

マルコムにはジョージの喉をつぶさずにいるのが精一杯だった。バンから降りるときには両手が震えていたため、ポケットに突っこみ、入口を抜けてイサクのオフィスへ向かった。

イサクは机に向かって地図のようなものを眺めていたが、すばやく卓上カレンダーで隠した。「首尾は？」

「完璧に」ジョージが少々高すぎる声で答えた。「問題は処理しました」

イサクはジョージからマルコムへ目を移した。「どっちがやった？」

「ふたりで」ジョージが言った。あまりうまくない作り笑いだった。

マルコムは黙ったままでいた。

「そうか」イサクはうなずいた。「そろそろ深夜零時になる。少し眠ってくれ、ジョージ。マルコム、きみとは話がしたい」

ジョージはほっとするようなため息をついていそいそと部屋を出ていった。

イサクは暖炉のそばの椅子を示した。「すわってくれ」それから優美な足取りでバーへ行くと、スコッチをグラスふたつになみなみと注ぎ、戻ってきてひとつをマルコムに渡した。「教えてくれ。ジョージにはこういうことに必要な能力があるかな？」

マルコムはグラスを受けとってひと口飲んだ。ハミングしたくなるほどうまい酒だった。「ああ、ジョージは問題なく人を殺せる人間だ」

「オーキッドを殺したのは彼か？」イサクもすわり、スコッチを飲んだ。

「いや。ぼくがやった」マルコムはグラスのなかの液体をまわしながら答えた。

「ちょっとひどいありさまになったが、後片づけはする」そう言って部屋を見まわし、居心地悪いというように立ち上がった。「そういう人間にはなりたくなかったんだが」とつぶやく。

「われわれはなるべくしてこうなっている」とイサクは言った。

マルコムはマントルピースに近寄った。ピッパの写真が目にはいった。これまで写真をよく見られるほど近くに寄ったことはなかった。写真の彼女は十二歳ぐらいにちがいない。無垢《むく》で若く見えた。彼女を思うと心が痛んだ。「娘さんかい？」とマルコムは訊いた。

イサクはあざ笑うように言った。「いや。花嫁さ。それは彼女が子供のころの写真だ。今は大人になっている」

「へえ」マルコムは振り返ってイサクを見やり、また席に戻った。本能が何かつぶやいている。「あんたが結婚しているとは知らなかったな」

「ときに自分にぴったりの女性に心を奪われることもあるものさ」イサクはそう言ってグラスを掲げた。「ぴったりの女性に」

マルコムもグラスを掲げた。ありとあらゆる原始的な本能がそいつの首をへし折れと命じていた。今すぐに。「あんたの花嫁に」

ふたりはグラスを飲み干し、イサクがお代わりを注いだ。

「こんなことを訊いて気を悪くしないでもらいたいが、あんたの奥さんはどこに？まだお目にかかったことがないが」とマルコムは言った。酒のせいで胃があたたかくなりつつあった。

「彼女は今ここにはいない」イサクは小声で答えた。「しかし、心はともにある。あの女性は非常に重要な仕事を行っている。その仕事も重要だが、彼女も重要だ」

なんの答えにもなっていない答えだった。しかし、ピッパがイサクと連絡をとり合っているようには聞こえた。この男は生まれながらの嘘つきではあるが。マルコムは今の状況について考えをめぐらした。素性がばれる危険を冒したくはないが、この金曜日に迫ったテロ攻撃についてもっと詳細な情報を手に入れなければならなかった。

「結婚しているのは悪くないにちがいないな」マルコムは部屋を見まわした。「ここはぼくには少々自己満足にひたりすぎな場所に思える」

「きみは二時間ほどまえに死体を埋めてきたばかりだ。それでどうして自己満足にひたれるというんだ?」とイサクが訊いた。

マルコムは肩をすくめた。「彼女はあんたを脅かす存在だった。脅かすものは倒さなければならない」そう言ってまた強い酒を飲んだ。「でも、あんたはなんのために戦っているんだ? 単に平和と愛とセックスのためか」マルコムは肩をまわした。

「ちがう。われわれは世界の人々にとっての導きなんだ。必要なときには神の怒りともなる」とイサクは言った。

やはりな。そうか。「どういうことだ?」マルコムは退屈しのぎを装って訊いた。

「それについてはおいおい話そう」イサクは椅子に背をあずけた。リネンのパンツに包まれた長い脚が伸びた。

まったく、おいおいを待つ時間などないのだ。マルコムは顔をしかめた。「何も知らずにいるのは苦手なんだ。昔からそうだ」そう言いながら、墓を掘ったふりをするために爪の下に入れておいた泥をかき出した。「空気が張りつめていて、みな忙しく動きまわっているのが気に入らない。あんたのファミリーに何かが起こっているようで、それがぼくの気に障るんだ」

イサクはうなずいた。「きみはとても鋭いな。ここはきみのファミリーでもある。家族《ファミリー》とは信頼し合うものじゃないか？」

マルコムは声をあげて笑った。「いや。ぼくの経験ではちがう。まったく……ちがう」

イサクの目がきらりと光った。「信頼にはふたつの側面がある。それでも、きみが今言ったことは私には理解できないな。子供のころ、このような家族には恵まれなかったのか？」

マルコムは苦痛に満ちた笑みを浮かべた。「ああ。家族はぼくが幼いころに自動車事故で亡くなった。ぼくはデトロイトの製鋼所で働いていた祖父と暮らすことになった。ひどい酒飲みだった」マルコムは右目の上の傷痕をこすった。「子供が頭にボトルをくらうと、一日以上気を失うことになる。その事実を知っている人間は多くないが」マルコムは首をそらしてグラスの中身を飲み干した。記憶の炎に全身を焼かれる気がした。

イサクの顔にたいていの人が同情と見まちがうような皺が刻まれた。「きみの身の上は気の毒だな。警官になってから家族を見つけたことは？」

覆面捜査官として任務にあたるなかでいやな部分はそこだった。家族を得るには自分について明かす必要があり、明かした事実には真実の響きがなければならなかった。「ないな。仕事には励んだが、人とのつながりを作るのはうまくなくてね。それからさまざまな案件で覆面捜査にかかわるようになった。仕事をちゃんとやりたければ、誰かと関係を結ぶことはできない」兄弟にもっとも近い関係の人間ができたのは最近だった。アンガス・フォースと彼が集めた風変わりなチーム。

「ああ、マルコム。ほんとうに気の毒だ」イサクはグラスの中身をまわした。「恋愛はどうなんだい？　女性は？」

女性にかつてない深い感情を抱いたのはピッパに対してだけだった。ふたりの関係は嘘の上に築かれたものだったが。双方の嘘の上に。「愛というのがどんな感じかわからなくてね」

「女性に対する愛が？　その女性のためならなんでもしようと思う、燃えるような妄念さ」とイサクは言った。

そう、ピッパのためならなんでもする。たとえ彼女が何か罪を犯していても。

「だったら、愛を感じたことはあるかもしれない」今経験していることを言い表すには足りないことばだった。

「私もだ」とイサクも言った。

互いに同じ女性について語っている可能性が高いのは皮肉だった。「あんたはどうなんだい？　子供のころ、家族はいたのか？」

「家族らしきものは。さしたる夢もない並みの人間たちだった。私は自分にはもっと大きな人生が待っているとわかっていた。神に仕える人生が」とイサクは言った。

なるほど。妄想症というわけだ。「ぼくは使命が必要な人間だ。つねに作戦に加わっていたのも、自分が役に立つ人間だと感じたかったからだ」そのことばには少々真実が含まれすぎていたが、マルコムは思いきってそこまで話した。組織の内部にはいりこまなければならないのだから。

「その気持ちはわかる」イサクはため息をついた。「きみがそう言ってくれたから訊くが――今夜はこれ以上きみに頼み事をするのはいやなんだが――イーグルとルロイの居場所を探る方法はないか？　きみのコネを使って彼らがどこにいるか探り出すことは？　薬局で逮捕されたあと、ミニュートヴィルの警察署に弁護士を送ったんだが、うちの連中はどこかよそへ連れていかれたということだった」

マルコムは顔をしかめるふりをした。イサクはどの程度知っているのだろう？

「誰に？」

「わからない」イサクは言った。「力を貸してくれないか？」

マルコムはグラスを口に持っていき、それが空であることに気がついた。そこでグラスを椅子のあいだのテーブルに置いた。「もちろんさ。今夜のことがあった以上、ぼくはすっかりファミリーの一員だ」

「もちろんそうだ。ファミリーへようこそ」イサクは目をきらめかせ、椅子のあいだにあるテーブルの引き出しからマルコムの銃をとり出して渡してよこした。「これを返さなくては。今夜使ったバンの後始末をし、行方のわからないふたりを見つけ出してくれるかい？」

「ああ」マルコムは立ち上がり、銃を腰にたくしこみながら部屋を出た。閉じたドアに背をあずける。手はイサクの顔に一発拳をお見舞いしたくて震えていた。あの男は人を殺してもなんとも思わない人間だ。どんな地獄でピッパは子供時代を過ごしたのだろう?

32

どこへ車を走らせていいかピッパには見当もつかなかった。トリクシーの身に何が起きたのかわからないまま逃げ出すこともできなかったが、近くに留まるわけにもいかなかった。カルト集団か警察がトリクシーをつかまえているのか、そのどちらでもないのか。

もう一度だけ。もう一度だけやってみよう。ピッパは道の端に車を寄せたが、自分が窓から携帯電話を捨ててしまったことを思い出した。使い捨ての携帯電話は持っているが、それを使えば、電話に出た人間に番号を知られてしまう。警察がトリクシーをつかまえているとしたら、わたしのことも見つけるだろう。

雨が激しくなり、ピッパは泣きたくなった。これほどひとりぼっちだと感じたことはかつてなかった。

非常用持ち出しかばんのなかで携帯電話が鳴った。

ピッパは息を呑んだ。鼓動が速まる。その番号を知っているのはトリクシーだけだ。ああ、よかった。ピッパは急いでかばんのファスナーを開け、電話を耳にあてた。「一日じゅうどこにいたの？　心配で気分が悪くなるほどだったわ」とピッパは言った。

しばしの沈黙が流れた。「そう言ってくれるとはやさしいね、美しき者よ」イサクだった。覚えているよりも太い声だ。

まわりの世界が狭まった気がし、視界がぼやけた。「イサク」とささやく。体が震え、胃がなくなった気がした。苦いものが勢いよく上がってきて胸が焼けた。「どうしてこの番号を？」その答えはすでにわかっていた。

「どうやら彼女は今トリクシーという名前を使っているようだな」イサクが穏やかに言った。「少なくとも、三十分ほどまえまではそうだった」

ピッパは低いすすり泣きをもらした。「彼女を傷つけたら、あなたを殺してやる」

「ほう、傷つけてしまったのはたしかだな」イサクは言った。「選択肢がなかった。おまえにもそれはわかっているはずだ」忍び笑いが聞こえ、冷たい指がピッパの背筋を這った。「深夜零時まで体が空かなくてね。今は深夜零時のはずだ。おまえの誕生日まできっかり二十四時間」

ピッパは声をつまらせた。「トリクシーを電話に出して。すぐに」

「自分の立場を忘れているようだな、メアリー。おまえは命令を下す立場にはない」

その声はカミソリのように鋭く、ピッパは彼のホームで怯えて混乱した子供として暮らしていた時代に即座に引き戻された。「命令を下すのは誰だ？」

ピッパは目を閉じた。吐き気がして全身が震えた。「もうあなたのお遊びには付き合わないわ。二度と。何が望みか言って」

「おまえさ。昔からおまえだった」イサクはささやいた。「私は神とともにある。おまえは悪魔にそそのかされてここを離れたが、いつまでもそうしていられると本気で思っていたのか？　悪魔にとりつかれてしまわないと？」

「あなたがその悪魔なんじゃないかと思うわ」そのことについてはずいぶんと考えたものだ。

イサクはがっかりしたような舌打ちの音を立てた。長年子供たちを震えあがらせていた音だ。「トリクシーと母親を殺されてもいいのか？」

つまり、トリクシーはまだ生きているということだ。ピッパは友人にイサクが危害を加えることにならないようなことばを探した。「どうやって彼女を見つけたの？」

「このあいだの銃撃事件のあとでオンラインの新聞記事に写真が載っていた。ファミリーのメンバーのひとりがコネを持つ記者で、彼女の名前とその周辺でウエイトレスとして働いているという事実を探りあてた。そこから居場所を調べるのは簡単だった」イサクは忍び笑いをもらした。不気味な声だった。「トリクシーという名前は悪くない。おまえたち女の子が読んでいるのを見つかった本からとった名前だ。覚えているかい？」

そのとき受けた罰は覚えていた。イサクは容赦なく女の子たちに食べることと眠ることを禁じたのだった。そして手を使う労働をするように言われた。「わたしの名前も彼女から聞いたの？」

「ピッパ。妙な名前だ。どこからそんな名前をつけた？」とイサクは訊いた。

「あなたには関係ないことよ」体が冷たくなる。トリクシーがピッパという名前を明かしたとしたら、彼女は痛めつけられたにちがいない。それもひどく。

イサクはため息をついた。「それでも、おまえの住所は教えられなかった。それもおもしろいことだな。彼女がそれを知らなかったというのも」

ピッパの目に涙がにじんだ。「教えさせてくれなかったのよ」イサクが何よりもピッパをとり戻したがっていることはふたりともよくわかっていたので、トリクシーは万が一つかまった場合に備えて、ピッパの住所を知ることをいつも拒んでいたのだった。「わたしを守るために」

「それは私の務めだ」イサクはそっけなく言った。「おまえには神が求める運命がある。この何年かともにその準備ができなかったのは残念だが、おまえは悔い改めて償いをしなければならない。心からの償いを」

ピッパは身震いした「何を考えているの？」

「戻ってくれば、教えてやる。今はそれがおまえにとって唯一安全な頼みの綱だ」と彼は言った。

ピッパは目をしばたたいた。疲労感からこめかみがずきずきと痛んだ。「どういうこと？」

「警察が通報を受けてボストン郊外で死体を見つけたんだ、メアリー。それがおまえの兄であることがわかれば、連中はおまえを追うことになるだろう。戻ってくれば、連中にには絶対におまえを見つけさせないと約束する」

「マークはわたしの兄じゃないわ」ピッパは吐き捨てるように言った。「あなたたちの誰もわたしの家族じゃない」

「ああ、そのことばについても償いをすることになるぞ。今のところは金曜日の清めの火の準備をしにここへ戻ってくるのに一時間やろう。住所はメールする」イサクは穏やかな声で言った。天気の話でもしているような声。

ピッパは首を振った。「清めの火？　いったい何をするつもりでいるの？」逃げたときには、彼が何か別の目的を見つけてくれればいいと思ったのだ。

「為さねばならないことだ。おまえがその中核となる。戻ってこい。今すぐに」イサクは命じた。

この混乱した状況をよく考えてみる時間が必要だ。時間稼ぎの理由を必死で考える。「銃撃事件のあと、警察に解放されてすぐにわたしはカリフォルニア方面に車で向かったの。少なくとも車で二十四時間は離れた場所にいるわ、イサク。わたしが飛行機に乗れないことはわかっているはずよ。身分証がないから」

イサクは失望に満ちた苦々しいため息をついた。「できるだけ急いでここへ来い。待たされる一時間ごとに、トリクシーの体の一部を切りとるからな」そう言って電話を切った。

ピッパは携帯電話を落とした。すすり泣きとともに体がぶるぶると震え、おちつきをとり戻すのに何度か大きく息を吸わなければならなかった。銃がある。隠し持つことができれば、着いたときにイサクの頭を撃ち抜くこともできるだろう。地獄に堕ちるかもしれないが、この世界のためにはなる。

手の震えがひどく、エンジンをかけるのに何度かやり直さなければならなかった。多少の時間稼ぎはできたが、トリクシーを傷つけるということばをイサクは冗談で言ったのではない。たのしんでそういうことをする人間だ。

その事実を思い出すと、すべてを変えた晩の記憶が蘇った。トリクシーとともにかろうじて逃げ出した晩。

バックパックは重かったが、西へとトリクシーに導かれる途中、それについて文句は言わなかった。木々のあいだを抜けると、枝に髪が引っかかった。空の月は明るく、行く手を照らしてくれていた。

これは罪深い過ちなの？

約八年ものあいだ外の世界で暮らしていなかったため、どうしたらいいかもわからなかった。バックパックのなかの金が助けになってくれる――そのぐらいはわかった。しかし、それは盗んだもので、盗みは罪だ。

神の罰が下る？　たぶん、罰を受けることにはなるだろう。

トリクシーは足をゆるめ、ピッパに急ぐように身振りで示した。「裏道はすぐそこよ」とささやき、バックパックを下ろしてガーデニング小屋のひとつから盗んできたワイヤーカッターをとり出した。「ジャックが待ってるわ」

ピッパは足を止め、息を整えようとした。「ジャックって怖い感じだわ」

「感じじゃなく怖い人よ」トリクシーはそう言ってまたバックパックを背負った。

「でも、わたしたちの味方なの。カルトが嫌いなのよ」

「ギャングの人間じゃないの？」ピッパは両手を組み合わせて訊いた。

トリクシーはうなずいた。「うん。ビジネスマン。逃亡の手助けをするのと、うんと上等の偽の免許証とパスポートを作ってくれる金額については折り合いがついているの。これが逃げ出す唯一の方法よ」

森で枝が折れる音がしてピッパは飛び上がった。キッチンからとってきた大きな包丁をとり出す。つかまったら、イサクに死んだほうがましだと思うほどの罰を与えられるのはたしかだ。だから、戦わなければならない。

トリクシーが先に立って木々のあいだの道を行き、ふたりは鎖でつながれたフェンスのところまで来た。フェンスのてっぺんには丸く巻かれた有刺鉄線が張られ、乗り越えることは不可能だった。反対側ではジャックが舗装されていない狭い道ででこぼこだらけのグレーのツードアの車に乗って待っていた。車から降りた彼は大きく、恐ろしげに見えた。

「急げよ」男は声を殺して鋭く言った。明るい茶色の目が暗闇のなかで光った。

トリクシーが身を折り曲げてフェンスを切り出した。その作業には永遠に時間がかかる気がしたが、ようやくそれなりの大きさの穴が開き、彼女はバックパックを押しこみ、自分自身もフェンスをくぐり抜けた。「おいで、メアリー。行こう」

メアリー。その名前を使うことはもう二度とない。そう、いくつか偽名を使うことにはなるだろうが、安全になったら、自分が自分でいられるようになったら、ピッパになる。永遠に。動こうとしたその瞬間、たくましい腕に後ろからつかまれた。

彼女は悲鳴をあげた。

「見つけたぞ」マークが叫んだ。男たちの声が森の向こうからとどろいた。

なんてこと。マークはイサクの副官のひとりで、絞め殺してやると同時にレイプしてやりたいという目でピッパを見ていた。年若い女の子たちを傷つけることで知られている人間だ。

ピッパはもがいた。「放して」

マークは彼女の胸をつねった。思いきり。「おっと。これはたまたまだ」いやらしい笑い声が響いた。

痛みとショックが全身を貫いた。ピッパは考えることなく反応し、後ろにナイフを突き出していた。それは驚くほど簡単にマークの脚に刺さった。

マークは大声をあげてピッパを放し、後ろに倒れた。動物のようにピッパは振り返って何度もくり返しナイフを刺した。身を守ろうとする彼の腹や手や腕に。

「メアリー、来て」トリクシーが叫んだ。「行かなくちゃ。今すぐ」

ピッパは泣きながらマークを押しやり、地面にナイフを落とした。それから振り向くと、フェンスの穴へと走って体を押しこんだ。通り抜ける際に首と腕をすりむいたが、そんなことはどうでもよかった。自由になったのだから。

ジャックが車のエンジンをかけ、トリクシーが後部座席に飛び乗った。

「メアリー」イサクがフェンスの向こう側に立っていた。「戻ってこい。今すぐだ」

ピッパは息を切らしながら振り返ったが、体がその場に凍りついたようになった。

マークが目に憎悪をたぎらせながらよろよろと立ち上がった。

イサクはピッパの肩越しに車に目をやった。「戻ってくれれば、チューリップは行かせてやる。自由にさせてやる。永遠に」

「だめよ」トリクシーが車から叫んだ。「乗って。すぐに。行かなくちゃ」

ピッパはためらった。

イサクは手を伸ばしてナイフを拾い上げた。革の手袋をはめているの？　まだそれほど寒くないのに？「メアリー。命令に従え。今すぐ」

「いや」ピッパは息を呑んでフェンスからあとずさった。男たちが通り抜けられるほどフェンスの穴は大きくなかったが、すぐに穴を広げることはできるだろう。走らなければならない。

月の光がほかの者たちとはちがう形でイサクをとりまいているように見えた。それも想像にすぎない。そうにちがいない。イサクがじっと見つめてくる。すべてを見通す目で。それからマークをつかんで脇に引き寄せた。「おまえが私に何をさせたか見ておくがいい」そう言うと、すばやく思いきりナイフをマークの背中に何度も突き刺した。

マークは目を丸くし、息を呑んだ。口から血があふれ、顎を伝った。膝が地面について体がまえに倒れると、頭が地面を打ち、足が宙を蹴った。

ピッパは息をつまらせ、目をみはって死んだ男を見下ろした。「ど、どうして？」

イサクは血のついたナイフを放った。ナイフはマークの尻の上に落ちた。「ナイフにはおまえの指紋が残っている。おまえが何度も刺して彼を殺したんだ。警察に知られたら、私と同じだけ懸命におまえを探すことだろうな」

ピッパは口をぽかんと開けた。どうしたらいい？

イサクがフェンスのほうに近づき、ピッパはあとずさりはじめた。「こっちへ戻ってこい。今すぐ。そうしたら、この問題は私がどうにかする。このことを警察に知られることはない」

目に涙があふれた。どうしたらいい？

イサクは猫撫で声と言ってもいいほどの声を出した。「おまえに選択肢はないんだ、メアリー。おまえは警察と私から身を隠していられるほど強くない。神からは言うまでもなく。このことで神はおまえを罰するだろう」

そう、たぶん罰せられる。

ピッパはイサクの目をまっすぐ見据えた。「あなたとはいつかまた会うでしょう」それは逃れられない運命だった。「次に会ったら？　ナイフを使うのはわたしのほうよ」そう言って振り返り、走って車をまわりこむと、助手席に飛び乗ってドアを勢いよく閉めた。車は発進した。

イサクが彼女の名を呼ぶ声が舗装されていない道を行く車を追いかけてきた。

ピッパは現実に引き戻された。泣きすぎて顔全体が痛かった。もう何カ月もあの晩のことは思い出さなかったのに。どうしてかはわからなかった。

しかし、こうなってしまった。そう、最悪の事態に。想像し得るかぎり最悪の事態に。トリクシーが怪物のもとに戻されてしまった。

ピッパには何も失うものはなかった。これだけ長いあいだ身を隠してきて、ほとんど引きこもるように暮らしてきたのに、結局どちらの身も守れなかった。

今度会ったら、自分がナイフを使うと誓ったのだった。

どうやら、それは嘘になりそうだ。今度会ったら、使うのは銃だから。

33

アンガス・フォースはオフィスに戻ると、邸宅でのマルコムとイサクの会話に耳を傾けた。マルコムは部屋全体の音を拾うのにぴったりの場所に盗聴装置をしかけてくれた。

マルコムは覆面捜査官としては天才だった。世界でもっとも力を持つギャング一家のひとつを倒せたのも不思議ではない。しかし、そのせいで問題がはぐらかされてしまっているのもたしかだ。そうした二重生活が捜査官にどんな影響をおよぼすものか？　彼は仕事に戻る心の準備ができていたのだろうか？

おそらくできていなかった。

ラスコーが隅で赤いハイヒールの靴を満足そうに嚙んでいた。しばらく履いていたのだが、今はおやつだと思っているようだ。それがどこから来たものか、アンガスには見当もつかなかったが、精神科医のものである可能性は高かった。

ラスコーの口の届くところに靴を置いておくべきではないのだ。

レイダー・タナカが部屋にはいってきて犬をちらりと見やり、椅子に腰を下ろした。

「誰かの靴だな」

「ああ」アンガスは指を一本立てた。マルコムがイサクのオフィスを出るところだった。それから装置のボリュームを下げたが、テープはまわしたままでいた。「首尾は？」

「上々ですよ。イーグルとルロイは本物のＨＤＤの取調室に移された。金曜日にどんなテロ攻撃が行われるかわかるまで、そこに収監しておくことができる」

赤い髪を後ろで結んだブリジッドが部屋の入口に現れた。手に何枚かの紙を持っている。

アンガスはいるように身振りで示した。「すわってくれ。こんなにすぐに徹夜仕事をさせてすまない」

レイダーは自分の隣の椅子を引き出した。「ハッカーは夜明けぐらいまで働くのに慣れているんじゃないのか？」ほんの少しあてこするように声を低くしている。

ブリジッドは席について目を天井に向けた。「こちこちの連邦捜査官ほどじゃないけどね」

アンガスは唇を噛んで笑みを押し隠した。生真面目なレイダーが弾むようなアイルランドなまりで話す気性の荒いハッカーとやりとりする様子は、今の自分の生活でただひとつ好ましいものかもしれなかった。「何を見つけたんだい、ブリジッド？」

「そう」彼女は紙を手渡してよこした。「金曜日、ボストンでは中絶反対集会が、ワシントンDCでは女性の権利集会が、ニューヨークではダイバーシティパレードがあるわ。東海岸の多くの都市でコンサートも多数開かれるし、ビジネス会議や国際的なコンソーシアムもある。あまりに数が多いので、調査の範囲を狭めるためにはもっと情報が必要だわ」

「イーグルやルロイが白状したカルトの女性たちの名前や人相については？」そうした情報をウルフがうまく引き出したことに対する疑念を脇に押しのけてアンガスは訊いた。あの男は凶暴すぎる。ウルフは尋問を終えると、ほかの誰とも話そうともせずに帰宅していた。

ブリジッドは首を振った。「検索をかけたけど、その女性たちのじっさいの写真がなければ、誰も見つかりそうにないわ。都市をひとつに絞れれば……」

アンガスは考えをめぐらそうとした。「オーキッドがよこした写真はどうだ？」

オーキッドは現在安全な避難所にいた。

「顔認証システムにかけて、当時使っていた名前で調べたけど、運には恵まれなかった。写真の女性たちがじっさいに今、外の世界に出ているかどうかすらわからないわ」とブリジッドは言った。

まったく。アンガスは何かをなぐりたくなった。どうやって範囲を狭めたらいい？ 預言者のイサクは誰にも詳細を明かさないほどに賢明だった。だからこそ、今も生き残っているのだろう。どうにかして情報を得られるかどうかはマルコムにかかっていた。「わかった」アンガスは充血した目でふたりの部下をじっと見つめた。「もう深夜零時過ぎだ。ふたりとも少し眠ったらどうだ？ 動けなくなったら、誰も役に立たないからな」

レイダーが立ち上がり、ブリジッドが立てるように椅子を引いてやった。「明日は何時にここへ？」と彼は尋ねた。

アンガスは時計に目をやった。「七時は？ それならきみたちは少し休めるし、ブリジッドが検索をかける時間もとれるからな」

「あなたは？」ブリジッドが静かに訊いた。「あなたも休むべきでは？」

うなじのあたりのむずむずする感覚が消えなかったため、彼は動かずにいた。「休むさ。あとほんの数分でここを出る」

レイダーは疑いの目を向けてきたが、反論しようとはしなかった。「明日コーヒーを持ってきますよ。トッピングのない上等なやつを」

ふたりはオフィスを出ていった。

つかのま静寂が広がったかと思うと、大部屋にハイヒールの音が響き、ナーリーがオフィスにはいってきた。

心がぱっと明るくなった。「どうしてまだここに？　少し休めと言ったはずだ」

「あなただってまだいるじゃない」彼女はそう言い返して隅の犬に目をやった。「あの犬はどこで靴を？」

「きみのじゃないのか？」アンガスはわずかに首をまわして言った。

ナーリーは背筋を伸ばした。少々……侮辱されたという顔だろうか？「あんな安っぽい革の靴が？　もちろん、ちがうわ」

「へえ」アンガスは犬にどこで靴を手に入れたのか訊きたくなったが、ラスコーが飼い主を無視することは多かった。疲労のせいで頭がふらふらしている。「男性陣の誰かが犬のために持ってきたのかもしれないな」誰にわかる？「それで、どうしてまだここに？」

ナーリーはドア枠に寄りかかった。若く、疲れて見える。「関係者のプロフィールを見直して、標的となる可能性のある人々を絞り出そうとしていたの。それがあまりにも多くて。イサクが自分の考えに賛同しない人々を罰したいと思うとしたら、標的は無数にいるわ。それを狭める方法があるはずよ」そのことばからは緊張と恐怖がありありとうかがえた。

その気持ちは理解できる。「マルコムは最高の覆面捜査官だ。事実をつかんでくれるはずだ」

「最高といえば、まだブリジッド・バナガンの個人ファイルをもらっていないんだけど」ナーリーは言った。「囚人をここで働かせるなんて妙だと思うわ」

アンガスは椅子に背をあずけた。「彼女のファイルをとり寄せよう。そうすればきみにもわかるはずだ」

ナーリーは眉を上げた。「どうして？」

「彼女はこれまでもあれこれささいな問題を起こしてきたが、つかまったのはセキュリティの堅い政府のサイトに侵入しようとしたときだけだ。ある上院議員がスタッフにセクハラしていると推測されたため、それを暴露しようとしたんだ」その動機は理解できたが、法を犯すのは問題だった。

「推測された？」ナーリーが訊いた。

「ああ。じつを言うとそいつは児童ポルノ・グループの一員だった。ブリジッドは彼を告発したが、そうするためには自分のしたことを明かさなければならなかった。彼女はつかまって有罪の答弁を行った」アンガスは指で机を叩いた。

「それって公平じゃないわ」ナーリーが憤って言った。

そうかもしれないし、そうでないかもしれない。「法律は法律だ」アンガスはマルコムが部屋を出てからイサクが何をしているのかたしかめるために録音装置のところに戻った。「それにここではぼくがボスだ。だから、少しでも眠ってくれ、ナーリー。これは命令だ」

彼女は唇を引き結んだが、口答えしようとはしなかった。踵を返して立ち去る足音には苛立ちがこめられていた。

まもなくアンガスは地下に残された唯一の人間になった。照明のぶーんという音だけをなぐさみにテープを巻き戻し、また耳を傾けはじめた。

イサクがピッパに連絡した瞬間、心臓が止まりそうになった。しばし耳を傾けていると、誰かが火を起こし、盗聴装置が機能しなくなった。イサクの声も二度と聞こえなかった。しかし、耳にしたことで充分だった。

アンガスは急いでマルコムの番号に電話した。

「こっちはとりこみ中だ」マルコムは声を殺して言った。

「問題が起こった」アンガスは言った。アドレナリンが噴き出していた。問題が起こったなどということばでは足りないにもほどがある。

34

ピッパはイサクから教えられた住所から二キロ足らずのところで、道路の待避所に車を停めた。その道路には車の往来もなく、両側は森だった。車から降りると体が震えた。雨は霧雨に代わっていたが、すぐに顔を濡らした。春に特有のやまない風が木々を揺らし、松葉をピッパの脚に吹き寄せていた。月は暗雲に隠れている。月明かりがないことを除けば、その晩はファミリーから逃げ出した晩に不気味なほどよく似ていた。

おそらく、必ずや人生は運命によってめぐりめぐって還《かえ》るものなのだ。

車に戻れる可能性は低かったが、万が一に備えてキーは運転席の下に隠しておいた。それから銃をブーツに隠し、ブーツの上からジーンズをかぶせた。もう一方の靴下にはナイフを隠し、使い捨ての携帯電話は後ろのポケットにしのばせた。それを残していく理由はなかったからだ。

ジャケットのファスナーを閉めると、道を歩きはじめた。どこからともなく車が現れた場合に備えて木々のそばからは離れなかった。

頭上でフクロウが鳴き、遠くでコヨーテが吠えた。

その声に背筋に寒気《さむけ》が走った。手はかじかみ、血は凍りついている。イサクには二度と会いたくないと思っていた。彼が呼び起こした記憶のせいで、無力な子供に逆戻りした気分だった。それでも、ブーツに隠した重い銃がそうではないと語っていた。

こういうことから逃れる唯一の方法は彼の息の根を止めること。

木曜日の早朝、まだ暗い時間だったため、イサクが翌日に何を計画しているにせよ、それを止める時間は充分あった。それがなんであるにしても。イサクという人間からして、大嘘である可能性もなきにしもあらずだった。

そうでない可能性も。イサクが人を殺すことをなんとも思わない人間であることもよくわかっていた。

十分ほど歩くと、長いドライブウェイへの入口となっている広い石造りのアーチ型の門が現れた。これはイサクにしても、かつてないようなすばらしい場所を手に入れたものだ。

ピッパは深呼吸し、肩を怒らせ、アーチ型の門にはいっていった。

後ろからたくましい腕に腰をつかまれ、口を手で覆われた。身動きがとれなくなる。脳が現実を把握するのに一瞬時間がかかった。

悲鳴をあげようとしたが、大きな男の手のせいでくぐもった声になった。男は彼女を持ち上げて向きを変え、門を出て車を停めた場所とは逆の方向へ連れていこうとしている。ピッパはパニックに襲われ、全力で男と戦おうともがいた。

男の足取りは変わらなかった。

つかむ手の力もゆるまなかった。

ピッパは両手を振りまわし、男の腿を叩いたが、無駄だった。肺がぜいぜいと音を立て、血が頭のなかを駆けめぐり、耳の奥で轟音を立てた。この男は強すぎる。誰であれ、強すぎて戦うことなどできない。下ろされるまで待つしかなかった。

そこで体の力を抜いた。

「そのほうがいい」男は耳元でささやいた。気づくのにしばし時間がかかった。ほんのしばしだが。それがマルコムの声だとわかった瞬間、また理性が失われた。口を覆うてのひらを嚙み、激しく足を蹴り上げる。右の踵《かかと》が彼の膝をとらえた。できるかぎり強く後ろに蹴り上げ、釣り糸にかかった魚のようにもがく。

「やめろ」命令する声は厳しく、思わず従いそうになった。

しかし、すぐにより激しく抗いはじめた。これまでになく強く、荒々しく、彼と戦った。

まるで無駄だったが。マルコムは動じる様子もなくピッパを運んだ。これまで何千回も拉致したことがあるとでもいうように。

ふたりは並木の暗がりのなかに停めてあったバンのところまで来た。まだ彼女をつかまえたまま、マルコムは助手席のドアを開け、彼女の体をまわして尻を座席に載せた。それから、信じられないほどすばやい動きで後ろのポケットから結束バンドをとり出し、彼女の手首をしばった。

「備品のクローゼットで見つけたんだ」世間話でもするような口調だった。

ピッパは目をしばたたいた。ぽかんと開いた口を急いで閉じる。愛したと思った男が、心を傷つけてくれた男が暗がりに立っている。顔は影に沈んでいた。ちょっと待って。手が離れている。ピッパは口を開けて叫ぼうとした。

その口をまた手で押さえられた。「さるぐつわを噛ませるぞ」マルコムはそう言って顔を寄せた。あたりの暗さにもかかわらず、目の緑色がいくつかの異なる緑から成っていることがはっきりと見分けられるほど近くに。「そうしたくはないが、ひと声でもあげたら、誰にも声が聞こえない場所に行くまでそのきれいな口に布を押しこんでおくからな。わかったか？」彼女がゆっくりとうなずくまで彼は手を押しつけたままでいた。

「よし」マルコムはピッパのシートベルトを腕の上から締め、全身を探って銃とナイフと携帯電話を奪った。それから静かにドアを閉めた。すぐに運転席に乗りこむと、エンジンをかけ、バンを道に出して町へと向かった。

あまりに多くの感情が押し寄せ、たったひとつの考えもまとまらなかった。ピッパは手首のいましめをゆるめようとした。マルコムがすることはすべて抜かりなく思えるが、いましめもびくともしなかった。「あなたなんて大嫌い」

「そうだろうな」マルコムは愛想よく言った。車の計器盤からの明かりがハンサムな彫りの深い顔を照らしている。「ぼくも今きみといてもあまりうれしくはない」雨が激しさを増し、彼はワイパーを作動させた。「それでも、きみを救うつもりではいる。だから、きみも協力してくれ」

もっともらしいその声がピッパはいやでたまらなかった。命令的で傲慢な太い声。

「お断りよ《ファック・ユー》」

彼が向けてきたまなざしが腹のあたりに不安になるようなうずきをもたらした。それは恐怖だけではなかった。欲望が――ほんとうに望ましくない反応だったが――血管を駆けめぐった。

マルコムは道路に目を戻した。「ぼくもぜひきみと寝たい《ファック・ユー》よ、青い目のお嬢さん。でも、まずは話をしなきゃならない。このドライブには二時間かかる。目的地に到着するまでに、きみが持つすべての情報を教えてもらわなければならない。ぼくを信じてくれ。話はぼくとしたほうがいい。ウルフという名の男じゃなくて」

脅しているの？　裏切られたとはいえ、ピッパは心の奥底でマルコムに傷つけられることはないと感じていた。

やっぱり、わたしはどこまでも愚かな人間だ。

「あなたがわたしを傷つけることはないと思うわ」口に出して言ってしまったほうがいい。

「そのとおりさ。ウルフは何もしなくてもきみを怖がらせるかもしれないが、彼にもきみを傷つけさせたりはしない」マルコムは表情を変えずに脇道に目をやった。「きみは安全だ」

そう言われてどう反応したらいいの？　ピッパはしばられた手を見下ろした。「そうは思えないけど」

「たしかに。でも、しばらずにいたら、バンから飛び降りてしまうだろう？　そうしたら、きみを追いかけなくてはならなくなる。どちらかがつまずいて転ぶこともあり得る。そんなことをしている暇はない」マルコムはデフロストを作動させた。「おまけに、ぼくは癇癪《かんしゃく》を起こしかけている。きみもそれは望まないはずだ」

こんな理性的な口調でどうして脅しを――本物の脅しを――かけられるの？どうにかして逃げなければ。トリクシーの命がかかっているのだから。「取引をしましょう。バンを停めてくれたら、あなたの質問になんでも答えるわ。そうしたら、わたしを放して」

たくましい首の根元の筋肉がぴくりと動いたが、不良めいたセクシーさが増しただけだった。「言っておくが、ぼくは永遠にきみを放したりしない」

マルコムはそのことばを口に押し戻したかったが、すでにことばは発せられてしまった。その瞬間まで、自分の思いを完全にはわかっていなかった。ピッパを警察からもカルト集団からも守ろうとしていたのはたしかだが、自分はそれ以上を望んでいた。

彼女を。

アンガスにはティーンエージャーさながらにあそこでものを考えていると言われる

だろう。そうなのだろうか？　おそらく。それでも気持ちは変わらなかった。もっと重要なことに、この女性が保護を必要としている事実も変わらなかった。洗脳されているとしたら、ピッパには助けが必要だ。されておらず、追われているとしたら、盾となるものが必要だ。

盾にならら自分がなれる。

しかしまずは、どれほどいやな人間になる必要があろうとも、彼女から真実を引き出すつもりだった。「どうして車ではなく、歩いてあの邸宅に来た？」とマルコムは訊いた。

ピッパは腹を立てている様子でまえをじっと見つめたままでいた。

いいさ。質問を変えよう。「イサクは金曜日に何を計画しているんだ？」

ピッパの肩が丸まった。「知らないわ」

「ぼくに嘘をつかないでくれ、ピッパ」ハンドルをにぎる手に力がはいる。「きみから真実を引き出すつもりでいるんだから。きみがそれを信じてくれれば、それだけことは容易になる」

ピッパはなかば彼のほうに顔を向けた。「わたしになんらかの思いを抱いていてくれるなら、あの邸宅にわたしを戻して。今すぐに」

「きみに対する思いはある」マルコムは静かに言った。「いやになるほどね」

ピッパは首を振った。きれいな髪が肩のまわりで振りまわされた。「わたしを解放して」

「だめだ」協力するしかないと理解するのは早ければ早いほどいい。「ぼくたちが止めなければ、大勢の人が明日死ぬことになる気がするんだ。きっときみもそれでいいとは思わないはずだ」マルコムは息を止め、やがてその息を吐き出した。彼女は洗脳されているのか、いないのか？

「よくないわ」ピッパはことばを吐き出した。「いいのかい？」「絶対に。誰にも傷ついてほしくない」

「だったら、イサクの計画について知っていることをすべて教えてくれ」マルコムはさらに言った。車は舗装された道路に達してスピードを上げていた。

彼女が発した声はため息ともうなり声とも聞こえた。「わからないのよ、マルコム。いい？　数時間まえにイサクと七年ぶりに話しただけなんだから。彼が何を計画しているにしても、わたしのあずかり知らないことだわ。あそこへ戻してくれたら、あなたのためにそれが何か探り出してあげる」

なんとも親切な申し出じゃないか？　マルコムは感情を抑えるためにさらに言った。

「ぼくは先週、ファミリーと多くの時間を過ごした。あそこに溶けこんだんだ」イサクについてピッパはどのぐらい信じているのだろう？　「そう、あの男にはどこか不思議なところがある。頭にしばらく手を押しつけられたときに星を見たのはたしかだよ」

　ピッパは鼻を鳴らした。「よくある手よ。視神経を押すとまぶたの裏に光が走るの」

　そのとおり。マルコムが調べたところでも、同じ事実がわかったのだった。「ほかには？」

「絶えずリズムのある音楽を聞かせたり、共通の目的を持ったり、集団で瞑想したり、ドラッグを摂取したり。あそこにいるあいだに不思議な感覚を得たり、神の存在を感じたりしたとしたら、ドラッグを盛られたのね」その声は冷淡だった。苦痛に満ちてもいた。「十七歳で逃げたあと、うんと調べたの」

　幼いころの彼女を思うと心が痛んだ。「どうして逃げたんだい？」

「十八歳の誕生日にイサクと結婚することになっていたからよ」苦々しい口調。「その前日に逃げたの」

　体はうずいたが、マルコムは訊かずにいられなかった。「イサクはきみに性的虐待を加えたのか？」

　ピッパは膝に目を落とした。「そうとも言えるし、そうでないとも言えるわ。触れられたことがないというのは真実よ。でも、ほかの人たちとの行為を見せられた。彼女たちを痛めつけることもよくあった」

胃がむかむかした。イサクのことは狂った獣同様に倒さなければならない。マルコムはまばたきして怒りを払った。「かわいそうに、ピッパ」ようやく彼女が話そうという気になったのだから、おちつきを失ってはならない。「そういえば、これはきみの本名なのかい?」

ピッパは唾を呑みこみ、しばし黙りこんだ。

マルコムは彼女に、それについてよく考える時間を与えた。今この瞬間、彼女には協力する以外に選択肢はないはずだ。

「本名のような気がしているわ」ピッパはささやいた。「父はわたしをピップスクイークと呼んでいたの。だから、自分で名前を選べるようになったときに、その名前を選んだのよ。生まれたときにつけられた名前はジェニファーだった」

そのけなげさに胸を打たれる。「ピッパのほうがきみに合っているよ」と彼は言った。

ピッパは何も言わずにうなずき、今度は彼のほうにはっきり顔を向けた。「イサクのところにトリクシーがいるの」

「知っている」とマルコムは言った。

ピッパは憤然とした様子で言い返した。「知っている？　知っているの？」声が高くなった。「だったら、どうしてファミリーのところから遠ざかろうとしているの？」ピッパは空気を求めてあえいだ。「あなたはまだ警察にいるんでしょう？　刑事なんでしょう？」

「今は国土防衛省の所属だ」彼は言った。「このカルト集団について調べている」

ピッパはマルコムのほうに顔を寄せた。「だったら、正義の味方なのよね？　トリクシーを助けに行きましょう」

トリクシーを救い出すのは困難で、ピッパが行けば、その状況がさらに不確かなものになるだけだった。「きみを安全な場所に連れていったらすぐに、戻ってトリクシーを見つけるさ」そうできるならば。ピッパに対する人質としてイサクがトリクシーを生かしておくのは理にかなっていた。「きみがあそこに現れた瞬間に、おそらくトリクシーは殺される」これまでのイサクのやり方からして、ピッパはそれを見せられることになるだろう。

ピッパは首を振った。「そうじゃないわ。戻らなくちゃ」

「だめだ」マルコムはこれ以上ないほどきっぱりと言った。

「いいわ」シートベルトを外す音が聞こえたと同時に助手席のドアが開いていた。

マルコムはピッパがけがをする危険を減らすために急ブレーキを踏んだ。

ピッパは車から飛び出し、舗装されていない路肩で二度転がってから立ち上がり、森へと走り出した。

マルコムはギアをパーキングに入れ、コンソールを越えて助手席のドアから飛び出し、地面に体を打ちつけてピッパと同じように転がった。首に石や土が食いこんだが、上着が肌を守ってくれた。顔に雨が激しくあたる。

マルコムは急いで立ち上がり、追いかけはじめた。すぐに目は暗闇に慣れた。

ピッパはまえで手を結ばれたまま小道を駆け降りていた。バンから飛び降りたときにけがをしなかっただろうか？　もっとしっかり車にくくりつけておくべきだった。

今は追いかけっこをしている暇などないのに。憤りで血圧が上がる。雲に隠れた月の乏しい明かりがさらに木々にさえぎられ、暗闇が四方八方から襲いかかってくるようだった。ピッパは右へ左へ蛇行して進み、視界から消えた。

マルコムは走るスピードを上げた。ブーツが地面に落ちている枝を踏んで音を立てた。くそっ、真っ暗だ。

やがて静寂が流れた。

マルコムは足を止めた。胸に顎を引き寄せ、耳を澄ます。木々に降り注ぐ雨の音だけしかしなかった。泥と濡れた松葉のにおいが鼻腔《びこう》を満たす。彼は小道を外れないように慎重に進む方向を選び、追跡を続けた。

ピッパは最後に左に曲がったので、かろうじて見えるそちらの道を進んだ。張りつめた気配を感じて足を止める。獲物が恐怖に息をひそめている気配。あたりを見まわし、暗闇に目を凝らした。手をしばられたまま逃げていて、身を隠すとしたらどこだ？

大きな倒木が道を一部ふさいでいた。マルコムは左に行き、何メートルか進んだ。肋骨にあたるほどに心臓が大きく打っていた。彼女の上着のファスナーが見えたと思った瞬間、ピッパが飛びかかってきた。

35

ピッパは腕を振り上げ、マルコムの急所に打ちつけた。マルコムは痛みにうなり声をあげて身を折り曲げた。

ピッパは倒木を飛び越えてまた走り出した。ぬかるみに足をとられないようにと祈りながら。雨が激しく打ちつけ、風が吹き寄せていたが、あきらめる気はなかった。逃げられさえすれば、トリクシーを救いに戻る方法は見つかるはずだ。

木をまわりこんだところでマルコムの硬い体にぶつかった。どこから湧いて出たの？

今度は彼も身がまえていた。楽々と彼女をつかまえて持ち上げると、そっと肩にかついだ。「車から飛び降りたときにけがをしなかったか？」と訊いてくる。

ピッパはそれには答えず、足を蹴り上げたり拳を打ちつけたりして抗いはじめた。最後にこうしてかつがれたときのことが心をよぎり、頭のてっぺんから爪先まで全身が熱くなった。キッチンでした行為の思い出は永遠に心から消えそうもなかった。

ピッパは足をばたつかせ、拳を打ちつけたが、今度はマルコムも痛い思いをするまえに彼女の両足を自分の胸に押さえつけた。

今回はおたのしみではまったくなかった。

「尋ねるのはこれが最後だ」楽々と木をまわりこんで歩きながらマルコムは訊いた。「けがはしなかったか？」

ピッパはむなしくもがき、彼の腎臓あたりに拳を打ちつけた。それから以前のことを思い出して身をこわばらせた。しかし、尻を打たれることはなかった。

「きみを打つつもりはないよ、ピッパ」マルコムは首をかがめて棘《とげ》だらけの枝をくぐった。「あの晩、きみのキッチンでしたことは同意の上だった。これはちがう。そのちがいはぼくにもわかっている」

「だったら、下ろして」ピッパは息を呑んだ。濡れた髪が彼の太腿に垂れた。

それに答えるようにマルコムは彼女の体をまわし、岩のように硬い胸に抱き寄せた。

「このほうがましかい？」

「いいえ」ピッパは顎をなぐってやろうとしたが、体にまわされた彼の腕がきつくなり、手を動かすことができなかった。「放して」

「だめだ」バンの開いたドアまで戻ると、マルコムはピッパを助手席に乗せた。もう一度。それから身をかがめ、恐ろしいほどに真剣なまなざしを向けてきた。「よく考えてみるんだ。イサクは誰かを痛めつけるところをきみに見せるのが好きだったと言っただろう?」

ピッパは鼻から息を吸った。喉をなぐってやったら、逃げ出せる?「ええ」

「きみは七年近くも逃げおおせていたわけだが、今彼はきみの共犯者を手中にしている。きみが現れた瞬間にあの男が彼女に何をすると思う?」マルコムの顔には容赦のない表情が浮かんでいた。まるで容赦のない表情が。

ピッパは唾を呑みこんだ。胸が悪くなるほど的を射た推測だった。「ほかにどんな手段があるの?」

「ぼくさ」マルコムは大きく手を広げて言った。怒りのあまり両方の眉が持ち上がっている。「ぼくがきみの代わりになる。きみの命もトリクシーの命も危険にさらすことなく、あの邸宅に自由にはいっていけるんだから」

ピッパは驚きのあまり咳きこむように笑った。憤った彼の様子がおもしろいはずはなかったが。「でも——でも、あなたはわたしに嘘をついたわ」この人を信頼できる? 選択の余地はあるの?

あまりに近くにある彼の目がやわらいだ。「きみだってぼくに嘘をついた」

「ええ、そうね」ピッパは肩を落とした。そうだとしたら、わたしたちはどうなるの？「どうしていいかわからないわ」とささやく。

「ぼくにはわかっている」マルコムはまた彼女のシートベルトを締め、ドアを閉めると、すぐさま運転席に戻った。「救いがあるとすれば――きみがそれを救いととってくれるならの話だが――今のきみにはほかに選択肢はないということだ。だから、それ以上くよくよ考えるのはやめることだ」

ピッパは眉根を寄せた。苛立ちに胸が締めつけられる。「それってあんまりな言い方よ。訊かれるまえに言っておくけど」

マルコムはエンジンがかかったままだったバンをまた道に戻した。「そんなことは訊かないさ」

人生は混迷を極めていた。ピッパは足をダッシュボードに載せ、はじめてバンの後ろに目を向けた。心臓が一瞬止まる。「あれって血？」赤いものがバンの内部に飛び散り、泥だらけのシャベルが置いてある木製の床にたまっていた。

「ああ。きみが怯えきってしまうまえに言っておくが、ぼくの血だ。腕を切ってまき散らしたんだ」

「どうして？」ピッパはかすれた声で訊いた。

マルコムは彼女にちらりと目をやり、その目を道に戻した。「イサクの信用を得るためさ。カルトの女性メンバーを殺して埋めたと彼に信じさせたんだ。そのメンバーは今、安全な隠れ場所にいるけどね」

あまりのことに感覚が麻痺《まひ》したようになる。完全に。しばらくのあいだ、頭のなかの声さえも沈黙した。嘘をついたマルコムに腹を立てたかったが、きみも嘘をついたという彼のことばは正しかった。「つまり、あなたとわたしのことは何もかも覆面捜査のためだったのね」ことばが胸に突き刺さった。

「いや、そうじゃない」マルコムは痛そうなほどに顎をきつく引きしめた。

そうよ。「あなたがわたしの隣の家を買って引っ越してきたのも偶然だったたってわけね」あざけりが喉につまった。

「ちがう。それははかられたことだった」彼は認めた。「ぼくがはかったわけじゃない——それについてはぼくのしたことじゃない。あの家を買うようにうまくぼくを誘導したのはＨＤＤだ。不動産業者が紹介する物件のなかで、あの家が唯一ぼくに買えるそれなりの家になるよう操作したんだ」

「だったら、あなたはそのはかりごとにはまっただけってこと？　わたしと親しくなったことも？　わたしの信頼を得たことも？　わたしの車を動かなくしたことも？何もかも偶然だったたっていうの？」声が甲高くなり、ピッパは顔をしかめた。

マルコムは指でハンドルを叩いた。「いや。目的があってしたことでもある」

全身に痛みが走り、肌のすぐ下がちくちくした。「あなたの上司のアンガス・フォースがうちでお茶を飲んでビスケットを食べたことは？」

それに対してはマルコムもじっさいに顔をしかめた。「作戦の一部さ。彼はプロファイラーで、きみのプロファイリングをしたいと思っていた」

ピッパははっと顔を上げた。突然顔じゅうが熱くなる。「その結果は？」

「きみが最悪の子供時代を過ごしたのはたしかだが、今はカルト集団とはまったく無関係かもしれないということだった。洗脳されている可能性はあるが。結論を下すにはもっと時間が必要らしい」マルコムは静かな道へと曲がり、町へ向かった。

そう、少なくとも、ようやくマルコムから真実を引き出せたというわけね。もうひとつだけ訊いたら、もう質問はやめよう。これを訊くのは心が痛むが、彼に真実を認めさせる必要があった。「わたしと寝たのも任務の一部だったのね？　わたしの信頼を勝ち得るために」

マルコムはため息をついた。たくましい胸が動いた。「きみと寝たのはもちろん任務の一部なんかじゃない。くそっ。きみと寝なかったら、任務を遂行するのもずっと容易だったはずだ。きみに言ったすべて、きみが感じたすべては……真実だ」

全身に走ったわくわくする感覚は、とり出して揺さぶり、打ち砕いてやらなければならない。「わたしがあなたに言ってほしいことを言ってくれているだけね」ピッパは小声で言った。

マルコムはわずかに背筋を伸ばした。「なあ、いいかい――」

「いいえ。それはあなたがどれほど有能かってことを示しているにすぎない」ピッパはつぶやいた。はじめて会ったあの日から、この人は言うべきことばをわかっていたのでは？「あなたもプロファイラーなの？」

「ぼくは優秀な覆面捜査官にすぎない」彼は静かに言った。

たしかにそうね。「あなたが誰よりも優秀であることはまちがいないわ、マルコム」

苦々しさに舌が焼かれる気がした。今はトリクシーを助けてもらうために彼に協力する以外に選択肢はなかった。「何を知りたいの？」とピッパは訊いた。体はあり得ないほどに疲れていた。「なんでも話すわ」

「明日の何がそんなに特別なんだ？」とマルコムは訊いた。

ああ。その質問に対する答えに心の奥底が痛んだ。「わたしの二十五回目の誕生日だからよ。清めの火が起こるとされている日」

駐車場にバンを乗り入れるやいなや、マルコムは厳重な警戒態勢をとった。

ピッパはまわりを見まわして顔をしかめた。「ここがHDDのオフィスなの？」

「ちがう」マルコムはキーをまわしてエンジンを止めた。「ここはサテライトオフィスだ。必ずしも決まりに従って運営されているわけじゃないオフィスさ」

ピッパはわずかに彼のほうに顔を向けた。「HDDの異端者ということ？」

「もしくはHDDには不釣り合いなおもちゃさ」そう言うとマルコムはナイフをとり出し、結束バンドを切った。それから手首をつかみ、あざになっていないかたしかめた。大丈夫。赤くなってもいない。

ピッパは目を下に向けた。「女をしばるのがずいぶん上手なのね」

マルコムは咳きこんだ。「きみが許してくれてもう一度チャンスをくれるなら、どれほど上手かもっと見せてあげるよ」そう、これは軽口にすぎないが、彼女の笑顔が見られるなら、どんなことでもするだろう。

ピッパはあきれた顔をした。「あなたのことが大嫌いになったおかげで、あなたが気の利いたことを言おうと無様に試みるのをこれ以上我慢しなくてよくなったのね」

「やられたな」マルコムはバンから降りて助手席側にまわった。プロファイラーでなくても、ピッパに嫌われていないことは見てとれた。そう、腹を立てていて、顔に拳をお見舞いしたいと思ってはいても、少なくとも多少は信頼してくれたはずだ。さもなければ、また逃げ出そうとしたにちがいない。

マルコムは彼女のためにドアを開け、車を降りるのに手を貸した。

ピッパはほとんど車の停まっていない駐車場を見まわした。「午前七時よ。これからどうなるの？」

マルコムは彼女の腕をとって建物へと導いた。なかにはいると、エレベーターのボタンを押した。「きみが話してくれたすべてをアンガスに伝える」あまり役に立つことはなく、イサクの計画にかかわることでもなかったが、ピッパはイサクの思想や気に入りの聖書の一節などを教えてくれていた。火や正義といったことに関する内容がほとんどだった。

地下の入口で犬がふたりを出迎えた。

「ラスコー」ピッパが叫んだ。声にほっとした響きがある。彼女は身をかがめて犬を抱きしめた。

犬は甲高い声を出して彼女の顔をなめ、ポケットのにおいを嗅いだ。

ピッパはなぐさめを見つけようとするように犬に顔をすり寄せた。「今はビスケットは持ってないの」犬の毛皮のせいでくぐもった声になっている。

マルコムが視線を上げると、アンガスと目が合った。「ピッパ？　よき友のアンガスにすべてを話さなきゃならないよ」

ピッパは身をこわばらせて立ち上がった。アンガスの姿を目にすると、頭を高く掲げた。「アンガス、あなたもわたしの横にいるくそ野郎と同じぐらい最低ね」目に炎を燃やし、両手は腰にあてている。「それを埋め合わせる唯一のとりえは――ほんとうに唯一のとりえは――飼っている犬だわ」

アンガスの下唇がゆがんだ。「妙なことに、そう言ってきた女性はきみがはじめてじゃない」

マルコムは会議室を身振りで示した。「あそこで話をすればいい」

「いや」アンガスがふたりのほうへ歩み寄ったところで、ウルフが尋問室へ続く小さな入口から出てきた。「ミズ・スミスはあっちの部屋でウルフとぼくと話をすることになる。そのあいだきみは報告書をタイプしてくれればいい。あとで尋問のメモと突き合わせよう」アンガスは傷だらけの机を見やった。「コンピューターをいくつか手に入れるべきだな。まあ、いいか。レポート用紙を見つけて手書きで作成してくれ」

マルコムはピッパのまえに進み出た。「だめだ」

ピッパが彼を脇に押しのけた。「あなたに守ってもらう必要はないわ」そう言いながらも、ウルフに目を向けたときにはマルコムの後ろから首を伸ばしていた。

マルコムはわずかにウルフのほうに顔を向けた。ウルフはいつもの穴の開いた服と革のジャケットを身につけていた。無精ひげは伸びきっており、目は慎重に無表情を保っている。脳みそが半分でもあれば、誰であっても彼のことは怖いと思うはずだ。

「彼女をあんたたちといっしょにあそこに行かせはしない」ピッパをつかんで逃げ出したくなる衝動と闘いながら、マルコムはきっぱりと言った。

ウルフはジーンズに親指をたくしこんだ。「どうしてだ？　この人が何か嘘をついているのか？」

「いいえ」ピッパは元兵士のほうへわずかに顔を向けて言った。「何もかもあまりにばかばかしいわ。わたしが嘘をついたからって誰も怒れないわよ。あなたたちみんな嘘を生業《なりわい》にしているじゃない」

いいところを突いている。

ウルフはにやりとした。「おれは嘘をつかない。この連中はつくけどな。それもうまい嘘を。おれは絶対に嘘はつかないが」

　ピッパは彼をまじまじと見つめた。「いいわ。わたしを拷問にかけるつもり？」

「まさか」と言ってウルフは耳をかいた。「おれが嘘をつかないとしたら、あんたにとってはありがたいことだな。でも、嘘をつかないというおれのことばが嘘かどうかはあんたにはわからない。それが嘘だとしたら、おれは嘘をつくわけだし、今も嘘をついているかもしれない」

　ピッパはマルコムに鋭い目をくれた。「この人おかしいの？」

　マルコムはそれにどう答えていいかわからなかった。「その質問の答えはまだ出ていないな」

　ピッパは咳払いをした。「彼のポケットのなかにいるのは子猫？」

「ああ」マルコムはアンガスをじっと見ながら言った。

　ピッパはごくりと唾を呑みこんだ。「たぶん、ポケットに子猫を入れたまま誰かを拷問したりはしないわね」と考えこむように言った。

「誰かを傷つけるつもりだったら、子猫はあずけるさ」ウルフがもっともらしく言った。

「子猫もいっしょに来るの？」とピッパが訊いた。

　ウルフは背中でドアを押し開けた。「ああ。名前はキャットだ。よかったら、おれたちが質問するあいだ、抱いていてくれてもいいぜ」

ピッパは顔をしかめてマルコムを見上げた。「あなたたち、ほんとうにＨＤＤに所属しているの？」

今この瞬間は何についても確信は持てなかった。彼女を自分の目の届かないところへ行かせるつもりはないということ以外は。

アンガスが歩み寄ってきた。ふたりは目の高さも体重も同じぐらいだった。取っ組み合いになったら大変なことになるだろう。「彼女がきみに何を言ったにしても、裏付けをとる必要があることはきみにもわかっているはずだ。彼女の潔白を証明するにはそれしか方法はない」

マルコムは脅しのことばを呑みこんだ。

ピッパは一方の男から他方へ目を移した。それからウルフに近寄り、両手を差し出した。

ウルフはポケットからそっとキャットをとり出し、そのふわふわの塊をピッパに手渡した。

マルコムの肩から多少力が抜け、岩ほどの硬さになった。ウルフが彼女に害をおよぼそうとしていたら、猫を渡したりはしないはずだ。たぶん。

「ぼくを信じてくれ」アンガスは小声で言い、マルコムのそばをすり抜けてふたりのあとから尋問室へ続くドアの向こうへ消えた。ドアの閉め方は丁重とは言いがたかった。

マルコムはエレベーターのそばにジャーマン・シェパードとともに残された。たった今、大きなまちがいを犯したのではないだろうか？

「ねえ、マルコム」ブリジッドがコンピューター・ルームから出てきて手招きした。

マルコムは身動きをやめ、彼女のほうへ歩き出した。犬がそばに付き従った。「どうした？」

彼女は緑の目をきらめかせてほほ笑んだ。「今、尋問室の様子を録画しているの。あなたが見たいだろうってアンガスが」

マルコムの胸は沈んだ。こうして自分が尋問の様子を見ることをアンガスがピッパに知らせることはできないはずだ。「何が信頼だ？」マルコムはブリジッドのあとからコンピューター・ルームにはいり、三つある椅子のひとつに腰を下ろした。そろそろチームを信頼するべきかもしれない。

たとえ命をささげてもいいと思う女性のことであっても。

36

アンガス・フォースは相手を疲弊させるための尋問としか思えない四時間を終えた。まあ、愛らしいピッパ・スミスは疲弊してはいなかったが。

疲弊したのは自分だけだ。ピッパが飄々《ひょうひょう》と答え、ウルフが彼女に対する称賛の思いを強め、猫が甘えた声で鳴くなか、ピッパから引き出せるだけのことを引き出したころには、自分は壁に頭を突っこみたくなっていた。ピッパはマルコムがどれほどうまく女性にオルガスムをもたらすかを微に入り細を穿《うが》って語った。すべてを話すと約束したからといって。

マルコムの舌技がどれほどすごいかとか、彼のものがどれほど大きいかということなど、一生知らなくていいことだった。

アンガスはピッパが存在を知らないカメラを何度かにらんだ。マルコムが大笑いしている声まで聞こえる気がした。まあそれも、彼女がマルコムの睾丸について話し出すまでのことだろうが。

彼女はファミリーのもとに戻らなければならないと言ってゆずらなかった。イサクも自分になら真実を話すだろうと。

おそらくそのとおりだろう。しかし、ピッパの安全が守られる計画が必要だ。彼女がこの七年、カルトと連絡を絶っていたのはまちがいなかった。さらには、彼女の顧客たちは建設会社ですらも、まったくイサクとは関係なかった。

ようやくアンガスは立ち上がった。「おしまいにしよう。そろそろ昼食の時間にちがいない」

「コーヒーを飲んでもいいな」ウルフはピッパに内気そうな笑みを見せ、彼女が席を立つのにそっと手を貸した。それからキャットをポケットに戻した。「何キロか行ったところにコーヒーショップがあるんだが、なんにでもソルティ・キャラメルのトッピングをするんだ。きみにも買ってこよう」

アンガスは首を振った。イーグルを壁に打ちつけたのと同じ男とは信じがたかった。それも何度も。しかし、彼の人についての直感はどんぴしゃりに思えた。ピッパ・スミスがテロリストなら、自分は宇宙飛行士だ。高所恐怖症の自分が。

アンガスは大股で部屋を出た。ほかのふたりはあとから来ても来なくてもいい。すでにマルコムが大部屋で待っていた。「それで?」アンガスは鋭く訊いた。

「同じ話さ。くり返し」尋問のあいだ、ピッパに少なくとも二度は世界一すばらしい恋人だったと称賛されたわりに、マルコムはさほどうれしそうでもなく言った。苛立っている様子にアンガスの気分は上がった。

「そうだと思ったよ」アンガスは同じ質問を無数の異なる形で発したが、ピッパの答えはいつも同じだった。「ぼくを信じろと言ったよな」

マルコムは動きを止めた。「ぼくがあんたを信じていなかったら、ピッパがあんたといっしょにあそこへ行くことはなかったはずだ」

まあ、そうだな。たしかにそうだ。アンガスは短くうなずいた。チームの団結力が高まってきている。すばらしいことだ。それから、マルコムとピッパが互いに目をぎらつかせているのに気がついた。ああ、彼女のほうは怒っていて、彼のほうは意を決した目だが、どちらも似通った目をしている。作戦が終了するまでこのふたりは離しておかなければならない。

「ピッパ、オーキッドが集めてくれた写真を見てくれ。物でも人でも、ファミリーといっしょにいたころのことで覚えていることをすべて教えてくれ。イサクが携帯電話に連絡してきたら、電話に出て、できるだけ急いで向かっているが、到着は今夜の深夜零時を過ぎたころになると言ってくれ。おそらくはもっと明日の朝に近い時間になると」

ピッパは踵をつけて体を揺らした。「誕生日に姿を現すのね」

「きみが姿を現すことはない」マルコムが険しい顔で言った。

アンガスは顎をこすり、気持ちを集中させようとした。「きみが誕生日に到着すれば、イサクは何かの予兆だと考えるだろうな」そう言ってマルコムが反論するまえに手を上げた。「誕生日に到着するとしたらだ」今はそれについて言い争っている場合ではない。

「ト、トリクシーについては？」ピッパは青い目を見開いて訊いた。

「きみがあそこに行くまでは無事のはずだ」アンガスは言った。「彼女は人質で、イサクにもそれはわかっている」鍵となるのはピッパの誕生日だ。自分の計画のためにイサクは彼女にそこにいてほしいと思っている。そう、おそらく彼女がいなくてもテロは実行されるだろうが、彼女はその褒美なのだ。イサクは彼女にその場にいてほしいと思っており、報いを受けさせたいと考えている。今はここにいる人間がどう思おうと、やつのことは不安定な状態に置いておかなければならない。

マルコムはポケットに両手を突っこんでいた。ピッパに手を伸ばしたくなるのを防ぐためにちがいない。「ぼくはまた潜入しなければならない。テロがどこで行われるのか探る唯一の手段だから。やつはすでに人を配置しているはずだ」

アンガスはうなずいた。「ああ。わかってる」マルコムの頭がまだ任務に向いているのかどうか確認する必要があった。ピッパへの思いのせいでこの男は命を落とすかもしれない。「イサクに連絡して、イーグルとルロイの両方について手がかりを得たと知らせるんだ。できるだけすぐに連絡するとな」それでしばらくはカルト集団のリーダーも安心するだろう。

アンガスの携帯が震えた。メッセージを読む。「ボストン市警の人間がDCでわれわれに会うのを了解した。ほかの案件でDCに来ているそうだ。ボストン郊外で見つかったふたつの遺体についてのファイルを持っている。レイダーとマルコム、いっしょに来てくれ」

マルコムが抗議しようとした。

アンガスは手を上げた。「みんな任務に集中してもらう必要がある。ピッパとの問題についてはあとで解決できるはずだ」

マルコムはにらみつけてきたが、口はつぐんだままでいた。今度ばかりは。

アンガスは彼を無視してがたがたと揺れるエレベーターに乗り、レイダーとマルコムがあとに続くと顔をしかめた。エレベーターが数センチ沈んだからだ。マルコムは気に入りそうもない計画が頭のなかでまとまりつつあった。絶対に気に入らないだろう。ピッパとマルコムの両方を引き受けてくれるナーリーがいるのはありがたかった。精神科医としての彼女は最高だった。彼女が絞るのがほかの誰かの頭であって自分の頭でないかぎりは。

エレベーターの扉が閉じた。

レイダーが壁に寄りかかって咳払いをした。「イサクを排除して、ファミリー全体をしょっぴけばいいのに」

アンガスは首を振った。「やつは女性たちをどこかに配置している。それも何年もまえから。やつがしょっぴかれた場合でも、テロを遂行しろと命令されているかもしれない。こっちは誰がどこでそれを遂行するのかわからないというわけだ」今はボストンの刑事と話をしなければならない。

こんなふうに手をしばられた状態でいるのはいやでたまらなかったが。

ピッパは気持ちを集中させることでパニック発作を起こさずに済んでいた。

ここの人たちがまわりにいても大丈夫だった。壁に守られた地下のオフィス。みないい人たちで、マルコムの友人だ。

それに、妙なことに、みなピッパのまわりに群がらないよう気をつけていた。そのことだけでも、多少気をゆるめる助けになった。

何時間も費やしたあげく、ようやく写真のなかから見覚えのあるふたりの女を見つけたが、これまでのところ、ブリジッドが現実の世界で彼女たちの身許を特定することはできていなかった。女たちが身分を偽っているのはたしかで、顔認証のソフトウェアもテレビで見るほど現実には奇跡を起こすものではないようだった。

やはり。

午後も遅い時間のはずだった。ピッパはHDDの中央にある気の滅入《めい》るような大部屋でマルコムの椅子にすわってラスコーを撫でていた。犬は彼女の膝に頭を載せていた。ウルフはすぐ近くの机で彼女にしばしば目を向けながら書類仕事に励んでいた。子猫はウルフが引き出しで見つけたホッチキスのそばですやすやと眠っている。

「アンガスはほんとうにわたしがマークを殺した罪に問われないようにしてくれるかしら？」ピッパは訊いた。「ナイフにわたしの指紋がついているのはたしかよ」ほかのすべてが失敗に終わったとしても、イサクが罪を押しつけてくることはまちがいなかった。アンガスにもウルフにもすべてを話したのだが、驚いたことに、ふたりともその話を信じてくれた。

「ああ」ウルフは言った。「おそらく、きみの指紋はどのファイルにもないからね。それに、これまでずっとそのことを恐れてきた理由はわかるが、今きみが頭を悩ませなきゃならないのはそのことじゃない」

そのことばはウルフの思惑ほど心をなだめてはくれなかった。「わたしはどうしてもファミリーに戻らなくちゃならないわ」ピッパは目をエレベーターの扉に向けて小声で言った。

「うまくいかないから、やってみないでくれ」ウルフはボストンのパレードのルートをたしかめていた地図から目を上げようともせずに言った。

使い捨ての携帯電話がまた鳴った。

ピッパは身をこわばらせた。体が冷たくなる。「出るべき?」

踵の低いパンプスを履いたナーリー・チャンがオフィスから出てきた。黒いスラックスとピンクのシャツ姿で、法廷に向かおうとしている弁護士のように見える。「これまで三回鳴ったのを無視してきたわ。これには出るべきだと思う」

ピッパは深々と息を吸った。「わかったわ」震える手で電話を耳にあてる。「もしもし」

「メアリー、どうして電話に出なかった?」鋭いイサクの声。

再度彼の声を聞いただけでピッパは吐きそうになった。「運転中だったり、休憩中だったりしたのよ、イサク。できるだけ急いでそっちに向かっているわ」疲れはてた声を作らなくてもよかった。すでに疲れはてていたからだ。

「あとどのぐらいかかる?」イサクは甘やかされた子供のような声を出した。

「わからない」ピッパはほんとうに感じているパニックを声に出した。「今夜うんと遅くか、明日の朝早くになるかも。でも必ず行くわ」それはほんとうだった。マルコムがなんと言おうと。それから彼女は毒づいた。「後ろに警察がいる。電話で話しながら運転できないわ。じゃあね」そう言って電話を切った。あえぐような息遣いになっていた。

「よくやった」ウルフが言った。

「わたしがあそこに行かなくちゃならないことはみんなわかっているのよね? テロがどこで行われるか探る可能性があるとしたら、それはわたしによってだわ」ピッパはそう言ってウルフとナーリーを見つめたが、どちらもそれには答えなかった。

エレベーターの扉が音を立て、ピッパのなかのすべてが動きを止めた。

マルコム、アンガス、レイダーが降りてきた。みなセメント・ミキサーのなかを通り抜けてきたような顔だ。三人は見つかった遺体の件でボストンの警官と会ってきたのだった。

「最悪の状況だったの?」ピッパはマルコムに目を据えたまま訊いた。

マルコムはうなずいた。「遺体はマーク・ブルックスと女性——じっさいは少女——のものだった。少女の名前はルイーズ・ストラトフォード。タマラックと名前の書かれたメモ帳を持っていた」

鋭いナイフで胸を切り裂かれた気がした。「わたしが逃げるのに手を貸してくれたやさしい女の子よ。でも、彼女自身は逃げたくないと言った」そのせいでイサクが彼女を殺したの? ピッパの目に涙があふれた。

「やつのことはつかまえる」マルコムが険しい顔で言った。「約束する」

「彼女はどんなふうに亡くなったの?」ピッパは吐き気を抑えながら訊いた。

「絞殺だ」レイダーがコンピューター・ルームのほうへ目をやりながら言った。「今日はぼくのお荷物が逃げ出さなかったならいいんだが」

ナーリーの細い鼻孔が広がった。「ブリジッドはどこへも行かないわよ。ここで働くのが気に入っているんだから」

「へえ」レイダーはピッパに会釈すると、コンピューター・ルームへ向かった。「どうだろうな」

アンガスがピッパの机のまえで足を止めた。「辛いだろうが、今は集中してことにあたらなければならない。死者を悼むのはあとだ。写真のなかに知っている顔はあったかい？」

「ええ、でも、身許はわからない。というか、まだわかっていないわ」ピッパは気持ちを集中させようとしながらも、マルコムだけを見ながら言った。

アンガスはふたりをじっと見つめた。「ピッパ？　マルコム？　ふたりとも会議室二に来てくれ」

マルコムがアンガスにくれた目がピッパの胃に妙な感覚を与えた。

ウルフが目を上げて三人を見つめた。それからピッパのほうに顔を向けた。

「キャットを連れていくかい？」

「子猫はなしだ」アンガスがぴしゃりと言った。我慢の限界に達した男の声だった。口のまわりにはストレスのせいで深い皺が刻まれ、ひどい頭痛がするかのように瞳孔が狭くなっている。

ピッパは唾を呑みこんだ。「アンガス、大丈夫？」そう訊かずにいられなかった。

「今は大丈夫な人間など誰もいない」彼はきっぱりと言った。「来てくれ。これを片づけてしまおう」自分のオフィスのまえまで来たところで、彼はレイダーを呼んだ。

レイダーはコンピューター・ルームから出てきて三人のあとから会議室二にはいった。

アンガスはドアを閉め、全員がすわるまで待った。「ピッパ。きみは終日これにかかりきりだった。何かわかったことを教えてくれ」

ピッパは椅子に腰をおちつけ、考えをめぐらそうとした。「イサクは女性を傷つけるのが好きな人間よ。テロに女性を使うという考えを気に入っているはず。とくにそれが自爆テロなら。女性を使ってほかの女性を傷つけたいと思うはずよ」

アンガスはうなずいた。「わかった。そのことについて分析しよう。今のところ、チームではレイダーが戦略の専門で、ぼくはプロファイラーだ。マルコムは実行部隊で、ピッパは特別な切り札だ」

マルコムの隣にすわっていたピッパは目をしばたたいた。彼の体から発せられる熱に全身を包まれる気がした。わたしが切り札？

「だめだ」マルコムが椅子を後ろに押しやって言った。「絶対にだめだ」

その声に表れた敵意に思わず身をひるませる。どうなっているの？

「レイダー？」アンガスが訊いた。

レイダーはマルコムに同情するような目をくれてから立ち上がって壁に寄りかかった。「戦略的には、テロの場所はイサクから聞き出すしかない。きみたちふたりともになかにはいってもらう必要がある」

「ぼくはいい」マルコムが言った。「ただ、ピッパにとっては危険が大きすぎる」

「イサクを動揺させられるのは彼女だけだ」アンガスが言った。「彼女が鍵になるんだ、マルコム。今、きみがイーグルとルロイの居場所をつかめずに戻ったら、撃ち殺される可能性が高い。ピッパのことは殺さないだろう。少なくともあの家では」

ピッパは身動きをやめた。「どういうこと？」アンガスは自分が何を言っているのかよくわかっているようだった。

アンガスはまっすぐ彼女の目を受け止めた。マルコムの目よりわずかに濃い緑の目。「やつはきみに十八歳で結婚するまで純潔であることを求めた。きみは七年間も逃げていた。おそらく、彼はきみに裏切られたと思うだろう」

「だから、わたしを殺すと？」ピッパは息を吸った。そう。そのことをじっさいに考えたことはなかった。長年イサクからはほかのみんなとはちがう扱いを受けてきたからだ。精神的に苦しめられていたとはいえ。

アンガスは片方の筋肉質な肩を上げた。「どっちに転んでもおかしくない。やつは火をもって世界を罰しようとしている。きみのことも罰して清める必要があると考えるかもしれない。もしくは、きみが犯したとやつが考える罪のためにほかの人間が死ぬのをまのあたりにさせようと思うかもしれない。イエスがわれわれの罪のために死んだと聖書に書かれているのと同じようにね」

「いずれにしても、きみはあそこへ行ってはいけない」マルコムは胸のまえで腕を組んで言った。

ピッパは今の状況と母とトリクシーのことを考えた。自分たちだけでなく、罪のないほかの大勢を殺すことになる洗脳された女性たちについても。「わたしに選択の余地はないわ、マルコム」母に連れられてファミリーに加わった瞬間から、選択の余地は奪われてしまったのだ。

それを奪い返すときが来たということだ。

37

マルコムの運転するバンはコテージ・グローヴの町の中心部を通り過ぎた。助手席ではピッパが静かに眠っている。ファミリーの邸宅へ彼女を行かせるというのは信じられないほど最悪の考えだった。しかし、彼女はゆずらなかった。ピッパを止める権利が自分にあるのだろうか？　友人と母を守りたいという思いは理解できた。それでも、その過程で彼女が殺されるようなことになったら？　行くのを阻止すれば、永遠に憎まれることにはなるだろうが、少なくとも彼女は生きていられる。

「そんなに考えこむのはやめて」ピッパが助手席にすわり直して小声で言った。

「しかたないさ」計器盤の時計は夜の十時を指していた。彼女の誕生日も近い。翌日の作戦を整えるのに予想よりも時間がかかった。レイダーが細かいことにこだわる人間だったからだ。「こんなのは気に入らないな。まったく」マルコムはつぶやいた。

「わたしもよ」ピッパは顔から乱れた髪を押しのけた。「飛行機に飛び乗ってどこかあたたかいところへ行ってしまいたいという思いもあるわ。ビーチで暮らしてココナッツを食べるの」

「そう言ってくれれば、ぼくが手配するよ。今すぐに」

ピッパは忍び笑いをもらした。「あなただってわたしと同じぐらいこの問題から逃れられないくせに」

たしかに。それでも、彼女を先にビーチへ送り、今度の作戦が終わってから合流することはできる。「計画についてはすっかり理解できているかい?」マルコムはもう一度おさらいしたかった。万が一のために。

「わたしたちふたりとも理解できているはずよ。最後に一度家に連れていってくれることにはお礼を言うわ」その声にはなつかしむような響きがあった。「あそこで過ごした日々は幸せだった。ほぼずっと」

「明日の晩には戻れるさ」それがほんとうになるよう神に祈りながらマルコムは言った。

ピッパは答えなかった。

「ピッパ——」彼は話しはじめようとした。

「いいえ」彼女は手を上げた。「何度も細部にわたって議論を尽くしたじゃない。それで、計画を立てた。もう議論も、戦略を練ることも終わり。わたしたちは遂行中なのよ、マルコム。あなたの言う〝作戦〟の」

HDDのオフィスにいたときに絶対に賛成すべきではなかったのだが、そう、計画は立てられてしまった。アンガスはHDDの誰かにピッパの車をとりに行かせ、自宅のドライブウェイに戻させるよう手配までしていた。

マルコムは自宅のドライブウェイに車を乗り入れ、自分のトラックから持ってきていたガレージのリモコンのボタンを押した。「作戦実行まで二時間ある。話をすべきだろうな」

ピッパはまばたきした。「ええ、いいわ」繊細な顔立ちに混乱の表情が浮かんでいる。「何について？」

「ぼくらのことさ」マルコムは荒々しい声で言った。どちらかが今回の作戦から生きて戻ってこられない可能性は高かった。直感はバンを道に戻して走り去れと叫んでいる。どこか遠くへ。

「そうね」ピッパは自宅のドアを開けた。「まあ、いいわ。クッキーが少し残っているから、うちに来てデザートを食べながら、そう、話をするのはどう？」食事はオフィスで数時間まえにピザをとって済ませていた。

マルコムはうなずいた。「バンの荷台をきれいにするのに十五分ほどくれ。それから急いでシャワーを浴びてそっちへ行くよ」シャベルを捨て、血がわからなくなるように拭けばいいだけのこと。イサクがなかをのぞいた場合に満足させられればいいだけなので、きれいに掃除する必要はない。そうしているあいだにピッパに言うことばを考える時間が持てるはずだ。

ことばは容易には浮かばなかった。

頭上に死の影がちらついている今はとくに。

しかし、これが最後のチャンスになるかもしれない。マルコムはそれをつかむつもりでいた。

38

愛したコテージのなかを歩くピッパの胸は痛んだ。家に戻ってこられる可能性がないわけではないが、決して高くなかった。ここで過ごした時間のほとんどがひとりだったとはいえ、それは幸せな時間だった。マルコムと出会ってからはさらに幸せだった。

ピッパはすばやくシャワーを浴び、濡れた髪をとかす手をふと止めた。作戦のための服を着るべき？　それともマルコムのために装うべき？　いっしょに過ごす時間はあと二時間ほどあった。心のなかはまだ混乱していたが、いい思い出をもうひとつ作る機会を逃したくはなかった。ピッパは唇にピンクのグロスを施した。

鼓動が高まるなか、目の色を引き立たせる明るいブルーのそろいの下着を手にとって身につけた。先に行動を起こすと考えると力が湧いてくる気がした。シルクのキャミソールはへそのあたりまでの長さで、そろいのショーツはひも型だった。着心地はあまりよくないものの、セクシーであることはまちがいない。

衝動買いしたもので、じっさいに着ることはないだろうと思っていた。そろいのローブはクローゼットにはいっている。はおってベルトを締めるまえに、値札をとっておくのを忘れないようにしなければならない。

ハイヒールを履くべき？　たったひとつ持っているハイヒールは黒くてぴかぴかしており、下着一式に似合いそうだった。

玄関のドアをノックする音がして物思いが破られた。顔に熱がのぼる。何を考えていたの？「あの、はいって」足が寝室の床に凍りついたようになっていたため、ピッパは呼びかけた。裸足だった。

ドアが開く音がしてから、足音が聞こえてきた。「ピッパ？　ぼくのクッキーはどこだい？」

ピッパは青ざめた。こういうとき、何か気の利いたことばがあるはず。しかし、頭のなかは真っ白だった。必要だと気づいていなかった勇気を振りしぼって部屋の入口へ歩み出る。「どうして？　おなかが空いているの？」と彼女は訊いた。悪くない答え。そう、それでいい。どうにかことばを見つけたじゃない。

マルコムはぽかんと口を開けて派手な色合いのソファーの近くで足を止めた。見るべきものをじっくり見ているうちに緑の目が熱を帯びた。それから、くしゃみをしようとする犬のように首を振った。まだ濡れている髪は襟のあたりでカールしている。

「すごいな」

ピッパは止めていた息を吐き出した。よかった。大胆すぎる行為を拒絶されなかった。指が震えたが、ベルトをほどいて透ける素材のローブのまえを開いた。そのとき彼が発した声は一生忘れないだろう。飢えた男らしい声。ピッパを求める声。

しかし、マルコムは動こうとはしなかった。

そこで彼女のほうが動いた。この人には会ったその日から磁石のように惹きつけられたのだった。今夜も変わりはない。彼のほうへ手を伸ばし、胸の硬い筋肉に手をすべらせ、男らしい顔を見上げる。「二時間あるわ、マルコム。その二時間をどう過ごしたい？」

彼の唇がゆがんだ。「作戦から外れるよう、きみを説得しようと思っていた」

「それはだめね。代案は？」ピッパは手を彼の胸から割れた腹筋へとすべらせ、シャツの裾をジーンズから引っ張り出した。

マルコムは音を立てて唾を呑んだ。まなざしに影が落ちる。彼は手を彼女の右肩に伸ばし、そっとローブを押しやった。シルクのようなローブは肘のところまで落ちた。マルコムは息を吐き出し、拷問を受けているかのような声を発した。その目が胸に向けられると、手で触れられたかのように胸の頂きが硬くなった。ローブのもう一方を肩から外されると、彼が発する熱に全身を包まれる気がした。

肘のところで止まったローブをピッパは肩を振って足元に落とした。短いキャミソールとひものようなショーツ姿となる。

熱いまなざしが顔から爪先までをなぞり、また上に戻ってきた。「きれいだ、ピッパ」

この人は力を感じさせてくれる。とても。「あなたもすてきよ」ピッパは彼のシャツの裾をつかみ、それを頭の上に持ち上げた。そうされるのに彼は首をかがめなければならなかった。どうにかして自分を押し留めようとするようなゆっくりとした意識的な動きだった。

その動きは悪くなかった。少しも。やがてむき出しの傷だらけの胸に目を奪われた。力と強さを感じさせてくれる胸。

「話をすべきだと思うんだが」マルコムはてのひらを彼女の鎖骨あたりに置いて小声で言った。それから手で腕をなぞり、手首を愛撫してまた上に戻すのを目で追った。

肩にかかった細いストラップのひとつを指にかけると、腕から外した。次にもう一方も同じようにして胸をあらわにした。ひんやりした空気が肌に触れた。

「話？　ええ」ピッパはささやいた。反射的にあらわになった胸を隠そうとしたが、彼のまなざしの何かがそれを止めた。欲望と、何かもっとやさしいもの。渇望？　称賛？　悦び？　そう、悦び。

自分を弱いと感じると同時に強いと思えるのはどうしてなのか、ピッパにはわからなかった。それでも、そう感じていた。マルコム・ウェストのせいで。

マルコムはピッパの胸に手をあてがい、頂きを軽く転がした。芯の部分に電気が走り、胸の頂きは欲望にどくどくと脈打ちながらふくらんだ。ピッパは声をもらし、マルコムのベルトのバックルをつかんで外し、ベルトを引き抜いた。

すでに何度も愛を交わしていたにもかかわらず、新たな親密さがふたりを包んでいた。ピッパは彼のジーンズのファスナーを下ろした。

その音を聞いてマルコムの欲望に拍車がかかったようだった。顔を寄せてくると、ピッパの髪をつかんでねじった。ピッパの頭は後ろへ、横へ引っ張られた。それからようやく口に口をとらえられた。

あたたかく、引きしまった唇。濃厚なキス。マルコムは時間をかけて口のなかに舌を差し入れてきた。男らしいミントの味。彼のにおいに包まれ、唇に唇を奪われ、頭から爪先まで熱に包まれる。

体の隅々に触れられつつも、ふたりともまだわずかに服を着たままだった。

両手で顔を包まれて引き上げられ、思わず爪先立つと口が離れた。顔を包む手と同じだけ決意に満ちたまなざしにとらえられる。「ぼくは……」どうにか正しいことばを見つけようとしているのか、苛立ちが彼の顔をよぎった。

「愛してる」ピッパは思わず口に出していた。まったく。口がすべるとはこのこと。彼女は顔をしかめた。「まだ早いし、お互い嘘を介して知り合ったのはわかっているけど、今はほんとうのことがわかっているし、理にかなわなくても感情は感情よ」おだまり。今すぐ口をつぐまなければ。これからすばらしいセックスをしようとしているのだから、なんであれ邪魔させるわけにはいかない。これが最後になるかもしれないのだ。

「ぼくも愛してる」マルコムは熱いまなざしでつぶやいた。「きみはこれほど長いあいだ逃亡生活を送ってきて、ぼくはそれをいいように利用してしまっているんじゃないかと思わずにいられないが、ぼくの心がきみのものであるのはたしかだ」

そのことばはすんなり心にはいってきて留まり、ピッパのすべてをあたためてくれた。彼女はキスをしようと身を寄せたが、たくましい手に押し戻された。「マルコム?」

「ぼくのものだと言ってくれ」顔をつかむ手に力が加わる。「今すぐに。言ってくれ」

ピッパは口を開きかけたが、ことばを途中で止めた。彼の目に浮かんだひりひりするような感情のせいだ。そうしたことばは彼にとってなんらかの意味を持つのだ。大きな意味を。はっと気づいたことがあってピッパは唇を引き結んだ。この人はわたしをカルトから遠ざけておく権利を得ようとしているのだ。わたしが何を望んでも、わたしの身を守るために。「あなたの望むことばがなんであれ……土曜日まで待って」とささやく。

マルコムの胸から響いてきた音はうなり声としか言い表せないものだった。

ピッパは首を振ろうとしたが、動けなかった。「これをしないわけにはいかないのよ、マルコム」友人や母のためだけでなく、自分自身のために。イサクを止めようとせず、後悔に駆られたまま、これからずっと生きていくことはできない。

マルコムの目に浮かんだ怒りに気持ちがくじけそうになる。

それから彼はまたキスをし、顔をはさんでいた手を離して腰をつかみ、彼女を持ち上げた。ピッパは落ちないようにたくましい肩をつかみ、脚を彼の腰にまわした。

怒りと欲望と飢えと捨て鉢な約束を注ぎこもうとするような荒々しく濃厚なキス。マルコムは動きはじめ、すぐにもピッパを寝室の床に下ろした。「だったら、ぼくも今夜はたのしむことにするよ」彼はそうつぶやいて彼女のまわりを歩きはじめた。「じっとしていてくれ」

ピッパは唇にかすかな笑みを浮かべてそのことばに従った。マルコムは動きながら指で彼女の鎖骨と肩をなぞり、その指を背中へ動かした。「マル――」「しっ」マルコムは彼女の背後で足を止め、指を背骨に沿って尻まで下ろし、また上に動かした。キャミソールはまだ腰のところにたまっていた。マルコムはそれをそっと下ろし、ピッパは派手な青いひものショーツ姿になった。「これはいいな」マルコムはむき出しの尻の片方を愛撫した。「ぼくの記憶が正しければ、ここは魅力的なピンク色になるんだよな」そう言って尻をきつくつかんだ。

ピッパは息を呑んだ。彼の手から発せられた熱が腹を通って脚のあいだに流れこむ。前回彼が手加減しなかったときのことはピッパもよく覚えていた。それを思い出すと、わくわくする思いと不安に交互に襲われた。

マルコムは手を彼女の太腿に下ろし、脚をすねまでなぞってまた上に戻した。「ぼくのために濡れているのかい、ピッパ？」

ピッパは短くうなずくことしかできなかった。ことばは喉でつまった。体は敏感になり、脳を遮断するのに忙しくしている。

「質問したんだけどな」マルコムはあまりやさしくない手つきで尻を叩いた。

ピッパは飛び上がった。神経が荒々しく息を吹き返し、重くなった胸が彼の愛撫を求めてうずいた。「ええ」と彼女はささやいた。

マルコムは一歩近づき、胸を彼女の背中にあて、身をかがめて口を下ろした。熱い息が耳にかかる。「ええって何が？」低く危険な声で発せられたそのことばに全身をなめられる気がした。今、こうなってからも、マルコム・ウェストにはピッパのなかにその存在すら知らなかった原始的な部分を呼び起こす激しさがあった。

「ええ、濡れているわ。あなたのために」ピッパは訊かれるまえに付け加えた。「よかったら、調べてくれていいけど」そんなふうに挑まずにいられなかった。

「それはご親切に」マルコムはひもショーツの下に指をすべりこませ、ひもに沿って尻をわずかに開かせながらなぞった。

ピッパは身をこわばらせた。

耳元で聞こえた忍び笑いが全身にうずきを走らせた。「その準備はできていないな。今はまだ」

ピッパは魔法にかかったように身を震わせた。

マルコムは脚のあいだに進ませた指で花びらの部分をかすめた。

膝が震え、ピッパは倒れそうになった。

「ほんとうだ。濡れている」マルコムは手を離し、彼女の腰に腕をまわして興奮で硬くなったものへと背中を引き寄せた。「とても」それからショーツのまえに手を突っこみ、二本の指でつぼみを愛撫した。

悦びが爆発し、ピッパはバランスを崩した。

マルコムは片手で彼女の体を支えた。そのたくましさに残っていた息を奪われる。

「あまり時間がないから、すぐに頂点に達してもらおう」彼につぼみをひねられ、ピッパのなかで悦びが爆発した。ピッパは声をもらしながら彼に腰を押しつけた。

全身が悦びに包まれるなか、まえを向かされ、ショーツをはぎとられた。彼のジーンズが床に落ち、マルコムは張りつめてあり得ないほど大きくなったものにコンドームをかぶせた。

ピッパは彼に手を伸ばそうとしたが、すぐにもあおむけに押し倒されていた。

上に覆いかぶさった彼にまた手を伸ばし、体を引き下ろそうとした。「今よ、マルコム」と命令する。なかにはいってほしいという欲求は呼吸に対するよりも強かった。

マルコムはまたキスをし、強いひと突きで深々となかにおさまった。

ようやく。

マルコムはそこで動きを止めた。深々とはいった部分のあまりの熱さに息ができないほどだった。やさしくしたかったが、体はそれに抗った。本能という本能がピッパを自分のものにしろと叫んでいた。すでに心に棲《す》みついている彼女を。これが愛だとしたら、思い描いていたような、穏やかで、幸せで、お花畑でダンスするようなものでないのはたしかだ。

そして自分がそれを見つけることはないだろうと思っていたのだった。

しかし、こうしてピッパがここにいる。下からきつく抱きしめてくる彼女が。身の安全を守ってくれると信頼して。とはいえ、じっさいには身の安全を守らせてくれないのだという事実のせいで、身の内の野獣がつながれている鎖を断ち切りたがっていた。この世で生き延びるために生み出さずにいられなかった人間の皮をかぶった獣。

その一面が彼女を永遠に自分のものにしたがっていた。

ピッパが彼の腕に沿って爪を走らせた。彼が自分で傷つけた部分に巻かれた包帯は避けて。それから身をそらし、胸をなぞって爪を食いこませた。

その鋭い痛みがマルコムを駆り立てた。あたたかい部分から自分を引き出してまた突き入れる。内部の襞が締めつけてきて、ありとあらゆる神経をわしづかみにし、どうにか保っているわずかな自制心を奪おうとした。

今はどうにか主導権を保っているが、彼女がそれを求めてきたら、彼女の勝ちはまちがいない。体も、心も、魂も、自分のすべてはピッパのものだ。

ピッパが危害を加えられるかもしれないと考えただけで身が切られる思いがして、マルコムはまた思いきり彼女のなかにできるだけ奥まで突き入れた。ピッパは声をもらし、脚を広げてさらに奥へはいる余地をくれた。マルコムの動きに拍車がかかった。片手を彼女の肩のそばのマットレスについて体を支える。

ピッパは彼を見上げた。そのサファイア色の目には信頼と……欲望があふれていた。やわらかいシルクのような黒っぽい髪は枕に広がっている。

マルコムは家族を持ったことがなかった。祖父はいたが、家族ではなかった。それどころか、自分のものと言える誰かがいたこともなかった。真に自分のものと言える誰か。今の今まで。

マルコムは空いているほうの手にやわらかい髪を巻きつけ、指の節で彼女の顔をかすめた。あまりに華奢な骨格だった。

壊れそうで、傷つきやすく、もろい。

ぼくのもの。

体のなかで欲望が激しく渦を巻いて張りつめ、原始的と言っていい所有欲を引き出した。マルコムは引いて押しこむ動きをくり返した。どんどん速く激しくなる動きを。

彼を包む彼女が震えた。ピッパは目をみはってまっすぐ見つめてきていた。美しい。そんなことばではとうてい言い表せない。彼女のきつい部分に溺れるのと同じぐらい、そのまなざしに溺れたかった。

突き入れたときの彼女のあえぎ声に駆り立てられるようにさらに速さを増す。容赦のない悦びに体がばらばらになりそうだったが、止めることはできなかった。もうそこまで来ている。ほんとうにすぐそこまで。そこで彼は腰の角度を変え、つぼみをかすめるようにして体に体をこすりつけた。

ピッパは彼の胸に爪を食いこませた。彼を包む部分が痙攣し、まぶたが閉じて繊細な顔に赤味が広がった。内側の襞に締めつけられる。

マルコムは自分を完全に解放し、荒い息をしながら激しく深く突き入れた。悦びのあまりかすんだ目を閉じ、全身がそれにとらわれるにまかせた。連射された銃弾以上に激しい頂点に達し、ようやく動きを止める。彼女の上に倒れこまないようにするのが精一杯だった。

脇に身を横たえると、ピッパは体を合わせたままあえいだ。

携帯電話のアラームが鳴った。もうそんな時間か。あたたかく満ち足りた思いが石のように冷たくなる。

時間だ。

39

バンで邸宅まで行くのに約二時間かかった。マルコムは一・五キロほど離れたところで車を停め、アンガスに電話した。「約一・五キロ手前にいる」とまえ置きなしに言う。

「よし。突入部隊に準備はさせているが、そこへ行きつくのにあの小さな町を通って人目を惹きたくない。きみからの指令後、突入まで約十五分かかる」アンガスは言った。「テロの場所がわかったら、すぐに連絡をくれ。もしくはきみの身が危険にさらされたら」

「アンガス――」

「いや。それについてはもう議論はなしだ」アンガスは言った。「これは作戦だ、特別捜査官」

マルコムの首がうずいた。特別捜査官。刑事ではなく。それがどうした？　感覚的には同じだった。プライドと不安が入り交じる。「アンガス、聞いてくれ。ぼくがあそこへ行った瞬間にイサクが銃弾を撃ちこんでこようとしたら、そしてそれがあたったら、作戦は中止してもらわなくちゃならない。ぼくの保護なしに彼女をなかへ送りこんだりはしないと約束してくれ」

電話の向こうで沈黙が流れた。「わかった。約束する」

胸の重石がほんの少しだけ軽くなった。「ありがとう。もともと最悪の計画だしな」

アンガスはため息をついた。「きみの個人ファイルを読んだよ。子供のころ、死ぬほどなぐられて、祖父さんにやり返したことはあるのか?」

鮮明な記憶が鋭く胸をついた。血と怒りとひどい痛み。「十六になったときに逆らってなぐりつけてやってから、過去は振り返っていない」

「彼女にも同じことが必要なんだ」アンガスは言った。「ピッパも逃げるのをやめてふつうの生活を手に入れるには、イサクと対決する必要がある」

その論理は気に入らなかったが、アンガスの言いたいことは理解できた。「あまりすぐにここへ向かわせないでくれ。明るくなってから到着してもらいたい。やつが今日何をするつもりにしろ、朝まで彼女といっしょに過ごそうなどと考えないように」

「了解」アンガスは言った。「トリクシーを見つけたら、状況の報告を試みてくれ。

彼女には生きていてもらいたい」

「ぼくもさ」マルコムは時計を確認した。午前三時だった。「行かなくては。なあ、アンガス？　ぼくを見出してくれたことに礼を言うよ」

「こっちはそう言ってくれたことに感謝するよ。向こうで会おう」アンガスは電話を切った。

マルコムは車を道に戻し、まもなく邸宅のドライブウェイに乗り入れた。この場所に警備の人間がいないのは奇妙なことだった。イサクはほんとうに警察を恐れていないのだ。神に守られていると信じているのか、それともここにいる者たちがみなみずからの意志でここにいて、うまい具合に洗脳されているとみなしているからか。

あるいは、その両方か。

マルコムはバンを停めて降りた。家のまえには車が何台か停まっていた。どこでテロを行うにしろ、ファミリーのメンバーを乗せていくためのものにちがいない。ここから一日かからずに行ける都市はいくつもある。いつになく雲が晴れ、月が空高く輝いていた。人気《ひとけ》のない正面の芝生に月明かりが射している。風すらもおさまっていた。怖気《おじけ》づく思いを振り払い、マルコムは石段をのぼって静まり返った邸宅にはいっていった。

薄暗いなか、玄関ホールに置かれたソファーの上でジョージがひとり待っていた。彼はマルコムの背後に目を向けた。「ルロイとイーグルは?」

「とり戻せなかった」マルコムは内心の思いのままにうんざりした声を出した。「それどころか、えらく困った問題が起こった。預言者はどこだ?」

ジョージはソファーに腰を戻した。「あんたのほうが先に到着したら、部屋に来るように伝えろと言われていたんだ。二階の左の奥だ。眠っていたら起こしてほしいそうだ」

マルコムの血が騒ぎ出した。「今夜ほかに誰が来るんだ?」

ジョージは首を振った。「選ばれし者さ。あんたもあとで会うだろう」

自分はその女性のにおいをすでに全身にまとっている。ジョージに目を向けると、武器は持っていないようだった。「わかった。ほんとうにあんたが預言者を起こしに行かなくていいのか?」

「ああ。命令は命令だ」ジョージはソファーに背をあずけた。

すばらしい。ブーツに隠した銃は重く、それはもう一方のブーツに隠したナイフも同じだった。靴を脱がなければならなくなったら、困ったことになるが。マルコムは階段を駆けのぼりながら、間取りを思い出し、鋭く左に曲がって一番奥にあるドアをノックした。

　応答はなかった。

　さらに強くノックする。

　ベッドシーツのこすれる音。「おはいり」とイサクが言った。

　マルコムが部屋のなかにはいると、イサクがベッドサイドの照明をつけた。巨大なベッドにふたりの裸の女と寝そべっている。ひとりはピッパの母親だった。

　イサクは目を細めた。そこに浮かんでいるのは失望か？　そうか。胸くそ悪いこの野郎は母親といっしょのところをピッパに見せたかったのだ。

　マルコムは身を固くした。めったに訪れることのない心の奥底が静まり返った。

「問題が起こった」

　もうひとりの女が体の向きを変えた。それがエイプリルだとわかってはらわたが締めつけられた。首や胸には青あざがいくつもあり、いつもは活気に満ちあふれている目を伏せている。ああ、イサクのことは殺してやる。マルコムは目をそらした。

「階下《した》で待っている」そう言うと、イサクをばらばらに引き裂いてしまうまえに答えを待つことなく踵を返して階段を降り、オフィスへ向かった。

　十五分ほど待つと、アイロンの効いた白いリネンのパンツとそろいのゆったりとしたシャツに着替えたカルトの指導者がオフィスに現れた。「またきみに会えるとは思わなかったな」

マルコムは振り返って胸のまえで腕を組んだ。「どうして？」

「ふらっといなくなったようだったからな」イサクはバーへ行ってふたつのグラスに酒を注いだ。「たぶん、オーキッドにしたことで一線を越えてしまったか何かだと思った」

「あんたの部下の行方を探ると言ったはずだ。だから、探っていたんだ」マルコムは差し出された飲み物を受けとった。

イサクは首を傾げた。起きたばかりにもかかわらず、油断のない目をしている。

「しかし、彼らはいっしょではない」

「ああ、いっしょじゃない」マルコムはグラスの酒をまわした。「ミニュートヴィルの警察からDCに送られたことがわかったので、丸一日夜までかけて、便宜をはかってくれそうなほぼすべての人間に連絡をした」

「それで……？」イサクは飲み物をあおったが、目はまるでそらさなかった。

マルコムは怒っているふりをする必要がなかった。煮えたぎって爆発寸前のその感情をかろうじて抑えている状態だったからだ。しかし、役を演じているときに本物の感情を利用するのは得意だった。「おなじみのＦＢＩがふたりを抑えている。もっと詳しく言えば、ＦＢＩのテロ対策チームがあんたのファミリーのメンバーふたりをつかまえている」

イサクは動きを止めた。完全に。もしかしたら、呼吸すら止めているかもしれない。

「どうしてだ？」

「それなんだが」マルコムは声に皮肉をこめた。「驚くべきことに、ニューヨークの元警官には教えてくれようとしなかった。あのふたりを見つけるのに、ありとあらゆるコネを使いつくしたんだがな」

「ちくしょう」イサクは暖炉のまえのふたつの椅子のところへ行き、ひとつに腰を下ろした。

預言者が悪態をつくのを聞いたのははじめてだった。おもしろい。「なあ。あんたがぼくのことをそれほどよく知らないのはわかっているが、いったいどうなっているんだ？」マルコムは空いている椅子のところへ行ってすわった。「教えてくれなきゃ、力にもなれない。ぼくが信頼できることは証明したはずだ」

イサクはまえに身を乗り出し、長いマッチをすってすでに暖炉に置いてあった紙と薪《まき》に火をつけた。「正義を信じるかね、マルコム？」

暖炉にとりつけた盗聴装置は隅で煤《すす》に埋もれているといいのだが。「信じることもある」と彼は答えた。

「罪については？　罪を清めることはできると思うか？」イサクは椅子に背をあずけ、炎を見つめた。

「清める？」マルコムは家のなかでほかに物音がしないかと耳を澄ましたが、この朝早い時間に邸内は静まり返っていた。「清められるとは思わないな。罰を受けるのはたしかだが」そう言って肩をすくめた。「でも、あんたとちがってぼくは聖書の専門家じゃないからな」

イサクはなかば顔を振り向けてマルコムをじっと見つめた。「きみは信じていないんだな。聖書も私も」

マルコムは考えをめぐらしているかのように息を吐いた。「さあ、どうだろうな。ここは悪くない場所で、みな親切だ。それに、あんたは一度にふたりの女と寝ることができる。つまり、あんたのしていることは正しいはずだ」

イサクは忍び笑いをもらした。「しかし、きみ自身はエイプリルともほかの誰ともたのしもうとしていないじゃないか」

「いつたのしむ？」マルコムは首をそらして椅子に背をあずけた。「たのしむ暇なんてなかった」そう言って首を振った。「自分の人生に片をつけるだけじゃなく、あんたの問題を片づけるのでも手一杯だった」それはまぎれもない真実だった。

誰かがドアをノックした。

「おはいり」イサクが言った。

ジョージが部屋にはいってきて、目を伏せたまま暖炉のそばの椅子のところへ来た。

「最初の選ばれし者が到着しました」彼は椅子の後ろで足を止めた。

「ああ、よし」イサクは身を乗り出してマルコムの膝を軽く叩いた。「まもなくはじまるな。ところで、マルコム？」イサクはマルコムが眉を上げるまで待った。「オーキッドには定期的に瞑想のあいだドラッグを与え、その後尋問を行っていたんだ。彼女が警察に話をしていたことは前々からわかっていた。彼女自身はドラッグを与えられていたことを覚えておらず、警官についてわれわれに話したこともちろん覚えていなかった。そんなときにきみが現れた。それでも、私はきみが警察に送りこまれた人間じゃないことを願った。ファミリーのメンバーになれる可能性があることを。しかし、昨日、きみがしかけた盗聴装置が見つかった」

マルコムが動くまえに、硬い鉄製のハンマーのようなものが頭に振り下ろされた。目の奥で光が爆発し、すぐさま暗闇が広がった。最後にマルコムが考えたのは、それを考えと呼べるのならば、ピッパのことだった。

イサクは振り返って血のついたハンマーを手にしているジョージに目を向けた。

「体を探れ」

ジョージはみずからをふるい立たせるようにしてハンマーをテーブルの上に置き、振り向いて身をかがめた。銃とナイフと携帯電話が見つかった。

イサクは電話を手にとって画面をスクロールした。連絡先も、通話履歴も、写真も、アプリもなかった。マルコムがここへ来るまえにすべてを消去してきたのは明らかだ。賢明だ。「死んだのか？」イサクは顔をしかめ、身動きひとつせずに床一面に血を垂れ流している元警官を見下ろした。裏切り者とはそいつが地獄に行くまえに多少時間を過ごしたかった。

ジョージは脈をとった。「いいえ。でも、しばらくは動けないでしょう」

「よし。地下へ運んでおけ」イサクはそう命令すると、机のところへ行って卓上カレンダーの下に隠してあった戦闘計画をとり出した。

ジョージはためらった。「こいつは警官ですよ。ルロイとイーグルをつかまえたのもこいつにちがいない。ここを出なきゃなりませんよ。こっちの計画について知られているはずだ」

イサクは片方の眉を上げた。「なんの計画だ？」

ジョージは目を伏せたままたじろいだ。「その、わかりません。ただ、今日がその日だということだけで。重要な日だと」

そのとおり。計画のことは誰も知らない。だからこそ、マルコムはファミリーに戻ってきたのだ。計画があると恐れていながら、それがなんであるか警察には見当もつかなかったのは明らかで、マルコムが詳細を調べることになっていたのだろう。連中が真実を知ったときには、手遅れになっているはずだ。

誰も、ジョージですらも、ファミリーの新しいホームについては知らない。先月一カ月かけてひそかに人をそちらへ移してきた。残ったファミリーは前日に移した。清めがはじまったら、すぐに自分もそこで彼らと落ち合うことになっている。

もはや自分にとって役に立たない人間だけがここに残る。ここにはきっとまもなく警察の捜査がはいる。清めの火がはじまったら。あとに残された者たちは何も知らない。何ひとつ。

ああ、今日、地獄の業火が罪人たちを焼きつくすことだろう。メアリーの二十五回目の誕生日こそが、神の思《おぼ》し召しにより自分が義務をはたす日であることは何年もまえからわかっており、ずっと計画を練ってきたのだ。人間が善きものに変わる可能性はあった――その可能性は低かったが、なくはなかった。高潔なものになる可能性は。しかし、そうはならなかった。

「すぐに戻ります」ジョージは震える声で言った。「こいつを運ぶのには手助けが必要だ」

警官は大男だった。それはまちがいない。イサクは大胆にもファミリーに潜入しようとした罪人のそばへ行って見下ろした。怒りに全身を貫かれる。激しい怒りだった。思わずマルコムの肋骨を蹴った。一度、二度。骨の折れる音がして気が鎮まった。悪くない音だ。

盗聴装置を見つけたときには、怒りのあまり、エイプリルの色っぽい体の皮をはいでやりそうになった。警官と親しくなるのが務めだったのに、失敗したのだから。しかし結局、彼女を殺すことはできなかった。決して忘れられない教えを授けてやり、絶え間なく悲鳴をあげさせるほうがより満足できたからだ。女の悲鳴は真に清めとなり得る。そして今日はより高い目的のために彼女を利用することにした。こんなに寛容にしてもらって幸運な女だ。

神がそうしろと教えてくださった。

ジョージがヘクターという名の年上の男をともなって戻ってきた。利用価値がなくなった男で、何カ月もまえから疑問を発しはじめていた。ふたりはマルコムを床から持ち上げた。そうすることでどちらもうなり声をあげている。

ヘクターは部屋を出るまえに咳払いをした。「選ばれし者がさらにふたり到着しました」

「よし。私が呼ぶまでキッチンで待たせておけ」イサクはジョージに目を向けた。「ルロイが愚かしくもつかまるまえに準備を終えていたのはよかった」もちろん、つかまったのはマルコムのせいだろうが。

ジョージは血の気の失せた顔でうなずいた。

イサクは興味を失い、腰を下ろして地図を眺めた。選んだ場所は破壊にはもってこいだった。あまりに長いあいだあたためてきた計画だったので、今日がその日だと想像するのもむずかしかった。神は私を試され、私はその機に乗じたのだ。

イサクは何時間もかけてあらゆる角度から計画を再確認した。

ようやくまたドアをノックする音がした。彼は目を上げた。「なんだ?」

ジョージがドアを開けた。「彼女が来ました、預言者様。メアリーが到着しました」

ついに。

40

目に見えない鉄帯で胸を締めつけられている感じだった。はじめて見る邸宅だったが、かつて暮らした家と同じにおいがした。瞑想用のオイル、クレンザー、何とははっきりわからない希望と恐怖のにおい。ピッパは男のあとに従って高価な絵画が飾られた長い廊下を進んだ。男はこの数年のあいだに加わった人間にちがいなく、知っている顔ではなかった。

男がドアを開け、ピッパは炎の燃える暖炉を備えた広いホームオフィスのなかに足を踏み入れた。

「メアリー」イサクはつや光りするマホガニーの机の奥にすわっていた。机には地図が広げられている。彼は椅子に背をあずけて彼女をじっと見つめていた。

背後でドアが閉められた。呼吸するだけで胸が痛んだが、ピッパは彼をまっすぐ見返した。あれから七年の年月もイサクにはさほど影響をおよぼしていなかった。今は四十代前半になっているはずだが、まだふさふさとした明るい茶色の髪をしており、目は覚えているとおりの光る琥珀色だった。手入れされた口ひげと顎ひげを生やしており、それがじっさいの年齢よりも若く見せた。髪には白いものも混じっていない。染めているの？　それとも、遺伝的に恵まれているということ？

イサクからは覚えているカリスマ性が発せられていたが、今はそれが邪悪な色を帯びていた。ピッパがそう感じるだけかもしれないが。「トリクシーはどこ？」ピッパはまえ置きなしに訊いた。

イサクは反応しなかった。ピッパのことばが聞こえたことを示すような顔の動きひとつなかった。「ファミリーにふさわしくない装いだな」

ピッパは模様のはいったスカートと派手な青い上着を見下ろした。手首には色とりどりのバングルをし、赤茶色のブーツは広い窓から射しこむ朝のやわらかな光のなかで輝いている。ピッパは首を傾げてイサクを見た。「リネンを着ると男の人は女々しく見えるって誰かに言われたことないの？」

イサクが唐突に立ち上がった。

ピッパは思わず一歩下がった。強い感情に襲われ、膝がもろくなる。無力感と恐怖。一瞬、信頼するように教育された大人をまえにして怯えて混乱している子供に戻ってしまう。

信頼だなんて。

ジーンズではなくスカートを穿いてくる決断をするのはむずかしかったが、スカートなら、太腿のあいだに銃を隠せた。銃は右脚に装着していた。その違和感に耐えられるように、銃にはホルダーをつけなければならなかった。しかし、玄関で警備にあたっている人間にすばやく身体検査をされたときにも銃は見つからなかった。誰もその部分に触れる勇気はなかったからだ。相手がメアリーでは。

ピッパは肩を怒らせようとしたが、恐怖のせいで筋肉は叩きつぶされたようになっていた。「要求どおり、あなたのところへ戻ってきたわ。わたしに何をしてほしいの、イサク？」

イサクは優美な猫のような物腰で机をまわりこんでピッパに近づいた。「年月を経てより美しく成長したな」そう言って手を伸ばし、ピッパの顔から髪を払った。

吐き気がした。ピッパは頭をはっきりさせようとした。ブーツを履いて百六十センチそこそこの自分に対し、今の彼はたった十二センチほどしか背が変わらなかった。覚えているイサクはもっと長身だった。大きかった。マルコムはイサクより少なくとも十五センチは背が高いだろう。

何にもまして、そう考えたことで気持ちをおちつかせることができた。マルコムがこの家のどこかにいる。そして、ゲートの外には援護部隊も控えている。それ以上に、マルコムがいる。「わたしにまた触れたら、腕を引きちぎってやるわ」

イサクは即座に彼女の首をつかんでまえに引っ張った。ピッパはそれを止めようと右腕を持ち上げたが、叩かれて下ろされた。目が飛び出そうになり、アドレナリンが全身の皮膚の下に噴き出し、ちくちくと痛いほどだった。

「こうすれば、私の家での振る舞い方を思い出すはずだ」イサクは鼻孔を広げて言った。

視野の端が欠け出す。ピッパはどうしていいかわからなかった。イサクと戦って傷つけてやりたかった。急所に蹴りをくらわし、怖がっていないことを証明してみせたかった。しかし、自分には使命がある。テロについて真実を探り出さなければならないのだ。マルコムはどうしてこんなに長く覆面捜査官でいられたの？　ピッパは唾を呑みこもうとしたが、つかまれているせいでそれもむずかしかった。「ごめんなさい」とかすれた声で言う。

首をつかむ手が若干ゆるんだ。「そのほうがいい」イサクは彼女の首を撫で、胸へと手を下ろした。「よりにもよって今日戻ってくるとは予言的だな」

「あなたの思惑どおりでしょう?」今度は容易に唾を呑みこめた。全身が彼から遠ざかりたいと叫んでいる。

イサクはため息をついた。「トリクシー――今はそう名乗っているようだな――彼女がおまえを見つける力になってくれると思っていたんだが」

でも、トリクシーはそうしなかった。

「彼女から引き出せたのはおまえの電話番号だけだった」イサクは完璧な白い歯を見せてほほ笑んだ。「それでおまえがここにいるというわけだ」

「トリクシーはどこ?」ピッパは訊いた。「会いたいわ」

「会えるさ」イサクはようやく手を離し、振り返ってマントルピースの上に置かれた時計を見た。「一時間ほどで準備ができる」

ピッパは彼の視線を追った。時計の隣に自分の写真があるのに気づいて胸をつかれた。この男はほんとうにおかしいのだ。何かが目をとらえた。暖炉のまえの床に血がたまっている。「誰か傷つけたの?」とピッパは小声で訊いた。

イサクは肩をすくめた。「さして重要なことじゃない。なぜだ? 私が誰かを清めているのを見たいのか? おまえの母親なら清めができるはずだ」

「母はほんとうに病気なの?」ピッパは訊いた。新たなアドレナリンが噴出し、頭痛がした。

「つまり、われわれのウェブサイトを見たんだな」イサクは唇をゆがめた。それを見ると逃げ出したくなったものだった。「母親が病気だというのに連絡もしてこないとはなんとも嘆かわしいな」

「選んだのは母だわ」そう言いながらも、罪悪感が熱い火かき棒のように胸をついた。「ほんとうはどうなの？」

イサクは首を傾げた。「ジョージ？　エンジェルを通せ」

ピッパが息を呑み、なかば振り返ったところで、ドアが開いて母がはいってきた。青白く、弱々しく見える。「ママ」足がその場に凍りついたようになる。

「メアリー」エンジェルが駆け寄り、娘を抱きしめた。

目に涙があふれそうになりながら、ピッパは母を抱きしめ返し、つかのまなつかしい母のにおいに包まれていた。それから母から身を離した。「元気なの？」

「そうね。あなたが戻ってきてくれてとてもうれしいわ」母の目には本物の喜びの涙があふれていた。「わたしたちのもとへ戻ってきてくれるとわかっていたのよ。正しい道を見つけてくれると」

失望感に胸が押しつぶされそうになり、ピッパはよろめいた。母は変わっていなかった。これだけ時が過ぎても、盲目的にイサクに従っているのだ。はじめて、ピッパの胸の怒りがあわれみにとって代わった。「健康なの？」

母は首を振った。「いいえ。でも、大丈夫よ。預言者様がみんなを守ってくださるから」今はブロンドの髪に白いものが数多く混じり、目尻には細かい皺が刻まれていた。明るい色のリネンの服のせいで、余計に青ざめて見えるが、それでも美しかった。

母はピッパの頭越しにきらきらした目でイサクと目を合わせた。「娘を呼び戻してくださってありがとうございます」

イサクはピッパの肩に腕をまわして抱き寄せ、エンジェルと向き合った。「メアリーは私が唯一真に愛する者だ。もちろん、このために彼女はここへ来た。清めのために」つかむ手に力が加わった。「教えてもらわなければならない。おまえは私のために純潔を守ってきたのか、メアリー？」

どう答えるのが正解なの？　みぞおちをなぐり、自分はすでに真の愛を見つけたと言ってやりたい思いに呑みこまれそうになる。「それって重要？」マルコムから教えてもらった、情報を引き出すこつを思い出そうとしながらピッパは訊いた。

「ああ」イサクは自分のほうに彼女を向かせた。「重要だ。とても」

「どうして？」望みのものを手に入れるにはどう答えればいい？

イサクは顎を上げた。「おまえは昔から質問ばかりだな。まあ、いい。おまえが私を裏切っていたとしたら、贖《あがな》いのために火のなかで清められなければならない」

「裏切っていなかったら？」これがどういう話になっていくのか考えただけで胃が締めつけられた。

「そうだとしたら、われわれにはしなければならない仕事がほかにある。私が神の仕事を為すあいだ、おまえのことは安全な場所に置いておく」彼はピッパの肩に手を置いた。「神が私に降りられたら、おまえは嘘をつくことができない。それは不可能だ」できないはずはない。ピッパはまっすぐ彼の目を見つめた。安全な場所に入れられたら、何が起こるのか探ることはできなくなる。それでも、真実への罰は耐えがたいものかもしれない。「イサク――」

「おまえが純潔だというならたしかめるからな、メアリー。すぐにでも」彼は首をかがめた。「神はおまえに真実を話すことを求めている」

イサクはほんとうに自分の作り話を信じているの？　鉄の手に心臓をわしづかみにされたような気分になる。テロについて探る唯一の方法はその計画に加わることしかない。脚がぶるぶると震え、スカートがこすれる音がした。「う、嘘はつけないわ。わたし、あなたに誠実ではなかった」

イサクの肩が落ちた。「ああ、ジェニファー、そう聞いてほんとうに残念だ」彼はどこか喜んでいるかのように笑みを浮かべた。

ピッパの母が震える声を出した。「ジェニファー？　メアリーじゃないんですか？」

イサクはゆっくりと首を振り、ピッパから手を離した。「この女はほんとうのメアリーではないからだ。これからほんとうのメアリーを探しはじめなければならない。この女は詐欺師だ。私の気をそらすために悪魔が送りこんできたのだ」

そうなるわけね。ピッパは彼の鼻をなぐらないようにするために手を組み合わせた。二十代ということを考えれば、わたしは狂った儀式には歳をとりすぎているということだろう。それにしても、マルコムはどこ？「戻ってきたら、トリクシーに会わせると約束してくれたはずよ、イサク。神だって約束は守るわ」

「それはおまえがまだメアリーだという前提で約束したことだ」イサクは時計に目を向けながら言った。それから顔を上げて部屋じゅうにこだまするような声で呼びかけた。「ジョージ？　選ばれし者たちを連れてきてくれ」

ピッパは母のほうに寄った。銃を出さなければならなくなったら、スカートのせいで手間取るかもしれないが、それ以外に武器を隠す方法がなかったのだった。

マルコムが現れるのを期待して息を止める。

女たちが部屋にはいってきた。何年もまえにファミリーでいっしょだったことのある女がひとり。それに……テレビで見た顔？　ピッパは首を傾げ、赤いロングヘアの、そばかすだらけで真剣な青い目をした三十歳ぐらいの女をじっと見つめた。「あなた、シルヴィア・ニュートンバーグね」ピッパはゆっくりと言った。ちょっと待って。シルヴィアがうなずく。「おおやけには。ほんとうの名前はファウスティナよ」

「神のいつくしみの伝道者」かつて教わったことを思い出してピッパはつぶやいた。この女性の名を知ったのは最近見たニュースだった。なんのニュースだっただろう？頭を絞ると、ようやく答えが出た。「今日、ワシントンDCで行われる女性のパレード。あなたは組織委員のひとりじゃない？」頭がくらくらした。

「そうだ」イサクが言った。「ファウスティナはDCで店を持ち、五年ものあいだ働きながら配置についていたのだ。数多くの組織にはいりこみ、ついにはこのパレードの日程やルートなどの計画を手助けする立場に立った。真に神の仕事を為したのだ」

イサクの計画がどこまでも周到なものであることがわかり、ピッパは膝から崩れそうになった。部屋にいるほかの女たちに目を向ける。ひとりは母で、もうひとりはきれいだが、あざだらけのブロンドだった。そして七年まえにライラックとして知っていた女。「ライラック？」とピッパは訊いた。今は五十がらみのその女性が、昔ハチに刺されたときにどれほど親切だったか思い出しながら。

ライラックの暗いまなざしが険しくなった。「わたしはファウスティナが慎重に決めたパレードのルート沿いにある店でウエイトレスとして働いているの。わたしがそこにいても、誰も疑問には思わない」

ピッパの喉を熱いものが焼いた。「何を計画しているの?」

「バックパックは横開きのガラス戸のそばにあるキャビネットのなかだ」イサクがジョージに言った。「とってきてくれ」

ジョージはたじろいだが、すぐにキャビネットのところへ行き、扉を開けて身をかがめ、色とりどりのバックパックをとり出した。明るいベージュのものからブランドもの、学生向きのものまでさまざまあるそれをジョージはそっと持ってくると、かなり重そうな様子で床に下ろした。「なかに何がはいってるんですか、預言者様?」

ジョージはようやく立ち上がって訊いた。

「神の怒りだ」イサクは答えた。「バックパックを装着するんだ」それからドアのそばにある白いバックパックを顎で示した。「あそこにあるのはわがメアリーに」イサクは咳払いをした。「昔からの習慣は直すのがむずかしいな。まあ、いいさ。今日だけおまえをメアリーと呼んでもいいことにしよう」

ピッパは彼からすばやく身を引き離した。銃を手にとろうとしたが、イサクの手に光る銀色の拳銃がにぎられているのを見て動きを止めた。すばやくポケットからとり出したのだ。「ほかの誰かに害をおよぼすために利用されるつもりはないわ、イサク」ピッパは吐き捨てるように言った。

イサクは銃をピッパの母に向けた。「バックパックを背負うんだ、メアリー」

ピッパはほかの女性たちがバックパックを選び、ショルダーハーネスに手を通す様子を信じられない思いで見つめた。「あなたたち、おかしくなってるの？　そのなかに何がはいっているかわかっているの？　大勢の人たちを傷つけることになるのに気づいているの？」

みな動きはぎごちなかったが、その態度にはどこか決然としたものがあった。ピッパの母は妙なことにブランドもののバックパックを選んだ。ショルダーハーネスに腕を通し、胸のまえでチェストストラップを留めた。「メアリー。これしか方法がないのよ」

正気じゃない。みな正気を失ってしまっているのだ。唯一の救いは警察が道路を抑えていること。車で森林地帯を抜けてＤＣに近づくことはできない。

ジョージが重いバックパックをピッパの肩に載せた。ピッパは抗ったが、腕をハーネスに通され、チェストストラップを留められてしまった。その重さのせいで後ろに引っ張られるほどで、腰を動かしてバランスをとらなければならなかった。「少なくとも、ここに何がはいっているのか教えてくれてもいいはずよ」と彼女は言った。

イサクはほほ笑んだ。「圧力鍋にはいった贈り物だ。釘やボールベアリングや花火やガスや火薬」

ピッパは目を閉じ、よろめいたが、すばやくバランスをとり戻した。「何年かまえにボストンマラソンで使われたのと同じタイプの爆弾ね」

イサクはうなずいた。「そこからアイディアを得たからな。ただ、これらは胸の高さで爆発し、腹や頭や胴体にあたる。脚ではなく」

ああ、なんてこと。この人はほんとうに狂ってる。たとえわたしが死んだとしても、これらがDCまで運ばれることはないのに。

イサクはほほ笑んで箱に手を伸ばした。「ここに起爆装置がある。DCに着いたらおまえたちに渡す。誰かひとりでも、まちがってボタンを押すことのないようにな」そう言って笑った。

全身にショックが走るのを感じながらピッパは振り返った。正気ではない。

イサクはジョージに目を向けた。「この邸宅を燃やせ。キッチンの倉庫にあるガソリンをすべて使うんだ」

　ジョージは目をみはった。「マルコムとトリクシーは？　ふたりとも地下に閉じこめてありますが」

　ピッパははっと顔を上げた。マルコムも閉じこめられているの？　彼が覆面捜査官であることがイサクにばれたの？

「だめだ。みな燃やすんだ、ジョージ」「放して。彼らを連れに行かせて」イサクは横開きのガラス戸を身振りで示した。「そろそろ出かける時間だ」女たちは部屋をあとにしはじめた。

　ピッパは抗おうとした。どうして裏庭へ向かっているの？

　イサクは痛いほどきつくピッパの腕をつかみ、扉のほうへ押しやった。「まさかわれわれが正面の道を使うと思ったんじゃないだろうな？」

　ピッパはつかまれた腕をほどこうともがいたが、背中に爆弾を背負っていては力が出なかった。「裏道があるの？」警察はそっちも抑えているはずよね？　ジョージが火をつけるまえにマルコムを助けることはできるはず。

「おそらくな。でもこれにか？　これにはヘリコプターを使う」

41

マルコムはゆっくりと意識をとり戻した。頭がずきずきし、上半身は建物解体用の鉄球を打ちつけられたような感じだった。コンクリートの床に横たわっていた。まわりにはワイン用のラックが置かれている。「いったいどうなっているんだ?」マルコムはどうにか身を起こしたが、部屋が激しくまわった。

「頭をなぐられたのよ」扉のそばから小さな声がした。「ようやく出血が止まったわ」振り返ると、トリクシーが膝を抱えて床にすわっていた。顔じゅうあざだらけで、ほっそりした首のまわりには紫色の男の指の跡がくっきりと残っている。「きみのほうこそ大丈夫か?」と彼は訊いた。

トリクシーはうなずいた。小さく、無防備に見える。赤い髪のせいで青あざや青白い肌が際立っていた。「預言者になぐられたのははじめてじゃないから」

マルコムは息をしようとしたが、肋骨に痛みが走って息を止めた。シャツを脱ぐと、ひどく赤い痕が残っていた。「やつに肋骨を折られた」そっと傷のまわりに触れてみたが、痛みに息を奪われた。

トリクシーが顎の汚れをぬぐった。「倒れた人を蹴るのが好きなのよ。何かを巻いたほうがいい？」

「いや」マルコムは目の奥で爆発した痛みを無視し、ラックをつかんで立ち上がった。「ぼくたちは閉じこめられているんだね？」

トリクシーはうなずいた。

「ぼくはどのぐらいここにいた？」痛みを抑えようと腕を曲げて腰に置き、彼は訊いた。ピッパはすでにここに来ているのか？

「わからないわ。わたしも気を失っていたから」とトリクシーは言った。それから鼻をくんくんさせた。「煙のにおいがする」パニックに目がみはられる。

マルコムは彼女の腕をつかんで脇に引っ張ると、痛む頭を抱えたまま、ドアのところへ行った。古めかしい鍵穴のどっしりとした扉。出口はそこしかなかった。「離れていてくれ」

マルコムはできるだけ強く鍵の近くを蹴った。扉が揺れた。足に痛みが走る。

もう一度。

三度目。

四度目でようやく鍵が外れて扉が開いた。

マルコムはワインセラーから外の部屋に出ると、必死に階段を探した。階段は長い廊下の端にあり、そこから煙が降りてきていた。「トリクシー？　外へ出よう、今すぐ」そう叫ぶと煙のなかに突っこんでいき、階段を駆けのぼって廊下を進み、火に包まれたオフィスへ向かった。

ちくしょう。

マルコムは身を低くし、口を覆おうとした。火はすでに暖炉のそばの椅子やカーテンに燃え移り、床の上を机まで広がっていた。布が燃えるにおいとともに、ガソリンのにおいが鼻をついた。

ピッパはどこだ？

イサクは邸宅をもぬけの殻にしたようだ。よかった。どこへ向かおうとも道路は封鎖されているから、やつもすぐにつかまるだろう。すでにファミリーのメンバーがテロの配置についているのかどうかが心配だった。

燃えている椅子を飛び越え、着地した瞬間、肋骨に痛みが走った。息を止め、咳きこみながら机にもたれると、てのひらに激痛が走り、手を引き戻した。机は燃えて熱くなっていた。その上に置かれた書類はすでに端が丸まっていたが、できるだけ多くの枚数をつかみ、部屋から走り出て扉を閉めた。

すでに髪が煤だらけのトリクシーと廊下で出くわした。「階上《うえ》を見てきたわ。誰もいない」彼女は咳をした。「たぶん、大丈夫」

「外へ」マルコムも咳きこんだ。体の横に激しい痛みが走った。トリクシーは煙を避けて低く這いつくばり、急いで玄関へ向かった。マルコムもそのあとに続き、よろめきながら石段を降りてバンへと走った。

ジョージが手に電話を持ち、タイヤのひとつに寄りかかってすわっていた。「たぶん、電話はくれないんだろうな」鼻から泡を吹きながら彼は言った。

「何?」トリクシーが叫んだ。頭をとりまく髪がぐしゃぐしゃだった。

マルコムは高価なレンガの上で急に足を止めた。ここへ来たときに停まっていた車が同じ場所にある。はっと振り返って邸宅を見る。ガラスの割れた窓から煙が噴き出していた。「いったいどういうことだ?　車を使わなかったのか?」

ジョージが音を立てて鼻をすすった。「ああ。防水シートで覆ったヘリコプターを裏に隠していたんだ。みんなヘリで逃げたよ。おれを置いて」

マルコムはジョージの襟をつかんで引っ張り起こした。肋骨に走った痛みは無視した。「ピッパもいっしょか?」

「ピッパ?」ジョージは目をくもらせて顔をしかめた。

「メアリーだ。メアリーもイサクといっしょなのか? 預言者と?」マルコムは激しくジョージを揺さぶった。

「ああ、いっしょに連れてった」ジョージは身を震わせた。「彼女は預言者様を好きじゃなかった。どうして彼女を連れていっておれを置いていった?」

「どこへ? どこへ向かった?」マルコムはジョージの背中を車に叩きつけた。もはや痛みも感じなかった。「言え」

「わからない」ジョージはすすり泣いた。「預言者様はおれには教えてくれなかった。おれは女たちがバックパックを装着するのを手伝ったんだが、それからみんな行ってしまった。おれもバックパックを背負ってもよかったんだ。おれだって信者だろう?」ジョージは袖で鼻をぬぐった。「どうしてだ? どうして?」

マルコムは痛みのないほうの腕でジョージの顎をなぐったが、バックパックということばが気になった。「バックパックには何がはいっていた?」

「預言者様は圧力鍋がどうのと言っていた」ジョージは打ちのめされた声で答えた。

ああ、なんてことだ。マルコムはジョージの手から電話をとり上げ、レンガの上に書類を落として広げた。焦げている部分やインクがにじんでいる部分があった。マルコムは急いで電話に番号を打ちこんだ。

「フォースだ」ありがたいことにアンガスが電話に出てくれた。知らない番号のはずだったが。「誰だ？」

「アンガス、マルコムだ」マルコムは紙に描かれたいくつかの地図をじっと見つめた。「全員を送ってくれ――邸宅が火事だ。イサクは去った。ピッパもだ」彼女の名前を口にするだけで急所を蹴られた気分になった。マルコムはバンに寄りかかって泣いているジョージに目を向けた。「連中はいつ発《た》った？　どのぐらいまえだ？」

ジョージは肩をすくめた。「わからない。たぶん、一時間ぐらい？」

すでに着陸している可能性もある。マルコムは最初の書類をめくって手を止めた。そこに描かれた街の一画には見覚えがあった。目を凝らすと血が騒いだ。「連中はヘリコプターでDCに向かっている、アンガス。たぶんすでに着陸している」

「わかった。すぐにきみを救出に行く」アンガスがおちついた声で言った。「万が一に備えて、十分ほど離れた場所にヘリコプターを待機させている」

マルコムは地図に描かれたさまざまな図形にちらりと目をやった。「テロ実行犯がどこに配置されるかわかるかもしれない」そう言って電話の時計を見た。「DCのパレードは何時からだ？　今日予定されている女性のパレードは？」
「たしかめさせてくれ」電話の向こうから沈黙が流れ、やがてアンガスが戻ってきた。
声が暗い。「三十分以内にはじまる」

42

地味な白いバンでワシントンDCへと向かうあいだ、ピッパはほかの女たちを説得しようとしつづけた。ヘリコプターのなかでは無視されどおしだったが、バンに乗っても同じだった。知らない男が運転し、イサクは女たちといっしょに後部の床にすわっていた。

「ママ――」ピッパが説得をはじめようとした。

イサクが彼女のバックパックを外し、脇に押しやった。

ピッパは目をしばたたいた。まさかうまくいったとか。

それからイサクは彼女をつかんで膝の上に引き寄せた。ピッパはパニックに襲われながらもがいたが、押さえる力は強かった。動けなくさせるためにさらに片足が体にかけられる。「もううんざりだ。オリヴァー、頼んでおいたものは持ってきたか？」

「ええ」オリヴァーが何かを手渡した。

「ママ、助けて」ピッパは力のかぎりイサクを押しやろうとしたが、彼は驚くほど力が強かった。彼がどれほど頻繁に体を鍛えていたか忘れてしまっていた。

「押さえつけろ」イサクが命令した。

そばにいたふたりの女がピッパの肩をつかみ、イサクの体のほうに押し戻した。

イサクはつかんでいた手を離した。「腕を伸ばさせろ」

ピッパは目をみはった。胸が熱くなる。「いや」もがこうとしたが、三人が相手では歯が立たなかった。

イサクはピッパの肘の内側にぞんざいに針を刺し、注射器の中身を注入した。

即座に皮膚の下で熱と痛みが火花を散らした。「な、何？」ピッパは訊いた。呼吸が速くなり、視界がぼやけた。「何を注射したの？」

「放してやれ」イサクが命じた。

女たちはもといた場所に戻った。床は木製で、木にすれてひとりの女のパンツの膝が破れた。

めまいと高揚感に襲われ、ピッパはふらついた。ひとつひとつ筋肉から力が抜けていく。

「おもしろいな」イサクが足を外すと、ピッパは彼の胸に寄りかかった。「効果が出るまでに五分ほどかかる筋肉に注射しようとしたんだが、どうやら静脈に針が刺さったようだ」

え？　ピッパはまばたきしようとした。バンのなかはあたたかくて小ぢんまりしていた。痛みはまったく感じなかった。何が起こっているの？「ドラッグ？」どうにか息を呑む。

「ヘロインさ」イサクが耳元で言った。

ピッパは凍りついた。この人はマルコムとはちがう。マルコムのほうがいい。ずっといい。彼はどこ？「は、放して」ピッパは動けなかった。死体になったようで、頭が首の上でぐらついた。

「だめだ」イサクは膝を開き、ピッパは抱えられたまますとんと床に落ちた。しかし、それによってイサクはピッパの頭越しに女たちに目を向けられるようになった。「神につかわされた美しき者たちよ。おまえたちみんなをとても愛している」そう言ってうなずいた。「エイプリル、滋養の薬をまわしてくれ」

エイプリルがミントの缶を開け、錠剤を一錠とって横の女に渡した。

「それは何？」ピッパが呂律のまわらない口調で訊いた。

「勇気を与え、リラックスするのに役立つものだ」イサクの声は子供のころの記憶に残っている太いものになった。「おまえには必要ない」彼は自分の冗談に笑った。「おまえたちが今日行うことは神の名にもとづくものだ。神の戦いを戦えば、天国で報われることになるだろう」

ピッパの母はほほ笑んだが、その笑みも目には達していなかった。

バンがくぼみにはまり、乗っている全員が跳ね飛ばされた。ピッパの母は横向きに倒れたが、急いで身を起こした。

「おまえたちは私の最大の成果だ。今日という一日が終わるまえに、みな天使になっていることだろう」とイサクは言った。

ピッパは頭を働かせられなかった。思考は脳のなかでスローモーションで動き、その動きが見えるほどだったが、ひとつもつかめなかった。さらに懸命につかもうとする。「こんなの正しいことじゃないわ」自分の声がとても遠くで聞こえた。

バンが停まった。

イサクはうなずいた。「みんなどこへ行けばいいかわかっているはずだ。ファウスティナ？」

美しい赤毛が膝から葉巻の箱を持ち上げ、ガレージの扉を開けるリモコンのようなものを配った。それぞれのリモコンにはステッカーが貼ってあり、ピッパはそれが女たちのひとりに渡されるときにそこに書かれた文字を読んだ。「これは天国へのボタンである」

天国へのボタン？　ピッパは鼻を鳴らした。狂っているにもほどがある。まぶたが落ちてきて、必死で目を開けようとしなければならなかった。

バンの扉が開き、女たちが全員車から降りた。母は最後の瞬間にピッパのほうを振り向いた。「メアリー、理解してくれるといいんだけど。あなたはこのために生まれてきたのよ。最初から」そう言ってほほ笑むとドアを閉めた。やがて静寂が訪れた。車内にはピッパとイサクと運転手だけが残された。

「車を出せ」イサクが命じた。

バンはにぎやかな通りのような音がする場所へ乗り入れた。

ピッパは彼の胸に押しつけられた頭を振った。イサクはため息をついて彼女を押しやった。ピッパはすわろうとしたが、ほとんど体のバランスをとれなかった。スカートが膝まで持ち上がる。それを引き下ろそうとしていると、イサクに手をつかまれた。

「放して」ピッパは不明瞭な声で言った。手を引き抜こうとすると、体が揺れた。

「だめだ」イサクはピッパの頬を張った。その音が何度も頭のなかでこだました。遠くで顔が痛む気がしたが、はっきりと認識できなかった。「集中するんだ、メアリー」

ピッパはまばたきした。長いあいだ心につきまとって離れなかった琥珀色の目をのぞきこむ。「あなたなんてただの男だわ」とつぶやいた。

イサクはほほ笑んだ。「私がそれ以上の存在であることはお互いわかっているはずだ」

「あなたの笑顔は嫌い」ゆっくりとピッパは言った。「昔からずっと」そう言って手を振り、その手を床に落とした。マルコムとはちがう。彼の笑顔はとてもすてき。とてもハンサム。でも、彼の名前を言うわけにはいかない。言ってはならないことはわかっている。どうして？ ええと。それはどうして？

イサクにまた平手打ちされ、今度は顔が痛んだ。

ピッパは彼をじっと見ようとした。

「おまえを作ったのは私だ。今のおまえのすべては私が作った」彼が身を寄せてきて言った。

そう主張されたことがおかしく、ピッパは笑った。ああ、これはドラッグのせいかもしれないけれど、だからどうだというの？「あなたなんてわたしにはなんの意味もなかったわ」とささやく。それが完全な真実ではあり得ないことはわかっていた。

それでも、自分が長年窓にあたる枝の音を聞いては彼が連れ戻しに来たのかもしれないと怯えて過ごしていたことを知らせて彼を悦に入らせる気はまったくなかった。

「あなたなんてどうでもいいわ、イサク。これまでも、これからも」

今度は口をなぐられ、頭が後ろにそった。つかのま痛みが走ったが、すぐになくなった。ドラッグの効用だ。口のなかは血の味がした。「どうしてわたしなの？」それが理解できなかった。

「理由はわかっているはずだ」イサクはわずかに口の片端を持ち上げてほほ笑んだ。「おまえには昔からわかっていたはずだ」

ピッパは首を振った。「いいえ。わかってなんかいなかった。青い目と茶色の髪？それがあなたにとってのメアリーってこと？それと数字？あの七と十八と二十五というばかな数字のせい？そんなのなんの意味もないわ」

「おまえが最後に覚えているのが私の顔だといいな」イサクはそう小声で言うと、バックパックを拾って無理やりピッパの腕を通した。「おまえのために特別に作ったものだ。バックラップを締め、リングに鍵をかけた。それから今度はチェストストラップを締め、リングに鍵をかけた。「パックを下ろすすべはない」

ああ、重い。どうにか下ろそうとすると、頭がまたくらくらした。

イサクが目のまえにガレージのリモコンを差し出した。「これを押すのが待ちきれないな。おまえにはほんとうにがっかりだ。七年ものあいだ探していたというのに。いったいなんのためだったのか」

ピッパはにっこりした。顎に血がしたたるのがわかった。「あなたのことなんて一度も思い出さなかったわ。ただの一度も」頭がまたまえに垂れた。

「おまえは神へのいけにえになる」イサクにつかまれた腕は痛かった。「今日おまえは地獄の業火のなかで死ぬんだ、メアリー」そう言って木の床の上で彼女を引きずった。腿につけた銃がこすれた。ああ、そう。銃。銃をつかまなくては。「そして多くの罪人どもを道連れにする」

43

警察の車が停まるやいなやマルコムは外に飛び出した。ＤＣ郊外でヘリコプターが着陸するとすぐに待っていた車に乗りこんだのだった。マルコムは車の屋根に地図を広げ、爆破が想定される場所を指差した。

アンガスが無線に向かってＨＤＤの応援チームと爆弾処理班への指令を発しながら、自分のチームの面々の配置を指示していた。「ウルフはここへ、レイダーはこっちだ」彼は命じた。「ぼくはここに行く。ウェストは？　きみはここの大きな交差点に行きたいんだろうな？」

マルコムはうなずいた。「ぼくの予想では。やつはピッパには大がかりで特別なものを望むだろうから」その交差点はパレードのルートのちょうど中間地点にあり、両側に店が建ち並んでいた。逃げも隠れもできない場所だ。

「気をつけて、できるかぎり抑制してくれ」アンガスは命じた。「使われる爆弾について詳しいことはわかっていない。デッドマン装置になっている可能性もある。つまり、リモコンを持つ人間を撃てば、爆弾が爆発するかもしれない。最大限の注意を払ってくれ」そう言って銃を隠すために上着のファスナーを閉じた。

マルコムも同じようにし、イヤホンが落ちないよう耳に強く押しこんだ。「この図を見ると、リモコンで操作することになっているようだが、デッドマン装置についてはあんたの言うとおりだ」そう言ってアンガスに目を向けた。「気を引きしめよう」

マルコムは振り返り、二キロ足らず先にある議事堂方面へ通りをぶらぶらと歩いている人ごみのなかを、できるだけ目立たないように走った。

右足が歩道に着地するたびに肋骨に痛みが走り、息を奪われた。すべての感覚を払いのけることはこれまで経験した何よりも大変なことだった。

それでもこれはピッパのためだ。

パレードの参加者たちはスローガンを叫んだり、歌ったりしながら通りを進んでいた。その陽気な雰囲気は歩道の見物人たちにも伝わり、多くがプラカードを掲げたり、食べ物を手にうろついたりしていた。

マルコムは左に曲がり、パレードのルートに沿ってイサクが地図上に印をつけていた場所へ向かった。それから、ブロックの端でまた右に曲がった。

ピッパより先にイサクが目にはいった。カルト集団のリーダーは目指していた通りの角から三十メートルほど離れたところにいた。マルコムはそのあたりを見まわした。イサクは死にたくないはずだと心の声が叫んでいた。追随者たちが死ぬのはかまわないが、彼自身は生き延びたいと思っているはずだ。

それを利用すればいい。

マルコムは彼らの左から近寄った。ほんの一瞬、視野が狭まり、ピッパだけしか見えなくなる。イサクの隣でよろめきながら、何か言おうとしているが、その声は群衆の声にかき消されていた。大きな白いバックパックが背中全体を覆っている。

その光景に胸が締めつけられた。

血の流れが速くなり、マルコムは解決策を探して必死であたりを見まわした。策はたったひとつだった。マルコムはタイミングを正確にはかって体をまわし、イサクとピッパの両方をコーヒーショップの扉の開いた入口へと押しこんだ。

ひとりの女性が悲鳴をあげて壁に体を押しつけた。

「外へ出るんだ！」マルコムはバッジを掲げながら叫んだ。「みんなすぐに外へ出ろ！」人々は店の入口へ殺到した。

イサクが振り向こうとした。顔は怒りで暗くなっている。彼は手に持った小さなガレージのリモコンを掲げてみせた。

「それを押せば、あんたも死ぬことになる」マルコムは後ろ手にドアを閉めて言った。

店内が静かになる。外から叫び声は聞こえるが、店内はコーヒーマシーンの低い音が張りつめた空気のなかで響いているだけだった。「死ぬ心の準備はできているのか、イサク？」

イサクはピッパから離れようとしたが、ピッパのほうは彼の腕をつかんで離さなかった。

賢い女性だ。

イサクは首を振った。「どうしてここへ？」

「神につかわされたのさ」マルコムは言い返した。「神はあんたに死んでもらいたいと思っているのかな？」

ピッパの体が揺らいだ。

マルコムは彼女のほうに手を伸ばしかけて動きを止めた。「彼女に何を与えた？」

イサクは妙に穏やかな目つきで店内を見まわした。

ピッパが呟きこんだ。「マルコム？　ここを出なきゃだめよ。わたしを信じて」呂律がまわっていない。

イサクが身動きをやめ、ピッパに目を据えた。下顎が落ちる。「この男を知っているのか?」そう言って首を振り、マルコムをじっと見つめた。「どうして? いったいどうしてだ?」

「この人を愛しているの」ピッパはバランスをとるために椅子の背をつかんで言った。まぶたが半分閉じ、背中に背負った爆弾のせいで後ろに引っ張られているように見える。

イサクの目に裏切られたという思いがよぎった。「まさか。おまえは私を愛しているのだ。そのために私はこうしてすべてを犠牲にしている」

「いいえ」ピッパは咳きこんだ。「持っていないものを犠牲にはできないもの」

「いや、持っているさ。神がたったひとりの息子を犠牲にしたように」イサクは笑みを浮かべた。ぞっとするような光景だった。

ピッパはまばたきした。一度、それから二度。顔からさらに血の気が引いた。「いいえ、それはまちがっているわ」

「私はずっと真実を伝えてきた」イサクは彼女を強く押しのけ、もつれる足でドアへ向かった。

マルコムがそのまえに立ちはだかり、銃を抜いた。

イサクは足を止め、手を高く上げた。「このボタンを押すぞ」

ピッパはスカートをいじっていたが、マルコムは狂った男に目を据えたままでいた。「押せば、ここにいる全員が死ぬ」そう言ってほほ笑んだ。「ぼくは最初の任務のときから死ぬ覚悟はできている。あんたはどうだ、イサク？　きっと覚悟はできているんだろうな？　計画はすべて成し遂げたのかい？」ああ、あのリモコンを奪わなければ。今すぐ。どうにかしてピッパを救う方法を見つけ出すのだ。

「あのことばを言って」突然手に銃を持ったピッパが言った。「あなたが言うのを聞きたいの。たとえそれがまちがっているとしても」

マルコムはピッパに目を向けた。なんの話をしているんだ？

イサクは顎を下げ、ピッパに目を据えた。「すでにわかっているはずだ。昔から。おまえの母親と私は彼女がおまえの父親と出会うまえからいっしょだった。運命なのだ。おまえにもそれは感じられるはずだ」

なんだって。つまり――。

「あなたはわたしの父親じゃないわ」ピッパの手は震えていた。

「いや、そうなのだ」イサクは言った。「コリントの信徒への手紙でははっきり述べられている。『要するに、みずからの未婚の娘と結婚する人はそれで差し支えありませんが、結婚しない人のほうがもっとよいのです』」

「あなたの解釈はまちがっているわ」ピッパがゆっくりと言った。ことばははっきりしなかった。「とてもまちがっている。あなたってどこまでも狂ってるのね。じつの娘と結婚しようとしてたってこと？」

イサクは胸をふくらませた。「血筋の清らかさを保とうとしたのだ。祝福された子供を作ろうと」

ピッパは息をつまらせた。

マルコムのイヤホンが息を吹き返した。「ひとり確保」アンガスが短く言った。「群衆から離したのちバックパックをとり除き、その一帯から人々を避難させた。爆弾処理班が到着」

次にウルフの声が聞こえてきた。「こっちも隔離したが、バックパックを下ろそうとしない」

「こっちもだ」レイダーが静かに言った。「説得中」

「必要となれば、待避しろ」アンガスが命じた。「巻きこまれるな」

マルコムは外からのすべての音を遮断し、集中しようとした。イサクはドアを出たとたんにボタンを押すだろう。「ピッパ？　バックパックを下ろせるか？」

「鍵なの。その、鍵がかかってるの」ピッパは言った。「離れて、マルコム。ここから出て」

ぼくが置いていくと思っているとしたら、彼女はおかしくなっている。「無理だ。きみはぼくの心なんだから」彼は言った。

爆発が街を揺らした。

「だめ！」ピッパが叫んだ。まえに足を踏み出そうとしたが、椅子で体を支えなければならなかった。

イサクは首をもたげて耳を澄ましていた。愉悦の表情が顔をよぎる。

また爆発音がした。

マルコムの胃が沈んだ。ああ、何人が命を落としたのだろう？

歓喜にとらわれたイサクは祝いの儀式でもするかのように妙な身振りをした。「二発。なんともすばらしい。『あなたはかたくなで心を改めようとせず、神の怒りを自分のために蓄えています。この怒りは神が正しい裁きを行われる怒りの日に現れるでしょう』」

「ローマの信徒への手紙二―五」ピッパが小声で言った。「そう、イサク。あなたはほんとうには聖書を理解していないのね」ピッパの頭がかすかにぐらつき、銃がぶるぶると震えた。

マルコムは冷静さを保とうとした。「ピッパ？　銃を下ろすんだ」彼女がイサクを撃てば、爆弾が起爆する可能性が高かった。

ピッパはため息をついた。「愛してるわ、マルコム。お願い、離れて」

「愛してる？」イサクが吐き捨てるように言った。「何を言っている？」

ピッパの頭はぐらぐらと動いていたが、目は大きくみはられた。「彼とセックスをしたの。何度も何度もよ、イサク。マルコムに離れるように言って。そうしたら、何もかも話してあげるから。それでいっしょに死ねばいいわ。いっしょに神に会うの。わたしが罰を受けるのを見たくない？」

イサクはビーツほども真っ赤になった。「マルコムを生かしておくわけにはいかない。みな死ぬのだ。私は神への義務をはたした」そう言って身をこわばらせた。

イヤホンからアンガスの声が聞こえてきた。「こちら爆弾処理班。デッドマン装置はないと確認。くり返す。デッドマン装置はない」

マルコムは即座に銃を発射し、イサクの目のあいだを撃ち抜いた。それから膝をついて床の上をすべり、ガレージの扉のリモコンが床に落ちるまえにつかんだ。あぶなかった。そのまま凍りついたようになる。ピッパはまだ爆弾を抱えたままだ。「爆弾処理班、サムズ・コーヒー・ショップに急行してくれ。すぐに」マルコムはかすれた声で要請した。

それから立ち上がって彼女のそばに寄った。

アンガスが息を切らして店にはいってきた。手にはワイヤーカッターを持っている。

「バックパックのふたつに鍵がかけられていた」そう言ってゆっくりとピッパに近づき、鍵を切った。

アンガスとマルコムがそっと腕からバックパックを外すと、ピッパはまぶたをぴくつかせながら意識を失ってぐったりと倒れかけた。マルコムが彼女を抱きとめると、銃が床に落ちた。

「走れ」アンガスがドアを押さえて命じた。

マルコムは彼女をきつく抱きしめたまま、できるだけ急いでバックパックから離れた。

44

モニターのビープ音がし、顔にぼんやりとした痛みを感じてピッパは目を覚ました。目を開けると、そこは病院の個室で、カウンターの上には鮮やかな赤いバラの大きな花束が置いてあった。マルコムが椅子の上で無精ひげの生えた顎を胸に落とし、大きな体を丸めて眠っていた。「マルコム？」喉が渇いていてしわがれた声になった。

マルコムははっとして鮮やかな緑の目を開いた。それから、口の片端を上げてゆがんだ笑みを浮かべた。「やあ、美人さん」

ピッパは何度かまばたきし、すべてを思い出そうとした。途方に暮れるほどの無力感に襲われ、さらされている気分だった。外の世界に足を踏み出しすぎた気分。それから顔をしかめた。「肌がかゆいわ。ひどく」

マルコムはまえに身を乗り出し、彼女の目にかかった髪を払った。その手はやさしく、心をなぐさめてくれた。これだけ近くにいると、森のような男らしいにおいがして安心できた。「ヘロインの副作用だ。医者が血液検査をした。イサクに注射されたようだが、大丈夫だ」

「イサク」ピッパは言った。頭がずきずきする。「死んだの？」

「ああ」マルコムの目が暗くなった。「きみのお母さんとパレードを企画した赤毛の女性もだ。とても残念だよ、ピッパ」

その知らせはショックだったが、予期していたものだった。「それによって何人が犠牲に？」とピッパは訊いた。涙で喉がつまった。

マルコムは首を振った。「犠牲者はいなかった。彼女たちのことは安全な場所に追いこんでバックパックを下ろすよう説得したんだが、ふたりともそのまま起爆することを選んだ」そう言ってため息をついた。「爆風区域の外側でけがをした人が何人かいて、ふたりは重傷だったが、みな命に別状はない」

少なくとも、それはよかった。「どうにかして母を救えればよかったんだけど」

ピッパの胸は痛んだ。

マルコムは彼女の頰を指の節でなぞった。「きみは子供だったんだ。できることは何もなかった」

おそらく。それでも、何かできたのではないかといつまでも思わずにいられないだろう。「トリクシーは？」ピッパは息を吞んだ。

「大丈夫だ。じつは、廊下の向こうの病室にいる。あとで連れてきて会わせるよ」彼はほほ笑んだ。

安堵の思いにあまりにすばやく心を満たされたせいで、さらに体がかゆくなった。ピッパは病室内を見まわし、ドアが閉まっていて部屋のなかが静まり返っていることに気づいた。よかった。ここならほんの少し気をゆるめられる。「個室？」

マルコムはうなずいた。「きみは大勢の人や騒音に耐えられないだろうと思ってね」

心があたたかくなる。「もう引きこもっているつもりはないわ」それでも、少しずつ進歩するための時間が持てるのは悪くなかった。とても小さな一歩。

レイダー・タナカが鮮やかな緑の観葉植物を持って病室にはいってきた。顔はすり傷や青あざだらけだったが、黒っぽい目には真剣な光が宿っていた。「うちの患者の容体は？」

ピッパはほほ笑んだ。彼がここにいても大丈夫だと思えるのは驚きだった。「生きているわ。あなたも大丈夫そうでよかった」マルコムのこの同僚とは知り合う機会がなかったが、この人物も信頼できる空気をかもし出していた。信頼できる人物であることはたしかだ。「ありがとう」

レイダーは植物を下ろし、そっとカウンターに置いた。緑が病室内を明るくしてくれた。「どういたしまして」彼はマルコムの肩に手を置いた。「肋骨の具合は?」

「折れてる」マルコムは顔をしかめた。「もっとひどい折れ方をしたこともある」

ウルフが病室に顔を突き入れた。「キャットをポケットに入れてたせいで、じつにきれいな看護師に怒鳴られたところだ」そう言って病室のなかにはいってくると、〝誕生日おめでとう〟と書かれたオレンジ色の大きな風船を差し出した。「お見舞い用のが売り切れていてね」

ピッパは愉快な気分になった。ウルフがここにいても大丈夫だった。病室に三人もの大男がいるのに、安心できた。「最高ね。ありがとう」

ウルフはマルコムにちらりと目をやった。「あんたはどうなんだ?」

「体はぼろぼろにされたが、死ぬことはなさそうだ。ほかの連中は?」マルコムは訊いた。

レイダーが頬骨の上のすり傷をこすった。「アンガスとナーリーはぼくたちがどうにか助けたカルトの女性たちから話を聞いている。話を聞き終えたら、彼女たちには支援先を見つけてやることになる。とくにきみが心配していたあのエイプリルにも」

マルコムの肩から力が抜けたように見え、ピッパはほほ笑んだ。

レイダーは続けた。「カルト集団のほかのメンバーの動向についてはブリジッドがコンピューターで調べている。カンザス・シティに新しいホームがあるのがわかった。それについてもどうにかしなきゃならないな」

ピッパは唇を噛んだ。「ほかに何かわかったことは?」

「ああ。今はマークと若い女性の殺害についているところだ。そっちは問題ない」レイダーの顔がやわらいだ。「それについては処理していて心配要らない。ナイフに指紋がついているとしても、きみとトリクシーの証言があれば、きみは守られる。だから、心配しなくていい」

ピッパはうなずいた。必要とあれば、トリクシーともども嘘発見器にかけてもらえばいいが、そこまでにはならないはずだ。このチームの面々が守ってくれる。つまり、これこそがほんとうの安心というものだ。「ありがとう」とピッパは言った。

レイダーはウルフの背中を叩いた。「きみとキャットを送っていくよ。みんなそろって病院から追い出されるまえに」

ウルフはうなずいた。「オフィスでまた」そう言ってウィンクすると、病室を出ていった。

ピッパは毛布の下で背筋を伸ばした。「いいチームね。あなたの同僚。いい人たちだわ」

「ああ」マルコムは彼女の手をとった。「それで」

「それで」腹のあたりがうずうずした。今度は何？

マルコムはしばらく考えこんだ。「イサクが言っていたことだが。きみについて
――」

ピッパは首を振った。「ううん。そんなことはどうでもいい。わたしの父は軍隊の英雄で、わたしが六歳のときに亡くなったの」ピッパは心からそう信じており、それだけが重要だった。

「わかった」マルコムのまなざしがやさしくなった。

「命を救ってくれたことにお礼を言うわ」そう口に出すのが精一杯だった。

「どういたしまして」その口ぶりは何か思惑があるように聞こえた。「ところで、ひとつ提案がある」彼は目をそらした。

神経質になっているの？　そう考えるとうれしくなり、心があたたかくなった。

「提案？」

マルコムはうなずき、驚くほどすばらしい緑の目を彼女に戻した。「ああ。ぼくらは知り合ってまださほど経っていないから、ひとつ提案したい。しばらく付き合おう。

よく知り合うんだ。それで、きみは自分のペースで外の世界に慣れていく」

「自分のペースで」ピッパは小声で言った。

「そうだ。それから、いっしょに暮らしはじめる。予行練習ってやつだ」マルコムは咳払いをした。「ある程度の時間が過ぎたら、ぼくがばかばかしいやり方で結婚を申しこむから、きみはイエスと答える」

ピッパの心が浮き立った。モニターまでが音を立てた。

「子供はほしいかい？」と彼が訊いた。

「ええ」と彼女はささやいた。

「わかった。まずは男の子で、次に女の子だ。それから、あとふたりほど。ぼくはしばらくアンガスのところで働き、そのあとで自分が何をしたいのか考える。その、ふたりで考えればいい」マルコムは唾を呑んだ。森のようなまなざしが胸に突き刺さる気がした。「それでいいかい？」彼は息を止めているように見えた。

喜びが心に広がった。想像できるどんな色よりも明るい色が。「そんなことまで計画できるかしらね。とくに子供の順番なんて」

「試してみることはできるさ」彼は眉を上げた。

「わたしのほうからも提案があるわ」ピッパは言った。信じられないほど心があたたかくなっていた。「すぐにいっしょに暮らすのはどう？　生きていないように生きることにはうんざりなの。だから、いっしょに生きていきましょう」

　マルコムの笑みには、めったに見せない甘さがあった。「いいことばだな」

　ええ、そう。ほんとうに。

「きみの提案を受け入れるよ」彼はそう言って身を乗り出し、そっと彼女の唇にキスをした。「あれこれ計画を立てるあいだに言い忘れたが、愛してる。何があろうとも、いつまでも」

　ピッパは息を奪われた。こんなに幸せなことがあり得るの？　「わたしも愛してるわ」

「いい人生になるよ、ピッパ。それは約束する」マルコムは彼女の鼻にキスをして身を起こした。

　ピッパはうなずいた。ええ。この人の言うとおり。きっとそうなってみせる。

エピローグ

マルコム・ウェストはHDDの大部屋にはいっていってていきなり足を止めた。机が部屋の中央に集められ、その上に防水シートがかけられていたのだ。隅のスピーカーからはボン・ジョヴィの曲が鳴り響いていて、ラスコーがそのそばで死にもの狂いで毛むくじゃらの尻を振って踊っていた。

「その犬には問題があるな」心安らぐベージュのペンキを壁に塗っていたウルフが目を向けようともせずに言った。ポケットからキャットが顔を出し、まわりを見まわして騒がしく鳴き、またポケットのなかに戻った。

横でピッパが笑い声をあげ、その声で胸が満たされた。彼女は二週間まえに退院しており、マルコムにとっては、なんであれ彼女が喜ぶのはいいことだった。

アンガスははしごにのぼって奥の壁の上のほうにペンキを塗り、レイダーは下を塗っていた。彼の黒っぽいTシャツの背中にはペンキの線がついていた。どうやらすでにペンキ合戦が行われたらしい。

ブリジッドがコンピューター・ルームから大部屋にはいってきた。Tシャツ全体と顎にまでペンキがついている。

マルコムはにやりとした。「壁にペンキを塗ってるのかい？　それとも自分に？」

ブリジッドは鼻を鳴らして目を天井に向けると、防水シートの上からペンキのブラシを二本手にとって近づいてきた。「ここに作業しに来てくれたんならいいんだけど」

マルコムはうなずいてブラシを受けとり、ひとつをピッパに渡した。ふたりとも古い服を着てきており、ピッパは髪を二本のお下げにしていてかわいらしかった。マルコムはその一本を引っ張らずにいられなかった。

ピッパはじゃれるように彼の手を叩き、ブラシを持ってレイダーのそばへ行き、手の届くところにペンキを塗りはじめた。

マルコムはその様子を見守っていた。彼女といるとつい心配性になってしまう。いつになったら心配せずにいられるようになるのだろう。背中に爆弾を背負ったピッパを目にして以来、目の届かないところに彼女を行かせることができずにいた。彼女がいっしょに過ごせることを喜んでいるようなのはありがたかったが。

おそらく自分がしばらくのあいだ精神科医のカウンセリングを受けなければならな

いのは困ったことだった。マルコムは痛む肋骨をさすった。二週間以上になるのに、上半身はまだ痛んだ。

ブリジッドが体を揺らした。「まだ痛むの？」わずかになまりがあるのでことばにあたたかみが感じられた。

「よくなってはいる」マルコムは部屋をまじまじと見まわした。「壁のペンキを新しくしたせいで、天井が汚く見えるな」古びてくすんで見える。黒っぽいランニングシューズを履いている。

ナーリー・チャンがオフィスから出てきた。「新しい照明を注文してあるわ。次に天井にもペンキを塗るし。壁には窓があるように見えるスクリーンを貼るつもりよ。それから、コンクリートの床もどうにかしたらいいわ」ナーリーのペンキ塗り用の服は黒っぽいジーンズと赤いチェックのシャツだった。まだどこにもペンキはついていない。彼女はラスコーのそばを通りしなに頭を撫で、アンガスのオフィスへはいっていった。「次はこのオフィスね」思案するような声が聞こえてきた。

ブリジッドはナーリーを見つめていたが、やがてため息をつき、マルコムのほうに顔を戻した。「それっていい案よね」目が暗くなる。

マルコムは眉根を寄せた。「どうしたんだい？」

「別に」ブリジッドは肩をすくめ、ペンキだらけのTシャツを引っ張ろうとした。マルコムが何も言わずに見つめていると、彼女は目を丸くした。「ただ、彼女って、その、とてもきちんとしてない？　そうじゃない？」声がささやき声になる。

マルコムは奥の部屋の入口のところでドア枠を調べているナーリーに目を向けた。

「そうだな。だから？」

「別に」ブリジッドは振り返ってペンキを塗りに行こうとした。

マルコムはその腕をつかんだ。「なあ。きみだってなりたい人間になれるはずだ、そうだろう？」妹を持ったことはないが、このチームは家族のような存在になっていた。だから、かまうものか。「ブリジッド？」

「そうね」彼女はあざけるように言った。「なんでもないの」

「ならいいが」マルコムは手を離した。「ぼくの言うことを信じるんだ。きみはなりたい人間になれる。きちんとした格好のおせっかいな精神科医になりたいのかい？だったら、力になるよ」

ブリジッドは唇を噛んだ。「精神科医みたいになりたいわけじゃないけど、プロフェッショナルに見えるのはかまわないわ」目がレイダーに向けられ、またもとに戻った。頬に赤味が差す。「脱獄囚みたいには見られたくない」

マルコムはにやりとした。「きみは脱獄囚みたいには見えないよ」

「ふん。彼にそう言ってやって」ブリジッドはレイダーを頭で示し、それからその考えを払おうとするように身震いした。「力になってもらうわ、マルコム。ペンキを塗り終えたら」そう言って彼の腕を軽く叩いてペンキのあとを残し、ピッパの近くへ行ってペンキを塗り出した。

マルコムはため息をついた。

ウルフがちらりと目を向けてきた。「次はわが家のペンキを塗ろうかと思っているんだが、あんたもやるかい？」

マルコムは目をしばたたいた。彼がピッパの家に移ってすぐに、ウルフが隣の家に住むと言い出したのだった。「住んでいるときだってペンキなんて塗らなかったぜ」

「あんたはあそこにそんなに長くいなかったからな」ウルフはもっともらしく言った。「家具には家具カバーってのを手に入れるつもりなんだ。ピッパがインターネットでの見つけ方を教えてくれたから。たぶん、引っ越しパーティーも開くべきだろうな」

そう言って頭上に手を伸ばし、ペンキの線を走らせた。「そういうのにはみな贈り物を持って集まるんだろう？」

「たぶんな」マルコムは言った。引っ越しパーティーなるものに参加したことは一度もなかった。「どんな贈り物がほしいんだ？」

ウルフは考えをめぐらした。「新しいＳＩＧでもいいな」

ピッパが近づいてきた。古いジーンズの下で腰が揺れている。「そこにただ突っ立ってるつもり？　それとも、手を貸してくれるの？」ほほ笑むときれいな青い目がきらめいた。

マルコムはやわらかい肌の感触をたのしみながら、顎についたペンキのしみをぬぐってやった。「ウルフが引っ越しパーティーを開くんだそうだ」

「それってすてき」ピッパは飛び跳ねそうになった。「観葉植物が要るわよ、ウルフ。それに、たぶん、ワイングラスと絵画も何枚か」

贈り物にＳＩＧはなくなったな。

ウルフは彼女がなんの話をしているのかわかっているかのようにうなずいた。「ああ。おれもそう考えていたんだ」

マルコムは首を振った。「わかったよ。どこから塗りはじめたらいいんだい？」

ピッパは顔に安らかな表情を浮かべて彼を見上げた。「わたしの隣よ。いつもずっと」

それはいい考えだ。

訳者あとがき

〈ニューヨーク・タイムズ〉紙や〈USAトゥデイ〉紙のベストセラー作家、レベッカ・ザネッティのホットでスリリングな作品『闇のなかで口づけを』(原題 *Hidden*)をお届けします。

幼いころ、母に連れられてカルト集団に加わったピッパは、そこで定められた運命から逃れるために、十八歳になる誕生日の前日に外の世界へ逃げ出します。その後七年近くもカルト集団に見つからないよう身を隠して暮らしてきたピッパでしたが、隣に引っ越してきた、たくましく、危険な見かけの男性に興味を持ちます。夜、嵐のなか、パニック発作に襲われてもがく彼の姿を見て、心に深い傷を負っている自分と共通する魂を感じたピッパは次第に心を開いていきますが、偽名を使って隠れて暮らす自分の事情を打ち明けることにためらいを感じてしまいます。

ある大きなギャング団で潜入捜査をしていたマルコムは、自分を信頼してくれた人間を裏切ってしまったことがトラウマとなり、警察を辞め、静かな暮らしを求めてピッパの隣に引っ越してきます。しかし、彼がその家を買うように仕向けたのは、国土防衛省（ＨＤＤ）で特別チームを作ろうとしていたアンガス・フォースでした。アンガスはあるカルト集団によるテロ計画を阻止するために、元メンバーだったピッパがそこに関与していないか調べようとしていました。そこで、優秀な覆面捜査官だったマルコムに、カルト集団に潜入すると同時にピッパに近づいて情報を得てもらいたいともちかけます。最初は断るマルコムでしたが、ピッパに惹かれ、彼女についてもっと知りたいという思いから、アンガスの誘いに乗ります。

カルト集団にいたころの辛い記憶に苛まれ、世間から身を隠しているために真実を告げられずに苦悩するピッパと、情報を得るために彼女に近づいた自分への嫌悪感に駆られずにいられないマルコムのせつなくも激しい愛が燃え上がり、それとともにカルト集団への潜入捜査も進んでいきます。秘密を抱え合うふたりの愛がどうなるのか、テロ計画は阻止できるのか、物語はスリリングに展開します。

原題の*Hidden*には「秘密の」とか「隠れた」という意味がありますが、世間から

「隠れて」暮らすピッパ、「秘密の」目的をもって彼女に近づくマルコム、「極秘の」テロ計画を練るカルト集団と、全編にわたってそれがキーワードとなっています。フォースのチームのオフィスさえも地下に「隠されて」います。

チームの面々もみな何かしら「秘密」を抱えていますが、非常にユニークで魅力的な人々です。連続殺人鬼に妹を殺され、アルコール依存症の禁断症状に苦しみながらも、人望を得て結束力の固いチームを作り上げるアンガス、ヒーロー物の映画に悪役として登場しそうな見かけなのに、トッピングの載った甘いコーヒーを好み、ポケットに子猫をしのばせているウルフ、実直な見かけで人当たりもよく、信頼のおける人柄ながら、苦難をくぐり抜けてきたように思えるレイダー、ハッキングの罪で服役中にチームに加わったコンピューターの天才ブリジッド、スタイリッシュで有能ながら、何かしらのミスを犯してこのチームに送りこまれたらしい精神科医のナーリー。そして誰よりもユニークなキャラクターがアンガスの犬のラスコーです。ウィスキーに目がなく、ほかの犬よりも背を高く見せるためにまえ足にハイヒールを履き、過去のトラウマからアーガイル模様を見ると攻撃的になってネクタイを食いちぎる——次々と意外な奇癖を披露して笑いをもたらしてくれる存在です。アルコールを分解する酵素を持たないと言われる犬にウィスキーを与えるのは、犬の健康上、決して許されることではありませんが、これはあくまでフィクションのなかのことと大目に見ていただけると幸いです。

作者のザネッティは五十冊を超えるロマンティック・サスペンスやパラノーマル・ロマンスを発表しており、〈ニューヨーク・タイムズ〉紙、〈USAトゥデイ〉紙、アマゾン、バーンズ・アンド・ノーブルなどのベストセラー・リストに何度も登場しています。タフな兵士や、カウボーイや、ヴァンパイア（!）が活躍する、スリリングでセクシーなストーリーがアメリカの読者の心をしっかりとつかみ、次々と新たなシリーズが発表されています。

本書はDeep Ops（潜入作戦）と題されたシリーズの第一作で、本国ではすでに第三作までが発表されています。なかには本書にも登場するブリジッドとレイダーにスポットをあてた作品もあるようです。いずれご紹介できると幸いです。

二〇一九年十一月

ザ・ミステリ・コレクション

闇《やみ》のなかで口《くち》づけを

著者 レベッカ・ザネッティ

訳者 高橋佳奈子《たかはしかなこ》

発行所 株式会社 二見書房
東京都千代田区神田三崎町2-18-11
電話 03(3515)2311［営業］
03(3515)2313［編集］
振替 00170-4-2639

印刷 株式会社 堀内印刷所
製本 株式会社 村上製本所

落丁・乱丁本はお取り替えいたします。
定価は、カバーに表示してあります。

ISBN978-4-576-19185-0
https://www.futami.co.jp/

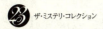

二見文庫 ロマンス・コレクション

袋小路
キャサリン・コールター〔FBIシリーズ〕
林 啓恵［訳］
全米震撼の連続誘拐殺人を解決した直後、サビッチのもとに妹の自殺未遂の報せが入る…ディロン・サビッチとレーシー・シャーロックが夫婦となって活躍!!

死角
キャサリン・コールター〔FBIシリーズ〕
林 啓恵［訳］
あどけない少年に執拗に忍び寄る魔手！ 事件の裏に隠された驚くべき真相とは？ 謎めく誘拐事件に夫婦FBI捜査官S&Sコンビも真相究明に乗りだすが……

追憶
キャサリン・コールター〔FBIシリーズ〕
林 啓恵［訳］
首都ワシントンを震撼させた最高裁判所判事の殺害事件。殺人者の魔手はサビッチたちの身辺にも！ 夫婦FBI捜査官サビッチ&シャーロックが難事件に挑む！

失踪
キャサリン・コールター〔FBIシリーズ〕
林 啓恵［訳］
FBI女性捜査官ルースは休暇中に洞窟で突然倒れ記憶を失ってしまう。一方、サビッチ行きつけの店の芸人が何者かに誘拐され、サビッチを名指しした脅迫電話が…！

幻影
キャサリン・コールター〔FBIシリーズ〕
林 啓恵［訳］
有名霊媒師の夫を殺されたジュリア。何者かに命を狙われFBI捜査官チェイニーに救われる。犯人捜しに協力する同僚のサビッチは驚愕の情報を入手していた…！

眩暈
キャサリン・コールター〔FBIシリーズ〕
林 啓恵［訳］
操縦していた航空機が爆発、山中で不時着したFBI捜査官ジャック。レイチェルという女性に介抱され命を取り留めるが、彼女はある秘密を抱え、何者かに命を狙われる身で…

残響
キャサリン・コールター〔FBIシリーズ〕
林 啓恵［訳］
ジョアンナはカルト教団を運営する亡夫の親族と距離を置き、娘と静かに暮らしていた。が、娘の〝能力〟に気づいた教団は娘の誘拐を目論む。母娘は逃げ出すが……

二見文庫 ロマンス・コレクション

幻惑
キャサリン・コールター
林 啓恵［訳］
〔FBIシリーズ〕

大手製薬会社の陰謀をつかんだ女性探偵エリンはFBI捜査官のボウイと出会い、サビッチ夫妻とも協力して真相に迫る。次第にボウイと惹かれあうエリンだが……

閃光
キャサリン・コールター
林 啓恵［訳］
〔FBIシリーズ〕

若い女性を狙った連続絞殺事件が発生し、ルーシーとクープの若手捜査官が事件解決に奔走する。DNA鑑定の結果犯人は連続殺人鬼テッド・バンディの子供だと判明し!?

代償
キャサリン・コールター
林 啓恵［訳］
〔FBIシリーズ〕

サビッチに謎のメッセージが届き、友人の連邦判事ラムジーが狙撃された。連邦保安官助手イブはFBI捜査官ハリーと組んで捜査にあたり、互いに好意を抱いていくが……

錯綜
キャサリン・コールター
林 啓恵［訳］
〔FBIシリーズ〕

捜査官の妹が何者かに襲われ、バスルームには大量の血が!? 一方、リンカーン記念堂で全裸の凍死体が発見された。早速サビッチとシャーロックが捜査に乗り出すが……

謀略
キャサリン・コールター
林 啓恵［訳］
〔FBIシリーズ〕

婚約者の死で一時帰国を余儀なくされた駐英大使のナタリーは何者かに命を狙われ、若きFBI捜査官ディビスに助けを求める。一方あのサイコパスが施設から脱走し…

誘発
キャサリン・コールター
林 啓恵［訳］
〔FBIシリーズ〕

空港で自爆テロをしようとした男をシャーロックが取り押さえたころ、サビッチはある殺人事件の捜査に取りかかるが、なぜか犯人には犯行時の記憶がなく…。シリーズ最新刊

この長い夜のために
シャノン・マッケナ
水野涼子［訳］
〔マクラウド兄弟 シリーズ〕

壮絶な過去を乗り越え人身売買反対の活動家となったスヴェティ。母が自殺し、彼女も命を狙われる。元刑事サムと真相を探ると、恐ろしい陰謀が…シリーズ最終話!

二見文庫 ロマンス・コレクション

＊の作品は電子書籍もあります。

恋の予感に身を焦がして＊
クリスティン・アシュリー
高里ひろ［訳］
〔ドリームマン シリーズ〕

グエンが出会った〝運命の男〟は謎に満ちていて…。読み出したら止まらないジェットコースターロマンス！超人気作家による〈ドリームマン〉シリーズ第1弾

愛の夜明けを二人で＊
クリスティン・アシュリー
高里ひろ［訳］
〔ドリームマン シリーズ〕

マーラは隣人のローソン刑事に片思いしている。でもマーラの自己評価が2.5なのに対して、彼は10点満点で…。〝アルファメールの女王〟によるシリーズ第2弾

ふたりの愛をたしかめて
クリスティン・アシュリー
高里ひろ［訳］
〔ドリームマン シリーズ〕

心に傷を持つテスを優しく包む「元・麻取り官」のブロック。ストーカー、銃撃事件……二人の周りにはあまりにも問題が山積みで…。超人気〈ドリームマン〉第3弾

危うい愛に囚われて
ジェイ・クラウンオーヴァー
相野みちる［訳］

危険と孤独と恐怖と闘ってきたナセルとストリッパーのキーリン。出会った瞬間に惹かれ合い、孤独を埋め合わせるように体を重ねるが……ダークでホットな官能サスペンス

夜の果てにこの愛を
レスリー・テントラー
石原未奈子［訳］

同棲していたクラブのオーナーを刺してしまったトリーナ。6年後、名を変え海辺の町でカフェをオープンした彼女はリゾートホテルの経営者マークと恋に落ちるが…

この愛の炎は熱くて
ローラ・ケイ
米山裕子［訳］
〔ハード・インク シリーズ〕

ベッカは行方不明の弟の消息を知るニックを訪ねるが拒絶される。実はベッカの父はかつてニックを裏切った男だった。〈ハード・インク・シリーズ〉開幕！

ゆらめく思いは今夜だけ
ローラ・ケイ
久賀美緒［訳］
〔ハード・インク シリーズ〕

父の残した借金のためにストリップクラブのウエイトレスをしているクリスタル。病気の妹をかかえ、生活の面倒を見てくれる暴力的な恋人にも耐えてきたが……。

＊の作品は電子書籍もあります。

二見文庫 ロマンス・コレクション

ときめきは永遠の謎 ＊
ジェイン・アン・クレンツ
安藤由紀子［訳］

五人の女性によって作られた投資クラブ。一人が殺害され他のメンバーも姿を消す。このクラブにはもう一つの顔があり、答えを探す男と女に「過去」が立ちはだかる――

あの日のときめきは今も ＊
ジェイン・アン・クレンツ
安藤由紀子［訳］

一枚の絵を送りつけて、死んでしまった女性アーティスト。彼女の死を巡って、画廊のオーナーのヴァージニアは私立探偵とともに事件に巻き込まれていく……

ときめきは心の奥に
ジェイン・アン・クレンツ
安藤由紀子［訳］

犯罪心理学者のジャックは一目で惹かれた隣人のウィンターをストーカーから救う。だがそれは〝あの男〟の復活を示していた……。三部作、謎も恋もついに完結！

始まりはあの夜 ＊
リサ・レネー・ジョーンズ
石原まどか［訳］

2015年ロマンティックサスペンス大賞受賞作。過去の事件から身を隠し、正体不明の味方が書いたらしきメモの指図通り行動するエイミーを待ち受けるのは――

危険な夜をかさねて ＊
リサ・レネー・ジョーンズ
石原まどか［訳］

何者かに命を狙われ続けるエイミーに近づいてきたリアム。互いに惹かれ、結ばれたものの、ある会話をきっかけに疑惑が深まり…。ノンストップ・サスペンス第二弾！

長い夜が終わるとき
リサ・レネー・ジョーンズ
米山裕子［訳］

理由も不明のまま逃亡中のエイミーの兄・チャドは何者かに捕まっていた。謎また謎、愛そして官能…すべての謎が明かされるノンストップノベル怒涛の最終巻！

悲しみは夜明けまで
メリンダ・リー
水野涼子［訳］

夫を亡くし故郷に戻った元地方検事補モーガンはある殺人事件に遭遇する。やっと手に入れた職をなげうって元恋人のランスと独自の捜査に乗り出すが、町の秘密が…

二見文庫 ロマンス・コレクション

*の作品は電子書籍もあります。

失われた愛の記憶を *
クリスティーナ・ドット
出雲さち［訳］ 〔ヴァーチュー・フォールズシリーズ〕
四歳のエリザベスの目の前で父が母を殺し、彼女はショックで記憶をなくす。二十数年後、母への愛を語る父を見て疑念を持ち始め、FBI捜査官の元夫と調査を……

愛は暗闇のかなたに
クリスティーナ・ドット
水野涼子［訳］ 〔ヴァーチュー・フォールズシリーズ〕
子供の誘拐を目撃し、犯人に仕立て上げられてしまったテイラー。別名を名乗り、誘拐された子供の伯父であるケネディと真犯人探しを始めるが…。シリーズ第2弾！

あなたを守れるなら
K・A・タッカー
寺尾まち子［訳］
警察署長だったノアの母親が自殺し、かつての同僚の娘グレースに大金が遺された。これはいったい何の金なのか？ 調べはじめたふたりの前に、恐ろしい事実が……

危ない夜に抱かれて
レイチェル・グラント
水野涼子［訳］
貴重な化石を発見した考古学者モーガンは命を狙われはじめる。陸軍曹長パックスが護衛役となるが、死と隣り合わせの状況で恋に落ち……。ノンストップロ・ロマサス！

愛の炎が消せなくて
カレン・ローズ
辻早苗［訳］
かつて劇的な一夜を共にし、ある事件で再会した刑事オリヴィアと消防士デイヴィッド。運命に導かれた二人が挑む放火殺人事件の真相は？ RITA賞受賞作、待望の邦訳!!

いつわりは華やかに *
J・T・エリソン
水川玲［訳］
失踪した夫そっくりの男性と出会ったオーブリー。いったい彼は何者なのか？ RITA賞ノミネート作家が描くハラハラドキドキのジェットコースター・サスペンス！

ミッシング・ガール
ミーガン・ミランダ
出雲さち［訳］
10年前、親友の失踪をきっかけに故郷を離れたニック。久々に家に戻るとまた失踪事件が起き……。〝時間が巻き戻る〟斬新なミステリー、全米ベストセラー！

＊の作品は電子書籍もあります。

二見文庫　ロマンス・コレクション

甘い悦びの罠におぼれて ＊
ジェニファー・L・アーマントラウト
阿尾正子［訳］

静かな町で起きた連続殺人事件の生き残りサーシャ。失った人生を取り戻すべく10年ぶりに町に戻ると酷似した事件が…。RITA賞受賞作家が描く愛と憎しみの物語！

背徳の愛は甘美すぎて ＊
レクシー・ブレイク
小林さゆり［訳］

両親を放火で殺害されたライリーは、4人の兄妹と復讐計画を進めていた。弁護士となり、復讐相手の娘エリーを破滅させるべく近づくが、一目惚れしてしまい……

危ない恋は一夜だけ ＊
アレクサンドラ・アイヴィー
小林さゆり［訳］

アニーは父が連続殺人の容疑で逮捕され、故郷の町を離れた。十五年後、町に戻ると再び不可解な事件が起き始め、疑いはかつての殺人鬼の娘アニーに向けられるが…

甘い口づけの代償を ＊
ジェニファー・ライアン
桐谷知未［訳］

双子の姉が叔父に殺され、その証拠を追う途中、吹雪の中でゲイブに助けられたエラ。叔父が許可なくゲイブに一家の牧場を売ったと知り、驚愕した彼女は……

危険な夜の果てに
リサ・マリー・ライス
鈴木美朋［訳］
〔ゴースト・オプス・シリーズ〕

医師のキャサリンは、治療の鍵を握るのがマックという国からも追われる危険な男だと知る。ついに彼を見つけ、会ったとたん……。新シリーズ一作目！

夢見る夜の危険な香り
リサ・マリー・ライス
鈴木美朋［訳］
〔ゴースト・オプス・シリーズ〕

久々に再会したニックとエル。エルの参加しているプロジェクトのメンバーが次々と誘拐され、ニックは〈ゴースト・オプス〉のメンバーとともに救おうとするが――

明けない夜の危険な抱擁
リサ・マリー・ライス
鈴木美朋［訳］
〔ゴースト・オプス・シリーズ〕

ソフィは研究所からあるウィルスのサンプルとワクチンを持ち出し、親友のエルに助けを求めた。〈ゴースト・オプス〉からジョンが助けに駆けつけるが…シリーズ完結！